小说与电影中的叙事

【挪威】雅各布·卢特 著
徐 强译 申 丹校

北京大学出版社
PEKING UNIVERSITY PRESS

图书在版编目(CIP)数据

小说与电影中的叙事 /(挪威)卢特(Lothe, J.)著;徐强译.—北京:北京大学出版社,2011.9
(新叙事理论译丛)
ISBN 978-7-301-19341-9

Ⅰ.小… Ⅱ.①卢…②徐… Ⅲ.电影改编—高等学校—教材 Ⅳ.I053.5

中国版本图书馆CIP数据核字(2011)第157916号

Copyright © Jakob Lothe 2000
"Narrative in Fiction and Film: An Introduction, First Edition" was originally published in English in 2000. This translation is published by arrangement with Oxford University Press.
本书英文版出版于2000年。中译本由牛津大学出版社授权出版。

书　　　名:	小说与电影中的叙事
著作责任者:	【挪威】雅各布·卢特 著　徐强 译　申丹 校
组稿编辑:	张　冰
责任编辑:	梁　雪
标准书号:	ISBN 978-7-301-19341-9/I·2379
出版发行:	北京大学出版社
地　　　址:	北京市海淀区成府路205号　100871
网　　　址:	http://www.pup.cn
电　　　话:	邮购部 62752015　发行部 62750672
	编辑部 62754382　出版部 62754962
电子邮箱:	zpup@pup.pku.edu.cn
印　刷　者:	三河市博文印刷有限公司
经　销　者:	新华书店
	650毫米×980毫米　16开本　17印张　305千字
	2011年9月第1版　2015年1月第3次印刷
定　　　价:	35.00元

未经许可,不得以任何方式复制或抄袭本书之部分或全部内容。
版权所有,侵权必究　举报电话:010-62752024
　　　　　　　　　　电子邮箱:fd@pup.pku.edu.cn

挪威奥斯陆大学为本书中文版提供部分出版资助,谨此致谢。

中文版序

我非常高兴能够为本书的中文版写下这篇序言。首先要感谢我的译者徐强,感谢他对拙著《小说与电影中的叙事》的浓厚兴趣,以及为这一繁重的翻译任务所投入的精力。我同样要感谢申丹教授对本书中文版的支持。申丹教授是国际上公认的叙事理论家,其著作在全世界享有盛誉,她的鼓励对我永远有着宝贵的价值。

《小说与电影中的叙事》有一个导向性的前提,那就是:如果不通过讲述故事来自我界定,那么任何人类文化就都不会产生。我们理解自身,理解我们的同伴,理解我们的生活,都是通过把他(它)们组织进叙事性解释中。对各种各样的叙事形式的考察为叙事理论的发展做出了贡献。由于这门成长中的学问如今在范围广阔的各个学科中都扮演着关键的角色,跨学科性的目标是本书的一个重要方面。这样,本书的特点就在于,把叙事理论与分析中的问题,与常见于诸如电影研究和历史学之类相关学科中的疑难和问题联系在一起。不过,尽管我既讨论了文字虚构也讨论了电影虚构,但我还是要强调,本书的基础是文学研究:它的灵感所自和讨论对象,是我们传统上称作"叙事小说"的文本。说到这里要指出,叙事理论的若干关键概念与问题,也和多种多样的非虚构叙事有着密切关系,例如传记、自传和纪实文献。

我对"叙事理论"的理解和运用有一个重要前提:叙事理论与叙事分析是而且应该是密切关联的。尽管叙事分析有时似乎纯粹是形式主义的和技术性的行为,但本书则贯穿了这样一点,即:一个叙事是如何(被其创造者和解释者)建构与理解,有着根本的阐释与道德上的重要性。

读者将充满希望地发现本书呈现的方法论与术语对于叙事分析是有用的,也是有批评能产性的——不仅对于我在本书第II部分的分析,而且在读者自己的分析与批评实践中也是如此。叙事理论需要稳步发展和提高,以适应复杂的、不断变化的叙事。世界上存在着难以计数的叙事,没有哪一种单独的叙事理论能够彻底地说明所有这些叙事的技巧及其主题的效果。但叙事理论可以使我们的理解比不用它的概念、方法与眼光的理解更为深刻。同时,叙事分析则使叙事理论构成要素的修正与改善成为可能。

总而言之,我希望叙事学的学生、教师与学者会发现本书富有助益,富于启示。

雅各布·卢特
挪威 奥斯陆
2010年6月10日

序

　　叙事理论(或"叙事学")是一个正在迅速发展的研究领域。叙事理论讨论人类交流的核心问题,同时也研究这一交流的条件、形式和内容。叙事理论所研究的故事形式不一。我们的文化建立在不同类型的故事的基础之上:小说、电影、电视剧、连环漫画、神话、轶事、歌曲、广告、传记,等等。所有这些都讲述故事——也许故事未必完整,也许以多种不同方式呈现出来。

　　由于我们周围的故事是如此大量又如此多变,叙事理论也就不仅与文学研究有关,也与诸如历史、宗教史、神学、社会人类学、社会学、语言学、心理学和媒体研究有关。由于跨越学科边缘,叙事理论发现了传统的学科疆界设立中的一个问题。尽管常常需要将某个研究领域或特定问题孤立起来以求对其加以系统研究,但学科之间的疆界比我们所认为的要霸道得多。本书的基础是文学研究。我们也许超越了形式主义,但我们也依靠形式主义才得以理解:文学文本富含深意不仅是因为其"内容"而且是因为其语言表现的总和。叙事理论建基于这一重要洞见之上,并拓展了它,这一洞见是叙事理论对文学研究做出贡献的基础。此外,正像本书标题所示,我希望把叙事理论与电影联系起来:后者是一种不同的媒介,但它也是叙事的一种形式(故事片尤其如此)。文学批评家特别感兴趣的是"电影改编"——(直接或不那么直接地)以文学文本为基础的电影作品。

　　本书结构上分两部分。第I部分是叙事理论导论。尽管讨论定位于叙事虚构作品并以文学文本为中心,但每一章也都涉及到了电影方面。第II部分用第I部分介绍过的叙事学概念(及相关理论)分析了五部散文体叙事作品。同时我也评论了根据其中四部(它们都是世界文学里的重要作品)改编的电影。

　　本书挪威语版出版于1994年。在那之后,叙事理论有了进一步的发展。一个显著方面就是叙事理论的多元化,来自叙事理论的洞见和术语被运用于一些这样的批评方向:它们主要不是、或不仅仅是关乎文学形式和叙事结构的研究。这些方向的例子有阅读理论,各种形式的新历史主义,以及后殖民研究。尽管这些发展大有裨益,但也出现了一些忽视或排斥(自俄国形式主义发展而来的)叙事理论的洞见的做法。例如在一些后殖民研究中存在一种把文学文本降低为意识形态立场的相对稳定的载体之倾向。但这对于叙事小说和叙事虚构电影都是一种扭曲和简化,这两者的独创性和作为文化文献的重要性均依赖于其美学形式,以及形式和内容的相互作用。尽管我们生活在一个后结构主义时代,但这并不意味着形式主义和结构主义批评家(没有他们的贡献,叙事理论就不会存在)所获取的洞见就过时而无用。如果像批评家们现在倾向于强调的,阅读是一种社会行为,它受到超越作者和读者的社会的影响,那么把各种叙事文本作为各种社会行为的表征去研究就很重要。

近年来发展的另一个特色是,部分地由于小说与历史之间区别的缩小,叙事理论在更广阔的范围里被运用于主要不是(或不仅仅是)关乎文学的那些研究。叙事理论和电影研究的联系也加强了。这种多元化显示了叙事理论的持续价值——特别是如果我们像第II部分的分析试图做的那样,把叙事广义地理解为文本动力的一种形式,而不是理解为形式主义的图式化构成。叙事是历史的一部分,但它也从内部对历史进程做出贡献。叙事是动态和变化的,但由于它对于历史和文化的重要贡献与其被创造的方式密不可分,所以叙事需要被当作形式——即文学结构来研究。本书正是希望在这一问题上做进一步研究。

感谢斯堪的纳维亚大学出版社在出版本书挪威语版方面的合作,以及其能授权牛津大学出版社出版英文版。同时最诚挚地感谢 Jon Haarberg,他对挪威语版和英文版加以审读和评论,提出了若干建设性意见。在英文版出版工作中,我与 Patrick Chaffey 有很愉快的合作,他翻译了书稿的大半。我要向 Patrick Chaffey 致谢,感谢他的诚挚帮助和作为翻译家的专业水准。我最应当感恩的是 Jeremy Hawthorn,他以富有建设性和充满学术激情的方式,阅读和评论了本书的几稿,他是我能想象到的最好的学术同仁。也感谢 Per Buvik 及 Atle Kittang,他们阅读和评论了挪威语版,感谢 Terence Cave、Andrew Lockett 和 Sophie Goldsworthy,他们给我高明的建议和专业的出版帮助。最后感谢 Elin Toft 给我无法估量的支持。

雅各布·卢特

奥斯陆

1998年12月

目 录

第 I 部分

第一章 **导言** ·· (1)
    叙事文本和叙事虚构 ··································· (1)
    叙事虚构：话语、故事和叙述 ······················· (4)
    作为电影的叙事虚构 ··································· (7)
    叙事理论和分析 ··· (8)

第二章 **叙事交流** ·· (10)
    电影交流 ·· (10)
    叙事交流模式 ·· (13)
    经由叙事文本的叙事交流 ··························· (15)
    真实作者和真实读者 ································· (16)
    隐含作者和隐含读者 ································· (18)
    叙述者和受述者 ······································· (20)
    第三人称叙述者和第一人称叙述者 ············· (21)
    可靠叙述者和不可靠叙述者 ······················· (25)
    电影叙述者 ··· (27)
    叙事层次 ·· (32)
    叙事距离 ·· (34)
        反讽 ·· (37)
    叙述角度 ·· (39)
    声音和人物话语表达 ································· (45)
    自由间接引语 ·· (47)

第三章 **叙事时间和重复** ··································· (49)
    叙事时间和叙事空间 ································· (49)
        叙述与故事之间的时间关系 ················· (52)
    虚构散文中的时间 ···································· (53)
        顺序 (order) ······································ (54)
        时距 (duration) ································· (57)
        频率 (frequeney) ································ (60)

	电影的叙事时间 ……………………………………………	(62)
	叙事重复 …………………………………………………………	(64)
	"柏拉图式"和"尼采式"重复 …………………………	(66)
	电影的重复 ………………………………………………	(68)
第四章	事件、人物和性格塑造 ………………………………………	(73)
	事件 ………………………………………………………………	(73)
	事件的功能 ………………………………………………	(76)
	核心与催化 ………………………………………………	(77)
	人物概念 …………………………………………………………	(77)
	性格塑造 …………………………………………………………	(83)
	电影改编中的事件、人物及性格塑造 ………………………	(88)
	卡柏瑞尔·亚斯里的《芭贝特的盛宴》 ……………………	(94)

第II部分

第五章	寓言作为叙事图解：从撒种者寓言 到弗朗兹·卡夫卡的《审判》和奥逊·威尔斯的《审判》………	(104)
	Ⅰ …………………………………………………………………	(104)
	Ⅱ …………………………………………………………………	(109)
	Ⅲ …………………………………………………………………	(120)
第六章	詹姆斯·乔伊斯的《死者》和约翰·休斯顿的《死者》 …	(126)
	Ⅰ …………………………………………………………………	(126)
	Ⅱ …………………………………………………………………	(133)
	Ⅲ …………………………………………………………………	(139)
	Ⅳ …………………………………………………………………	(149)
第七章	约瑟夫·康拉德的《黑暗的心》 和弗朗西斯·福特·科波拉的《现代启示录》 ……………	(155)
	Ⅰ …………………………………………………………………	(157)
	Ⅱ …………………………………………………………………	(163)
	Ⅲ …………………………………………………………………	(177)
第八章	弗吉尼亚·伍尔夫的《到灯塔去》 和科林·格雷格的《到灯塔去》 ……………………………	(195)
	Ⅰ …………………………………………………………………	(196)
	Ⅱ …………………………………………………………………	(203)
	Ⅲ …………………………………………………………………	(214)

Ⅳ ……………………………………………………………（220）
　　Ⅴ ……………………………………………………………（224）

影片目录 …………………………………………………………（229）
索引 ………………………………………………………………（234）
多维视野中的理论融通
　　——论雅各布·卢特的跨媒介叙事学研究 ………… 徐　强（248）
与完美主义者的因缘——译后记 ………………………………（257）

第I部分

第 一 章

导 言

叙事文本和叙事虚构

叙事呈现的是置于时间和空间中的一连串事件。叙事不仅存在于文学作品中,也存在于环绕我们的其他文化话语里。其之所以重要,以及我们之所以对它着迷,部分原因在于这一事实:叙事不仅是不同形式的文化表达的基础,而且是我们的经验模式的基础和我们洞察自己的生活的基础。例如,我们与他人的交谈就包含着一连串的叙事片断——我们经常说一些我们经历过的事情。我们的思维总是采用叙事的形式,甚至连我们的梦也像是不完整的、让人费解的故事。人类对建立叙事模式有一种根深蒂固的需要,这再次与我们不得不把生活作为故事来看待的趋势相关联——这是一个从开始到结束,从出生到死亡的有时间限定的发展线条,我们试图在其中发现每个阶段的意义,证明我们的选择。让我们用两个例子来阐明上述命题。首先是报纸上的一则外电报道:

把父亲带在手提箱里

以色列本-古里安机场的保安员最近查获了一名33岁的印度人,他的手提箱里有一副骨骼。"这是我父亲的遗体,"该印度人说。"我将一直把他的尸骨保存在身边,直到我找到安居之所。然后我将埋葬他。"他说。

这是一段"叙事"吗?答案将取决于我们如何理解这一术语(我将之视为"叙事文本"的同义词)。杰拉尔德·普林斯给出这样一个"最小故事"的例子:"约翰很快乐,后来,他看到了彼得,结果,他不再快乐。"① 这里只有一个②事件,它指示出约翰从曾经的快乐状态过渡到现在的不快乐状态。前面一例也有一个主要事件:在印度人的手提箱里发现骨骸。在另一方面,该男子情绪状态的过渡没有显示出来,但必要时可以从他的解释中读出。最清晰地把这个报告"拉向""叙事"方向的,是它以浓缩的形式,展现了一件事"三环节"式的发展:首先是印度人被机场安检拦住,然后手提箱里的骨骸被发现,最后印度人作出解释。事实上该解释(亦即三部曲中的第三个环节)本身又是一个叙事。它不仅勾勒了一次旅行,而且进一步地把手提箱里的骨骸和终结旅行的期望联系起来。印度人的解释以其简洁突出了叙事的时间层面,然而由于该文本的关键点是由特定情境所决定的解释,其叙事潜力成为最引人注目的因素。

因为这则报道涉及的是事实上的确发生过的事件,所以他并不构成我们通常按照术语本身的含义所理解的文学"虚构"(fiction)。不过,虽然本书主要论述惯称"虚构"(文学虚构和屏幕虚构)的文本,但我们讨论的许多叙事术语、技巧和变体同样关系到其他文本类型。我们对于叙事的广义界定绝不仅仅限于文学虚构。另外,尽管叙事理论对于其他学科领域有较大的借鉴意义,但我们最关注的仍是"叙事虚构"。下面是该种文本的一例:

„Ach", sagte die Maus, „die Welt wird enger mit jedem Tag. Zuerst war sie so breit, dass ich Angst hatte, ich liefweiter und war glücklich, dass ich endlich rechts und links in der Ferne Mauern sah, aber diese langen Mauern eilen so schnell aufeinander zu, dass ich schon im letzten Zimmer bin, und dort im Winkel steht die Falle, in die ich laufe." „Du musst nur die Laufrichtung ändern," sagte die Katze und frass sie. (Franz Kafka, *Sämtliche Erzählungen*, 368)

"唉,"老鼠叹道,"这世界一天比一天变得更小了。起先它是那么大,大得叫我害怕。我只有跑,不断地跑,当我终于远远看到左右两堵墙时,我是多么高兴,但是这两堵长长的墙却迅速变得狭仄起来,以至于如今我身陷在此最后的一间小屋里了,角落里还设了一只我不得不奔进去的捕鼠机。""你只须改变你的方向。"猫说道,同时吃掉它。(弗朗兹·卡夫卡,《小说全集》,第368页,拙译)③

---

① Gerald Prince (1991), *A Dictionary of Narratology*, Aldershot: Scholar Press.
② 本书原文中的强调部分和一些重要术语均采用斜体格式,译文根据中文惯例,把其中的强调部分一律改作下加着重点的形式,重要术语则改作黑体,并括注原文。少数原书未作强调、但属术语性质的特定称谓,为读者方便计,也括注原文。——译注
③ 本书凡"拙译"字样,皆为作者在英文本中原有注释。此种情况均为来自德语、挪威语等其他语种的引文,由本书作者将其译为英文。此处所引卡夫卡作品,原文为德语,采台湾张伯权中译文,见张译《卡夫卡寓言与格言》,黑龙江人民出版社1987年版,第10页。——译注

第一章
导 论

在本书的第二部分，我还将回到这一文本，在那里将联系卡夫卡的小说《审判》来加以讨论。之所以在这里先行呈示，是为了阐明我们在上文对于叙事的界定。除了是"叙事"的，这一文本还是"虚构"的：它用语词呈现了接踵而至的一些虚构事件。

"小说"（fiction）一词源于拉丁语 fingere（原意：塑成）——创作、想出、编造（参见意大利语 fingere，法语 feindre，英语 feign，德语 fingieren）。本书所提到的"文字小说"（verbal fiction）指的是被编造或创作出来的散文体的文学叙事。小说并不精确地描述事实上（历史上）发生过的事情。在《为诗辩护》（1595）一书中，菲利普·锡德尼爵士（Sir Philip Sidney）谈到诗人时说："他不肯定什么，因此他是永远不说谎的。"① 这个观点的现代版本是：即便虚构表达是有意义的，而且遵从普通的、非虚构话语的规则，它们也仍然不以通常意义上的"事实"现身（当然也就不会像历史叙述那样可以证明是虚假的）。这丝毫不意味着我们在叙事虚构作品的阅读和阐释中学不到一些重要的东西。诗人的职责，据亚里士多德所信，是要描述可能发生的事情；而小说，按特奥德·阿多诺（Theodor Adorno）的发现，作为历史的潜意识书写的一种形式，它向我们指示着：人类如何经历漫长年代里发生的事情，以及怎样被这些事情所建构。

说到这里需要补充一下，虚构与非虚构之间的界限是模糊的。"小说"也并不是在任何文化中都以相同的方式被理解。当我们说小说并不表达事实时，这部分地是由于在我们的文化圈中压倒性的传统定势，也就是说作者和读者用相同的方式理解"小说"，并从这个术语中得到大略相同的意思。在萨尔曼·拉什迪（Salman Rushdie）写他的论文《想象的家园》时呈现了关于这种定势的认识——在《午夜的孩子》中，叙述者萨里姆以电影银幕为比喻来讨论人类的感知②。"叙述者"和"隐喻"这些术语——无论拉什迪在此处对这些术语的使用方式，还是我们惯常和小说相联系时理解它们的方式——

---

① 参见钱学熙译文，见《锡德尼 为诗辩护 扬格 试论独创性作品》，人民文学出版社1998年版，第42页。——译注

② Salman Rushdie (1992), *Imaginary Homelands: Essays and Criticism 1981 - 91*, London: Granta, p.13.（拉什迪有关银幕比喻的一段见于《午夜的孩子》第十二章《全印广播电台》，原文如下："真实是个与视角有关的问题，你离过去越远，它就显得越发具体可信——但当你朝现在逼近时，它不可避免地似乎越来越不可信。设想你是在一个大电影院里，起初坐在后排，然后一排一排渐渐往前移，最后你的鼻子几乎接触到银幕上。影星的面孔渐渐化成了跳动的光点，微小的东西放大到了荒诞的程度，幻象消失了——或者不如说，事情变得很清楚，幻象本身就是真实……我们已经从1915年讲到1956年，因此离银幕已经相当近了……还是不要再用比喻了，我还要将我那个难以置信的话重说一遍，那就是，在洗衣箱里那次奇怪的事件之后，我成了广播电台一类的东西，说这话我一点也不觉得有什么害臊的。"采刘凯芳中译文，见《午夜的孩子》未刊本，译文由刘凯芳教授本人提供。——译注

都在起一种建构小说的作用：我们用这些术语以及其他术语，来呈现小说如何被创造出来，又是怎样发挥作用的。我们对这些概念的理解在某种程度上是规约性的（根植于某种社会实践并受欧洲的文化、历史影响），这一事实有助于解释伊斯兰社会对于拉什迪的另一部小说《撒旦诗篇》的激进反应。尽管有丰富的审美与虚构性因素，但如读者所知，《撒旦诗篇》在该文化圈被认为亵渎神明。

在对虚构概念做出这些导引性评论之后，让我们回到卡夫卡的文本。在这一个案中，两个动词构成了虚构事件，即"跑"和"吃"。注意这两个动词的顺序对于文本表达的意义至关重要。这两件事之间发生了某种叙事进展，这一进展由言语描述创造出来。在这个例子中，文本的虚构性是经由让老鼠说话这一叙事手段明确昭示出来的。在第五章我们将回到这种手段的主题效果上来，而目前需要强调的是叙事构成方面，**叙事性**(narrativity)，也就是事件被描述出来所经由的途径。

卡夫卡文字虽简短，却直观地说明了叙事的根本特征。它不仅提供接踵而至的事件，还指示了（尽管如此简洁）这些事件被置于时间和空间中，且带有戏剧性效果。它在极为集中的形式中展示了事件的组合，这些组合的实现方式包含了不同的叙事手段和变体。此外，它们也显示出叙事虚构作品三个基本方面之间的相互影响。下面我们仔细考察一下这种相互影响。

6 叙事虚构：话语、故事和叙述

关于叙事虚构的这种分类是由热拉尔·热奈特（Gérard Genette）在他的论文'Discours du récit'（1972；1980年以《叙述话语》①为名出版英文版）里提出的。热奈特的出发点是récit（叙事 narrative）这一术语，它在法语里（至少）有三种意思：一段陈述，陈述的内容，和某人创造陈述时的实施动作。热奈特在论述中，通过赋予这个词语的每种含义以单独的术语，来区分三者：话语(récit)，故事(histoire)，以及叙述(narration)。下面对这三个概念的解释将是临时的，而且随着行文进展还会被精确化。

1. **话语**(discourse)是事件的口头或书面的表述。用简单术语讲，话语是我们读到的，即我们直接接触的文本。在话语中事件的顺序不必是编年

---

① 该书英文标题为 *Narrative Discourse*，中译本（王文融译，中国社会科学出版社1990年版）译名为"叙事话语"。申丹曾撰《也谈"叙事"还是"叙述"？》一文（《外国文学评论》2009年第3期）对相关术语予以辨析，按其说，热奈特书名当译作"叙述话语"，兹从之。本书下文凡一般地提及该书，均称《叙述话语》；凡引王文融译本，注释则仍据中译本事实称《叙事话语》。——译注

的,人物通过性格描写来表现,传达的内容经过了叙述声音和视角的过滤。

2. **故事**(*Story*)指叙事虚构中被讲述的事件和冲突,是从话语的布局中提取出来,再按照编年顺序与虚构人物合起来编排而成。因此"故事"近乎我们通常理解的"行动纲要"。本书第Ⅱ部分给故事的这种说法举了几个例子;下面则尝试性地给出一篇米格尔·德·塞万提斯(Miguel de Cervantes)的《堂吉诃德》的"行动纲要"(1605,1615):

> 一个聪明人因为读骑士传奇而丧失了理性,以济困惩恶的骑士身份外出周游各地。因对现实缺乏认知,他的所得和目标适得其反:伤害了无辜的人们和他自己,却放过了罪人,诸如此类。直到被朋友哄骗回家时他才觉悟,诅咒骑士传奇,直到死去。

这种行动纲要是一个故事,一个**缩写**(*paraphrace*)。对行动加以缩写是每个人在穿越文本时都会做的(或多或少下意识地)——它属于由阅读组成的建构活动。但是故事不能等同于阐释,因为在阐释中我们必须以全然不同的方式进行话语分析。(然而,请注意,故事也可以作为"叙事"的同义词使用。)

3. **叙述**(*narration*)指一篇文本如何写作和传达。在写作过程中,叙述形成一道轨迹;伴随这一过程的是大量叙事策略和组合,所有这些都是话语的组成部分。正如施洛密斯·里蒙-凯南(Shlomith Rimmon-Kenan)指出的:"在经验的世界中,承担叙事作品的创造及其交流任务的是作者。然而,实际经验意义上的交流过程同叙事虚构作品诗学没有多大关系,与此密切相关的是作品本文内部同这种实际交流过程相对应的交流过程。"[①]在这个过程中叙述者起着关键作用。然而我们会发现文本的作者和文本里的叙述者之间有重要的联系。

就如彼得·拉森(Peter Larsen)指出的,热奈特的这三个基本种类主要与书面话语有关:

> 在口头文化中,故事的生产和接受在同一个环境下进行——即当讲述者一发出"话语"(speech,就语词的原意而言相当于 discourse),就立即被倾听者得到。但热奈特心目中的"话语"却不是这种。虽然他……有意用这样一种方式确定他的基本分类,使得它们原则上能涵盖故事的全部类型……他个人的分析实践却排他性地限制在"文学"里,在书面故事里,换句话说,限制在依靠书面语的"留存性"品质而能"自由"传

---

① Shlomith Rimmon-Kenan (1983), *Narrative Fiction: Contemporary Poetics*, London: Methuen, p.3.(译文参见姚锦清等译《叙事虚构作品》,生活·读书·新知三联书店1989年版,第6页。——译注)

播的那些叙述中,从而与原初的叙事行为相隔离。①

拉森把这一评论和热奈特联系起来,但是它也与第二章中关于"史诗的原初情境"(the epic proto-situation)以及作为书写者的作者等观点有关。虽然热奈特对叙事虚构的分类对晚近的叙事理论产生了巨大影响,他从叙事理论的先驱者那里继承的还是颇多:俄国形式主义者,早在1920年前后就使用了 fabula/ syuzhet 这一对指向故事和话语之分的概念。fabula 是缩写的行动纲要,形式主义者把它和维克多·什克洛夫斯基(Viktor Shklovsky)提出的叙事结构的"素材"②联系起来。而 syuzhet 则指故事的口头或书面的**布局**,指文本中使其文学化的那些程序和手段。这样形式主义者的 syuzhet 这一概念就与"话语"一词联系上了。syuzhet 是一种进入了文本内容的形式要素。由此 syuzhet 又与**情节**(*plot*)有关。亚里士多德在《诗学》里把"情节"解释为"事件的安排"③。亚里士多德情节观中至关重要的是"按照可然律或必然律发生的一连串事件"的逆转这一见解④,这与上面提到的"最小故事"里的因果关系形成对照。在叙事虚构作品里因果关系既可暗示出来,也可用明晰的方式表达出来。里蒙-凯南正确地指出"因果关系这一观念绝不是毫无问题的"⑤。需要强调的是,叙事虚构作品里的因果关系不能直接与经验世界的因果关系相对等。例如,因果关系的要素可能由虚构文本的读者提供。即便如此,因果关系的诸方面通常还是与情节的概念联系在一起。在《解读情节》(1984)一书中,彼得·布鲁克斯(Peter Brooks)直接将这个概念与 syuzhet 联系(在1920年代,形式主义在俄国以外尚不为人所知)。对布鲁克斯来说,情节是"叙事话语的强有力的塑形力量"⑥。因此这个术语就不仅指虚构叙事如何呈现——作为语言方式建构而成的话语,并通过叙述行为(叙述)——而且还引人关注到原文的形式和内容与读者在叙事理解

---

① Peter Larsen (1989), 'TV: historie og/eller diskurs?' [TV: Story and/or Discourse?]. *Edda*, 75: 9-25.引文见 p.11,拙译。

② Victor Erlich (1981), *Russian Formalism: History-Doctrine*, 3rd edn. New Haven: Yale University Press. p.240.

③ Aristotle (1995), *Poetics*, ed. and trans. Stephen Halliwell, Loeb Classical Library. Cambridge, Mass.: Harvard University Press. p.49,1450a.(采罗念生译文,见《亚里士多德 诗学 贺拉斯 诗艺》,人民文学出版社1962年版,第20页。——译注)

④ Aristotle (1995), *Poetics*, p.57,1451a.(参罗念生译文,见《亚里士多德 诗学 贺拉斯 诗艺》,第26页。——译注)

⑤ Shlomith Rimmon-Kenan (1983), *Narrative Fiction: Contemporary Poetics*, p.3.(译文参见姚锦清等译《叙事虚构作品》,见该书第31页。——译注)

⑥ Peter Brooks (1984), *Reading for the Plot: Design and Intention in Narrative*, Oxford: Clarendon Press.p.13.

第一章 导 论

中所扮演的重要角色之间的关系。

作为电影的叙事虚构

关于叙事文本,我在上文中总体上略述了叙事虚构作品的主要特性。就文学虚构而言我们通常想到短篇小说、长篇小说等等。虽然我的核心焦点在语言虚构作品上(即书面文本上),但每一章都对电影有所关注,在它身上有着重要的叙事维度。显然并非所有电影在叙事方面都是同等的清晰(顺便提及,散文文本也如是),但通常情况下,无论在其发挥功能的方式上还是对观众的效果上,电影的叙事层面都绝对是至关重要的。

说到这里,必须强调文学和银幕文本在许多方面都不同。按照俄国形式主义者鲍里斯·艾亨鲍姆(Boris Eikhenbaum)早在1926年所强调的,电影观众

> 被置于与阅读过程在相当程度上呈相反状态的、崭新的感知条件下。读者运动方向是从印刷文字,到主题的可视形象,观众则朝着相反的方向:从主题、从动态镜头的对照关系开始运动,到对它们的理解,再到为其命名——简言之,到内部言语的构建。①

对于艾亨鲍姆及其后很多电影理论家,从文学到电影的转换(通常被称为"改编")既非表演又非文学的图解,而是翻译为电影语言。虽然电影语言与文学语言根本不同,但是,我们给**叙事**所下的定义中最重要的那些成分——时间、空间、因果关系——也同样是电影理论的核心概念。诸如情节、重复、事件、人物及性格塑造之类的叙事术语,在电影里也一样重要——尽管这些概念的呈现形式和实现途径在两种艺术形式间有极大的差异。

叙事散文文学和叙事电影之间的关系证实了一个观点:那些作为我们周围世界一部分的叙事,有不同的呈现形式和表达途径。本书将通过文学和电影的结合,更严密地检验叙事的这一中心性质。电影本身的巨大魅力和现代媒介社会的发展相结合,正使电影成为一种越来越重要的艺术样式,这将对我们阅读和理解文学的方式产生越来越大的影响。在这个进化图景中,叙事理论帮助我们了解是什么把文学和电影联系在一起,以及它们有怎样的不同。

如果说本书的焦点在叙事虚构作品,那么电影部分将主要处理叙事虚

---

① Boris Eikhenbaum (1973). 'Literature and Cinema' [1926], in *Russian Formalism: A Collection of Articles and Texts in Translation*, ed. Stephen Bann and John Bowlt. Edinburgh: Edinburgh University Press, 122-7.引文见p.123.

构电影。但是,就像大卫·波德维尔(David Bordwell)和克里斯汀·汤普森(Kristin Thompson)指出的,"由虚构电影所显示或暗示的一切未必都是想象中的……(虚构电影)经常对现实世界发表评论"[1]。正如在语言叙事中一样,虚构电影和纪录电影之间的界线可能很模糊,并且叙事对许多建立在真实事件基础上的电影而言是非常重要的(例如,史蒂文·斯皮尔伯格(Steven Spielberg)的《辛德勒名单》(1994)或者詹姆士·卡梅伦(James Cameron)的《泰坦尼克》(1998))。

叙事理论和分析

如前所述,本书所依据的理论可以追溯到1920年代的俄国形式主义,在那之后形式主义成为一个不折不扣的国际现象,在很多国家激起了广泛的研讨。法国理论家居于这一发展的中心,这可以从作为主要理论文献的热奈特的《叙述话语》的地位反映出来。这部叙事理论经典著作又得到了其他学者所发展的理论和概念的补充。叙事理论已经与涉及电影的研究(如西摩·查特曼(Seymour Chatman)的《叙事术语评论》(1990)[2]和电影理论(例如大卫·波德维尔的《虚构电影中的叙述》(1985),爱德华·布兰尼根(Edward Branigan)的《叙事理解与电影》(1992))的研究结合起来。在把电影与叙事文学相联系的方式上,以及给予叙事分析的分量上,本书都和这些著作有所区别。

这种批评重点意味着:尽管我的方法选自我所依据(并且感激)的各种各样的叙事理论,但也有一些重大的理论贡献我没有使用,因为他们研究的是不属于当前讨论主题的叙事种类。关于这种研究的一个例子是莫妮卡·弗卢德尼克(Monika Fludernik)的《建构"自然的"叙事学》(1996)。在这项重要的研究里,弗卢德尼克明确提出一个历史性的、且不囿于规范的(和虚构的)叙事形式的新框架。这是一个重要的研究领域,然而为探索广义叙事所需要的这种叙事理论类型,并不能毫无疑义地适用于如现代小说这样的研究。因此,弗卢德尼克的研究只能是我在前言里论及的叙事理论多样化的一个例证。

为什么一本关于叙事理论的导论性著作里要包括分析呢?首先,若对虚构文本仅简单提及,则常因太短而不能说明叙事理论的批评可能性(以及问题)。正如詹姆斯·费伦(James Phelan)和彼得·J.拉比诺维茨(Peter J.

---

[1] David Bordwell and Kristin Thompson (1997), *Film Art: An Introduction*, 5th edn. New York: McGraw-Hill. p.45.

[2] 查特曼该书英文原名 *Coming to Terms* 为双关语,既是习语"妥协",此处又指(叙事)术语评论。申丹对该书名中译法有说明,参见申丹、韩加明、王丽亚著《英美小说叙事理论研究》,北京大学出版社2005年版,第233页。——译注

第一章
导论

Rabinowitz)所说,"如果非理论的阐释不值得阅读,那么未经检验的理论宣言也不值得相信"①。其次,叙事理论主要被看做一种分析和解释的工具——通过细读达到更好地理解叙事文本的必要助力。为了例证第 I 部分里提出的理论术语,我使用作为文学研究中心的散文文本(例如塞万提斯的《堂吉诃德》)。为了说明并检验理论,第 II 部分从叙述和主题两方面分析了五篇既复杂又富于批评挑战的文本:《马可福音》第四章里关于撒种者的圣经寓言,弗朗兹·卡夫卡(Franz Kafka)的《审判》,詹姆斯·乔伊斯(James Joice)的《死者》,约瑟夫·康拉德(Joseph Conrad)的《黑暗的心》,以及弗吉尼亚·伍尔夫(Virginia Woolf)的《到灯塔去》。在这些叙事分析的基础上,第 II 部分还讨论了根据其中四个文本改编的电影:奥逊·威尔斯(Orson Welles)的《审判》,约翰·休斯顿(John Huston)的《死者》,弗朗西斯·福特·科波拉(Francis Ford Coppola)的《现代启示录》,以及科林·格雷格(Colin Gregg)的《到灯塔去》。

这种批评企图需要有对文学文本的尊重,也希望把阅读分析的读者的注意力引向文本。同时显而易见的是,虽然叙事评论有助于不同的解释,但它自身也正是解释性的,因为它需要选择性地使用批评术语,也需要对评论的文本片段做出选择。不存在终极的阐释,例如,对卡夫卡的《审判》就是如此,并且我欢迎第 II 部分文本分析的读者不断地补充、提炼、质疑我的阐释尝试。保罗·阿姆斯特朗(Paul Armstrong)从理论上对这个问题阐述道:

> 一切阐释方法要揭示一些东西,只能通过遮蔽另一些东西,而有不同前提的另一竞争性方法则可能揭示这些被遮蔽的东西。每种解释学立场都有其盲目性和洞察力的辩证——被遮蔽的和被揭示的之间的比例就源于其预设前提。接受一种解释方法就是下一笔赌注——去冒险,也就是说,其由前提而催生的洞察力,将弥补其必然伴随的盲目性的风险。②

简单交代一下本书的用法:第 I 部分即理论部分分为四章。为了让不同的叙事理论和概念能够互补互证,这几章宜按顺序阅读。第 II 部分虽然是全书的有机组成部分,但这一部分就不必与第一部分结合起来连续阅读,因为虽然这些文本是根据叙事方法精心筛选出来的,但诸篇分析的设置就是为了使它们可以各自独立地阅读。

---

① James Phelan and Peter J.Rabinowitz (eds.) (1994), *Understanding Narrative*, Columbus: Ohio State University Press.p.9.

② Paul Armstrong (1990), *Conflicting Readings: Variety and Validity in Interpretation*, Chapel Hill: University of North Carolina Press.p.7.

第二章

叙事交流

说某一个文本是叙事的,意味着它是通过语言来叙述一个故事。这种"故事讲述"的另一术语叫**叙事交流**(*narrative communication*),这昭示了信息从作为发出者的作者向作为接收者的读者传播的过程。使我们能够讨论和分析这种叙事交流的一个有用的出发点,就是我们所说的**叙事交流模式**(*narrative communication mode*)。在提出这种模式之后,我将结合来自叙事文本的实例来讨论它所图解的不同联系。我还将把这种模式与不同的叙事手法,与"电影叙述者"这一术语,与距离、角度、声音之类重要的叙事概念联系起来。而首先我们要讨论电影中的叙事交流。

电影交流

上一章里给叙事下的定义中有几个重要概念——时间、空间、因果关系,这些概念在叙事虚构影片中也非常重要。本书的前提暗示着,电影应该被看作叙事交流的一种变体:就其讲述故事而言,虚构影片也是叙事,但与小说相比,它是通过电影的方式来交流的。

那么什么是电影交流呢?我们首先要注意它鲜明的视觉特性。电影就是通过这样一种视觉幻象来强烈地吸引我们——影像快速、连续地显现在我们眼前(通常以每秒24帧的速度拍摄和放映)。电影的这种强烈的可视化力量是该艺术形式能在20世纪取得巨大突破的根本。如果接下来问电影的可视化力量都包括些什么,那我们马上就涉及电影理论中被频繁讨论过的话题了。"视觉化本质上是色情的,"弗里德里克·詹姆逊(Fredric Jameson)断言,电影"要求我们就像看裸体一样来关注这个世界"[①] 可视性赋予电影一种奇特的表面特性。通过菲利普·考夫曼(Philip Kaufman)在他对米兰·昆德拉(Milan Kundera)的《生命中不能承受之轻》(1984)的改编中所主题化地使用的那种方式,电影在形式上是"轻的"。虚构电影向我们展示了一个与我们自己所认识的世界酷似到让人混淆的、虚幻的现实世界。

---

① Fredric Jameson (1992), *Signatures of the Visible*, London: Routledge.p.1,着重为原作者所加。

第二章
叙事交流

我们可以自由窥视这个世界两个小时,而不参与其中。

电影的很大一部分的魅力在于它把时间维度和空间维度相结合的方式。电影的空间维度将电影与它所完全依赖却又一直违背的摄影密切联系起来。罗兰·巴特(Roland Barthes)在《明室》中写道:"我曾喜欢照相而不喜欢电影,然而我仍然无法将照相与电影相分离。"①用莱辛(G.E.Lessing)的经典美学著作《拉奥孔》(1766)中的术语说,摄影——和莱辛将之与诗歌区别开来的绘画艺术一样,也是一种"空间"的艺术形式。在一张照片中,各要素同时并存于空间之内,而电影要素则是连续地展示给我们。使电影独具特色的正是这一连串的连续画面,通过它们,电影的时间维度就被加诸摄影的空间维度之上。

电影与照相的这种特殊关系,引导像鲁道夫·阿恩海姆(Rudolf Arnheim)、乔治·布鲁斯东(George Bluestone)、安德烈·巴赞(André Bazin)和齐格弗里德·克拉考尔(Siegfried Kracauer)这些不同的电影理论家基于其空间和摄影的要素去研究电影。而另一方面,对于一个像谢尔盖·爱森斯坦这样的电影理论家来说,时间(连续性)才是电影里最重要的。如果谁要在这种时间维度上有所强调,那么电影的语言及叙事层面将变得绝对重要。就像杰拉尔德·马斯特(Gerald Mast)说的:

> 因为电影是一个连续的过程,它需要与另外一种服务于交流或艺术目的的连续性人为过程——即语言相比较。正如文字(语言)的结构既能在说者和听者之间建立交流、同样也能生产艺术作品(小说、诗、戏剧)一样,电影也既能传达信息又能创造艺术作品。"听者"(观众)能理解"说者"(即导演、制片人、作者、叙述者,或其他人)的叙述。②

倘若照此思路把电影交流和语言交流联系起来,我们就可以借用法国符号学家克利斯汀·麦茨的话,对"电影交流是什么"这个问题回答如下:电影是一个连续的编码符号构成的复杂系统③。"符号学"就是对符号的研究。这个词语是合适的,因为当电影作为一种语言时,它实为一种杂交形式,在其间,视觉方面支配语言方面,符号之所以变得富有意义,不仅是通过其本身(不管它是时间的、空间的还是具体物),而且是通过其所置身的电影语

---

① Roland Barthes (1982a), *Camera Lucida: Reflections on Photography*, London: Jonathan Cape. p.3,着重为原作者所加。

① Gerald Mast (1983), *Film/Cinema/Movie: A Theory of Experience*, Chicago: University of Chicago Press.p.11.

① Christian Metz (1974), *Film Language: A Semiotics of the Cinema*, New York: Oxford University Press.

境。符号学表现的或许是语言/文学研究和电影之间联系的最重要的理论关键。然而更有意思的是,就像马斯特这样的学者所指出的那样,像麦茨这种有影响的、有符号学倾向的电影理论家,在把电影和语言作类比时是极端谨慎的。

首先,麦茨提醒我们,电影里没有和语言里的单词(或语素,表达意义的最小单位)相对等的东西。在电影里最接近文字语言中"词"这一概念的东西不是帧而是镜头,也就是,"一个单一静止的或是移动取景的连续画面"①。麦茨发现这样一个电影镜头的复杂度至少比得上一个句子,甚至是一个段落。电影中的最小的不可分割的单位不是"马"而是"上面有匹马"——而且几乎不可避免的在同一时刻——"它在跳跃","它是白的","它在树边",等等。第二,麦茨强调,与文字语言相比,电影是一种没有符码的"语言"。在文字语言里我们马上就能理解"马"的意思。电影镜头的内容却不如此固定,恰恰相反,它的意义可能多变到无限种。因此,麦茨认为,有效的电影镜头是复杂而原始的比喻,它通过其动能(例如,通过加诸我们感官的印象)和与其他电影画面组成链条来影响观众。

关于电影交流的讨论(和结论),很容易以一个人在电影的庞大的功能表里选择出来加以强调的随便哪个方面为标志。许多电影理论家看到了电影和音乐之间的相似之处,并且发现电影跟音乐一样,是通过氛围、共鸣和节奏来运转的。由于电影在反映客观的现实世界方面是独一无二的,有人可能会坚持电影最大的(功利)价值就在于此——这可能会使人把纪录片看得比故事片更为重要。但是因为电影(通过如路易斯·布纽尔(Luis Buñuel)和阿兰·里斯奈斯(Alain Resnais)这样的导演)可以反映出一些虚假的和逻辑上不可能的事,有人可能就会相应地认为电影最适合展示——比如说——梦和幻想。最后,有人可能会认为,电影的任务就是综合采用该种媒介所独具的各种功能中的尽可能多的要素。

总结一下:基于以上的简短讨论,我们可以看出,虽然电影交流与文字交流显然有着许多的关联点,但是电影媒介还是与我们在叙事文本中遇到的文字交流形式有极大不同。所以当我现在继续论述叙事交流模式的时候,我必须强调,它是涉及文字语言的而不是电影的。另一方面,尽管交流的形式多变,但电影也可以交流;诸艺术形式间运作方式上的不同之处和它们的相似之处一样能够引起批评的兴趣。

---

① David Bordwell and Kristin Thompson (1997), *Film Art: An Introduction*, 5th edn. New York: McGraw-Hill.p.481.

第二章 叙事交流

叙事交流模式

　　叙事交流模式是在关于语言和叙事虚构的各种理论的基础上发展起来的。理论家们提出了许多的交流样式①。然而他们中大多数关心的是像作者、叙述者、叙事文本、受述者和读者这些中心概念。模式中的构成因素可以追溯到柏拉图和亚里士多德。在本章稍后的"叙事距离"一节中我将评论柏拉图的贡献。至于亚里士多德,他在《诗学》中指出,"显然,史诗的情节也应像悲剧的情节那样,按照戏剧的原则安排,环绕着一个整一的行动,有头,有身,有尾,这样它才像一个完整的活东西,给我们一种它特别能给的快感。"②尽管亚里士多德谈论的语境是悲剧,他仍然论及了叙事的结构和进展。而且,当他赞美荷马史诗的言词和思想时,他也触及了叙事交流的问题;同时,他将重心放在情节和艺术性结构上。亚里士多德强调形式的重要性,他假定艺术作品并非要素的胡乱拼凑,这个假定为本书所共享。

　　叙事交流模式的基础中有一个重要部分,是沃尔夫冈·凯塞尔(Wolfgang Kayser)在其《语言的艺术作品》中"史诗世界的构造元素"一节中揭示的。凯塞尔在此介绍了"史诗的原初情境"的概念:"史诗的原初情境是这样的:一个叙述者对一群听众叙述某件发生过的事情。"③凯塞尔强调,该叙述者与他所讲述的故事之间有一定距离,在凯塞尔看来这个距离导致史诗和抒情诗之间文类上的根本区别。这种类属区别并非毫无疑问的,但距离的概念在叙事理论中的确重要,下文对此将展开更细致的讨论。凯塞尔关于史诗原初情境的观念是有用的,因为它包括了叙事交流模式的三个环节:叙述者,"发生过的事情"(亦即叙述者所讲的故事),和倾听者或"受述者"。我们注意到所有诸环节都涉及叙事的"原初情境",也就是故事被口头叙述出来时的那种最原始的情境。这一定义并未涉及作者与叙述者的关系,也没有涉及文本和其读者之间的关系。凯塞尔本人意识到这些局限,他在别处又指出小说家是创造虚构世界的书写者,而叙述者也被包括在这个世界里。在强调作者不等同于叙述者时,凯塞尔将写作的建构行为和叙述的口头行为区别开来。这个区别对文本阅读也有重要意义,这就是瓦尔特·本雅

---

① 详参 Wallace Martin (1986), *Recent Theories of Narrative*, Ithaca: Cornell University Press. p.153-6,并对照 Susana Onega and José Angel Garcia Landa (eds.) (1996), *Narratology: An Introduction*. London: Longman. P.4-12.

② Aristotle (1995), *Poetics*, p.115, 1459a.(采罗念生译文,见《亚里士多德 诗学 贺拉斯 诗艺》,人民文学出版社1962年版,第82页。——译注)

③ Wolfgang Kayser (1971), *Das sprachliche Kunstwerk*, Berne: Francke.p.349,拙译。(中译文参陈铨译《语言的艺术作品》,上海译文出版社1984年版,第462页。——译注)

明(Walter Benjamin)在他的经典论文《讲故事的人》中提出的:"听故事的人是由讲故事的人和他作伴的","小说读者却是与世隔绝的"①。本雅明暗示,尽管故事讲述者、倾听者、作者和读者之间的区别是一般的(类型学上的),但它与历史和文化的变迁不无关系,或者说,它不能不受后者的影响。所有本书第二部分讨论到的作者都对写作、叙事以及阅读和倾听的环境的改变有着敏锐的意识。

罗曼·雅各布逊(Roman Jakobson)对叙事交流模式的贡献为凯塞尔的理论做出了有益的补充。雅各布逊是俄国形式主义学派的核心人物,也是以布拉格学派为代表的结构主义分支的核心人物。雅各布逊的多数研究,集中于语言学与诗学的交叉地带。与我的意图最相关的是他的话语交流模式②,即他用一句话归纳的"发送者把信息发给接收者",如图2.1所示。雅各布逊强调,这个基本模式适用于所有的话语交流行为。他认为信息若要有效,就需要一个接收者可以捕捉的**语境**(context),它或者是言语的,或者是能够被言语化的。进一步的,还需要一个**符码系统**,亦即一套完全地或至少是部分地为发送者和接收者所共用的规范和法则。最后,这个信息需要**交际**(contact),即"发送者和接收者之间的、能使双方都进入并保持交流的物理通道和心理联系"③。

		语境	
		信息	
接收者		交际	发送者
		符码	

图2.1

如果我们将发送者、信息和接收者置换为叙述者、故事和倾听者,这一模式和凯塞尔的史诗原初情境之间的联系就变得很明显了。显然这些概念未必是确切地对应。比如,雅各布逊关于发送者的概念是如此笼统,以至于可以包括作者和叙述者,而且它最直接地关涉到的是口语语言。雅各布逊将这个模式和使用语言的六种不同方式、语言的六种功能联系起来,后者可被概括如下:

1. **指示功能**:对于所关涉事物的定位(与叙事文本的语境对应)。
2. **情感功能**:聚焦于发送者身上(与作者、书写者、叙述者相对应)。

---

① Walter Benjamin (1979a), *Illuminations*, ed. Hannah Arendt, London: Fontana.p.100.(采张耀平译文,见《本雅明文选》,中国社会科学出版社1999年版,306页。——译注)

② Roman Jakobson (1987), *Language in Literature*, ed. Krystyna Pomorska and Stephen Rudy, Cambridge, Mass.: Harvard University Press.p.66.

③ Ibid.

3. **意动功能**：对于接收者而言（与倾听者、读者相对应）。
4. **交际功能**：集中于交流本身，目标在于建立、延续或中断交流（相对于叙述）。
5. **元语言功能**：集中于符码（与叙事文本的语言、风格或文类相对应）。
6. **诗学功能**：对于信息的安排，聚焦于信息本身，为了其自身的目的。①

在雅各布逊看来，这些功能中，会有某一个处于支配地位，并在发送者发给接收者的信息的意义方面扮演决定性、塑形性的角色。然而，某一功能处于支配地位，这并不意味着其他功能被关闭："诗性功能并非语言艺术的唯一功能，而只是占优势的、决定性的功能。"②

叙事文本
真实作者 ——→ 隐含作者 叙述者 受述者 隐含读者 ——→ 真实读者

图 2.2

在对于亚里士多德、凯塞尔和雅各布逊作出上述简要介绍的基础上，现在我可以用图 2.2 来给出叙事交流模式了。请注意在该模式里，位于中间的叙事文本与位于一端的真实作者（作为一类发送者）和位于另一端的真实读者（作为一类接收者）之间的区别。下面我将首先把"叙事文本"置于一个更大的语境中并把它和模式中的两个端点联系起来。然后，我将通过阐述模式中的其他环节，逐步接近叙述者这一中心概念。

经由叙事文本的叙事交流

如模式图所示，叙事文本对于叙事理论和叙事分析二者来说都是基础。如果偏离 20 世纪自俄国形式主义以来多数文学批评之聚焦于文学文本这一特点，现代叙事理论将不可思议。不过，这种对文本的强调并不意味着作者和读者的概念变成交流模式中的不必要环节。就像在第 II 部分中我们将会看到的，文本分析需要这二者。此外，它们把叙事理论和文学批评的其他侧面相联系，甚至更普泛地，和文学阅读的各种不同方式相联系。

叙事文本像语言一样间接地创造意义。就叙事理论倾向于把文本孤立出来作为自己的工作领域来说，这暗示着文学意义（以及文学意义的多样性）是通过文字语言、文本结构和叙事策略而建立起来的。对罗兰·巴特这样的理论家来说，文学文本具有多重的意义；这样，确定文本背后的作者意图就变得困难，在一定意义上也成为不必要。③这里我们触及了文学理论中

---

①② Roman Jakobson (1987), *Language in Literature*, p.69.

③ Roland Barthes (1988), 'The Death of the Author' [1968], in *Modern Criticism and Theory: A Reader*, ed. David Lodge. London: Longman, 167-71.

一个有争议的问题,我们不做更深入的探讨。但我们注意到,在这个争议中,叙事理论倾向于采取中间立场。叙事理论主张叙事结构服务于文本意义的建构;而且宣称,这些叙事结构不仅扩展、而且限制自身产生的意义。这样,叙事结构就为确立翁贝尔托·埃科(Umberto Eco)在《诠释的界限》中所声称的"文本的权利"作出了贡献,埃科将其与被诠释的权利和不被过度诠释的权利同时联系在一起:"诠释的界限和文本的权利相一致(并不是指和其作者的权利一致)。"①本书第Ⅱ部分将响应这一挑战,通过分析引申出一些使叙事文本得以享有其双重权利的诠释方法。

我把"叙事文本"当作"话语"的同义语来使用。叙事文本是指我们阅读的、包含一系列叙事技巧和变化的短篇小说或长篇小说,但是,虽则叙事理论仍以文本为中心,它目前却更加强调、也更感兴趣于叙事交流模式的外部环节:即作为作者的信息发送者和作为读者的信息接收者。由于二者都是历史的一部分,也都是一个或更多的文化圈的一部分,晚近文学理论朝向历史和语境的转向,并没有降低叙事理论的适切性。有一种意见认为,"历史"和"叙事结构"间的对立是虚构出来的,甚至在理论上可能是站不住脚的。像茨维坦·托多洛夫所主张的,"只有在结构的层面上,我们才能描述出文学的发展;关于结构的认知不仅不妨碍对变化性的认识,而且事实上它是我们拥有的、借以走近后者的唯一方法"②。

真实作者和真实读者

真实作者就是书写叙事文本的那个男人或女人,例如米格尔·德·塞万提斯,他写下了《堂吉诃德》,这部小说分两部分出版,第一部分于1605年问世,第二部分则是在作者去世的前一年,即1615年出版。相应地,在交流模式的另一端,是真实读者,它指阅读例如《堂吉诃德》的男人或女人,无论他们是生在今天的不列颠抑或在塞万提斯时期的西班牙。

至此作者这一概念是看似清楚明确的。不过,作者究竟是什么?这个词指的不仅是某个特定的真实的人,而且还指**文本的书写者**。无论从观念还是概念上,作者都与文本(及其阅读)有关,而不仅仅涉及其个人传记。这两者的同时存在也可能给作者自己带来困惑,就像短文《博尔赫斯和我》所例证的那样。这篇短文里的叙述者,那个把自己同真人乔治·路易斯·博

---

① Umberto Eco(1990), *The Limits of Interpretation*, Bloomington: Indiana University Press.p.7,并参照 Umberto Eco (1992), *Interpretation and Overinterpretation*, ed. Stefan Collini, Cambridge: Cambridge University Press.p.64.

② Tzvetan Todorov (1981), *Introduction to Poetics*, Brighton: Harvester.p.61.

第二章
叙事交流

赫斯(Jorge Luis Borges)相认同的人，漫步在布宜诺斯艾利斯，体验着和作者博尔赫斯的距离——简直是一种和他相竞争的感觉；而后者是他在书店的陈列架上看到并在杂志里读到的云云。①

但是，比这种不同更为重要的区别，是一旦把作者概念和文本书写联系到一起，我们就会触及到的叙事理论上的主要区别——文本的作者和文本内的叙述者间的区别。对此，J·希利斯·米勒结合弗吉尼亚·伍尔夫的《到灯塔去》作出这样的论述：

> 必须在以下两者之间做出区分：一方面是弗吉尼亚·伍尔夫，她坐在桌前，面前一张空白的稿纸，写她的《到灯塔去》，手下的字句不断地延展到还没被书写的稿纸空白区域；而另一方面是她小说中被想象出来和正在想象中的叙述者。后者是另外一个人，置身另外一个世界，拥有完全不同的力量。②

如果把"叙述者"按下面这样解释，则作为叙事理论中最重要问题之一的作者与叙述者的区别，会变得更加清晰：正如米勒的引文所示，作者原则上置身于他或她依靠语言创造的文学世界之外。一部杀青并已付梓的小说和其作者之间分离的清晰程度，远远大于雅各布逊交流模式中语言信息和其发送者之间的分离。我首先把作者理解为书写者，理解为叙事虚构文本

---

① 博尔赫斯的《博尔赫斯和我》原文不长，兹将中译文本照录如下：

所有这些事情都是在另一位，也就是在那一个博尔赫斯身上发生的。我漫步在布宜诺斯艾利斯街道上，时而驻步不前，漫无目的地望着某个门厅的拱门和门斗。有关博尔赫斯的情况我是通过信件才知道的，也许我在一个教授的名册上或是在一部名人字典上见到过他的名字。我喜欢沙漏、地图册、18世纪的活字印刷术和词源学，也品尝咖啡和阅读斯蒂文森的散文。那一个博尔赫斯也有同样的爱好，但他却颇爱虚荣，喜欢像演员一样将他的爱好表露出来。要说我们之间互相敌视，那未免有些过分，我过着我的日子，我的存在使博尔赫斯能够进行文学创作，他的文学作品证实了我的存在。我可以不用费什么劲地承认，他写出了一些有价值的篇章，但这些成绩并不能使我的灵魂得到安宁，这大概是因为他的成功不属于任何人，甚至也不属于那个博尔赫斯，而是属于语言或传统。再说，我是注定要永远销声匿迹的。只有在某一段时间里，我会通过另一个博尔赫斯活着，我正渐渐地让位于他，尽管在他那喜欢编造故事和喜欢唱赞歌的恶习里还能看到我的存在。

斯宾诺莎(Spinoza)认为，一切事物均愿意保持其存在，石头希望它永远是石头，老虎希望自己始终是老虎，我希望自己永远是博尔赫斯，而不是"我"（如果说我真的是另一个人的话）。但是，与其说我在他的书中认出了我，还不如说我在许多别人的书中认出了我自己，甚至是在拨弄他时认出了我自己。这些年来我一直力图摆脱他，我先是搞市郊的神话故事，然后又玩弄起时间与无限的游戏来，但是这些游戏现在已成了博尔赫斯的了，我必须想出点别的游戏来，这样我才会销声匿迹，才能失去一切。于是一切都会被遗忘，会成为那个博尔赫斯的。

我不知道究竟是我们俩中的哪一位写了以上的话。（陈凯先译，见陈众议编《博尔赫斯文集》（小说卷），海南国际新闻出版中心1996年版，第565—566页。）——译注

② J. Hillis Miller(1990), 'Mr. Carmichael and Lily Briscoe: The Rhythm of Creativity in To the Lighthouse, in *Tropes, Parables, Performatives*, London: Harvester Wheatsheaf, 151-70.引文见p.155.

的生产者,这一文本是叙事分析的出发点。不过这并不表示作者和文本间没有极端重要的联系(作品并不像存在于密闭房间里那样自动呈现),但它意味着这种联系是间接的,并受到作家使用的语言和文学技巧的影响。

真实读者指的则是阅读文本的人。就像华莱士·马丁(Wallace Martin)所说,读者们自身是作品解释多元化的最显著的源头,因为他们当中的每一个人都是带着自己独特的生活经验和对作品的期待来阅读作品的:

> 读者——反应理论家们强调的一点很重要:叙事作品并不含有植根于文字之内的、有待某人发现的确定意义。意义仅仅在阅读活动中才存在。但是,得出下述结论也同样是错误的:无论纸面上的文字如何,解释都必然"在于"读者。为了阅读文字,我们必须懂得语言——即雅各布逊的交流模式中的"符码",尽管我们不必意识到其复杂的规则。①

这是对文本及其阅读的关系经过敏锐细致的辨析后的看法。"诠释可能有无限多的变化性,"保罗·阿姆斯特朗在他的书中写道,"但有效性试验仍然能够判断出,一些解读比另一些更为合理"。②读者与读者之间解释的强烈差异这一事实,并不意味着所有的理解都同等地有效和重要:叙事分析正可以为我们建立解释的有效性提供基础。

隐含作者和隐含读者

至此我把叙事文本一方面联系到作者,另一方面联系到读者,进行了简要论述。如果我们就此进入交流模式中表示叙事文本的那个"盒子",我们会看到其两个极端环节被称作"隐含作者"和"隐含读者"。尽管第Ⅱ部分的分析并未广泛利用这两个概念,但它们在叙事理论中却十分重要,因而必须要熟悉它们。

隐含作者这一概念由韦恩·布斯(Wayne Booth)在《小说修辞学》中首次提出,该书是美国叙事理论的拓荒之作,随后它被广泛使用。其中就有西摩·查特曼,他指出:"隐含作者与叙述者不同,他可能什么都不能告诉我们。他,更准确地说,它,没有声音,没有和我们直接交流的渠道。它通过作品的整体设计,借助所有的声音,依靠它选用的一切手段,默默地指示我们。"③对

---

① Wallace Martin (1986), *Recent Theories of Narrative*, p.160 – 61.(采伍晓明译文,见《当代叙事学》,北京大学出版社 1990 年版,第 202 页。略有改动。——译注)

② Paul Armstrong (1990), *Conflicting Readings: Variety and Validity in Interpretation*, Chapel Hill: University of North Carolina Press.p.ix.

③ Seymour Chatman (1978), *Story and Discourse: Narrative Structure in Fiction and Film*, Ithaca: Cornell University Press.p.148,着重为原作者所加。

第二章
叙事交流

查特曼来说,隐含作者就是沉默的、不发出声音的。正如里蒙-凯南在《叙事虚构作品》中正确地强调的那样,这意味着隐含作者应该被看作是读者从文本的全部成分中综合推断出来的构想物。"最好把隐含作者看作一整套隐含于作品中的规范,而不是讲话人或声音(即主体)。照此推论,隐含作者也不能真像字面意思那样是叙事交流中的一个参与者。"① 虽然我认同这一观点,但我还是把隐含作者囊括进叙事交流模式中。不过我还有一种特殊的理解:隐含作者是"作者在作品中的一个形象"②,是"文本意图"的表达③。隐含作者实际上也就成为文本间接地、通过结合其所有资源再现或表现出来的意识形态价值系统的同义语。④

和隐含作者一样,**隐含读者**也是一个构想物。正如隐含作者不同于真实作者和叙述者,隐含读者也和受述者以及真实读者相区别。隐含读者这一概念将我们带到叙事理论与审美反应理论的交汇处。这个研究领域的主要代表是沃尔夫冈·伊瑟尔(Wolfgang Iser)。在伊瑟尔看来,文学作品产生于读者与作品的相互影响、相互作用。进入这一相互作用的隐含读者是一个"角色"、一个"立场",它"允许(真正的)读者解读出作品所包含的意义"⑤。因此,隐含的读者既是主动的又是被动的:说它主动是因为它使作品有意义,说他被动是因为作品意义生产的前提已在话语和叙述中给出。根据伊瑟尔的说法,作者对读者的阅读方式有某种控制,但是这种控制是间接的,是建立在随着时间推移而成熟起来的规约基础上的——而规约是调节虚构散文的作用和交流方式的社会、历史、文化的规范之全部。文本意义产生于文本呈示的模范读者与真实读者间的性情和兴趣上的**能产性矛盾**。隐含读者的活动是一个建构过程,在这个过程中我们一定程度上试图在文字的"空白"间建立一种联系。在伊瑟尔看来,虚构散文就是通过这种 Leerstellen(德文,意为"空白位置")来表现——即"文本中中断联系"⑥的各点,它需要读者

---

① Shlomith Rimmon-Kenan (1983), *Narrative Fiction: Contemporary Poetics*, p.88.(采姚锦清等中译文,见《叙事虚构作品》第159页,略有改动。——译注)

② Gérard Genette (1988), *Narrative Discourse Revisited*, Ithaca: Cornell University Press.p.141.

③ Seymour Chatman (1990), *Coming to Terms: The Rhetoric of Narrative in Fiction and Film*, Ithaca: Cornell University Press.p.104.

④ 正如申丹所指出的,我们需要从编码和解码来看"隐含作者"。就编码而言,隐含作者就是(不同于日常生活中的)处于创作过程中、持特定创作立场的作者;就解码而言,隐含作者就是作品隐含的作者形象,是作品价值系统的同义语。参见 Dan Shen(申丹),'What is the Implied Author?', *Style* 45(2011, forthcoming)。——译注

⑤ Ian Maclean (1992), 'Reading and Interpretation', in Ann Jefferson and David Robey (eds.), *Modern Literary Theory*, London: Batsford, 122-44.引文见 p.131.

⑥ Wolfgang Iser (1980), *The Act of Reading: A Theory of Aesthetic Response*, Baltimore: Johns Hopkins University Press.p.198.

加以处理以使其作为美学结构总体上的侧面而变得易于理解。

叙述者和受述者

由这两个概念我们已经到达交流模式的"核心"——模式中最明确地关系到"史诗原初情境"的那一部分。我们已经看到叙述者和受述者构成这一"原始的"交流模式中的两个环节。(第三个也是最后一个环节,即叙述者讲的故事,已在更复杂的模式中变成"叙事文本"。)

里蒙-凯南认为,叙述者"是至少在进行叙述,或为满足叙述的某些需要而进行活动的那个代理人,……受述者至少是文本中隐含的叙述者的叙述对象"①。如果叙述者明确地向一个或更多受述者陈说,那么叙事情境在某种意义上就类似于口传的原初情境了。在第II部分我们会看到,约瑟夫·康拉德的《黑暗的心》给我们提供了一个关于这种叙述者和这种受述者的非常有意思的例子。然而《黑暗的心》同时也表明,这种相似只是表面上的,因为在虚构散文文本里叙事交流通常要比在口传叙事中更为复杂、多变而间接。在夏洛蒂·勃朗特(Charlotte Brontë)的《简·爱》(1847)中,叙述者大呼,"读者,我嫁给了他"(第473页),这里"读者"的意思近似刚才解释的受述者。在这个例子中,受述者径直接受陈述,这种陈述告诉我们某些关于叙述者简的事实(同时也含蓄地告诉我们关于作者夏洛蒂·勃朗特的一些事实)。相应地,在阿尔伯特·加缪(Albert Camus)的《局外人》(1942)中,受述者只是在和其他文本信号的联系中被隐含地使用,以此显示出叙述者根本上的孤独感。在某些文本中,如果受述者只是含蓄地接受陈述,那么他或她的作用就可能趋近于隐含读者的角色了。

如同我强调过的,必须把叙事文本里的叙述者同文本的作者清楚地区别开来。叙述者是作者所写小说之内的有机成分。叙述者(或者说是叙述者群体)是作者手中的一个叙事工具,作者用它来表达和发展文本,而文本则由叙述者所实施的行为和功能组成。杰拉尔德·普林斯(Gerald Prince)这样定义叙述者:"叙述者就是讲述的人,他被印记在文本之内。每个叙事里至少有一个叙述者,和他或她对之陈说的受述者位于同一个叙事层次(diegestic level)中。"②普林斯所用的"叙事层次"一词意为:"存在的事实或者讲叙的行为相对于一个特定故事世界所处的层次,……【亦即】包含所讲述的情

---

① Shlomith Rimmon-Kenan (1983), *Narrative Fiction: Contemporary Poetics*, p. 88 - 9.(采姚锦清等中译文,见《叙事虚构作品》第160页,略有改动。——译注)

② Gerald Prince (1991), *A Dictionary of Narratology*, p.65.

第二章
叙事交流

景和事件的那个（虚构）世界。"①普林斯用以描述叙述者的"被印记"（inscribed）一词很有用，因为它清楚地表明叙述者是"叙事"（diegesis）的一部分，他在虚构文本之内，同时也帮助作者建构文本并传达之。（注意：叙事（diegesis）一词亦可用作叙述（narration）的同义词。）②

如果我们说叙述者是作者的一个重要叙事工具，那么毫无疑问，叙述者概念在叙事文本分析中是有用的和可以生产洞见的。米克·巴尔（Mieke Bal）认为，"叙述者是叙事文本分析中最核心的概念"③。叙述者概念在叙事理论中把持关键地位的主要原因在于文本的叙述方面：叙述者是叙事文本内部的叙述主体。这个作用在虚构散文的创作中是至关重要的，但是它也揭示了一个问题，即保罗·德·曼（Paul de Man）④曾触及到的一个问题：如果我们赋予叙述者以诸如人格化身份、各种创造性技能等特性，那从某种意义上来讲我们除了引进一个新的作者概念之外什么都没做。因此必须强调，叙述者是叙事文本的一部分（正像交流模式清晰图示的），他不存在于构建它的那个语言结构之外。说到这里我得赶快补充一下，叙述者作为"叙事工具"的功能，在那些叙述者仅仅作为"纯粹的"叙述者，而并不同时充当情节中的活跃人物的那些叙事文本中，最为明显，这引领我们去区分两种主要的"叙述者"类型。

第三人称叙述者和第一人称叙述者

因为第三人称叙述者与第一人称叙述者两个概念最容易由其相互间的关系来定义，那我就从弗朗兹·斯坦泽尔（Franz Stanzel）的一段引文开始：

> 现身的叙述者与没有明确现身的叙述者之间的对比，也就是说，第一人称叙述者与作者型第三人称叙述者之间的对比，能说明叙述者在叙述动机上最重要的不同。对于现身的叙述者来说，这种动机是实存的；它直接和他的实际经历、忧乐体验、情绪与欲求相关……相反，对第三人称叙述者而言，不存在叙述的强制性因素。他的动机与其说是实存的，不如说是文学-审美的。⑤

---

① Gerald Prince (1991), *A Dictionary of Narratology*, p.20.

② 参见 Dan Shen（申丹）'Diegesis', 见 *Routledge Encyclopedia of Narrative Theory*, ed. David Herman, Manfred Jahn and Marie-Laure Ryan, London, Routledge,2005.——译注

③ Mieke Bal (1997), *Narratology: Introduction to the Theory of Narrative*, 2nd edn, Toronto: University of Toronto Press.p.19.

④ Paul de Man (1979), 'Semiology and Rhetoric', in *Textual Strategies*, ed. Josué V. Harari, London: Methuen, 121-40.引文见 p.139.

⑤ Franz K.Stanzel (1986), *A Theory of Narrative*, Cambridge: Cambridge University Press.p.93.

除了作为叙述人,第一人称叙述者还活跃于情节当中,亦即活跃于文本的行动、事件和人物的能动性塑形当中。而第三人称叙述者则在情节之外或"之上",尽管他同样也在文本之中。因为他不参与行动,第三人称叙述者的功能更是纯交际性的。与此相对照,第一人称叙述者则集叙述者功能和角色功能于一身。

叙述者的这两种主要变体间的转换可能不甚明显。例如,第三人称叙述者完全可以贴近情节中的人物来表达(就像《审判》中的第三人称叙述者对K所做的那样)①。但第三人称叙述者和第一人称叙述者的区别仍是很重要的问题——不仅是理论上的,而且对于分析来说也是如此。茨维坦·托多洛夫(Tzvetan Todorov)强调过"在下列两种叙事间有一个不可逾越的障碍:一种是,其中的叙述者看到其人物所看见的一切,但是他并不出场;另一种是人物—叙述者以'我'自称的叙事。混淆它们也就等于把语言减少到零。看见一座房子和说'我看见一座房子'是两码事,不仅有区别,而且截然对立。事实永远不会'告诉它们自身':语言表达的繁冗是不可以压缩的。"②

正如人称代词"我"的用法所表明的,托多洛夫坚信第一人称和第三人称叙述者的区别不仅是实存意义上的(像斯坦泽尔所说),还是语言学/语法学意义上的。作为此区别的基础,两个标准是互为补充的。叙述者是第一人称的,其标志通常是第一人称代词和活跃的情节的结合。换言之,第三人称叙述者也可以用"我"指代,但却不像参与者那样进入情节内部。这很常见,特别是在19世纪的小说中。看看费奥多尔·陀思妥耶夫斯基(Fyodor Dostoevsky)《卡拉马佐夫兄弟》(1879—1880)第一段:"阿历克赛·费多罗维奇·卡拉马佐夫是我县地主费多尔·巴夫洛维奇·卡拉马佐夫的第三个儿子。老费多尔在整整十三年以前就莫名其妙地惨死了,那段公案曾使他名闻一时(我们县里至今还有人记得他哩)。关于那个案子,请容我以后再细讲。"(第9页)③我们注意到叙述者先把其中一个人物置于"我县",随后又自称为"我"。这样一个开头似乎标志着小说是第一人称叙述。尽管如此,这个"我"并未被人格化,他并不参与情节,整体上这部小说的叙述方法仍是第三人称的。19世纪小说中普遍存在的另一个微妙的变异是,暂时把叙述者作为人物之一,其目的在于,这么说吧——为第三人称叙述提供一个固定的个人停泊地。这种变异的例子在查理斯·狄更斯(Charles Dickens)、乔治·艾略特(George Eliot)和威尔海姆·拉伯(Wilhelm Raabe)那里都引人注目,但最著名的还是居斯塔夫·福楼拜(Gustave Flaubert)的《包法利夫人》(1857

---

① 指第三人称限知视角中,虽是第三人称叙述,但叙述视野是人物的。——译注
② Tzvetan Todorov (1981), *Introduction to Poetics*, Brighton: Harvester.p.39.
③ 采耿济之译文,见《卡拉马佐夫兄弟》,人民文学出版社1981年版,第1页。——译注

第二章
叙事交流

的开头。这里叙述者首先被介绍为查理的一个同学,但很快便彻底退出整个情节。这对福楼拜向事件高度自控的第三人称叙述变体的发展,是至关重要的。让他的第三人称叙述者记录事件,并传达给读者,且不像巴尔扎克小说里的叙述者那样去评价他们,福楼拜发展的这种叙事方法是詹姆斯·乔伊斯(James Joyce)所采用的同类方法(参见第六章)的先驱。

人称代词问题不仅与第一人称或第三人称叙述者的标志的情况相关,也可进一步涉及第三人称叙述者如何能被识别的问题。后面(第II部分中关于弗吉尼亚·伍尔夫的《到灯塔去》的分析)将会看到,可以用"他""她"或"它"指称第三人称叙述者。问题在于,第三人称叙述者原则上也同样区别于作者,他/她/它可以表达那些并非性别中立的意见、观点、感觉等。在本书中我采用"他"指称第三人称叙述者("他"指代的就是一个叙事工具和手段),在讨论文学文本时,如果作者是女性,我就用"她",男性则用"他"。一个相关问题是:尽管我们可以用他/她/它指代第三人叙述者,但在某种意义上,所有的叙事情境(叙事交流模式中)都假定了一个第一人称叙述者。对此没有简单的解决方法,部分原因在于"第三人称"叙述者的选择也有其术语上的缺陷("外部"叙述者很容易被误会为"叙述者在小说之外"的意思;"作者型"叙述者则可能使人想到叙述者和作者过于贴近的关系)。不管怎样,第II部分的分析表明我运用第三人称叙述者这一术语是不无道理的。第一,它使我们能够区分两种主要的叙述者类型。第二,虽然第三人称叙述者的身份不清,这一术语确实暗示叙述者在情节之外(但在小说之内),而且他/她/它是服务于作为书写者的作者的一个不可缺少的叙事手段。

第一人称和第三人称叙述者之间的选择,不必在作者开始写作之前就明确作出。在同一文本中,可以同时存在第三人称叙述者和第一人称叙述者。说明这样一种混合叙述者能产生丰富主题意义的最好的例子,莫过于威廉·福克纳(Willian Faulkner)的《喧哗与骚动》(1929)。在这部现代派小说中,前面三部分分别由三个完全不同的叙述者讲述,他们同时是主要人物:班吉、昆丁和杰生。最后一部分则采用外在于情节的第三人称叙述者(但其视点却颇为有趣地与康普生家族的黑人女佣迪尔西的视点相关联)。

短篇叙事文本中结合使用两种叙述人称也是可能的。挪威作家西塞尔·莱伊(Sissel Lie)的短篇小说《老虎》这样开头:

> 还在夜里,她醒了,看着屋里一些不甚清楚的阴影,她知道它们将随着晨光而遁迹,她眯上眼睛以使阴影不那么凶险。伴着晨光,太阳直照着挂在衣橱门上的红衣服,恐惧减轻了。那是镇邪的护身符。她浮想出一个绝不像她自己那样的女人——她要让她扮演一个作者的角色,她打算写一写那件衣服。

我已写了故事的第一行,但是意外发生了,我没有继续下去。(第7页,拙译)

在此最重要的与其说是第二段开头的元小说因素(亦即暴露虚构的因素),不如说是从第三人称叙述向第一人称叙述的突然转换(至于说元小说因素激发了转换,那是另外一个问题)。我们不能说那个"我"等同于作者。作为作者,西塞尔·莱伊构建了两种叙事情境,第三人称的和第一人称的。小说中两种叙事手法互相影响,在以此篇打头的整部短篇小说集里都是如此。

当稍后我把第三人称和第一人称叙述者概念和诸如叙述层次、距离、角度、声音联系到一起,以及在第II部分里分析两种主要变体的文本实例时,这两个概念的特性将会看得更为清晰。不过让我们先来看看同一作家在其不同的小说中是如何交替运用第一人称和第三人称叙述者的。克纳特·汉姆生(Knut Hamsun)的《饥饿》(1890)开头这样写道:"这一切,都发生在我饥肠辘辘徘徊于克里斯丁亚城的时候。这座怪城,人们非得挨上了它的烙印才脱得了身……"(第3页)①作品立即就现出第一人称特征——由一个匿名的叙述者"我"来表达,他要讲自己所经历的事情,因此,我们猜测,他将同时成为叙述者和主要人物。这个叙述者叫什么,我们无从知道(事实上一直没有告诉我们),但是,甚至在这一开头,他的叙述就呈现出斯坦泽尔所说的"实存性"动机。小说聚焦在身处困难时期的主人公身上,这是当我们把第一段里的关键词"烙印",和我们读到的第一个词也就是标题词"饥饿"相联系时所感觉到的。

再看汉姆生的下一部小说《神秘》(1892)的开头:

1891年仲夏,在挪威一个海滨小镇上,一些意外事件开始发生。一个名叫纳戈尔的陌生人出现了。这是一个奇怪的人,他怪异的行动惊动全镇,然后突然消失,一如其突然来临。期间他曾有一个访客,一个神秘的年轻女子,为了上帝才知道的原因到来,而且只敢在这里呆了几个小时。还是容我从头细说吧……(第3页)

首先我们注意到一个细节:汉姆生在《饥饿》中,用省略号结束他的第一段,这一排印上的空白(借用沃尔夫冈·伊瑟尔的术语)标志着这一叙事情境为进一步表达事件做出铺垫。在《饥饿》中,我们立即把叙述者的声音和第一行里碰到的"我"联系起来,而《神秘》的第一段则毋宁说表明了叙述者与现身小镇的陌生人之间的区别与距离。正如阿特勒·凯坦(Atle Kittang)所

---

① 采唐克蛮、翁慧华中译,见《饥饿》,黑龙江人民出版社1987年版,第1页,略有改动。克里斯丁亚城是挪威首都奥斯陆在1890年代的旧称。——译注

第二章
叙事交流

指出的:

> 这些区别首要的是和叙事形式有关系。的确,《神秘》也是一部聚焦于主人公内心世界的作品。纳戈尔是文本中的意识中心,中心情节以一种预示了现代心理小说(内心独白,"意识流")技巧的方式,引领我们进入他的心路历程。通过选用第三人称,汉姆生开创了一种第一人称与第三人称相互作用的方式,而这种情况在《饥饿》中我们只看到过微弱的闪现。独立的叙述者声音使其有可能建立起这样一个洞察层次:它外在于主人公,并因此能够做出评判,并显示距离。①

虽然有必要强调两部小说间的这种叙述交流方式的区别,但也必须指出:《神秘》的第三人称叙述者身份实质上并不能使他本身"客观"或使他的评判"正确"。我们在阅读过程中会发现,第三人称叙述者的观点看起来和被陌生人搅得神秘兮兮的整个社会环境的观点很接近,因此我们也并不确信他的叙述是可靠的。这并不能否定把第一人称和第三人称叙述区别开来的必要性。汉姆生在《神秘》中对第三人称叙述者的创造性运用,无论在结构上还是主题张力的建构上,都起到了决定性作用。

可靠叙述者和不可靠叙述者

除非文本恰巧提供了相反的指示,叙述者总是以**叙述权威**(*narrative authority*)为特征的。我们也举韦恩·布斯在《小说修辞学》开头所用的例子来说明:"乌斯地,有一个人名叫约伯;那人完全正直,敬畏神,远离恶事。"(《约伯记》第一章;所有的圣经引用都来自钦定本)②。这是《旧约全书》中《约伯记》的第一句话,我们不知道《约伯记》的作者是谁,也不能确知成书的具体时间(大约在公元前600年)。然而文本开头有一个显著特征,就是故事讲述人的叙述权威。正如布斯指出的,在这里我们一下子就得到了关于约伯的信息,这是我们在现实的人身上、甚至是最亲密的朋友身上都不曾获得过的。"如果我们要把握随后发生的故事,就必须毫无疑问地认可这个信息。"③所有了解了约伯的人将知道情节的发展完全依赖于主人公生活中的道德品质:很清楚,约伯在没有做错任何事的情况下失去了所拥有的一切,

---

① Atle Kittang (1884), *Luft, vind, ingenting: Hamsuns desillusjonsromanar frå Sult til Ringen sluttet* [Air, Wind, Nothingness: Hamsun's Novels of Disillusionment]. Oslo: Gyldendal.p.73.拙译。

② 本书圣经文本的中译,一律采"和合本"《新旧约全书》。——译注

③ Wayne C.Booth(1983), *The Rhetoric of Fiction*, 2nd edn. Chicago: University of Chicago Press.p.3.(见中译本《小说修辞学》,华明、胡苏晓、周宪译,北京大学出版社1987年版,第5页。——译注)

正是这一事实导致他陷入了如此绝望和引发冲突的境地。然而根本并不在于约伯是个怎样的人，而在于这样一个事实：即我们作为读者如此直接又毫无保留地接受了叙述者对他的评价。布斯强调，叙述者具有一种"人为的权威"(artificial authority)①。这表明我们对叙事文本的态度有多坚定是受成规——也就是惯例的看法与期待——影响的，它们是如此的根深蒂固，以至于使得我们不会(或者仅只在一定程度上)去考虑它们。叙述虚构作品中的基本成规便是我们相信叙述者，除非文本在某处给了我们不要这样做的信号。

假如文本确实给了我们这样的信号，那么叙述者的权威可能就被削弱，叙述者也就变得**不可靠**。可靠与不可靠叙述者间的界限或许是模糊的。举例说来，即使一个不可靠叙述者也能给予我们必要的信息。然而"他是不可靠的"这一事实将降低我们对信息的信任(以及在更大程度上，降低对于叙述者关于信息的评价的信任)。叙述者如何暴露"他不可靠"这一事实呢？让我们坚持这样的看法——就是作为起点他是可信的，他拥有叙事功能赋予他的"人为的权威"。每个叙述行为都有其自身的面貌与特征，那些能够指示叙述者的不可靠性的特征包括：

1. 叙述者对其叙述对象的知识或洞察力有限。

2. 叙述者有着强烈的个人沉溺(在某种程度上会使他的叙述表达和评价都明显主观化)。

3. 叙述者讲述的事情与作为整体的话语所显示的价值系统相冲突。

通常这三个因素是相互影响的。"价值系统"一词，我指的是文本意识形态定位，亦即我们从作为叙事语言系统的文本中读出的那些视点、顺序、评价和批判的结合体。这样的价值系统很少是"可以用极少语句就能概括出"这一意义上的"简单"。这个概念与**主题**这一术语是相联系的：主题指的是文本(作为虚构话语)所表现和揭示的最重要的问题和思想。本书第Ⅱ部分所分析的诸文本的主题都是复杂多面的，这种主题丰富性一定程度上源自叙事内容得以产生和呈现所依赖的叙事技巧。

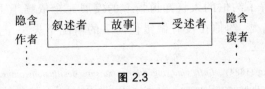

图2.3

---

① Wayne C.Booth(1983), *The Rhetoric of Fiction*, 2nd edn. Chicago: University of Chicago Press. p.4.(见中译本《小说修辞学》，第5—6页。——译注)

第二章
叙事交流

文本价值系统与我所说的文本意图相联系,文本意图概念又与隐含作者概念相联系。当一个叙述者变为不可靠,隐含读者与隐含作者之间就建立起一种交流形式,它超越于"叙述者"之上。我们可用图2.3表示。图表绘制人西摩·查特曼解释说"虚线指示了关于叙述者不可靠性的隐秘的反讽信息"①。有两个例子可以使这一解释具体化。

我说过《喧哗与骚动》的前三部分是由三个完全不同的叙述者分别讲述的,而第四部分和最后一部分的叙述情境是第三人称。随着我们接近小说的结尾而变得清晰起来(且当重读时会变得更清晰)的是:第三个第一人称叙述者杰生是不可靠的。为什么呢?原因十分复杂而且与不可信叙述者的所有三个特征都有干系。而最主要的原因则在于下面两者的对比:一方面是杰生的判断与观察,另一方面是我们从小说第四部分所读出的判断与观察。《喧哗与骚动》中,这以第三人称叙述的结尾一章,是建立文本价值系统的手段——即使远没有那么简单——它仍然表明了其与杰生所持的价值系统是根本不同的。

如果从福克纳到另一个作家约瑟夫·康拉德(福克纳发展了他的叙述实验),我们就遇上后者的《在西方的眼睛下》(1911),这部小说甚至在标题上就宣告了叙述者对其所报告的事件持限制性视角。《在西方的眼睛下》用第一人称叙述,叙述者限知视角暗示着他的叙述可能是不可靠的。除标题和一个"题记"而外,康拉德都用一个英语教师的讲述来呈现全篇。这位教师在瑞士工作,与一群俄国人接触,其中包括小说主人公。让人对这位我们作为读者完全信赖的叙述者生疑的是,尽管他声称自己对俄国和东欧(无论是文化上还是历史上)知之甚少,但他却以一种以丰富的知识和敏锐洞察力为前提的方式来讲述、概括。这样,叙述削弱了其自身的权威性,尽管它自相矛盾地、比叙述者实感到的复杂得多地呈现了主题。就此而言,既然小说的题目作为对叙述者的反讽性的注脚出现,我们可以将其与《在西方的眼睛下》的隐含作者联系起来。而对于从小说自身文本不准确地引用来的题记,我们同样可作如是观。

电影叙述者

叙述者的概念对于电影也具有批评效用吗?我相信是有的,但是我要马上强调,电影叙述者和文学叙述者是相当不同的。如前所述,在1960年

---

① Seymour Chatman (1978), *Story and Discourse: Narrative Structure in Fiction and Film*, Ithaca: Cornell University Press.p.151.

代,麦茨和其他电影理论家们试图把语言学原则运用于电影研究。但正如查特曼所论述的,麦茨随后就认识到"电影不是一种'语言'而是另一种拥有自己的'发音'的符号系统"①。电影叙事是一个经济而有效的系统。就像约翰·埃利斯(John Ellis)在《看得见的虚构》中所说,电影叙事平衡了"意义的平常要素与陌生要素,在因果链中的一连串事件带动下向前运动"②。**电影叙述者**这个概念,在此处的用法,主要参考了大卫·波德维尔的《虚构电影中的叙述》(1985)和西摩·查特曼的《叙事术语评论》(1990)。

波德维尔认为电影有叙述但没有叙述者:"在看电影时,我们很少觉察到是在听一个类似于人的实体在告知什么。【因此电影】叙事是更宜理解成为了建构一个故事而提供的一套信号的组织。它假定了一个信息的视听者,却没有发送者。"③换言之,在视叙述为电影交流的绝对中心的同时,波德维尔把自己的理论建基于观众看电影时的所作所为上面。正如查特曼指出的,波德维尔优先考虑读者,这让我们联想起反应理论。波德维尔的电影叙事理论和鲍里斯·艾亨鲍姆把电影理解为"一种新的智力练习"④的主张也存在有趣的联系。波德维尔的观众不是被动的,而是积极地参与:在无数视觉和听觉印象的基础上,观众首先构造起互相联系、易于理解的图像,然后才建构一个故事。无疑,波德维尔对于观众的积极作用的强调具有批评的启示意义,他关于叙述的评论也同样如此。然而,正如爱德华·布兰尼根在《叙事理解与电影》⑤中所观察到的,由于波德维尔在其关于"电影叙事"的讨论中,使用了大量可以同样归于"电影叙述者"的隐喻,使得两个术语之间的区别也许没有乍一看上去那么明显了。

威廉·罗斯曼(William Rothman)在《摄影机的"我"》中写道:"电影是一个受制于表面、外部、可见因素的媒介……【但电影又是】一个有着神秘的深度的、内在的、不可见的因素的媒介。"⑥他能给予电影运作方式中的这一根本悖论以理论根据,这要归功于波德维尔。从文学角度来看,饶有意思的

---

① Seymour Chatman (1990), *Coming to Terms: The Rhetoric of Narrative in Fiction and Film*, Ithaca: Cornell University Press.p.124.

② John Ellis (1989), *Visible Fictions: Cinema, Television, Video*, London: Routledge.p.74.

③ David Bordwell (1985), *Narration in the Fiction Film*, Madison: University of Wisconsin Press.p.62.

④ Boris Eikhenbaum (1973), 'Literature and Cinema' [1926], in *Russian Formalism: A Collection of Articles and Texts in Translation*, ed. Stephen Bann and John Bowlt, Edinburgh: Edinburgh University Press, 122-7.p.123.

⑤ Edward Branigan (1992), *Narrative Comprehension and Film*, London: Routledge.p. 109-10.

⑥ William Rothman (1988), *The 'I' of the Camera: Essays in Film Criticism, History, and Aesthetics*, Cambridge: Cambridge University Press. p. xv.

第二章
叙事交流

是,他的理论建立在俄国形式主义关于 fabula、syuzhet 以及**风格**(*style*)之间的区别之上①。即便波德维尔以一种特别的方式理解这些术语(部分地因为他用其来构建自己的理论,部分地因为他将其运用于电影),其恰当性也说明了电影理论和叙事理论之间一个重要的联结点(由波德维尔借用热奈特的术语而强化了的联结点)。

对波德维尔来说,fabula(有时译为"故事")……体现了作为按时间顺序的、由发生在一个给定的持续时间和空间领域里的事件组成的因果链的行动…… syuzhet(通常翻译为"情节")是电影中对于 fabula 的实际安排与表现。②波德维尔理论的关键在于,他认为电影的 syuzhet 只呈现整个 fabula 的一小部分,是一个由观众通过假设和推论来支撑的一个潜隐结构。作为第三个组成部分,风格是指对电影手段的系统运用。相对于波德维尔认为是叙事的普遍特征的 syuzhet,风格更具有媒介特殊性(在电影里即更具技术性)。

依靠这三个概念,波德维尔给出了"电影叙述"的定义:"电影的 syuzhet 和风格相互作用,暗示和引导观众建构 fabula 的过程。"③这个定义是在波德维尔从俄罗斯形式主义那里汲取的全部三个要素的基础上创立的。然而查特曼发现,

> 这一过程是如何发生的有点不甚清晰,究竟它是内在于观众——在这种情况下,风格和 syuzhet 只在其知觉与认知中"相互作用"呢,抑或是在银幕和观众之间的某种交流?如果是后者,那么"叙述"至少部分地寄身于电影——在这种情况下,我们就有理由问,为什么它不应该获得某种发送者的地位。④

波德维尔的理论有显著的全面性和广泛的说服力,但确实很难想象电影是不通过"发送"就被"组织"起来的。电影作为一种有效的交流系统,这预设了某种形式的"发送者"(该发送者由许多环节构成以及它可能难以辨认这一事实是另外一个问题)。因此,像查特曼那样说观众重构电影的叙事,比说他或她"建构"更有意义。但这并不意味着所有观众都可以同样地重建。但它表明,电影叙事既为重建奠定基础,又控制着它——有点像散文

---

① *Fabula* 与 *Syuzhet* 均为俄文,前者意为故事,后者意为情节。参见本书第一章"叙事虚构:话语、故事和叙述"一节。——译注
② David Bordwell (1985), *Narration in the Fiction Film*, Madison: University of Wisconsin Press.p.49-50.
③ Ibid., p.53,着重为原作者所加。
④ Seymour Chatman (1990), *Coming to Terms: The Rhetoric of Narrative in Fiction and Film*, p.126.

中的叙述控制阅读过程的那种方式。

正是在这一理论背景下,"电影叙述者"这个概念才变得富有批评助益。当电影被理解为一种复杂的交流形式时,它就像文字作品一样,是有一个发送者的。此外,在两种媒介中,不论它们有多大的不同,都应该把发送者这一概念分成(隐含)作者和叙述者。对于电影,也像对于小说那样,

> 我们都要很好地区分故事的表达者,即叙述者(他是话语的一个组成部分),以及故事和话语(包括叙述者)的创造者,即隐含作者——不是作为最初的动因、原初的传记意义上的人,而是作为在文本中我们把创造任务分配给他的那个责任人。①

查特曼以阿伦·雷奈(Alain Resnais)的《天意》(1977)为例阐释了这一区别。电影的前一部分呈现了主人公老作家克利夫·朗哈姆的幻想。渐渐地观众了解到,电影的画外音在这种情况下统辖着掠过银幕的图像。这些零碎的图像显示的基本上是朗哈姆为要写的小说所设想的草稿。关键的问题在于,在影片让我们看见的这些幻想中,决定着我们看到什么的,是朗哈姆的声音,而不是某个非人格化的"叙述"。这样,朗哈姆在此处是作为一种第一人称叙述者起作用,查特曼借用热奈特的术语称之为"同故事"叙述者。稍后这个叙述者消失,而一个"非人格化"(第三人称)的叙述者接掌叙述。而依照查特曼的看法,两者都是"被影片压倒性的意图亦即隐含作者所安排的"。②

让我们做一个小结。电影交流的表达手段主要是视觉的,但它也可利用其他的交流通道。可以随意展现电影所拥有的各种交流手段的高位"控制体",我们可以称之为电影叙述者。电影叙述者引导观众对电影的感知,它是电影创造者的交际工具。我们会想起,这种功能多少是文学里的第三人称叙述者所具有的。重大区别在于,在用语言交流(提供信息、评论和概括)这一意义上,第三人称叙述者的实质也是"人",而电影叙述者则是机械的、技术的异质手段,由大量的不同成分组成。

查特曼给出一个图表(图2.4)③,以表明"电影叙述者的复杂性"。电影叙述者是这些和其他变量的总和。它们中的一些(如摄影机),对电影交流来说绝对是根本的,而另外一些(如画外音),重要性或大或小,依关乎哪部

---

① Seymour Chatman (1990), *Coming to Terms: The Rhetoric of Narrative in Fiction and Film*, p.133,着重为原作者所加。
② Ibid., p.13.
③ Ibid., p.134-35.

电影而定。(这里有些概念极具技术性,以至于我应当界定他们:mise-en-scène①是摆在摄像机前被拍摄的所有要素——照明、家具、服装等等;"直切"(straight cut)意为直接从一个画面跳转到另一个画面,而"淡出"(或"渐隐")是要在一个影像上叠加另一个,在第二个进入焦点的同时第一个逐渐消失。一张有用的电影术语表请参见波德维尔和汤姆逊。)②

如图表所示,是观众(而不是电影)建构了这样一个"叙事综合体"。电影作者面对的大部分挑战在于,以这样的方式呈现出共同构成电影叙述者的各种元素:使观众把它们作为必要的和富有主题意义的因素去体验。就向观众提供构建电影叙述者和电影故事的基础这一意义而言,电影交流中的各元素必须是一致的,电影故事也同样如此。"画外音"就是构成电影叙述者的众多元素之一:一个外在于电影画面的声音。萨拉·科兹洛夫(Sarah Kozloff)在《看不见的故事讲述者》中强调,"画外音叙述"这一术语的三个成分都是充分有效的,音确定了传播媒介:我们必须听到某人说话。画外点明

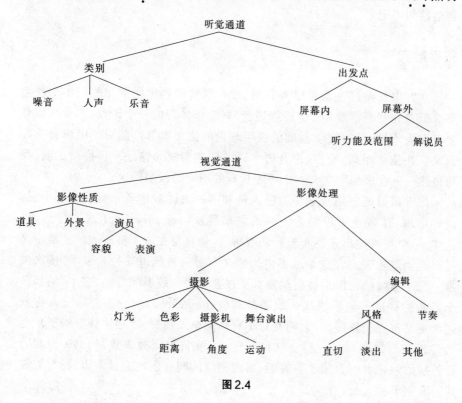

图2.4

---

① mise-en-scène,法语词,意为舞台演出。——译注
② David Bordwell and Kristin Thompson (1997), *Film Art: An Introduction*, 5th edn. New York: McGraw-Hill. P.477-482.

声源和银幕图像之间的关系：观众在听到说话人的声音的同时却看不到他或她说话。叙述则和说出来的内容相关：某人传达一个故事——对视觉化展示出来的东西加以介绍、补充和评论。①卡柏瑞尔·亚斯里(Gabriel Axel)的《芭贝特的盛宴》中的女性画外音体现了所有这三个要素，并为画外音和银幕表演之间所能获得的叙事距离提供了范例（参见第四章）。

如果电影叙述者像图2.4所示那么复杂和零散，那么电影的**作者**又是谁呢？小说写作通常是单个人所为，而一部叙事虚构电影通常则是如此昂贵，如此具有技术复杂性，以至于它只能通过复杂的生产过程来实现，在这一过程中许多环节"协同创作"——编剧、制片人、男女演员、摄影师，等等。而**导演**之所以通常被看做电影"作者"，主要原因是他或她不仅在统筹和协调生产过程中诸行动方面负有总体责任，而且在银幕表演和影片主题表达方面发挥创造性作用。遵从这一惯例，在第Ⅱ部分我将（比如说）把约翰·休斯顿视为《死者》的"作者"，因为他是电影的导演，并在其上清晰地留下了自己的创造性的印记。

叙事层次

在对电影做过一番粗略考察后，现在我将回到虚构散文的叙事交流上来。但首先我们需重申"电影叙述者"概念所体现的一个论点：不管在媒介上有多大不同，具有文学基础的叙事理论的诸要素都可能对于电影有重要意义。在依靠距离、角度、声音等术语对叙述者概念作进一步推敲之前，我将概述一下在虚构散文文本中可能具有的不同的叙事层次。

作者可以通过结合运用第三人称和第一人称叙述者来写作一部小说，同样道理，作者也可以结合不同的**叙事层次**(narrative level)来安排话语。这样，一个被讲述出来的实施行动的角色，他自身在一个被嵌入的故事中又可以充当叙述者。在这个故事内可能又有另一角色讲述另一故事，依次类推。这一等级结构中最高层次是真正被置于第一故事的行动之"上"的那一个。我们称这一叙事层次为**故事外层**(extradiegetic)。传统上第三人称叙述者正是被置于该层次，它拥有对于行动的全知视野，常常也拥有对于角色的思想和感情的知悉。乔叟(Chaucer)的《坎特伯雷故事集》(1390—1400)最外层的叙述者引介出了香客们，而在相应的同一层次上，《堂吉诃德》的叙述者介绍了主人公。

---

① Sarah Kozloff (1988), *Invisible Storytellers: Voice-over Narration in the American Fiction Film*, Berkeley: University of California Press.p.2-3.

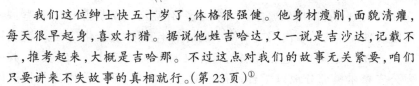

第二章
叙事交流

> 我们这位绅士快五十岁了，体格很强健。他身材瘦削，面貌清癯，每天很早起身，喜欢打猎。据说他姓吉哈达，又一说是吉沙达，记载不一，推考起来，大概是吉哈那。不过这点对我们的故事无关紧要，咱们只要讲来不失故事的真相就行。(第23页)①

"我们的故事"点出了小说中行动的支配层次，即第三人称叙述者（在故事外层上）呈示但不参与的**故事层**（diegetic）。由于所有的叙述者都是文本的一部分，叙述者显然有资格指称自己的叙述为"真实"。这里我们又一次碰到了叙事权威问题：因为塞万提斯展开其小说的杰出创意以堂吉诃德的狂热为基点，所以对于小说的可持续性来说，有一点变得至关重要，那就是：读者相信叙述者就主人公的鲁莽所进行的叙述。这样小说开头在叙述者对堂吉诃德之狂热的评价和能明显确证其狂热性的行为之间建立一系列对应，就远非偶然的事情了。出于同样原因，这个堂吉诃德辛苦地骑着他的驽骍难得（堂吉诃德座驾的名字）在西班牙风景中漫游的故事层，在生动的细节中表达了出来。

尽管堂吉诃德和驽骍难得的故事层（同样的，在第二和第三次冒险里桑丘和驴子也是）在《堂吉诃德》中占上位，但小说另外也提供了一个我们称之为**次故事层**（hypodiegtic）——故事层"之下"的叙事层次的佳例。经过漫长的一天，堂吉诃德和桑丘到达了一些牧羊人的小屋，在那里受到盛情款待，决定扎下帐篷夜宿。在一顿丰盛晚餐以及"两皮袋酒转眼就空了一只"（第85页）②之后，堂吉诃德先在牧羊人们面前发表了关于黄金时代的演说，贝德罗则讲述了格利索斯托莫因为爱玛赛拉而死的故事。塞万提斯（Cervantes）此处所用的叙事技巧在结构上类似于《黑暗的心》的开头，在那里康拉德建构了一个在泰晤士河航船甲板上的口头叙事情境。虽然两个作者都是在书面小说里建立了口头叙事情境，但文本的可比程度还是有限。《黑暗的心》里的马洛讲述他自己的故事（这形成了故事层），贝德罗讲述一个嵌入主要行动内的相对简短的故事，这在堂吉诃德（作为"故事人物"）对它作出评论时就被标记为"故事内层"。首先，堂吉诃德忍不住地纠正贝德罗的语言和选词——他持续这么做，一直到贝德罗被惹恼并威胁停止讲述故事为止。然后堂吉诃德改变了态度，他随后的评论都是鼓励性的，而不再是批评性的。

《堂吉诃德》中的嵌入故事还有另一因素把故事内层和故事层联系起来，这一因素与人物塑造有关，就像当多若泰先在故事内层被介绍过之后，

---

① 译文采杨绛译《堂吉诃德》（上），人民文学出版社1978年版，第11—12页。据情况略有更改。——译注
② 见杨绛中译本（上）第73页。——译注

在故事层中又再次出现那样。如维克多·什克洛夫斯基指出的,这些嵌入的短篇故事模样的故事内层文本使小说情节丰富化、复杂化①。这尤其适用于最长的嵌入文本,即"追根究底的鲁莽汉的故事"(第310—357页)②,其中主人公安塞尔模部分地以堂吉诃德的对立面出现,部分地作为其相似体出现。当故事内层以此种方式运转时,热奈特称之为主题功能。宽泛而言,故事内层叙事拥有该功能,即一种解释功能,或者一种采取对情节做出更加独立贡献的形式的功能。在《堂吉诃德》中这些功能混杂在一起,这部分地是因为围绕堂吉诃德和桑丘的情节中,行动线索不是很强,而由故事内层予以补充。世界文学中故事内层叙事的经典例子是《一千零一夜》。在拂晓之前,被妹妹要求讲述"一个你读过的最有意思的故事"的山鲁佐德,"对国王说:陛下,您是否乐意允许我给我妹妹这个满足呢?用我满心诚意允许你,国王回答。然后山鲁佐德吩咐妹妹听好,就对山鲁亚尔这样地讲述开了……"(第17页)③。山鲁佐德的生命依赖于她的叙述能力,她的故事(它构成了文本的故事内层)需要满足的唯一条件是吸引住国王的注意力。在《一千零一夜》中,故事内层在分量上占据优势,然而由于山鲁佐德为了活命必须连续叙述,对于故事层所提供的大量故事的显著需求,调节了这种不平衡。

叙事距离

第三人称和第一人称叙述者的区别将我们引向两个术语:"距离"和"角度",这两个术语都需要更详尽的解释。距离概念的悠久历史可以追溯到柏拉图《国家篇》的第三章。在那里柏拉图视叙事为"由简单叙述或由模仿(摹仿)传达出来的叙事完成的,或同时由两者完成"④。尽管柏拉图还难以依靠这些种类去辨认特定史诗,但它们却都与距离概念相关,因为第一类——"简单叙述"比第二类——"模仿"(摹仿)距离更远,叙述介入更强。在亚里士多德那里,这种区别没有那么明显,因为他对"摹仿"的理解和柏拉图不同。亚里士多德用"**摹仿**"一词指称一般文学,他似乎假定这个概念是普通的和毫无疑义的。尽管亚里士多德用了其他概念,然而他对史诗和悲剧文学区分的方法还是令人联想到柏拉图:"……第三点差别,是摹仿这些对象

---

① Viktor Shklovsky (1973), *Theorie der Prosa*, ed. G. Drohla. Munich.p. 104-5.
② 本章标题杨绛译本译为《何必追根究底》(故事)"。——译注
③ 中译本参照纳训译《一千零一夜》第一卷,人民文学出版社1957年版,第7—8页。——译注
④ D. A. Russell and Michael Winterbottom (eds.) (1998), *Classical Literary Criticism*, Oxford World's Classics, Oxford: Oxford University Press.p.29.

第二章 叙事交流

时所采的方式不同。假如用同样媒介摹仿同样对象,既可以像荷马那样,时而用叙述手法,时而叫人物出场。"①

古典传统不十分注意叙述话语的问题,但在20世纪里,柏拉图的区分通过**讲述**(*telling*)和**展示**(*showing*)这对概念得以重现。这一对概念同美国小说家亨利·詹姆斯(Henry James)和批评家珀西·卢伯克(Percy Lubbock)有关。在《小说技巧》(1921)一书中,卢伯克认为,情节被展示出来而不是讲述出来,这实际上是小说艺术的前提。这一主张(对于亨利·詹姆斯更为复杂的观点进行了有组织地、简化的表述)在韦恩·布斯的《小说修辞学》一书中受到批驳。因为对于布斯来说,叙述艺术首先是讲述,而距离的概念重新变得重要起来。

热奈特在评述"讲述—展示"之争时强调"任何叙事都不能'展示'或'模仿'它讲的故事,而只能程度不同地造成模仿幻象,这是唯一的叙述模仿……【因为】口头或书面叙述是一种言语行为"②。作为支持"叙事虚构是讲述"观点的一个贡献,这一批评不仅针对卢伯克,而且也部分地针对亚里士多德关于摹仿的对象是"行动中的人"的理解。热奈特强调"词语模仿只能是对词语的模仿。除此之外,我们只有也只能有不同程度的讲述"③。"不同程度的讲述"对于热奈特(以及布斯)意味着不同程度的叙事距离——既指叙事文本的作者和文本本身(作为语言结构)间的距离,也指文本的叙述者(们)和其中的事件/角色间的距离。

距离概念揭示了叙事虚构(特别是小说)的一个基本特征:如果叙事虚构异常灵活并以激烈强度表现事件和冲突,它自身就由一系列距离化的手段构成。1912年爱德华·布洛(Edward Bullough)在著名论文《心理距离》中,把距离界定为这样的特性,感情经由这一特性变得富有美学根据:"距离化指个人感受——无论是思想还是复杂经验——从具体经验的个性中分离出来。"④布洛用"距离化"指称一般化或客观化的过程:能够(通过文学手段和策略)创造富有普遍趣味的美学产品的写作行为。和热奈特对"叙述模仿"的理解相结合,布洛的距离概念,正像戴卫·赫尔曼(David Hayman)在《再造叙事》(1987)中描述的,为距离这一概念分为三种奠定了基础。"距离"

---

① Aristotle (1995), *Poetics*, p.35, 1448a. (采罗念生译文,见《亚里士多德 诗学 贺拉斯 诗艺》,第9页。——译注)

② Gérard Genette (1980), *Narrative Discourse*, Oxford: Blackwell. [Original title: 'Discours du récit: essai de méthode', in Figures III. Paris: Seuil, 1972, 67-273.] p.164.

③ Gérard Genette (1980), *Narrative Discourse*, p.164. (采王文融译文,见《叙事话语 新叙事话语》,中国社会科学出版社1990年版,第109页。——译注)

④ 转引自 David Hayman (1987), *Re-forming the Narrative: Towards a Mechanics of Modernist Fiction*, Ithaca: Cornell University Press. p.19.

这个术语现在特指叙事文本中叙述者与事件/角色之间的关系。

1. 时间距离(*temporal distance*)。正如我们将在第三章里看到的,虚构散文中的叙述通常是回顾的。这涉及叙述行为和被叙述的事件间的时间距离。这一时间距离常常是叙述的促动力,但叙事行为究竟是何时开始的可能不那么清晰。让我们回到汉姆生《饥饿》的开头。在以省略号结束的第一段后,叙述行为显然是回顾性的:"这一切,都发生在我饥肠辘辘徘徊于克里斯丁亚城的时候……"(第3页),第二段则这样开头:"醒来时,我躺在顶楼上。楼下,不知何处一台钟敲了六下。晨曦煦和,楼道上人们开始上下。"①这里我们不仅有一个从过去到当前的转变,而且对展示这一转变来说,时态十分重要。仿佛是第一人称叙述者被带入,或者说带回到他讲述的故事中。对于读者,这有一种强化效果,同时也缩短了第一段所暗示的时间距离。

2. 空间距离(*spatial distance*)。时间距离常与空间的距离——也就是叙述情境和(主要)事件展开的场所之间的距离——相结合。在第 II 部分中我们将看到康拉德的《黑暗的心》既标示了时间距离(马洛的叙述行为和他所讲述的经验之间的未指明的时间跨度),又标示了空间距离("文明"的伦敦和"蒙昧"的非洲之间)。然而,就像括号中的引号所暗示的,即便那么遥远的距离也可以被缩短和疑义化。尽管《饥饿》和《黑暗的心》是迥异的小说,但两部叙事作品中悬念的产生方式均同时涉及了时间和空间距离的变化。

3. 态度距离(*attitudinal distance*)。这一种最为复杂——不但因为它和文本中叙述者和人物洞察力的不同层次联系在一起,而且因为此处的距离概念更加隐喻化地发挥作用,也更密切地关系到阐释。我所说的"态度",指的是叙述者的洞察力、判断力和价值观的层次。态度距离是一个有用的概念,可用于讨论、也许是阐明叙述者和人物之间的关系。在讨论涉及到文本意图和价值系统的叙述者位置与功能时,它也是一个有助益的术语。

换言之,态度除了指称叙述者的个性特点——无论叙述者是第三人称的还是第一人称的——同样也可以指称人物的特点。因为即使第三人称叙述者在情节之外,他仍可以表达其对于人物的看法,评价他们,等等。另外,特别是如果叙述者是不可靠的,在叙述者和隐含作者(作为表达文本总体意图的抽象实体)之间会产生态度距离。福克纳的《喧哗与骚动》是一个现成的例子。杰生的态度,包含着对于其兄弟班吉和昆丁的蔑视以及对于生活的广泛的自私和愤世观点,既和其后的第三人称叙述(其间的叙述者态度令

---

① 采唐克蛮、翁慧华译文,见《饥饿》,黑龙江人民出版社1987年版,第1页。——译注

人联系到迪尔西的态度、并受到迪尔西态度的微妙影响)形成对照,也和之前两部分中的第一人称叙述形成对照。除了塑造杰生性格,这种双重对照形式还为把他树立为一个不可靠叙述者作出了贡献。

一段标示态度距离的叙事文本,可能在下一个场合里通过**叙事同情**（*narrative sympathy*）将这一距离复杂化。这可以经由多种途径达成。约瑟夫·康拉德的《间谍》(1907)中的斯蒂威,是在一部第三人称叙述首尾一贯地距离化和反讽的小说中,被同情地表现的人物的例子。就像福克纳笔下的班吉·康普生一样,斯蒂威是个弱智者,对斯蒂威的同情部分地通过情节(他在一次不成功的恐怖行动中成为牺牲品,无辜地被炸为碎片)确立,部分地通过对其他人物的反讽地性格描绘来反衬出。

反讽

像《间谍》所例示的,态度距离常和反讽相关。反讽是一个复杂概念,此处我只能予以简要评述,不过在讨论《死者》和《到灯塔去》时我将再度谈到它。造成这个概念如此复杂的原因,部分地在于它不仅被限定为一个修辞学术语或一种修辞格。它还可以被更加哲学化地理解为:对外在现实世界和人对它的理解能力之间距离的一种存在性的体验——包括对"语言(我们赖其能够思考和理解)不能抵达超出其自身之外"这一事实的体验。接下来我将在修辞学意义上(虽然其哲学蕴含在一定程度上也必然会起作用)用反讽这个概念。我们可以区分出言语反讽、稳定和非稳定反讽以及戏剧性反讽等方面。

言语反讽（*verbal irony*）传统上被划分到**比喻**（*trope*）当中,亦即一种和隐喻(参见第六章第一部分)或转喻(参见第七章第三部分)一样的比喻化表达。它是这样一种表达:言说者(说或写的人)真正意指的是与她或他实际上直接说出的完全不同的东西。言语反讽的一个文学实例是简·奥斯汀(Jane Austen)的《傲慢与偏见》(1813)的首句:"凡是有钱的单身汉,总想娶位太太,这已经成了一条举世公认的真理。"(第1页)此处的一个反讽含义是未婚女人力求攫住富有男人。另一个反讽含义则是有钱的男人未必认同叙述者表达的表层观点。

稳定和不稳定反讽（*stable and unstable irony*）是由韦恩·布斯在《小说修辞学》(1974)中发现的一个区分。当作者(通过叙述者和话语策略)把为颠覆表层含义提供坚实基础的那一主张或立场呈示给读者时,就有了稳定反讽。在《间谍》对于伦敦无政府主义者的描述中就有稳定反讽:他们的言辞因空无一物而倍显浮华,他们的政治"改良主义"理想被天真的残忍(如斯蒂威的被杀)所损害。这里我们可以引入穆艾克(D. C. Muecke)关于反讽是"双层现象"①的解释,他认为,在处于顶层的反讽者(康拉德的第三人称叙述者)和处于底层的反讽牺牲品(无政府主义者们)之间总是存在着对立或者距离。

如果颠覆表层含义或该含义的替换物的基础变得不确定,不稳定就用于修饰反讽。在这种情况下,我们常称的**反讽复归**(*ironic regression*)就出现了:层层的反讽通过使所有的判断、选择和时间排序困难化而又并非不可能,从而让阅读复杂化。萨缪尔·贝克特(Samuel Beckett)的小说三部曲——《马洛伊》(1951)、《马洛纳之死》(1958)和《无名的人》(1960)——就是不稳定反讽的例子:每一次读者以为他或她在小说中发现了一个定位点(在下一场合也许会发现它的解释模式),都被新的叙事变化和主题错杂化暗中破坏。例如,在《马洛纳之死》(贝克特自己的英文译本名为 *Malone meurt*(1951)②)中,贝克特通过让马洛纳充当第一人称叙述者、主人公和插入的建构性故事之作者而使读者感到困惑难解。马洛纳声称对他而言故事里的人物是虚构的,而他讲述他们——用尽量短的铅笔写他们——是为了在等待死亡时自我娱乐:

> 我想我能给自己讲四个故事,每一个的主题都不同。其一是关于一个男人的,第二个关于一个女人,第三个关于一件事,最后一个关于一个动物,也许是一只鸟。我想那就是一切了……或许我将没有时间讲完。或许相反,我会很快讲完。(第7页)

然而,这些形成一种情节的故事内层的诸故事,和对于马洛纳自己的死亡过程的严肃的(或许又是悲观的)解释之间的过渡仍然变得不甚清晰。《马洛纳之死》没有通常意义上的情节。小说中最为确定的事件是主人公死了——这在书的标题里已经宣示,但具有很强反讽意味的是,作为第一人称叙述者的主人公自己无法对此加以描述。小说的叙述渐近其永未到达的零点。

戏剧性反讽(*dramatic irony*):《马洛纳之死》的不稳定反讽可归之于一系列叙事、结构和主题因素,其中也包括戏剧性反讽。这种反讽包含一种情境(一段表演或一段叙事),观众或读者从中获得戏剧或叙事文本中的人物所没有的知识。此种知识的缺乏通常导致人物"误会"地行动(也就是违背他或她自己的利益)而对此毫不知悉;然后她或他说出预示着结局(灾难)的

---

① D. C. Muecke (1969), *The Compass of Irony*, London: Methuen. p.19.
② 上文提及的"《马洛纳之死》(1958)"系指通行英译本,其英文名为 *Malone Dies*,出版于1958年。

事情而同样并未认识到。希腊悲剧为戏剧性反讽提供了经典例证，像索福克勒斯(Sophocles)的《俄狄浦斯王》(约公元前425年)。俄狄浦斯视力正常，但是直到他被盲人蒂利希阿斯告知之前他却不能看清自己的所作所为。这是典型的戏剧性反讽，此处也可以称作**悲剧性**(*tragic*)。戏剧性反讽从未像贝克特的《马洛纳之死》这样清晰，(在我对小说的阅读中)它可以在马洛纳"建构"起的人物和他自身之间悖谬的平行对应中被发现。

叙述角度

当我们把叙述者的态度距离和其洞察力及判断力水平联系起来时，我们暗指的是他以其特定方式"看到"他所讲述的事件，而他看待和判断事件及人物的方式对于他如何呈示他们造成影响。叙事交流的这一特点和**指示词**(*deixis*)这一语言学术语联系在一起，该术语指的是一切有特殊指示功能的语言要素。这种词语的例子如 the, this, that, here, there, now, I, you, tomorrow, yesterday。除非我们引入人(说话者)的"定位点"(空间和时间的)，否则这些词语都不能被恰当理解。如果我们从词语的语言学层次转向叙述话语层次，这里叙述者的(或说话者的)定位点对于我们如何理解文本同样也常常是至关重要的。我们把这种定位点称为**叙述角度**。即便《饥饿》的第一句——"这一切，都发生在我饥肠辘辘徘徊于克里斯丁亚城的时候"——其中的多个词语和时态也都具有指示功能："在……的时候"，"我"，以及"于克里斯丁亚城"。它们预示着叙述角度关联至某个人物，预示着叙述可能是第一人称的，预示着角度是距离化的和回顾性的，也预示着故事—事件对于主人公来说是既定的了。

即便角度概念可以在语言学意义上得以界定，上述评论也显示出叙述角度具有超出语言学功能之外的其他功能。一个原因在于角度和叙述者或人物的表达相关。这种单独的声音有助于构成作为"拟声性"(translinguistic)和"语用性"(pragmatic)的叙事话语①声音更进一步地与叙述者和人物的视点、判断力和体验有关。这使我们能够根据给定的叙事文本中哪方面更为重要，来更精确地限定角度这一概念。角度是一个叙述表达成为可能(或不可能)，以及和其他(等价的)表达相区别的问题。叙述角度也将用不同的方式并在不同的程度上诉诸受述者或读者的角度。

---

① M. M. Bakhtin (1982), *The Dialogic Imagination: Four Essays,* ed. Michael Holquist, Austin: University of Texas Press,并参照 Tzvetan Todorov (1984), Mikhail Bakhtin: The Dialogical Principle, Manchester: Manchester University Press.p.24.(托多洛夫该著作中译本收入《巴赫金、对话理论及其他》一书,百花文艺出版社2001年版。——译注)

"构成虚构世界的现象永远不会'从其自身面目',而是必须从一个特定的角度呈现给我们。"① 叙述角度不仅是一个叙述者对于事件和人物的视觉感知的问题,也是一个他或她如何体验、判断和解释它们的问题。米克·巴尔指出:"感知有赖于众多的因素,力求客观性是毫无意义的。在这里我们仅仅指出其中的一些因素:一个人对于感知客体的位置、光线、距离、先前的知识,对于客体的心理态度等,所有这些以及其他众多因素影响着一个人形成并传达给他人的图像。"②

这样,角度就指示着叙事要素得以呈现所经由的意识呈现。就像米克·巴尔指出的,它"既包括感知点的物质方面,也包括其心理方面……【但不包括】正在进行叙述的行为者"③。由于无论叙述者还是人物均有可能"表达另一个人所看到的东西",所以角度需要与"表现那一视觉的声音的本体"区分开来④。【巴尔用"聚焦"(focalization)这一术语,我为讨论电影考虑而保留这一术语,它大致相当于此处用的"角度"(perspective)一词。】

让我们用伊莎贝尔·阿连德(Isabel Allende)的短篇小说集《爱娃·露娜故事集》中的两个作品为例,来说明上述论点。《瓦雷迈》的开头:

> 我爸爸给我起的名字叫瓦雷迈,在我们北方兄弟的方言里,它的意思是"风",我很乐意告诉你这个,因为你现在就像是我自己的女儿,我允许你这么叫我,尽管只是当我们跟家人在一起的时候。人们的名字和动物的名字都需要被尊重,因为当我们与他们交谈时,我们触及他们的内心,并且成为他们生命力量的一部分。(第86页)

瓦雷迈是小说的主人公。他也是第一人称叙述者:他自始至终以"我"自称,并且是情节中最重要的角色。如果我们引入叙述角度的概念,就可以更好地看到瓦雷迈的两个主要功能(作为主要人物和第一人称叙述者)是如何结合的,以及它们如何主题性地发挥作用。仅在第一句里,就有几个词语暗示了叙述角度,"瓦雷迈"、"方言"、"我们的兄弟"、"北方"。文本迅速地、指示性地建立了一个时间维度,一个在过去和现在之间(以及三代人:父亲、瓦雷迈、和女儿之间)的时间区别。而且,通过重复标题已经宣告过的主人公名字,暗示了这个名字不仅代表着一个人物,而且标志着对于人物和他所属的种族群体(印第安部族)的尊重。这种尊重标志(对于别的人和别的文

---

① Tzvetan Todorov (1981), *Introduction to Poetics*, Brighton: Harvester. p.32.

② Mieke Bal (1997), *Narratology: Introduction to the Theory of Narrative,* 2nd edn. Toronto: University of Toronto Press. p.142.(采谭君强译文,见《叙述学:叙事理论导论》,中国社会科学出版社2003年版,第168页。本节凡引该书均见谭译本第168—169页。——译注)

③④ Ibid., p.143.

化来说)可能暗示着其他语境中尊重的缺乏。我们感觉这个短篇小说会明白地给我们这种缺乏的实例,并由此戏剧化地表达权力和自由问题。这一开头的多种效果依赖于瓦雷迈的第一人称叙述者身份。小说的角度受到第一人称叙述者角度的影响,但文本角度(在此处接近于文本意图的变体)也影响着叙述者的判断和体验。因为它们不仅是他的——也关系到他的父亲,植根于他的文化之中,而且受"我们北方兄弟的方言"的影响。

现在来看出自《爱娃·露娜故事集》中的另一短篇小说《幽灵宫》:"五个世纪之前,勇敢的西班牙叛教者带着疲倦的马匹和白热的盔甲,在美洲的太阳下面踏上圭纳路海岸时,印第安人已经在这个地方生生死死几千年了。"(第201页)《瓦雷迈》的第一人称叙述与阿连德的长篇小说《爱娃·露娜》(1987)的叙述相关联,但《幽灵宫》的叙事方法则像其短篇小说集中大部分作品那样,采用了第三人称。然而该作品中叙述者外在于其只观察而不参与的情节这一事实,并不意味着叙述角度是中立的。首句不仅建立了"过去"和"现在"的区分,也把过去与原住民联结而把现在与欧洲移民联结。换句话说,时间距离和空间距离联结了起来;过去和印第安人相关,而当前则关联到西班牙人。时间距离和空间距离的联结标志着一种态度距离:叙述者把自己与欧洲侵略者拉开距离,同时她对印第安人和"圭纳路海岸"抱以同情态度。把《爱娃·露娜故事集》中诸短篇小说互相之间完全孤立开来阅读,既有困难,也非人所愿。这里举的两篇小说,不论在叙事上还是在主题上的一个联系点在于,帮助建立《幽灵宫》角度的第三人称叙述,为《瓦雷迈》的第一人称叙述中的角度增加了分量。

就像热奈特首先指出的,在散文小说分析中有必要区分谁看和谁说两个问题。前者归属于话语范畴,并可以和上面解释的角度概念相关联。后者归属于叙述,并与叙述声音及言语呈现相关。关于"视点"(point of view)的讨论经常忽视这一重要区别。"视点"这一术语混沌不明,因为它可以交替指涉角度和声音。尽管在多数叙事理论中角度同时指叙述者和视觉角度,实际上这两个叙事主体之间互补性胜于相似性。这样,文本的角度和叙述间的关系就大可研究,不管它是固定的还是变化的。以詹姆斯·乔伊斯的《一个青年艺术家的画像》(1915)为例。在小说落笔呈现了一个幻想故事模样的开头之后,第二段这样开始:"他父亲给他讲过这个故事:他父亲隔着玻璃看着他:他脸上汗毛真多。"(第3页)叙述声音属于外在于情节的第三人称叙述者。但角度却是斯蒂芬的——它属于童年主人公,属于斯蒂芬对于其父给他讲故事时候的口头叙事情境的回忆经验。

一般而言,叙述角度对于话语所呈现的故事而言既可以是"外部"的也可以是"内部"的。**外部角度**与"看到"事件而不参与其中的第三人称叙述者联系在一起(参照阿连德的后面那个例子)。这并不表示外部叙述角度必须是通篇固定的。它可以有很多变化,而这些变化经常和距离的变化相联系。这种角度变化的一个例证是纳丁·戈迪默(Nadine Gordimer)的短篇小说《我们能在另一个地方相遇吗?》。和伊莎贝尔·阿连德共同的是,戈迪默把两种文化相互对照,白人的和黑人的。一个白人女子逢上一个黑人男子,这一在别处会富有意味的相逢,在该小说里却变成以恐惧为标志的敌对——互相之间的恐惧,但同时也是对自身的恐惧。叙述角度是外部的、关乎第三人称叙述者的,它贴近白人女子,因为她了解局面。但指向该女子的这一定位,带着同情因素开始,而接近结尾时却在一个清晰的距离标记后被改变:

  她浑身战栗,没法站稳。她不得不沿着大路一直走,急速地。周围安静又阴暗,仿佛黎明时分。凉意袭来……我干嘛争斗,她突然想。我争斗是为了什么? ……早晨的寒冷沁入她全身。
  她离开大门沿着大路慢慢走,像个病人那样,把黑上衣从长袜上解开。(第20页)

  这段文本的叙述声音保持固定,但恰如乔伊斯《画像》中的例子,其叙述角度是变化的。《画像》的角度开始是告知信息并冷静观察,然后似乎接近了女主人公的视觉,只是在最后才又和她拉开了距离。
  变化着的外部角度与这篇小说的第三人称叙述者相关。在第一人称叙述中角度有时也会给人一种处于外部的印象。例如阿尔贝·加缪的《局外人》(1942):

  今天,妈妈死了。也许是昨天,我不知道。我收到养老院的一封电报,说:"母死。明日葬。专此通知。"这说明不了什么。可能是昨天死的。
  养老院在马朗戈,离阿尔及尔八十公里。我乘两点钟的公共汽车,下午到,还赶得上守灵,明天晚上就能回来。(第9页)①

  此处说话的声音属于小说的主人公。叙述是第一人称的,叙述角度也基本是贴近主人公的。但同时,加缪又尝试各种方法使角度从主人公默尔索处分离出来或与其拉开距离。举例来说,标题字眼"局外人"(étranger)不仅牵涉到默尔索作为世界的局外者和对于其直系亲属的局外者(例如,对他母亲的死,他没有表现出丝毫悲伤),而且引导我们把默尔索理解为他自己的局外者。这也许就是后来他杀死阿拉伯人的原因。而显然除了海滨明亮

---

① 采郭宏安译文,见《加缪中短篇小说集》,外国文学出版社1985年版,第3页。——译注

第二章
叙事交流

的阳光之外他没有其他明显的"理由"。

如果叙述角度是**内部**的,通常定位点就将是某个人物。读者没有别的选择,而只能通过这一人物的眼睛看到虚构事件,因此原则上更容易接受她或他呈示的视野。内部角度的一个典型例子是夏洛蒂·勃朗特的《简·爱》(1847)这部第一人称叙述的小说。小说的角度紧密而持久地贴近作为叙述者和主人公的简。她的内部角度影响着、且部分地支配着读者如何评价简、罗彻斯特先生以及其他人物。

此种内部角度在像《简·爱》这样的第一人称叙述中很普遍。但即便在这类文本中角度和叙述者有联系,它也并不等同于、亦不被限于叙述者的声音。举例说,在伊恩·麦克尤恩(Ian McEwan)的《爱到永远》(1997)的第一章里,第一人称叙述者通过试图从天上看见自己来使角度醒目:"我在三百英尺高处,通过我们稍早见过的鹅鹑的眼睛看见了我们,那鹅鹑翱翔着、盘旋着,又在喧嚣的气流中俯冲而下:五个人无声地奔跑,朝向一块百英亩的田地的中心。"(第i页)使这个句子形象化的力量归诸它所结合的某种视角变奏;它也更加曲折地暗传出叙述者可能视自己的叙述为不充分的或很不完全的。在第三人称叙述的小说里我们也可以发现内部的或定位于某人的角度,就像伍尔夫的《到灯塔去》,以及前面我们看到的乔伊斯的《画像》。

叙事虚构中的角度关系到距离、声音以及第三人称和第一人称叙述者的变化。受鲍里斯·乌斯宾斯基(Boris Uspensky)(1973)的启发,里蒙-凯南通过划分为感知侧面、心理侧面和意识形态侧面来梳理角度概念。像在第Ⅱ部分的分析显示的那样,如果这一梳理结果在批评实践中难以贯彻,那是因为角度的不同侧面在叙述话语中不断混杂并彼此限制。里蒙-凯南的梳理清晰地显示着:角度不仅是"感知观察点"。部分地缘于此,在对虚构散文的讨论中,"角度"(perspective)概念比"聚焦"(focalization)更可取。然而在电影里,聚焦仍是一个必需的术语,尽管角度概念也同样能有效地运用于电影媒体。一旦把聚焦和电影联系到一起,我们就想到电影摄影机。从电影叙述者图示(图2.4)我们记起,摄影机只是构成电影叙述者的众多因素之一。但因为其多种多样的聚焦方法,摄影机在诸多电影叙述手段中占据特殊地位。摄影不仅决定着观众看到什么,还决定着我们对所看到的东西如何看以及看多久。有多种因素支配相对于拍摄对象的摄影机的定位,其中有两种为距离和层次——无论摄影机远离还是靠近拍摄对象,也无论是"仰拍"(低角度)还是"俯拍"("俯视角度")。聚焦的各种成分不仅可以彼此结合,而且它们也可以变得更加复杂,因为摄影机只是偶尔才固定地聚焦于静止对象上。况且摄影机本身经常是运动的(部分地因为它要被移动拍摄,但更多地则是通过先进的可变焦手法以及技术复杂的镜头的左右摇拍、上下摇拍运动）。

在《被叙述的电影》一书中，艾威罗姆·弗雷施曼（Avrom Fleishman）指出，关于电影的讨论经常有一种把摄影机"人格化"的倾向，当我说摄影机"决定"我们看到什么的时候我也是这么做的。弗雷施曼提醒我们：尽管这说法部分地正确，它仍然是使人误解的，因为摄影机由摄影师和（更间接、然而也同样重要地）影片导演操纵[1]。摄影聚焦明确贴近主人公角度的一部电影是亨宁·卡尔（Henning Carlsen）的《饥饿》（1966），系根据前文提及的汉姆生的小说改编。正如拉斯·托马斯·布拉腾（Lars Thomas Braaten）的《电影叙事与主观性》（*Filmfortelling og subjektivitet*）一书所示，我们可以把电影的移动成帧，包括摄影聚焦的变化，看作弥漫于汉姆生小说的主观个人角度的一个电影等价物。布拉腾关于卡尔森的《饥饿》的分析中指出的几点都和主观摄影运动有联系[2]。举例来说，摄影机越过主人公（佩尔·奥斯卡森饰）的肩膀而聚焦于一张他正在上面写作的纸上。观众把这理解为一个关键图像：

> 正是在这儿，我们最密切地了解了他究竟为什么而奔忙，以及他何以在桥栏边踌躇不已。他在他的小纸片上写作、记笔记。这一主观性镜头持续了长达八秒钟，而其他镜头，如前所述，作为其注意力领域里短暂而不经意的一瞬，只持续了两三秒，这一事实中含有很好的主题逻辑。但我们从他的手的活动看到，他的写作行为上也带着一些神经质的和精神不集中的东西……[3]

在卡尔森的《饥饿》中，这种特写镜头不仅通过其本身的功效，而且同样也通过远近距离的关系，而发挥着人物塑造功能。这种空间上的相互作用（典型地结合了远景和特写，就像科波拉的《现代启示录》中的直升飞机镜头片断）和蒙太奇一起，构成叙事虚构电影的结构基础。举个例子，在卢米埃尔兄弟制作的经典电影《离开卢米埃尔工厂》（1895）中，我们远距离地看到工厂大门前的工人们；而这里，它像奥逊·威尔斯的《审判》中一样，远景的运用使观众看到屏幕上的人仿佛是没有真实身份的移动人形。在卡尔森的《饥饿》的序幕里，和远景相联系的叙述距离也同样引人注目。但正如布拉腾指出的，和卢米埃尔电影的一个重要区别在于，在卡尔森的电影里，这种

---

　① Avrom Fleishman (1992) , *Narrated Films: Storytelling Situations in Cinema History*, Baltimore: Johns Hopkins University Press.p.3.

　② Lars Thomas Braaten (1984) , *Filmfortelling og subjektivitet* [Film Narrative and Subjectivity], Oslo: Universitetsforlaget.p. 87-9；参见 David Bordwell and Kristin Thompson (1997) , *Film Art: An Introduction*, p.245.

　③ Lars Thomas Braaten (1984) , *Filmfortelling og subjektivitet* [Film Narrative and Subjectivity], p. 89, 拙译。

叙事距离和随后的特写形成对照。通过结合其他电影手段使用摄影机聚焦,电影使远距离和近距离的对象都得以卓越地形象化,它不仅可以呈现外部角度,也可以呈现内部角度。

声音和人物话语表达

我们还记得,就连柏拉图,在当时也试图回答叙事文本中谁讲的问题。虚构散文里的叙事交流涉及距离,因(大大简化了的)两个因素的结合而产生的一种距离。第一,叙述者的使用本身就是距离化的一种方法,这部分地因为他或她是文本内的叙述者而作者则是文本的创作者,部分地也因为叙述者使用的话仅能模仿别的话(而不能像戏剧中可以展示行动)。第二,虚构散文中的象征性语言结构,有种从(虚构对其保持间接关系的)现实外部世界"逃逸"出去的倾向。

因为所有的文学散文都以语言方式存在(像写作),所以它就不可能直接模仿或展示文本言说所关涉的事件或物理现象。假如叙述者具有某种距离化功能,他籍此也获得某种交际功能。即使叙事文本呈现的是直接的言语,叙述者也"引用"了人物的语言,这时被"展示"出来的是通过叙述者才传递给读者的(有时需经一个叙述框架的过滤)。我们可以在**叙述**(*narration*)和**言语**(*speech*)之间作一区分。叙述功能与叙述者相关,言语则是先由人物说出,然后再被叙述者呈现。在一些叙事虚构如康拉德的《黑暗的心》中,第一人称的叙述者都既参与了情节(或部分的情节),又就该情节与读者交流。一般来说,第一人称叙述者经常在言语的呈现中发挥关键作用。

叙事虚构中,一切人物话语都是通过叙述者交流的,而主要区别存在于各种程度与种类的叙述之间(而不是"讲述"和"展示"之间),明确了这些之后,我将给出一个从"纯粹"叙事言语呈现到"纯粹"摹仿的渐进梯次。以下论述得益于布雷恩·麦克黑尔(Brian McHale)①提出的梯次表,以及里蒙-凯南在《叙事虚构作品》②中富有助益的概括。我使用麦克黑尔的例子,它们均取自多斯·帕索斯(Dos Passos)的三部曲《美国》(1938)。(下面的梯次表与麦克黑尔和里蒙-凯南给出的相比略微简化了一些。)

1. **概要叙述**(*diegetic summary*):对一言语行为的简短报告,毫不详述

---

① Brian McHale (1978), 'Free Indirect Discourse: A Survey of Recent Accounts', *Poetics and Theory of Literature*, 3: 249-87.引文见 p. 258-59.

② Shlomith Rimmon-Kenan (1983), *Narrative Fiction: Contemporary Poetics*, p. 109-10.(参见姚锦清等译《叙事虚构作品》第195-198页。下面作品引文基本采该书译文。——译注)

说了什么和如何说的。例如:

<blockquote>查理一口酒下肚,就开始破天荒头一次讲起战争奇谈来。(《大钱》第295页)</blockquote>

2. 间接内容转述(*indirect content paraphrase*)(或间接引语):一个言语事件的内容的概要,不考虑"原"话的风格与形式:

<blockquote>侍者告诉他,卡兰扎的军队丢了托莱昂,维拉和扎帕塔正向联邦区靠近。(《北纬42度》320页)</blockquote>

3. 自由间接引语(*free indirect discourse*):语法上和摹仿程度上都介乎间接与直接引语之间(后面还会论及这一引语形式):

<blockquote>他妈的为什么他们就不该知道,他们出出进进看这座该死的小城岂不是发疯,而他只好跟着一起跑。(《1919年》第43—44页)</blockquote>

4. 直接引语(*direct discourse*):文本中独白或对话的"引用"。这创造让人产生"纯粹"摹仿的幻觉,尽管"引用"是经过传述和风格化了的:

<blockquote>弗莱德·萨默斯说,"伙计们,这场战争是本世纪最大最荒唐的贪赃枉法,我,还有十字红护士们①,都卷进去了。"(《1919年》第91页)</blockquote>

5. 自由直接引语(*free direct discourse*):没有引号等规约性标志的直接引语,这是第一人称内心独白的典型形式:

<blockquote>芬妮的脑袋突然变得非常之轻。聪明的小伙子,这就是我,勃勃雄心和文学趣味……嘿,我得写完《回顾》……娘的,我喜欢读书(《北纬42度》第22页。省略号为多斯·帕索斯所加)</blockquote>

如果书写和句法完全无序,那么自由直接引语可能采用了意识流的形式,这种言语呈现最典型的例子便是詹姆斯·乔伊斯的《尤利西斯》(1922)的最后60页,该文本片段中实际上没有标点,乔伊斯让女主人公莫利通过第一人称叙述展现她的思想。简短摘录如:

<blockquote>对啦他说我是山里的一朵花儿对啦我们都是花儿女人的身子对啦这是他这辈子所说的一句真话还有那句今天太阳是为你照耀的(第931—932页)。②</blockquote>

---

① 原文如此。——译注
② 采萧乾、文洁若译文,见《尤利西斯》下卷,译林出版社1994年,第243页。——译注

自由间接引语

在这诸种人物话语表达方式中,叙事理论对我们所说的自由间接引语(相当于德语的 erlebte Rede 和法语的 style indirect libre)抱有特殊兴趣。产生这一兴趣的原因部分地可从上述概括推知:因为自由间接引语位于言语呈现梯次表的中间,它以独特的方式反映着叙述者和说话人*两者*的声音。然而,虽然自由间接引语通常被解释为两个声音的语言学组合,这一现象却并非"纯粹语言学的",因为它在叙事和主题上都另有重要的文学功效。

如何在我们阅读的虚构文本中识别出自由间接引语呢?不妨看一下同一个句子的三种话语变体:

1. **直接引语**:她说:"我喜欢他。"(She said: "I like him!")(现在)
2. **间接引语**:她说她喜欢他。(She said that she liked him.)(过去)
3. **自由间接引语**:她喜欢他!(She liked him!)(过去)

可以发现,自由间接引语(和间接引语一样)用第三人称的指称并有动词"喜欢"的过去式。与间接叙述不同的是,自由间接引语省略了报道性动词和连词 that,叙述较接近或"滑向"直接引语所引用的人物原话。于是,自由间接引语在语言学意义和叙事学意义上成为直接引语和间接引语的中间状态:"在表现人物思想上比前者更间接,比后者更直接。"①

由于自由间接引语可以同时传达人物的言语和思想,我们可以借用**自由间接言语**(*free indirect speech*)和**自由间接思想**(*free indirect thought*)两个术语将这一概念进行划分。这对概念涵盖了自由间接引语的两个主要变体。我已举过一个自由间接言语的非文学的例子;第Ⅱ部分将更细致地讨论一个自由间接思想的文学实例,《审判》倒数第二章里关于 K 想离开教堂时是怎么被教士阻止的叙述:"他差不多已经走到长凳尽头,正要踏进他与门口之间的一块空地时,忽然听见教士抬高了嗓门——教士的嗓音洪亮,训练有素。它在这个期待着声音的大教堂里回荡!"(第 234 页)②最后两个句子都是自由间接思想。如果我们拿不准里面是否有自由间接引语,可以"检验"一下其中的第一句。假如是间接引语应该会这样写:"他想,教士的嗓音洪亮,训练有素。"如果是直接引语则会是:"他想:'教士的嗓音洪亮,训练有素。'"我们注意到,K 听到教士的声音这一事实促成这个句子成为自由间接思想。如果自由间接思想在下一句(引文的末句)中有更清楚的标记,那是因为自由间接引语的效果被惊叹号所加强了。

---

① Dorrit Cohn (1983), *Transparent Minds: Narrative Modes for Presenting Consciousness in Fiction*, Princeton: Princeton University Press.p.105.

② 采钱满素、袁华清译文,见《审判》,湖南人民出版社 1982 年版,第 214—215 页。——译注

这一取自《审判》的例子表明了自由间接引语可作多种理解的特性。它进一步证实了多利特·科恩(Dorrit Cohn)的观点:"叙述独白(narrated monologue,科恩用以称呼自由间接引语的术语)在意识的表现方面立刻比其他竞争性技术更加复杂和更加灵活。"①这里是谁在说话,叙述者还是人物?这个本质上属于语言学的、看似简单和容易界定的问题,在一个像《审判》这样的叙事文本中连同其他问题一起快速流动:谁有控制、权威、力量?有了这些将引发什么?缺少它们又会有什么影响?从叙事的观察到主题的探讨,其间道路并不遥远。

---

①　Dorrit Cohn (1983), *Transparent Minds: Narrative Modes for Presenting Consciousness in Fiction*, p.107.

第三章

叙事时间和重复

时间对人类而言是一个重要的基本范畴,但"时间"这个概念无所不在,以至于要予以定义实际是不可能的。造成时间概念如此复杂的部分原因在于,它同时关联到物质世界和我们对世界(以及对于我们自身)的感知。而且,我们的时间感知是变化的。从哲学角度上,时间问题究竟有多么难于处理的一个指征就是:造成这种变化性的因素之一,正是我们生存于其间的时代。举例来说,中世纪欧洲农业社会的时间感知,如果仅由劳作受季节更替所限制的方式来看,和我们感知就有不同。我们自己的时间经验受到诸如信息技术和大众媒介等的飞速发展的影响,并因它们而改变。文学为这些改变提供了连续不断的回应,这意味着时间问题经常作为主题的一部分而包含在文学文本中。

本章涵盖四个主要论题范围。由于叙事时间无法与叙事空间分离开来,我将先从关于"空间"概念的评论下手。随后将略述叙事虚构中呈现的最重要的时间种类,然后就有关电影的时间概念作一简要讨论。本章最后一部分则处理叙事小说与电影里的重复问题。

叙事时间和叙事空间

因为时间概念同时关系到物质世界和我们对世界的感知,它也就与叙事空间——亦即文本通过其叙述话语所呈现的虚构世界——有关系。如果说本章对叙事时间及重复比对叙事空间给予了更多强调,这不是因为后者不重要,而是因为叙事理论在叙事时间方面比在叙事空间方面发展出了更多的术语和区分。不过,为了更充分地理解这些术语,常常需要到叙事空间的语境中去观察它们。

在叙事文本中,空间维度当与旅行题材有关时,最清晰地凸显出来。在第Ⅱ部分我所分析的诸文本中,说明这一点的最好例子是《黑暗的心》。这里占优势的空间是广袤的非洲大陆,但因为叙事结构采取了叙述者马洛从欧洲到非洲的旅行这一形式,"欧洲空间"也参与发挥作用——无论在叙事上、结构上,还是在主题上。由于旅行发生于海上和河(我们可以确认其为刚果河)上,因此我们可以把海/水/河作为更加中立和中介性的第三个空间,居于欧洲(权力、强势、"文明的")和非洲(被压迫、被剥削、"原始的")之间。对此,莫尔汀·诺加德(Morten Nøjgaard)以理论语言表述道:"旅行当然可以发生于内在空间,它是使时间经验强力空间化的表达,因此也颇适于表现与我们的自我认知相关的问题之复杂性,这一复杂性正是叙事文本的基础。"①当然,叙事空间并不依赖于故事中的人物真正地旅行,无论身体意义的,还是隐喻意义的。我特别提及旅行主题,原因在于它证明着叙事空间和叙事时间之间的密切关系。泛言之,可以肯定,即使空间维度并不是在一切叙事文本中具有相等的重要性,它也经常是至关重要的一部分。这尤其适用于一种情况,即叙事空间的特定部分或特性影响到人物、或塑造人物,而人物通常存现于空间中并因此也成为同一种类的空间要素。

为了讨论在文字虚构中叙事空间如何呈现,了解"故事空间"和"话语空间"的区别很重要。**故事空间**(*story space*)包含事件、人物、以及在话语中呈现和发展的情节所发生的(不同)地点。我们在阅读文本基础上构建故事时,所依赖的正是来自故事空间的诸要素。

涉及电影时,爱德华·布兰尼根用"故事世界"(story world)这一同义术语②。**话语空间**(*discourse space*)是叙述者的空间。它可以表现为不同形式,在文本中也完全不必指示出,但它原则上区别于故事空间。《黑暗的心》又是一个现成例子,在这部"小长篇"(或中篇)小说里,话语空间事实上通过以泰晤士河航船甲板上的马洛充当第一人称叙述者这一叙事情境得以自然地明确。然而,即使《黑暗的心》的话语空间看上去清晰地与小说的故事空间分离开来,但马洛的叙述的一个效果就是打破这种分离的明显的稳定性,以使两个空间互相靠拢。

叙事时间和叙事空间的关系启发我们,小说的作者必须要么根据她或他希望把里面的世界与对象描绘成何等样子,要么根据其要讲述世界中的对象身上发生了什么,来采用不同的呈现形式。在这一基础上,诺加德对三种呈现形式做了划分:

1. **叙述**(*narration*):单纯的时间呈现(即只是动作——传统意义上的"行为"(action)的呈现)。

2. **描写**(*description*):单纯的空间呈现(即呈现与时间相分离的空间对象)。

---

① Morten Nøjgaard (1976), *Litteraturens univers: Indføring i tekstanalyse* [The Universe of Literature: Introduction to Textual Analysis]. Odense: Odense University Press.p.194.

② Edward Branigan (1992), *Narrative Comprehension and Film*, London: Routledge. pp.33-6.

第三章
叙事时间和重复

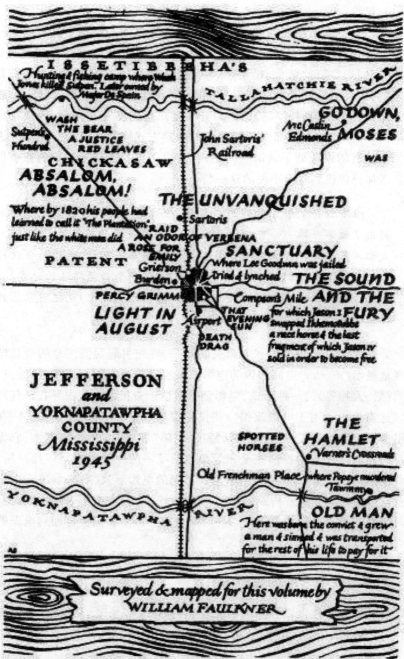

作者偶尔试图将其创作的小说之空间图示出来。威廉·福克纳所画、收入《袖珍本福克纳文集》（1946年由马尔科姆·考利（Malcolm Cowley）编）的这张地图是一个著名的例子。正如地图显示的，福克纳围绕约克纳帕塌法县的杰弗逊镇，标记了他的大量最有名的长短篇小说。该镇是他为美国密西西比州拉法叶县虚构的名字。

3. 议论(*comment*):既非空间呈现又非时间呈现。

这个三分法虽然在理论上有启发性,但将其作为结构工具运用到叙事分析中还是有困难。因为我们在散文文学里很少碰到这些纯粹种类的呈现形式:它们通常彼此结合,相互影响。所以,就连"描写式停顿"也是被叙述出来的,而其结果则是它受到叙事中固有的时间呈现的影响。这一命题适用于康拉德的《诺斯托罗莫》(1904)开头处广延的描写式停顿,后文我将提及。同样,多数的议论都以各种程度的间接方式同叙述及描写相关。因为即使叙述者的议论处于话语空间之内,它也仍包括在作者建构的叙事世界中。诺加德曾谈到叙事小说的这一特点:

> 唯有议论能够以纯粹形式存在,但我们看到在这种情况下它确实超出了叙事世界……可以由此断定,在叙事世界的范围内,三种基本形式都不能以纯粹方式存在。纯粹时间呈现是不可能的,因为任何行动都必然是某事物的行动,必然发生于某处(一个必须描述的地方)。相反地,就连最详尽的描写(例如在巴尔扎克的小说中)也把对象看作是存在于时间中,也就是存在于行动中的。①

如果我们把空间概念和电影关联起来,首先引起我们注意的就是电影壮观地**呈示**(*display*)空间。因为电影放映也是传达空间组成要素(地点,事件,背景,人物等)的一种形式,电影创作者惯于费很大力气去寻找最佳外景地。这当然也适用于电影改编。倘说在虚构散文中空间和时间互补,在电影里也一定如此。杰拉尔德·马斯特说,电影"是真正的时—空艺术,它无疑是空间和时间在其中扮演完全相等角色的唯一的一种艺术"②。托马斯·艾尔萨埃瑟(Thomas Elsaesser)则指出,"不同的电影形式,看来取决于电影创作者以可理解的方式所构筑的空间与时间——这是在电影表现中同时呈示的两个维度"③。在后文关于电影的时间呈现一节里我们会再回到电影的空间维度。

叙述与故事之间的时间关系

为了故事事件得以叙事式地表现,它们首先必须"已然发生"才显得合

---

① Morten Nøjgaard (1976), *Litteraturens univers: Indføring i tekstanalyse* [The Universe of Literature: Introduction to Textual Analysis], p.151.

② Gerald Mast (1983), *Film/Cinema/Movie: A Theory of Experience*. Chicago: University of Chicago Press. P.10.

③ Thomas Elsaesser (ed.), with Adam Barker (1994). *Early Cinema: Space, Frame, Narrative*, London: BFI Publishing.p.12.

乎逻辑。也就是说，必须已经确认其已发生在虚构世界之内。虽如此，故事中叙述和事件之间的时间关系仍是多变的，在此我们区分出四个主要类别。

首先和最重要的是**回顾叙述**(*retrospective narration*)。在显然最为普遍的这一类里，故事中的事件在发生之后被讲述。叙述行为和讲述的事件之间的距离在不同文本中变化多端。在狄更斯(Dickens)的《远大前程》(1861)中这个距离约为15年，在卡夫卡的《审判》(1914—1915)中这个距离未指明，在汉姆生的《神秘》(1892)中则是一年(从小说开头算)。但尽管回顾叙述占据优势——且如提到过的，在某种意义上它是唯一可能的——我们还是另有**预先叙述**(*pre-emptive narration*)这一类。虽然这一类在现代文学中很少发现，但在像《旧约全书》这样的预言书文本中却并不罕见(例如《以赛亚书》11∶1—2)。

第三类是和故事事件大体**同时叙述**(*contemporary narration*)。一个非文学的现成例子就是收音机里的足球比赛转播。对叙事虚构而言做到如此同步几乎不可能，因为被写下的文本必然陈述一个有别于叙述行为、并与叙述行为拉开距离的行动,(除非作者写的是其书写行为本身)。最后，可以有**嵌入叙述**(*embedded narration*)，在书信体和日记体小说里就是这种情况。这里，叙述行为随被谈及的行动而变化。可以说，塞万提斯的《堂吉诃德》第一部第9章构成了这种叙述的嵌入行动。在那里叙述者声称他丢失了继续讲故事所必须的材料源："这使我非常懊丧。依我看，这个趣味无穷的故事大部分是散失了。我想到散失的大部分无从寻觅，才读了那一小段反惹得心痒难搔。"(第74页)①回顾叙述在多数虚构散文中都可见到。这种叙述就像热奈特所说，涉及一个基本矛盾：一方面，"回顾叙述"时间性地关系到它所讲述的故事；另一方面，它又有某种"无时间性本质"(atemporal essence)，因为它不提供关于时间的流驶的任何印象。在凯特·汉伯格(Käte Hamburger)看来，这一矛盾有助于使叙事文本成为虚构作品，她认为，只有在虚构叙事中，我们才会无条件地接受像"Morgen war Weihnachten"②这样的句子，它在日常语言里是一个不合逻辑的结构③。

虚构散文中的时间

在第II部分关于弗吉尼亚·伍尔夫的《到灯塔去》的分析中，我将把时间

---

① 采杨绛译文，见《堂吉诃德》(上)，人民文学出版社1978年版，第61页。——译注
② 德语，对应的英文是"Tomorrow was Christmas Eve"。其特点是时间状语为"明天"，而动词时态却为过去时，意为"明天曾是圣诞夜"。——译注
③ Käte Hamburger (1968), *Die Logik der Dichtung*, 2nd edn. Stuttgart: Ernst Klett. pp. 53-72.

作为虚构散文中的重要主题予以讨论。但正像这一分析显示的,时间不仅是作者写到的某种东西:它还是组成故事和话语二者的要素。如果在此基础上我说叙事虚构中的时间可以理解为故事和文本间的编年关系,那我就已经划定了本讨论的范围:以热奈特《叙述话语》为基础,把叙事时间与三个主要术语相联系:

1. **顺序**(*order, ordre*):回答"何时"的问题
2. **时距**(*duration, durée*):回答"多久"的问题
3. **频率**(*frequency, fréquence*):回答"经常性程度如何"的问题①

顺序(order)

"顺序"指故事中的事件在叙述话语中呈现的时间顺序。如果一个文本被以异于编年体故事(像我们读完全篇后首先抽象出来的按实际时间关系排列的事件)顺序的方式讲述,就会出现热奈特称之为"时间倒错"(anachrony)的变异类型。它有两种主要类型:**倒叙**(*analepsis*)和**预叙**(*prolepsis*)。在一定程度上这两个术语相当于"闪回"(flashback)和"预示"(foreshadowing)。但是,热奈特的概念显然更好,因为它们更精确,也更直接地关系到两个互补性的叙述变体。

倒叙是在文本中较晚发生的事件已讲述后的某一点上,唤起以前发生的一个故事事件,也就是叙述跳回到故事中一个较早的点上。这种叙述比预叙普遍得多,热奈特又把它分为三类:

1. **外部倒叙**(*external analepsis*):倒叙中的故事时间存在于主要叙事(热奈特称之为"第一叙事")之外且在其之前。这意味着叙事跳回到故事中先于主要叙事开始之前的某一点上。举例说,挪威作家埃里克·福斯奈斯·汉森(Erik Fosnes Hansen)的《旅程尽头的圣歌》(1990)的开头,是对泰坦尼克号上管弦乐队的首席、小说的主人公之一加森的描绘,他在"1912年4月10日……就在日出之前"(第7页)步行穿越伦敦的大街。太阳升起来了,加森停下脚步:

> 朝阳初升。他放下自己的手提箱和小提琴,环顾慢慢变化着、轮廓渐现并不断加深的每一样东西,河水也被映红了。
> 它盯着那赤红看了一会。
> ※※※※※※※※※※※※※
> "那该是在太阳右下方一点点。"
> 他父亲的声音。

---

① 括号内斜体词为热奈特原著中对应的法文术语。——译注

第三章
叙事时间和重复

"要很久吗?"这是他的声音,轻柔的,好奇的,是很久以前他十岁时的声音。仿佛很遥远很遥远了,但现在,它变得越来越近。(第8页)

这里的倒叙和初升朝阳的红色有关,并在一定意义上由它所催生,它在文本中被明确地标示出来——同时,它为后面叙事中的类似倒叙奠定了范式。(事实上,在该小说中这些倒叙很长,好像在力求使其成为"主要叙事"。)

2. **内部倒叙**(*internal analepsis*):叙事回到故事中某个较早的时间点,但这个时间点在主要故事之内。一个著名例子是居斯塔夫·福楼拜的《包法利夫人》所提供的(1857)。在我们被告知了爱玛生活中后来的事情之后,第三人称叙述者给出了一个内部倒叙,简洁地追述了她在修道院里度过的时光(pp.32—37)①。这段时期处于福楼拜开头写到的查理转学到新学校这一事件之后。

3. **混合倒叙**(*mixed analepsis*)意为倒叙所包含的时间段起于主要叙事之前,但最后渐归于或跳到主要叙事中。埃米莉·勃朗特(Emily Brontë)《呼啸山庄》(1847)的精致的叙事技巧就把这一类倒叙和外部倒叙结合了起来。小说通过一系列倒叙手法讲述了一个传奇爱情故事。埃米莉·勃朗特借洛克伍德和丁耐莉两个叙述者实施这些倒叙。其效果部分地在于把情节及凯瑟琳和希斯克利夫之间的爱情事件表现得神秘而浪漫。但小说的距离化了的情节(及其潜在的恐怖性、暴露性因素)通过精细的触角效应被带到读者近旁。叙述以多种方式把读者带入情节当中,特别是通过在叙述话语中打破小说明显的封闭而有限的空间的方式。埃米莉·勃朗特一定程度上是通过结合外部倒叙和混合倒叙的方式达到这种效果的。

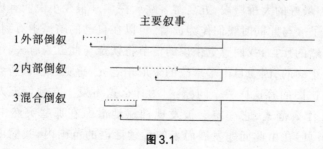

图3.1

我们可以用图3.1来表示倒叙的三种类型。内部倒叙在三者中最为重要。第三种相对罕见,而第一类(外部倒叙)经常采取补充主要叙事这一方式。根据范围大小和如何被设计,内部倒叙可能干涉主要叙事,在极端情况下甚至"威胁"到主要叙事。这尤其适用于热奈特称为"异故事"(heterodi-

---

① 指该书上卷第6章。

egetic)的倒叙类型。与内部的"同故事"（homodiegetic）倒叙处理与主要叙事相同的行动线相反，异故事倒叙处理不同于主要叙事内容的行动。萨缪尔·贝克特《马洛纳之死》（1958）中马洛纳构建的故事使我们同时注意到内部倒叙的这两种变体。

4. **预叙**（*prolepsis*）是提前唤起将要在后来发生的事件的叙述策略。预叙出现得比倒叙少得多，且最常出现于第一人称叙述中。这一错时类型也包含这样一种策略：它表现的是对于占优势地位的第一叙事的背离。换句话说，预叙是在较早事件讲述完毕之前的某一点上点出一个后来的故事—事件。这种叙事信息可能被极端压缩了；它如此简略，以至于我们很难说预叙是"被讲述"的。在像后面所举的费奥多尔·陀思妥耶夫斯基的《罪与罚》（1866）这样的例子中，后来变得特别有意义的一个或几个词语可能获得预叙的性质。

这一点所导致的一个问题，与我们确信能从文本中辨认出的预叙的数量与我们对文本了解到何种程度有关。这个问题例示了叙事呈现和阅读之间关系的一个侧面。如果重读像康拉德的《黑暗的心》和陀思妥耶夫斯基的《罪与罚》这样的文本，我们可能比第一次读时发现更多的预叙。原因之一是，在阅读过程中"唤醒"一个较晚的事件（我们可能已知的）和以预先方式"提及"它之间的过渡很容易被模糊。

索恩顿·威尔德（Thornton Wilder）①的《圣路易斯雷大桥》（1927）提供了一个预叙和倒叙如何结合的示例。这个例子的特殊之处在于，在小说的第一句里，立即就同时出现了这两种错时类型："1714年7月20日，星期五的中午，全皮路最好的大桥垮塌，五名游客跌入深渊。"很少小说能有比这更吸引人的开端了。与此同时我们作为读者，可以在自己的脑海中看到五名游客，投向其必然的死亡，我们感觉小说的情节将铁定与此五人有关。事实上，这被证明是正确的，因为目击了事故的朱尼珀老兄，感觉自己被所看到的情形强迫着去试图回答这样一个问题："'为什么这事发生在他们五人身上？'如果人生有什么范式，它一定会被发现神秘地潜藏在那些突然中止的生命里。"（第6页）在由此问题发展而来的后续话语的范围内，我们可以说多数小说是对于开端的倒叙。但在这个实际上涵盖了整本书的漫长倒叙中，第一句起到预叙的作用：由于我们已知道在整个过程中这五人身上将会发生什么，我们在这些知识的烛照下去解释所获知的关于他们的信息。

一个更加有争议的预叙例子（"有争议"是因为预叙唤起后发生的事件

---

① 索恩顿·威尔德（Thornton Wilder, 1897—1975），美国小说家与剧作家。《圣路易斯雷大桥》（*The Bridge of San Luis Rey*）是其小说代表作，获1928年普利策奖。——译注

第三章
叙事时间和重复

却未能辨认出)可以在陀思妥耶夫斯基的《罪与罚》中发现。小说一开头,第三人称叙述者聚焦于圣彼得堡的穷大学生拉斯柯尼科夫身上,他成为小说占压倒地位的主人公。以一种标志着极大的叙事节省的方式,拉斯柯尼科夫的性格塑造立即开始了。全知叙述者评述拉斯柯尼科夫有一种令人困窘的恐惧感,在关于他思想的概述中我们读到:"'我想去干一桩怎样恐怖的事啊,同时却害怕起这样的小事来!'他想,脸上露出一副奇怪的笑容。"(第1页)①此外思想概述和叙述评论的这一结合是整个小说方向的指示。"恐怖的事"我们可以读作对拉斯柯尼科夫稍后(但相对而言仍是早的)要实施的行为——对女房东和丽莎维塔的双双谋杀——的预叙。对那些反对这一观点——"恐怖的事"第一遍读到只是简单的一般意义上的悬念,这个词语只有在我们重读该书时才起到预叙功能——的人来说,必须承认,这一预叙,像《罪与罚》中的其他若干个一样,在读第二遍时更为明显。还有,在这里它还得到其他文本因素的支持。例如,稍后通过"证据"、"真正的计划"(第3页)这样的词语赋予了预叙的资格并被重复强调,还有甚至斜体印刷的"*那件事本身*"(第4页)也以排印形式增强了预叙的性质。

时距(duration)

回答一段叙事文本"持续"多久这一问题确实很重要。因为唯一适当的尺度是"阅读时间"——而阅读时间又是因读者而异的。如果我们仍然说在所谓的"场景"中故事时间和话语时间是"一致"的,这是建立在传统背景基础上的,并非因为事实必然如此。这一传统已然有所发展,原因之一在于场景中的对话是用语言传达语言;我们认定文本中的话是替代故事中言说出来的话的。另一方面非言语事件的语言交流可能借多种不同方式得以叙事地实现,也涉及时间问题。

由于时间的推移无法丈量,热奈特和里蒙－凯南都聪明地从另一关系上,即从文本时间维度和文本空间维度的结合上来把握起始点。故事持续得如此久,时距(从几分钟到很多年不等)取决于其与呈现故事的文本之*长度*间的关系。来看挪威作家比昂斯特恩·比昂逊(Bjørnstjerne Bjørnson)的短篇小说《父亲》。虽然只有两页的篇幅,但这个作品以使人想起卡夫卡的《法的门前》(我将在第五章里讨论)的方式,通过比昂逊所使用的第三人称叙事,表现了完整的一生。相对于《父亲》处于另一个极端的是乔伊斯的《尤利西斯》这样的长篇小说,在后者中叙述话语(占九百余页)表达的故事仅限于一天之内,尽管故事着实充满着数不清的枝节和错杂事件。

---

① 采朱海观、王汶译文,见《罪与罚》,人民文学出版社1982年版,第2页。——译注

作为作者的叙事技术之重要部分的文本长度,因此有其重要的时间侧面。热奈特建议用他称的"恒定速度"(constant speed)作为假设标准,以取代丈量不同程度的时间推移的那一术语。"恒定速度"意味着故事持续多久和文本有多长之间的比率保持稳定不变。例如,在一部小说里,始终用一页来表现主人公生活中的一年。在这一标准的基础上"速度"可以增减。最大速度是**省略**,最小速度是**描写停顿**。在两个极端之间则有**概述**和**场景**。可以把这四个概念区别如下:

1. **描写停顿**(*descriptive pause*):叙述时间= n,故事时间= 0;也就是说,对于一个文本片段("n"),在故事中只有零故事跨度。这种停顿普遍存在于叙事虚构散文中,它们有很多不同的功能。一个经常提及的例子是约瑟夫·康拉德的《诺斯托罗莫》(1904)开头的长长的描写停顿。这里康拉德让第三人称叙述者描绘地形并倒叙地概述情节展现所在地——拉丁美洲某不明乡村的发展史线索。当我们重读小说时,这一描写停顿对于故事中的后续事件和小说主题的极大相关性令人瞩目。但是由于我们惯常地期待故事有一个和我们的阅读同步的确定进展,在第一次阅读小说时,我们的耐心和兴趣的确受到了考验!同样,罗伯-格里耶(Robbe-Grillet)的《嫉妒》(1957),这部完全另类的小说的读者,也可能惊讶于甚至震怒于小说的这一方式:即把叙述集中于明显静止的人物群和恒定指向时钟上的某一点。

2. **场景**(*scene*):叙述时间=故事时间。谈到散文虚构中的场景表现,有两点需要记住。第一,(如我已经提到的,)只有在传统上我们才可以说叙述时间相当于故事时间。第二,场景同样是被叙述的。这也适用于作者几乎只用对话(通常那被看作"最纯粹"的场景)的文本。一个现成例子是厄纳斯特·海明威(Ernest Hemingway)的短篇小说《杀人者》(1928):

> 第一个人说:"来一客烤里脊,浇上苹果酱,配上一碟马铃薯泥。"
> "现在还没有做好。"
> "扯淡,写上菜单干嘛?"
> "那是晚饭菜,"乔治解释道。"六点才能吃上。"说罢向壁台后面的挂钟瞅了一眼。
> "现在才五点。"
> "钟上五点二十啦。"第二个人说。"这钟快二十分钟。"(第57页)①

正如里蒙-凯南指出的,"这个片段完全由对话和几句'舞台提示'组

---

① 采陈登颐译文,见《世界小说一百篇》(中),青海人民出版社1983年版,第308页。——译注

第三章
叙事时间和重复

成,因此看上去与其说像一个叙述片断,倒不如说像剧中的一个场景。"①第三人称叙述者的贡献是微薄的,但我们注意到他在报告诸如乔治"向壁台后面的挂钟瞅了一眼"之类的陈述时是在场的。以对话写成的小说还包括丹尼斯·狄德罗(Denis Diderot)的《宿命论者雅克》(1795)和(更为明显的)《拉摩的侄儿》(1805),以及西班牙作者皮奥·巴罗亚(Pio Baroja)的几本书。

场景的广泛运用能够、但并不一定导致较长文本。像比昂逊的《父亲》这样的文本显示,场景因素在短篇散文中同样重要。索尔德的生活中的关键转折点通过他和牧师、以及在溺死前和儿子的简短对话表现出来:

> 两个星期以后的一个风平浪静的日子,索尔德父子两人划着小船摆渡过湖,到斯托里丹那儿去安排婚礼。"这条座板没有放稳,"儿子说,站起来,把座板摆摆正。就在这时,他站在上面的那条座板突然在他的脚下一下滑溜出去;他张开双臂,一声尖叫,一头栽进湖里。"抓住船桨!"父亲大声喊叫,霍地跳起来,把船桨向儿子伸过去。但是儿子作了两次努力,想抓住船桨而没有成功以后,他的手脚渐渐僵硬起来。"等一等!"父亲大声说,开始把小船朝儿子划过去。这时,儿子在湖心仰面朝天翻了个身,久久地对父亲看了一眼,接着就沉入湖底。(拙译)②

上述节录中的对话虽说如此简短,它仍显示了一段场景所能具有的戏剧性和集中性。它的效果主要在于文本浓缩,以及把三个对话片断与叙事说明相结合的方式。第三人称叙述者只是平静地提供信息,而不是全知地解释,这也提高了该叙事的文本集中度。

3. **概述**(*summary*):叙述时间少于故事时间。和场景一样,这也是叙事虚构作品中极为常见的类型,而且两者经常结合使用。当我们在刚才的引文之后马上读到"接下来的三天三夜,人们看到父亲围着那个地方划船,不吃不睡;他在湖上打捞他的儿子",我们就有了一个概述的简单例子:这个句子比上面的场景更短,但它所涉及的故事时间却长得多。

4. **省略**(*elipsis*):叙述时间 = 0,故事时间 = n;亦即对于某故事跨度("n"),文本空间为零。省略有两种变体:(a)**明省**(*explicit ellipsis*):文本指出有多少故事时间被跳过,例如,《父亲》的叙述者在最后一段介绍"从那日算起,也许有一年过去了";(b)**暗省**(*implicit ellipsis*):这种情况不直接给出

---

② Shlomith Rimmon-Kenan (1983), *Narrative Fiction: Contemporary Poetics*, London: Methuen. P.54.(参姚锦清等中译本《叙事虚构作品》,生活·读书·新知三联书店1989年版,第97—98页。——译注)

③ 采余杰译文,见《危险的求婚——比昂逊中短篇小说选》,上海译文出版社1988年版,第12页。段落划分依卢特本书引文分法。——译注

故事时间的改变和过渡。有时时间过渡可以通过其他途径(如通过上下文)搞清,但暗省也可能无法确定,因为我们不知道遗漏了什么,以及叙述者跳过了多长时段。在某些情况下随后的倒叙可能提供这些问题的答案(或其一部分)。福克纳的《喧哗与骚动》(1929)有许多这样的暗省,特别是第一部分里。下面这种情况的省略则罕见地十分具有合理性(无论叙事上还是主题上):弱智的班吉没有"普通"时间和"关联"时间的概念;对他来说十年前留下印象的事件可能和当前一样切近,而事实上他又在不同时间范畴之间快速地、频繁地转移。

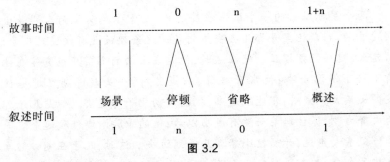

图 3.2

在语境分析中,暗省常常比明省更有趣。省略在文本中撕开一个编年的裂缝,对于读者来说这是理解和解释省略有何主题效果的契机。也许是它给出了一个阐释信号?这不意味着所有的暗省一定具有能产性功能——我们必须分析整个文本,去发现它是否如此。总之,我们可以用图3.2来图示虚构散文文本中和"恒定速度"相关的四种主要类型。

频率(frequency)

频率是叙事虚构作品中一个重要的时间概念。在热奈特看来,频率指的是故事中事件发生的次数和文本中它被讲述(或提及)的次数之间的关系。这样,频率就包含了**重复**(repetition),而重复本身也是一个重要的叙事概念,我在后面还将详细加以讨论。

故事事件及其在文本中被叙述情况之间的关系,有三种主要形式:

1. **单一叙述**(singulative narration):"发生"一次的事件,被讲述一次。这是最简单和最普遍的一种频率形式。该类型也包括一种不那么常见的叙事现象,即把发生多次的事件讲述多次。塞万提斯在《堂吉诃德》中戏仿过此种叙事手法,他让桑丘讲述牧羊人的故事,这个牧羊人必须用一只小船运载三百只羊,而每次只能容得下一只。当桑科开始讲述时,显然打算讲三百次,以与牧羊人运载的来回次数相一致。

2. **重复叙述**(repetitive narration):只"发生"一次的事件被讲述若干

第三章
叙事时间和重复

次。这是现代文学里一种重要的叙述方法,虽然早期文学中也不乏其例。如果把新约的四福音书看作"一个"故事,我们可以说它们构成了一个关于耶稣生活的重复的、自我巩固的叙事呈现。重复叙述的一个现代名家是威廉·福克纳,特别是在其《喧哗与骚动》和《押沙龙,押沙龙!》(1936)中。在后一作品里,叙述一次又一次地回到一个特定的故事事件:亨利·沙特本杀死查理·鲍恩。然后福克纳把这些重复与其他叙述变化——叙述者、视角和时间流逝等方面的变化——结合起来。这些叙事变化创造了主题的复杂性,除了其他效果,它还探索了一个单独行动可以有何等深远的(而且是不同的)影响。

在《喧哗与骚动》中三兄弟对于他们的姐姐凯西的关系,在某种意义上和沙特本杀死鲍恩形成对照。三兄弟在其各自的一章里都是第一人称叙述者,但无论是作为叙述者还是作为人物,他们之间都有极大差异。对"相同"故事事件的呈现也因此变得不同。总之描述、语言、着重点和结果的可变性都很大,以至于我们必须自问:那些重复叙述所指涉的是否真的是同一故事事件。

3. **概括叙述**(*iterative narration*)[①]:"发生"多次的事件只被讲述一次。该类型又有不同的形式。在热奈特看来,马塞尔·普鲁斯特(Marcel Proust)的《追忆逝水年华》(1913—1927)是一个概括叙述的重要实例,特别是小说的前三部分。"孔布雷"的文本叙述了"不是一次发生,而是规律性地,程序性地,每天,每星期天,每星期六等在孔布雷惯常发生的事"[②]。在普鲁斯特的小说世界里,这一概括叙述策略有着不同的形式和多种主题效果。即使在简单场景中,普鲁斯特也插入概括叙述,因此能获得一种普遍性效果。除了作为《追忆逝水年华》总体结构中一个具有重要意义的部分之外,这一叙事策略也服务于小说的内容的产生和发展。

无论是在普鲁斯特还是其他作家那里,概括性叙述涉及的都是那些共同构成某一过程或某一复杂问题的"故事—事件"。同样地,康拉德《诺斯托罗莫》里的概括叙述也暗示着:尽管小说描绘了一场革命,有一个银矿和一

[①] 英文中 Repetitive 和 Iterative 语意近似,都有"重复、反复"之意。考 Iterative narration,系源于热奈特的法文术语 Récit itératif。itératif 的法文原意亦为"反复"。王文融把 Récit itératif 译作"反复叙事"(见王译热奈特《叙事话语 新叙事话语》),对中国读者而言,似易引起与上面"重复叙述"的混淆。胡亚敏从法文译为"综合性叙述"(见王先霈等主编《文学批评术语词典》,谭君强、姚锦清等从英文译作"概括性"叙述(见谭译米克·巴尔《叙述学》、姚译里蒙-凯南《叙事虚构作品》),都考虑了与上面的"重复叙述"的区别,较合理。兹从谭译。——译注

[②] Gérard Genette (1980), *Narrative Discourse*, Oxford: Blackwell. [Original title: 'Discours du récit: essai de méthode', in Figures III. Paris: Seuil, 1972, 67-273.] pp. 117-18. 着重为原作者所加。(采王文融译文,见《叙事话语 新叙事话语》,中国社会科学出版社1990年版,第77页。——译注)

个北美资本家等等,它指向的却是南美洲的历史发展的代表性特征。

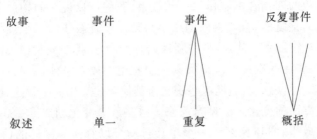

图 3.3

可以用表 3.3 直观地图示三种频率类型。一个叙事文本不必把自身仅仅限于这些类型中的某一种,可以有多种多样的结合。许多理论家认为,现代文学中的时间呈现是如此复杂多变,以至于它削弱了一切体系化解释的基础。但这本身并不导致这些范畴的弱化,而且叙事时间的各种结合,恰恰是作为此处所展现的体系化变体的结合时,最为有趣。这也意味着对叙事文本分析有重大应用价值的诸概念,都是因文本而宜的。文学文本里那些被研究的叙事特征及问题,将决定着哪些概念用于分析时会取得丰富成果。

电影的叙事时间

从我在前一章对于电影交流和电影叙述者所做的论述承续而来的是,电影的叙事时间与其说是叙述出来的,不如说是被呈现出来的。但正如我们也由第二章而记住的,我把这样的电影呈现看作是叙述的一种变体,而"电影叙述者"这一措辞则暗示了这是一种复杂交流的叙述。当杰拉尔德·马斯特宣称在电影中空间和时间扮演同等角色时,在他的心目中特别是指电影独特的时间呈现方式。一方面,电影以空间为先决条件(一部电影在迅速接续中展示一系列图像,每个图像都是一幅空间画面);另一方面,电影把一个时间的矢量加于图像的空间维度之上。电影通过把图像置于动态之中再加上声音,并通过编排图像顺序和组合事件,而使图像的固定空间复杂化,并改变了它。其结果是一个极其复杂和具有迷人效果的艺术形式。但是电影并没有变得更少地"基于"空间或更少地依赖于空间,尽管它不断变动并使图像的空间维度复杂化。

这些评论触及了电影理论中最有趣的讨论之一,即通常所称的"爱森斯坦－巴赞争论"(Eisenstein-Bazin debate)。对于谢尔盖·爱森斯坦(Sergei Eisenstein)(包括我下面要讨论的《战舰波将金号》在内的好几部俄国经典电影的导演)来说,电影与其说是通过展示图像来进行交流不如说是通过组合图像的方式来进行交流:"任何种类的两个电影片断放在一起,必然会组合

第三章
叙事时间和重复

成一个新的概念,一种新质从这种并置中产生。"① 这种与爱森斯坦的蒙太奇手法密切相关的主张,遭到了安德烈·巴赞的反驳,他不同意爱森斯坦胡乱地把自然(人类置身其间的现实的客观世界)打成碎片,既在时间上也在空间上。对于巴赞来说,电影的价值和对人类的吸引力首先在于它把自然"整个"地而又"完全"地呈现(在一定意义上说是再创造)出来。在巴赞对爱森斯坦的反驳中暗含了一个作为空间在其中占据优势的艺术形式的电影观念。而对爱森斯坦来说,正相反,时间才是更重要的,因为电影镜头只能被连续地组合进放映的过程中。

如果将这些观点与我对于电影中的时间呈现的引导性评论结合起来,则爱森斯坦和巴赞两者都很有道理。但马斯特正确地指出,电影的特殊魅力主要在于

> 不间断的(uninterrupted)电影和时间之流所具有的累积性(cumulative)、运动的催眠状态。因为电影的艺术和时间的运用最密切地相辅,它以催眠掌握的形式囚禁了观众的注意力,使其在电影的进程中变得紧张而又强烈(如果作品是恰当建构的),而且它拒绝释放它,直到它找到宣泄口(着重号为原作者所加)。②

让我们从一部改编的电影简单看一下时间的呈现:俄国导演列夫·库里让诺夫(Lev Kulidzhanov)的《罪与罚》(1970)。我将限制自己只联系陀思妥耶夫斯基的小说结尾来评论电影的结尾方式。在文学小说中也和在电影中一样,开头和结尾都极为重要:开头部分能引起读者/观众的兴趣,而结尾则使作用于读(书)或看/听(电影)的人的美学创造的总体效果达到顶端。正像陀思妥耶夫斯基《罪与罚》的读者们记得的那样,小说的结尾设计成一个尾声。尾声发生在西伯利亚,这建立了和情节间鲜明的空间对照,情节是发生在圣彼得堡。西伯利亚是拉斯柯尼科夫的新生活的所在地,在那里开始了"一个新的故事"(第527页)③,它处在小说世界之外,但它暗示着拉斯柯尼科夫对谋杀女房东和丽莎维塔之罪的忏悔。

为什么库里让诺夫省略了小说的结尾呢?既然他给我们的关于主要行动的电影画面都比较精确地忠实于小说的情节,而且吉奥吉·泰拉特金(Georgi Taratorkin)(饰演拉斯柯尼科夫)和英诺肯提·斯莫克图诺夫斯基(Innokenti Smoktunovsky)(饰演波尔费利)都阐明了小说的必要冲突和主题

---

① Sergei Eisenstein (1986), *The Film Sense* [1943], London: Faber & Faber. p.14.
② Gerald Mast (1983), *Film/Cinema/Movie: A Theory of Experience*, Chicago: University of Chicago Press. p.113.
③ 参见朱海观、王汶译《罪与罚》,人民文学出版社1982年版,第729页。——译注

张力,那他没有把小说的尾声完全照搬到电影上来就可能有点奇怪。最为合理的原因也许在于库里让诺夫,这个共产党员和忠诚的"苏维埃艺术家",发现使小说的基督教意识形态(这可能在尾声里得到最明确的体现)与官方的共产主义意识形态相谐调是很困难的。与我们的讨论相关之处在于,通过去掉尾声,库里让诺夫不仅扭曲了小说的观念,同时也彻底改变了它的时间呈现。他使时间变成不一样的细长形态:改编省略掉尾声这一事实,通过摒弃必要的空间对比(圣彼得堡↔西伯利亚)的方式缩窄了小说的故事时间,进一步地,通过缓和话语中非理性的方面,它减弱了波尔费利和索妮娅二者施加在拉斯柯尼科夫身上的忏悔压力中的辩证法。

叙事重复

　　叙事散文文本中再次叙述的东西,不会因此就变成真的,但可能因此变得更重要。叙事重复(Narrative Repetition),这个与叙事时间紧密联系(同时还与其他的文本要素,如事件,人物等紧密联系)的叙事方式,是散文虚构中一个重要的组成方面。再想想比昂逊的《父亲》吧。索尔德到牧师那儿去了四次:第一次去给他的儿子施洗礼,然后是去给他施坚信礼,第三次是给他举行婚礼,最后一次是在儿子溺死以后。这些出行构成了索尔德生命中重要的阶段,而且它们也帮助把溺水作为突转式的高潮来呈现。重复的效果因浓缩的叙述所横跨的漫长故事时间而强化,而末一次重复则标志着最终结局。

　　在叙事重复采取的多种不同方式中,有三种尤为清楚。首先,对单个的词语(最经常的是动词、名词或形容词)、姿态、反应等的重复。《死者》中的雪通过在文本中的重要节点上再三提及而获得了符号性质,《到灯塔去》中的灯塔也可作如是观。这种方式的重复常与人物的性格描写密切相关。比如堂吉诃德被叙述者和那些与他接触的人反复描述为一个"疯子"。这种重复可以产生一种滑稽效果,但这种效果可能随后通过其他的叙事手段而受到限制。例如,堂吉诃德同时强化和复杂化了他作为疯子的形象。最明显地,他看上去是通过骑士漫游行为强化了其疯狂性。在文辞上,他在黑山强加给自己的忏悔又使这一点最明确不过。但是由于塞万提斯在他巧妙的叙事设计中,把主人公发疯的宣言(第213—230页)[①]放在其关于黄金时代的演

---

　　① 事见《堂吉诃德》第25章,堂吉诃德在黑山向桑丘宣称:他要模仿著名的游侠骑士,因为受到所爱慕的女子的冷落就去苦修赎罪的阿马狄斯"在这里做伤心人,做疯子,做狂人"。杨绛译本(上)第197—213页。——译注

说(第86—87页)①之后,其效果与假设两段位置互换后的效果是不同的。因为在其关于黄金时代的演说中,堂吉诃德显得和"疯"的距离遥远;相反,他倒很聪明:他道出了具有如此惊人的思想挑战性的话,以至于当叙述人(引述这一演说的人)表达"这个长篇大论大可不发"(第87页)②这样的看法时,读者感到震惊。

第二,叙事文本可以以相似甚至完全相同的呈现方式重复事件或场景。《父亲》中索尔德的几次到教堂即与此种形式一致——前三次行程的行动模式极为相似,这一事实使得第四次中的变化更富戏剧性。在《喧哗与骚动》里前三部分中的叙述都围绕同一些事件进行,这些事件表面是相同的,但由于进行多变地呈现和解释(经过三个极为不同的叙述者),福克纳对"它们是否真的如此"提出了质疑。

最后,如果我们把视野从单一文本扩展到作为整体的某作者的全部作品,就可看到许多作者在其后来的书里再次使用先前作品里的人物、主题和事件。塞德里克·瓦茨(Cedric Watts)引入了"跨文本性"(transtextuality)这一术语以指称该叙述形式。③这种"跨文本性"不完全等义于"互文性"(intertextuality)概念(对"互文性",我将在第四章和第七章予以讨论)。跨文本性是一个针对特定作者的多个作品中的重复而言的更为狭义的概念,但这些重复未必就是纯粹而明显的。例如康拉德的人物马洛是四部叙事作品的叙述者,但其发挥作用的方式是多样的:作为叙述者的马洛,在《黑暗的心》(1899)和《吉姆爷》(1900)里比在后期小说《机缘》(*Chance*,1913)里具有更大的主题能产性。

之所以举康拉德笔下的马洛为例,原因之一是为强调:在所有三种重复形式的设计中,叙述者都起着绝对中心的作用,不论他或她是作为叙事工具发挥作用,还是作为其经验的亲身传达者发挥作用。这并不意味着重复本身必须和文本的叙述直接相关;它也可以通过话语的其他方面建立。因为这三种重复形式相对清楚,在分析语境中,指出它们如何起作用、功能何在,比辨别出它们要重要。就算是叙事重复(和其他叙事手段与现象一样)必然首先在文本中被发现出来,通常这也只是分析的第一步。虽然有必要说《喧哗与骚动》里有三个第一人称叙述者,这一说法并不重要,除非它能为我们

---

① 事见《堂吉诃德》第11章,堂吉诃德和桑丘在途中受到一群牧羊人的热情招待,感激不尽。在酒足饭饱后,抓一把牧羊人招待的橡子,莫名其妙地大发感慨,发表了关于"东西全归公有"的古代黄金时代的演说。杨绛译本(上)第72—73页。——译注

② 见杨绛译本(上)第73页。——译注

③ Cedric Watts (1984), *The Deceptive Text: An Introduction to Covert Plots*, Brighton: Harvester. p.133.

随后提出的下列问题提供基础:为什么用四个叙述者而不是一个?为什么其中的一个还是弱智者?为什么在三个第一人称叙述者之后又以一个第三人称部分结束?如果福克纳"需要"全部三个叙述者,那么这就具有主题上的寓意了。叙述者们——部分地叙述同一件事,但又是以不同方式并各有其侧重——的重复,是否意味着重复是勘探人物的时间体验究竟有何等不同的一种手段?这些问题对于阅读和阐释《喧哗与骚动》来说是饶有趣味的。小说没有为上述问题提供简单而明确的答案,这和这些问题带给我们的主题复杂性有关。这部小说的叙事方法对于其主题的呈现是至关重要的,而重复则是叙事方法中不可或缺的一部分。

重复是最明显的具有内容维度的叙事概念之一。阐释者究竟侧重于叙事方面还是主题方面,除了其他因素而外,还将依赖于问题的提出方式和他(她)所使用的批评方法。在任何情况下,重复之叙事方面和其主题方面在分析中都是相关联的。这与其说降低了重复作为叙事概念的重要价值,不如说显示了叙事虚构中叙事和主题两个维度的相互作用。

"柏拉图式"和"尼采式"重复

在《小说与重复》(1982)一书中,J·希利斯·米勒研究了重复的这一"双重"维度①。米勒从指出我已描述过的三种重复形式开始。但是,他自己却主要是区别了这另外两种形式,他称之为重复的"第一"和"第二"形式。这两种重复形式并不能取代上面提及的诸种。倒不如说,它们补充了前面三种形式并容纳了其中每一种的因素。而且,由于它们具有重要的内容维度,所以它们显示了叙事形式和文学内容之间的密切联系。

根据米勒的概述,西方关于重复的观念史,一方面始自《圣经》,另一方面始自荷马(Homer)、前苏格拉底哲学家以及柏拉图(Plato)。现代关于重复的观念史则经过维柯(Vico)到黑格尔(Hegel)和德国浪漫主义,到克尔凯廓尔(Kierkegaard)的《重复》(1843),到马克思(Marx),到尼采(Nietzschet)的"永恒轮回"(the eternal return)的概念,到弗洛伊德(Freud)的"重复冲动"(the compulsion to repeat)的概念,到现代主义美学,"一直到形形色色的当代重复理论,诸如雅克·拉康(Jacques Lacan)或吉尔斯·德勒兹(Gilles Deleuze),米尔恰·伊利亚德(Mircea Eliade)或雅克·德里达(Jacques Derrida)"②。米勒最直接袭

---

① 指上文的"叙事"和"主题"两个维度。——译注

② J. Hillis Miller (1982), *Fiction and Repetition: Seven English Novels*, Oxford: Blackwell. p.5. (殷企平《重复》一文根据米勒著作,就上面提及的诸家中的部分人物关于重复的思想做了概述,可参见。殷文收入赵一凡等主编《西方文论关键词》,外语教学与研究出版社2006年版。——译注)

用的理论家是法国哲学家吉尔斯·德勒兹。①在德勒兹的《意义的逻辑》一书（1969）中，通过对比尼采和柏拉图的"重复"概念，将两种关于重复的理论置于相互对立的地位：

>　　让我们来看两种表述："只有相似本身才有差异"，"只有差异的才能彼此相似"。这是在下列意义上对世界的两种解读的问题：一个要求我们以预设的相似或相同为基础来思考差异，另一个则相反，吸引我们把相似甚或相同作为本质差异之产物加以思考。前者把世界确切定义为摹本或重现，它把世界确立为偶像。后者相反，把世界定义为幻影。它将世界本身呈现为假象。②

德勒兹所称的"柏拉图式"重复，建立在一个原型的基础上，这个原型尚未被重复的结果所触及，而所有其他模型都是它的模仿物。"关于这样一个世界的假设，导致了建立在颇为相似甚至完全相同基础上的关于隐喻表达的观念……就如德勒兹所看到的，类似的前提条件，也成为文学中关于模仿的诸概念之基础。"③而另一端的"尼采式"重复模式则是假定一个建立在差异基础上的世界，它设想每一事物都是唯一的，本质上区别于任何其他事物的。"相似性产生自这种 disparité du fond④ 的背景之上。它是一个并非由复制构成、而是由德勒兹所称的"幻影"（simulacra）或"幻象"（phantasms）构成的世界"⑤。这些幻象不是建立在某些范例或原型基础上，而是产生自同一平面上的所有要素间不同的相互关系的一些不真实的重叠。

这两种类型的重复并不互相排斥。恰恰相反：第二种形式和第一种相关，且在一定程度上可以看作是对它的一种回应——事实上，在多数叙事文本中，这两种形式同时现身。果真如此，那么就可以进一步探讨：两者之间的关系究竟若何，以及在发生了二者更迭交替的情况下，是否存在造成这种交替的特殊原因；如果存在，那就找出它来。这些问题可能引起一些解释性结果，这些结果不仅对于重复是有意义的，而且能够关联到文本中被考虑的其他要素。

就算叙事方面在前面三种重复形式中更为直接可见，它在米勒所讨论

---

①　吉尔斯·德勒兹，法国哲学家，主要著作有《差异与重复》和《电影Ⅱ：时间影像》。德勒兹标举"差异哲学"，认为前后相继的每一幅时间片断上的空间影像不但是重复的、相似的，而且还是有差异的。——译注

②　Gilles Deleuze (1969), *Logique du sens.* Paris: Minuit. English trans. *The Logic of Sense*, New York: Columbia University Press, 1990.p.302. 亨利希·米勒英译。

③　J. Hillis Miller (1982), *Fiction and Repetition: Seven English Novels*, p.6.

④　法语，意为"不同的背景"。——译注

⑤　J. Hillis Miller (1982), *Fiction and Repetition: Seven English Novels*, p.6.

的两种基本变体中也是存在的。正如已经指出的,乔伊斯《死者》中的雪,经由在文本不同节点重复"雪"这个词而变得更为重要。开始时,它呈现为上面提到的第一种重复形式的一个简单的变体。但是就像我们在对《死者》的分析中将会看到的那样,这些重复在复杂的叙事和主题模式中逐渐完整起来。尤其是,正是该短篇小说里的中心的晚宴场景,同时使第一和第二种重复形式得以实现。

电影的重复

重复的概念是否适用于电影?答案显然是肯定的。但电影中重复的形式和功能,在某种程度上与散文虚构中的重复有根本区别。让我们先来看三个基本区别点,然后结合奥逊·威尔斯的《公民凯恩》(1941)和谢尔盖·爱森斯坦的《战舰波将金号》(1925)予以简要论述。

1. 电影在其生产过程中把自身建构为一系列重复。放映机以每秒24帧的速度把每一帧依次驻留于光源前面,这相当于一种机械的重复过程,这个过程通过看似无穷无尽的影像系列得以持续——直到电影结束那一刻。人类视觉之观看动态的嗜好,创造了构成电影之本质的视错觉。重复的形式和电影自始至终永不停歇的前进有密切的关系。

2. 电影的重复也和对时间的电影呈现、特别是**次序**(sequence)紧密相关。后续影像实际上是同样的,但它们同时也可以有很大不同,但并没有因此变成跳跃的和碎片化的动作。究其原因,正如法国人梅里爱(Méliès)在上世纪末所发现的那样①,放映机所提供的影像的重复性表现,使电影动作变为同时的和密合的,尽管实际上它并非如此。这一发现被认为是从爱迪生(Edison)和卢米埃尔(Lumière)的首次电影试验起往前迈出了一大步。从这一发现到动画片(animation)或栩栩如生的卡通电影之间只有很短的距离。

3. 重复是帮助赋予电影媒介以叙事维度的一个因素,因为叙事进程跟时间和动作的发展相关联,它把已知的因素(亦即已出现过并因此而被重复的因素)和新因素的引入结合起来。在这一层次上,电影重复用可以和文字小说相对照的方式运行(纵然这里的电影手段同样区别于语言手段)。其实例,我们将在第Ⅱ部分中看到,或许在针对约翰·休斯顿就乔伊斯的《死者》的改编所作的分析中最清楚。该分析将重心放在与小说中的雪相关的象征

---

① "上世纪末"指19世纪末。乔治·梅里爱(Georges Méliès, 1861—1938),法国早期电影艺术家。一生拍摄《月球旅行记》等影片400多部,最擅长于拍摄神话影片。发现并开拓了摄影的基本特技:停机再拍、慢动作、溶暗、淡出、叠印和两次曝光等,并首次使用舞台演员、布景、道具、服装、化装手段等方法进行摄影。——译注

第三章
叙事时间和重复

性质上。电影通过把落雪画面和片中人物（演员）的关键对话节录相结合，创造了某种有相同效果的东西。

重复是所有叙事电影里的组成要素。无论《公民凯恩》还是《战舰波将金号》都有着如此繁多的电影重复的有效变化与组合，以至于我只能选择一部分要点加以评论。在奥逊·威尔斯的片子中，最有意思的重复都和主人公凯恩有关。其总体效果因下述结构策略而强化：以回溯的顺序叙述生活故事，但又有以凯恩生活里至关重要的转折点为中心的编年史顺序的情节。因此，在电影稍早处，有个画面显示泰却和父母讨论凯恩的未来，而在同一画面的中心背景上，我们看到还是孩子的凯恩在屋外玩耍。威尔斯为达到这一效果而对帧幅、长镜头摄影和高反差布光的结合运用，在影片后面某处得到重复。这里观众看到和听到的是李兰特和伯恩斯坦正在讨论凯恩的正直，以及他对于他们二人也投入其中的那份事业的忠诚。而在两人之间的背景上，我们看到——没有第一次那么清晰，但仍足够清晰——作为成年人的凯恩那投射到窗子上的轮廓。

这一策略显而易见的效果是对故事层的声音有所补充：凯恩的轮廓使对话所涉内容形象化、直观化。作为孩子和作为成人的凯恩的背景轮廓服务于声音和画面的一体化，因此强化了作为影片主人公的凯恩的地位。这

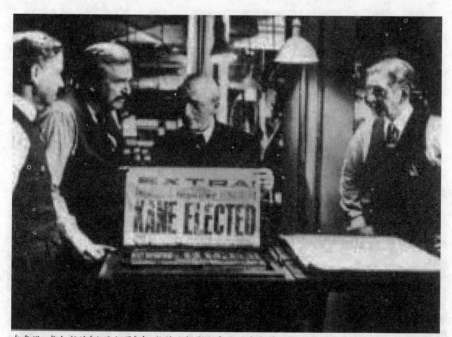

在奥逊·威尔斯的《公民凯恩》中，长镜头摄影和高反差布光等摄影技术与精致的重复和闪回（倒叙）形式结合起来。影片从凯恩嘟哝着"玫瑰花蕾"一语死去开始。这个名词将观众的注意力集中于汤普逊为研究凯恩的性格特征而再现其一生经历的持续努力上。

谢尔盖·爱森斯坦的《战舰波将金号》中的敖德萨台阶片断,是爱森斯坦的蒙太奇技术的经典范例。

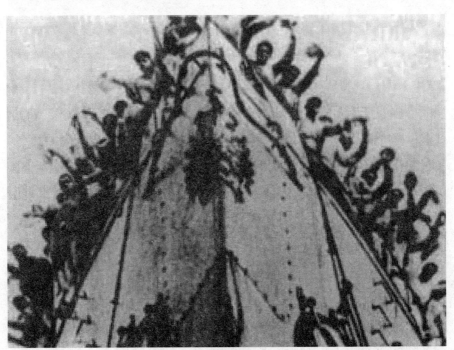

如果说战舰波将金号上的起义代表了俄国革命,那么战舰本身则象征着集体的力量。

第三章
叙事时间和重复

种效果不仅是结构上的,也是主题上的:凯恩也许比表现出来的更为脆弱、而且不那么阴险?在下一个案例中,这个问题将被联系到电影的其他方面,但此处要提及的相关论点是,威尔斯运用了各种技术性的重复来达到该种主题效果。不仅帧幅构成及人物的位置都惊人相似,把人物之间的空间用作凯恩轮廓的位置;而且摄影机角度和镜头深度的运用也惊人相似。在结构上也如同在主题上那样,威尔斯对广角和长镜头的创新运用都具有显著成效。

同样,在爱森斯坦的电影里,重复也和其他电影手段紧密结合着(因此很难孤立出来加以讨论)。我将简单论述一下爱森斯坦在他本人称为《战舰波将金号》"第四幕"的敖德萨台阶片断中重复的运用。这个堪称著名的片断是爱森斯坦蒙太奇技巧的经典范例。一般来说,蒙太奇显示着一部电影是如何通过剪辑而被组合起来的。倘若蒙太奇指的是一种由爱森斯坦及其他1920年代的苏联电影创作者们发展起来的剪辑方法,那么"它突出镜头之间动态的、常常是不连续的关系以及画面的并置,以此创造出任何一个镜头自身都无法表现的思想"①。这个特殊的蒙太奇的构成要素之一就是:爱森斯坦有条不紊地把重复镜头整合进诸如节奏、对比(主要通过交叉剪接建立起来)以及情节进程等其他结构要素之中。例如,第1010号镜头是一个肩挎军刀的沙皇军官的大特写。紧跟其后的1011号镜头,是一个右眼喷出血的妇女。正如大卫·梅耶(David Mayer)指出的,这一画面是合乎逻辑的:"妇女被用马刀砍到了脸。这一暴力行为,虽然没展示出来,但却像被看到一样真实。"②

在随后的一些镜头中,显然存在着蒙太奇的另一种不同变体。在敖德萨台阶屠杀的反击中,战舰波将金号炮轰沙皇军的司令部。在炮轰镜头里,爱森斯坦插入了三个独立的镜头(在银幕上仅有两秒半钟),分别表现三座大理石雕像:一头睡狮,一头醒狮,一头站立的狮子。如梅耶所说,这一画面虽触目却是非逻辑的。三幅狮子雕像合在一起,"建立了一种令人兴奋的视觉隐喻,俄罗斯人民觉醒的愤怒"③。但尽管爱森斯坦创造的狮子雕像镜头看上去异常生动,但实质上这并未削弱这个画面和对敖德萨台阶上的众人的重复镜头之间的有效对比。实际上狮子雕像镜头的一个主题效果是诱导观众把狮子(作为人类力量的经典形象)和起义中革命者的力量联系起来。在高耸于城市之前的站立狮子的低角度镜头(第1024号镜头)之后,镜头突然转向大门口,当横摇摄影掠过所有横七竖八躺卧在台阶上的死尸,观众被

---

① David Bordwell and Kristin Thompson (1997), *Film Art: An Introduction*, 5th edn. New York: McGraw-Hill.p.480.

②③ David Mayer (1972), *Sergei M. Eisenstein's Potemkin*, New York: Da Capo Press. p.11.

引导拿他们和作为人类力量象征的狮子作对比。这种联系是逻辑的然而又是非逻辑的——死如狮像的尸体属于曾经活着的人：独裁者暴虐的牺牲品。正是这种不同形式的蒙太奇的组合，使这个片断作为电影产生如此强烈的效果。

最后如果我们看一下《战舰波将金号》中五"幕"之间的关系，我们会发现爱森斯坦在此也是以一种创造悬念的方式把重复和情节推进结合起来。在写于1939年的一篇关于电影银幕处理的最早的导论性的文章中，爱森斯坦把重复看作一个核心的电影手段："[电影的]各个部分的行动是不同的，但整个行动是渗透和融合的，在某种程度上，是以双重重复的方式达成的。"①他用自己的例子清楚地表明"双重重复"的所指：

在"船尾甲板上的戏"中的少数起义士兵——战舰上水兵的一部分——对着射击小分队大叫"弟兄们！"，枪声减弱了。水兵们整个加入了起义。

在"与舰队会师"中的起义船只——海军的一部分——向海军舰队大喊"弟兄们！"，瞄准波将金号的炮口变得朝下了。整个舰队和波将金号站到了一起。②

作为革命力量的象征，战舰波将金号在敖德萨台阶片断中补充和强化了狮子雕像所具有的功能。而波将金号远不仅仅是狮子。这艘战舰始终有着意义非凡的结构和主题功能，它也许可以看作电影的主角。战舰不仅仅象征着力量，而且象征着人所创造的力量——一种在电影的意识形态中同时与进步势力和反动势力相关的集体的力量，但"好的"力量占了上风。（这里，爱森斯坦谨慎地与电影的历史原型断裂：在1905年的失败的革命中，波将金号上的起义并未成功。）

如果说《战舰波将金号》中重复的结构通过细节表达了主题意义，那么这一点同样也适用于作为整体的电影。像在虚构散文中那样，在电影中如果一个审美要素被反复，它通常会变得更为重要。尽管重复可以表征稳定性，并引发关于同一性的根本问题，叙述话语中的重复还是和那些使该话语有生气的要素——也就是说，那些制造悬念和推进情节的要素——有密切关联。此处的一个关键词是文字小说和电影中的**人物**(characters)，因为通常正是人物引发一个虚构事件或打破其平衡。而事件、人物和性格塑造正是下一章的题目。

---

①② Sergei Eisenstein (1988), *The Battleship Potemkin*, London: Faber & Faber. p.9.

第四章

事件、人物和性格塑造

就像在电影中一样,虚构文学当中,人物也是通过许多不同的、互补的方式塑造出来的。人物包含在情节当中,他们所实施的行为构成一系列的**事件**。本章第一部分讨论这些虚构事件,其后再将其结合"**人物**"和"**塑造**"这两个术语加以论述。我的主要例子是塞万提斯的《堂吉诃德》。最后一部分把这些概念与电影改编相联系,简要讨论卡柏瑞尔·亚斯里对凯伦·布里克森(Karen Blixen)的短篇小说《芭贝特的盛宴》进行的电影改编。

事件

理论上,虚构事件发生于叙事文本的故事层。故事是一种提取物——一种从话语当中构建、以编年顺序排列成的概要。事件也是从文本中提取出来的,而且这同样适用于虚构的人物。文本越长、越复杂,故事和话语之间的不同通常也越大。相反,在短而简单的故事中,这一区别相对就小。在普林斯给出的"**最小故事**"(minimal story)中,叙事文本如此简短,以至于故事和话语实际上是重合的:"约翰很快乐,然后,他看到了彼得,结果,他不再快乐。"

尽管叙事理论花费了大量时间来讨论故事和事件两个概念的用处到底有多大,但目前它们通常仍被视为绝对必要。故事的一个重要方面就是它标志着作为叙事的文本。因为故事涉及情节的发展,而且它赋予这种发展或变化以时间维度。在这里时间是一个关键词;事件一般都与叙事时间密切相关。事件是情节的主要部分:它关乎从一种情境到另一种情境的变化或转变(参见普林斯的例子),它通常由一个或多个人物导致或经历。事件不必一定采取外在的戏剧性动作的形式。很难在状态(静态的)和动作(作为过程的一部分)之间做出绝对区分,因为一个过程通常由许多互为补充的状态和时刻组成。正如米克·巴尔注意到的那样,此处时间的两个方面是相关的:"事件本身在一定的时间内,以一定的秩序出现。"①强调虚构事件的时间维度,并不暗示事件与空间无关。相反,虚构事件只能发生于空间——由作者通过其语言运用建成的宇宙(像托马斯·哈代的威萨克斯郡或福克纳的约克纳帕塔法县)当中。也许正是和事件相关的能量,结合其他因素,启动了时间和空间这两个维度。亨利·利夫布法莱(Henri Lefebvre)发现"动力(能量)、时间和空间之间的关系是复杂的"。例如,"我们既不能设想开头(起源),也不能没有开头(起源)的概念"②这样,事件就同时与时间和空间发生联系;它们也像利夫布法莱暗示的那样,和各种形式的重复相关联。

让我们用两个极端例子来简要地示意一下上述理论说明。首先我们可以看一个摘自非虚构叙事文本《圣高编年史》(公元8到10世纪高卢的大事年表)的片断:

709. 严冬。高特弗里德省督亡故。
710. 萧条之年,作物歉收。
711.
712. 洪水泛滥……
1054.
1055.
1056. 亨利王驾崩;其子亨利继承王位。
1057.
1058.③

虽然该文本完全不同于我在导言中论及的微型文本"把父亲带在手提箱里",但他们都接近于叙事的边缘。上面的文本异常简洁,它是一个"纪年书",其中有许多年份完全不带说明。就像海登·怀特(Hayden White)指出的,这个年表"没有中心主题,没有明确标志的开头、中间和结尾,没有突转,没有统一的叙述声音"④。也许最有力地把该文本"拉"向故事方向的,是时间表现的种子,这个种子我们可以从相连的年份里和1056年旁边的注释中读出来。在此例中有关事件的概念最触目的是:特定类型的事件得以多么

---

① Mieke Bal (1997), *Narratology: Introduction to the Theory of Narrative*, 2nd edn, Toronto: University of Toronto Press, p.208.(参见谭君强中译本《叙述学:叙事理论导论》,中国社会科学出版社2002年版,第249页。——译注)

② Henri Lefebvre (1991), *The Production of Space*, Oxford: Blackwell, p.22.

③ 转引自 Hayden White (1990), *The Content of the Form: Narrative Discourse and Historical Representation*, Baltimore: Johns Hopkins University Press, pp.6-8.

④ Hayden White (1990), *The Content of the Form: Narrative Discourse and Historical Representation*, , p.6.

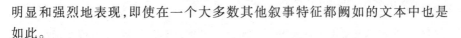

明显和强烈地表现,即使在一个大多数其他叙事特征都阙如的文本中也是如此。

海登·怀特仍然断定该文本呈现了一个故事,因为"的确存在着情节——如果我们用情节一词意指某种关系结构,依据这种关系结构,容纳于故事中的事件因被视为完整整体的一个部分而获得其意义"①。使该文本近乎一种完整整体形式的,是年代的接续。请注意,当作"关系结构"来理解的情节并不等同于话语。简单说来,话语是按其自身呈现(用其所有的文学手段、策略和变体)的文本,情节指的则是事件组合、结构和发展的方式。就像第一章所论述的,情节有一种重要的动态特征。保罗·利科(Paul Ricoeur)发现情节"在任何由事件构成的故事中都支配着一连串事件,以至于这样的程度:情节把事件变成故事。因此,情节把我们置于时间性和叙事性的交叉点上……"②对情节的这种理解暗含了针对并聚焦于叙事动力的批评兴趣;我希望这种批评兴趣使得本书第Ⅱ部分充满活力。另外,如此界定情节也暗示着对于阅读的兴趣,以及对阅读与情节发展之间关系的兴趣——这让情节"向前运动",而且让我们读下去,在叙事的展开中追寻意图的轨迹和计划的征兆,是它们担负朝意义行进的责任③。正如弗兰克·克默德(Frank Kermode)在《结尾的意义》中所看到的,一切情节都具有某种与预言共同的东西,"它们必须是看上去能从情境的初始状态推演出未来形式"④。第Ⅱ部分的分析对象为情节的这些特征提供了丰富的例证。

在对《圣高编年史》的戏剧性的外在事件做出评论之后,我将大幅度跨越到一个以此种事件的明显缺乏为特点的虚构文本上去。阿兰·罗伯-格里耶的《海滩》是这样开头的:"三个孩子在海边走着。他们肩并肩,手拉手,向前走。他们的个子差不多一样高,或许岁数也相当:大约12岁。但中间那个比另两个稍微小一点。"(第13页)正如一个短篇(或长篇)小说的开头一样,这个例子没有什么特殊的东西;但异常之处在于,整个文本都是这种特定手法下的描述性观察——通过一个第三人称叙述者的、照相机般的角度进行记录。该小说的悬念部分地来自于有一些读者(从阅读别的小说而

---

① Hayden White (1990), *The Content of the Form: Narrative Discourse and Historical Representation*, p.9.

② Paul Ricoeur (1981), 'Narrative Time,' in *On Narrative*, ed. J. W. T. Mitchell, Chicago: University of Chicago Press, pp.165-86;引文见 p.167;着重为原作者所加。

③ Peter Brooks (1984), *Reading for the Plot: Design and Intention in Narrative*, Oxford: Clarendon Press, p. xiii.

④ Frank Kermode (1981), *The Sense of an Ending: Studies in the Theory of Fiction*, Oxford: Oxford University Press, p.83.(参照刘建华中译本《结尾的意义》,辽宁教育出版社2000年版,第80页。但刘译此处有失误,已改正。——译注)

获得的)期待:某种(戏剧性)的事件很快就要发生。开头段落之后几乎再也没什么事情发生,这一事实并不意味着该小说缺乏事件,毋宁说它意味着文本仅限于对第一句所展示的事件予以补充性观察。

事件的功能

根据其在话语中的表现方式,一个事件具有不同的功能。当几个事件和另一个事件结合起来的时候,这些功能常常变得更为复杂。我用"功能"一词指称事件的那些赋予它一个或多个特定目的的属性,尤其是相对于文本的内容方面来说。这样看来,事件的功能与文本中的人物密切相关,因为他们通常在特定目的、希望、要求或感受的基础上把行动置于运动当中(事件的启动)。

在一本1928年初版于俄罗斯的叙事理论先锋著作中,弗拉基米尔·普罗普(Vladimir Propp)把功能的概念同他从大约200个俄罗斯民间故事中提取出的"恒定因素"联系起来。对普罗普来说,功能意为"从其对于行动过程意义角度定义的角色行为"①。这样即使施动者的身份改变,功能也保持不变。看一下普罗普提供的这些例子:

1. 沙皇赠给好汉一只鹰。鹰将好汉送到了另一个王国。
2. 老人赠给苏钦科一匹马。马将苏钦科驼到了另一个王国。
3. 巫师赠给伊万一艘小船。小船将伊万载到了另一个王国。

这三个事件中唯一恒定的因素是一个人在他或她得到的某件东西的帮助下,来到另一个王国。参与者的身份可能改变,无论他们的名字还是特征,也因故事而宜。因此普罗普主张,研究事件(亦即他做了什么)要比研究谁实施这些事件以及如何实施都要更加重要。

对事件予以如此突出的强调,在现代叙事理论中还前所未有,尽管相比以前,无论"事件"还是"人物"概念,如今都被看重得多。普罗普发现自己能把功能的数目限制在31个②,这和他研究的是民间故事这一事实有关,因为民间故事的事件模式比较类似。在更长而复杂的文本中,功能的数量将会更多,那时一个给定的事件含有多少功能也将会更加难以界定。事件的功能在同一文本中也可能有所改变。《堂吉诃德》第一部分中占主导地位的事件的功能在于显露主人公的疯狂。这一功能逐渐与其他功能融合,在小说第二部分中许多事件足以使得第一部分中的事件成为"模式建构性"事件,

---

① Vladimir Propp (1968), *Morphology of the Folktale* [1928], Austin: University of Austin Press, p.21.(参见中译本《故事形态学》,贾放译,中华书局2006年版,第18页。——译注)

② Vladimir Propp (1968), *Morphology of the Folktale* [1928], pp.26-63.(参见中译本《故事形态学》第23—77页。——译注)

并为其做注脚。我们称之为"主人公疯狂性格的图解"的那些事件密切关联到对于骑士传奇的拙劣模仿,这成为了史诗亚文类和民间故事之间的连结点。

核心与催化

事件究竟是否重要,在一定程度上取决于事件对人物及对情节发展有何重要意义。事件的展现常常示意读者事件何等重要——通过叙述者的议论,用重复手法,或者以其他方法。罗兰·巴特在首次发表于1966年的一篇极具影响的结构主义论文中,区别了事件的两种主要类型。"**核心**"(kernel)是"主要功能",它通过给予人物一个或多个两选一的备选以开启行动;它还可以揭示此选择的结果。巴特给出一个非文学的例证:如果电话铃响了,那既可能接电话,也可能不接。"**催化**"(catalyst)伴随并补足"核心",但它所依据的行为并不"为以后的故事开始(或维持,或终止)一种重大的抉择"①。在接电话前,我可能打开灯,关上门,或者诧异是谁打来的电话。

无论核心还是催化,二者都可能具有或多或少的复杂性。在《堂吉诃德》第一部分中"大战风车"是一个核心事件。尽管我们对于可能的结果有自己的猜测,但我们此时尚不知堂吉诃德将如何面对这一结果,以及他的反应将引出什么新的事件。作为核心,大战风车被各种催化伴随,例如堂吉诃德强迫罗西纳特冲入战斗,以及求助于杜尔西内娅。注意,我们此处理解核心事件的方式,意味着堂吉诃德的后续袭击是否核心,变得更加难以确定。因为渐渐地我们自认为能够预先确认主人公的行动模式和反应模式,它们都与对骑士传奇的滑稽模仿密切相关。同样注意在小说第二部分中"核心"概念被重新现实化了,因为在很大程度上堂吉诃德周围的世界按他自己的意思应对他:周围世界的行为看起来仿佛是疯狂的,相反主人公自身倒逐渐变得不那么疯狂了。

人物概念

叙事文本所呈现的行动中的人物是虚构的。在文学中他们是通过语言建构起来的虚构世界的一部分;在电影中,他们对我们来说的确很形象,但他们仍然是有着美学策略和其自身特点的复杂电影形式的一部分。无论文

---

① Roland Barthes (1982), 'Introduction to the Structural Analysis of Narratives', in *A Barthes Reader,* ed. Susan Sontag, London: Jonathan Cape, 251-95. [Original title: 'Introduction à l'analyse structurale des récits', *Communications* (1966).] p. 265.(中译文参照张裕禾译《叙事作品结构分析导论》,见《符号学美学》,辽宁人民出版社1987年版,119页。——译注)

学还是电影,人物的描绘更多地是建基于惯例之上,而非建基于对"真实"人物的毫不含糊地"真实"关涉之上。这并不是说虚构人物不可以与历史人物或读者自身生活经验相关。这种相关性对于其唤起读者的何种反应与兴趣,常常至关重要。但我们对于作者创造的虚构人物的期待,和对于我们所知悉的历史人物的期待并不相同。原因有很多,其中包括文学对于戏剧性、集中性、强化情节叙述的需要。这也同样适应于我们对于电影中人物的期望,不过需要补充的是,观众的期望受到电影体裁的影响(正如读者的期望受到文学体裁的影响)。例如,现实主义的好莱坞电影,要求我们搁置自己的怀疑,考虑电影情节时,仿佛它是真实的那样。像理查德·马尔特比(Richard Maltby)指出的,这种要求甚至在他解读米歇尔·柯提兹(Michael Curtiz)的《卡萨布兰卡》(1943)时都存在:

> 电影叙事在时间上由一套省略构成;它是一系列事件之精华……但凝聚性的叙事,企图通过统辖两种时间,掩饰其时间结构的省略性质:既统辖被叙述的事件的实际时间,又统辖观众在影院里体验到的真实时间,使这两种时间都从属于由叙事表现出来的、人造的、可察觉的时间。①

叙事理论较少关注人物这一概念。这种相对的淡漠由来已久。在《诗学》中亚里士多德就把行动置于人物之上:"因为悲剧所摹仿的不是人,而是人的行动、生活;幸福与不幸系于行动;悲剧的目的不在于摹仿人的品质,而在于摹仿某个行动;……而他们的幸福与不幸,则取决于他们的行动;剧中人物的品质是由他们的'性格'决定的,而他们的幸福与不幸,则取决于他们的行动。"②对亚里士多德来说,人物的重要性首先在于他是行动的实施者,其次才是对于行动本身。他的"**本质**"(*éthos*)概念更密切地关乎悲剧,而不是虚构散文。况且,"本质"并不直接等同于我们的"人物",因为它涉及的是(传统界定的)表达一种思想或一种意义方向的一个人的品质。在现代叙事理论中同样也有一种给予人物较低地位的倾向。因此法国结构主义代表A. J. 格雷马斯在普罗普的启发下,把他的"**行动元**"(*actant*)概念(亦即基本角色或基本功能)不仅和人物相联系,而且和事物(如魔戒)或抽象品质(如灾难)联系起来。③

---

① Richard Maltby (1998), 'Casablanca', in John Hill and Pamela Church Gibson (eds.), *The Oxford Guide to Film Studies*, Oxford: Oxford University Press, 283-6. 引文见 p.285.

② Aristotle (1995), *Poetics*, ed. and trans. Stephen Halliwell, Loeb Classical Library, Cambridge, Mass.: Harvard University Press, p. 51, 1450a. (参见罗念生中译本《诗学》,人民文学出版社1984年版,第21页。——译注)

③ A. J. Greimas (1966), *Sémantique structural*, Paris: Larousse. (参见吴泓缈中译本《结构语义学方法研究》,生活·读书·新知三联书店1999年版。——译注)

第四章
事件、人物和性格塑造

然而,使人物从属于那些恰恰是由他们所发动和进行的虚构事件,这是否正确呢?这是在人物与其他文本要素之关系的讨论中的至关重要之处。问题在亚里士多德那里就已经很明显了,因为,尽管他把行动置于人物之上,但《诗学》中的好几个关键术语(比如突转(reversal)和发现(recognition)[①])仍然与人物概念密切相关。在像罗兰·巴特这样影响巨大的理论家的著作中问题同样很清楚。在1966年的论文中巴特认为行动比人物更重要,而在《S/Z》(1970)里他赋予人物范畴以其自身的范畴或"符码"——他借详细分析奥诺瑞·德·巴尔扎克(Honoré de Balzac)的短篇小说《萨拉辛》(1830)而呈现出来的"准符码"。

巴特的《S/Z》同样廓清了人物概念的叙事维度。这一维度通过几条途径现身出来。一个明显的例子就是第一人称叙述者。这里由情节中的一个行为者(作为主要人物或次要人物)来进行叙述表达。但即便"人物"和"叙述者"在一定程度上是重合的,其概念仍指涉到叙事文本中两个不同层次:人物概念指涉故事层次,而叙述者概念指涉话语和叙述层次。这一区别有助于解释"人物"何以成为叙事理论中一个有争议的概念:正像"历史"和"事件"的情况一样,人物的概念也是建立在话语中各式各样人物表达基础上的抽象物,在一定意义上这种抽象过程在叙事虚构阅读中是不可或缺的,特别是那些属于文学上强大的现实主义小说传统,或与此传统相关联的小说中。像希利斯·米勒在《阿里阿德涅的线团》中指出的,"小说阅读最强大的魅力在于其产生这样一种强烈幻觉的方式:获得比读者在现实生活中的更为直接的通道,以进入另一个人的精神和内心"[②]。米勒继续说,"人物是一个雕刻过的图样或符号……'人物'这个词,正像'特征'(lineaments)和'人'(person)(来自拉丁文词语'假面')这两个词一样,它暗含这样一个假定:外部征兆符合并揭示着其他潜隐的内部特质。"但正如米勒同时指出的,在叙事虚构作品中遇见并结识一个人物的效果是一种幻觉,在叙事虚构的情节不可抗拒地吸引我们去构筑其人物的内心形象的同时,叙事话语(就像在第Ⅱ部分将会看到的那样)也使"对单一个性的信任"成为问题。[③]

米勒的《阿里阿德涅的线团》有力地证明了我们关于人物的概念塑造着我们对于叙事的理解、同时也受到这种理解之影响的复杂方式。另一个对我们理解小说人物有重要贡献的是詹姆斯·费伦的《解读人物,解读情节》。

---

① Aristotle (1995), *Poetics*, p. 67, 1452b.(参见罗念生中译本《诗学》,人民文学出版社1984年版,第33-36页。——译注)

②③ J. Hillis Miller (1992), *Ariadne's Thread: Story Lines*, New Haven: Yale University Press, p.31.

费伦看待人物概念的方式不同于米勒。他由质疑戴维·洛奇（David Lodge）此前在《小说的语言》（1966）中的断言——人物是语言符号的抽象物——开始。洛奇不是对小说人物持此看法的唯一一人；相反，他的观点是诸多叙事理论的代表。而费伦也并非确信洛奇的断言是错误的，而是认为它不全面。由于人物是通过文字语言呈现出的，人物的概念带有一种人工的因素，费伦称之为**合成**（synthetic）——"认识一个人物，其中的一部分就在于领会：他/她/（它？）是一个结构物"①。此外，他还提出另外两种因素，即**模仿**（mimetic）和**主题**（thematic）。费伦把模仿因素同我们作为读者，在由牢记（合成）人物转向将其作为有行动和思想的人予以认同的过程联系起来。于是，模仿因素描述了我们在"鉴别隐藏在'此人'这一用语中的观念"时（作为阅读过程不可或缺的一部分）所实施的行为②。主题因素是更多建立在此种辨认行为基础上的内容成分，和读者的文学资质相关。该资质建立在我们所具备的、讨论诸如以下问题的能力的基础之上：对此人物来说什么是重要的和有趣的？他和她有何种程度的代表性，而其代表性和独特性之间的关系本质是如何的？人物是否可信，他或她在文本中有何发展/变化？费伦发现模拟因素和主题因素或多或少地获得高度发展，而"合成因素……则可能会或多或少地被前景化"。③

请看下面这个摘自威廉·福克纳（William Faulkner）短篇小说《夕阳》的片断：

所以监狱看守听到撞击和刮擦的声音。他跑到上面一看，发现南希吊在窗子横档下面，浑身精赤条条，肚子已经有点鼓出来，像个小气球。

---

①② James Phelan (1989), *Reading People, Reading Plots: Character, Progression, and the Interpretation of Narrative*, Chicago: University of Chicago Press, p.2.

③ Ibid., p.3.（詹姆斯·费伦在 *Nrrative As Rhetoric*（1996）一书中所附的"名词解释"中对于其叙事理论涉及的关键词进行了简明释义。其中包括 synthetic/mimetic/thematic 三个术语。中译本《作为修辞的叙事——技巧、读者、伦理、意识形态》（陈永国translate，北京大学出版社 2002年版）把这三个术语分别译为"综合"。（按：此译误译，应为"合成"、"人造"。下文已改正）、"模仿"、"主题"。今从中摘出这三个概念的释义，供读者参考：

"合成因素"：在文本更大的建构内人物作为人工构造的角色；概言之，即身为客体的文本作为建构物的因素。

"模仿因素"指对现实中可能有的人加以模仿的人物因素。它也指那个虚构叙事的因素，即对超越虚构的世界的模仿，对我们所说的现实的模仿。"模仿"指造成模仿效果的过程，判判断具体的模仿是否充分的一套常规，这套常规随时间的改变而变化。

"主题因素"：人物之代理或观念功能；概言之，叙事文本中关注主张、意识形态立场和教导读者真理等方面的因素。——译注）

第四章
事件、人物和性格塑造

当迪尔希在自己的小屋里生病,南希为我们家做饭的时候,我们就看得出她的围裙向外鼓起……(第291—292页)①

这一段由作为略有些超然的第一人称叙述者的昆丁之视角讲述,南希鼓出的肚子也导致昆丁回转入故事的主要情节②。这种叙述手法用可视细节精确表现出孩子特有的魅力,极好地符合了昆丁的联想思维。而且,尽管它本质上是一种叙述手法,但它也服务于塑造昆丁这一人物,由此使读者对其作为第一人称叙述者的角色比以往的(例如,福克纳短篇小说《纪念爱米丽的一朵玫瑰花》中的匿名叙述者)更加详细、更个性化这一点做好准备:"所以父亲也没有看我,我是老大。我九岁,卡迪七岁,贾森五岁。"(第294页)③

通过突出昆丁作为《夕阳》中一个人物的重要性,这种叙事鉴别,强化了费伦所称的模拟因素:它使我们能够从语言虚构中的叙事呈现里,在头脑中构想出昆丁作为虚构人物的形象。由于昆丁的叙事功能和他作为人物的重要性之间的界限模糊化了,其叙述的存在主义动机变得更加引人注意。在昆丁的对叙述的迫切要求和南希的坚持给康普森家的孩子们讲一个故事之间,有一种奇妙的近似:"她讲故事和她看人一样恍恍惚惚的。好像她用来瞅着我们的眼睛和她对我们讲故事的声音,都不属于她本人。她仿佛生活在另外一个地方,在另外一个地方等待着什么。"(第302页)④像《押沙龙,押沙龙!》(1936)中一样,此处造成了一种口头叙事的情境(尽管并不持久)——因此它喻示着"叙事交流的口头模式对于复杂的书面小说的重大意义"⑤。

与费伦的模拟的及主题的人物因素相关联的问题,可以被完整地结合进叙事分析(而这不会改变叙事分析的性质)。如果对人物的分析倾向于仅仅是主题的,那么将难于勘定和讨论那些把人物塑造成形并把他们互相之间区别开来的具体的、差异化的因素(就像它们由文本塑成那样)。人物和情节相互依赖。这一点,当我们像第Ⅱ部分分析的那样把人物概念同**进程**

---

① 采陈登颐译文,见《世界小说一百篇》(上),青海人民出版社1982年版,第583页。——译注

② 南希是昆丁家的黑人女佣,被白人斯托瓦尔骗奸致孕,被打、被抓,在狱中悬梁。在此段叙述之前,昆丁曾零星出现于故事中,此段之后,昆丁在情节中又扮演了比较重要的角色。——译注

③ 采陈登颐译文,见《世界小说一百篇》(上),第583页。——译注

④ 同上书,第594页。——译注

⑤ Jakob Lothe (1997), 'Narrative, Character, and Plot: Theoretical Observations Related to Two Short Stories by Faulkner', in Hans H. Skei (ed.), *William Faulkner's Short Fiction*, Oslo: Solum, 74-81. 引文见p.79.

（*progression*）联系在一起时尤为明显。进程指的是"作为一个动态事件的、无论对于讲述还是接受都必须在时间中运动的叙事"①。进程作为一个关乎情节的概念，和性格发展问题联系在一起。构成性格的是诸如重复、相似、对照，以及（逻辑上的）关联等因素。在进程和性格之间，这些以及文字话语的其他策略建立了人物的基本品质和个性——"人物和话语互为同谋"②。性格发展的问题可与 E. M. 福斯特的"圆形"人物联系起来：圆形人物指发展和变化中的人物，他使我们惊奇，其行为无法预测。福斯特把这样的圆形人物和"扁平"人物做了对比。扁平人物亦即没有发展的人物，他更多地呈示为一种类型③。尽管福斯特的二分法对事物过分简单化，但它仍不失为人物分析的一个有效的起点。

始于"扁平"人物而后变为"圆形"人物的一个特别有趣的例子就是堂吉诃德。因为在塞万提斯的小说里，主人公变得日益复杂，尽管有第一章的行动模式的重复。批评家将主人公的这种发展和小说的生长（Entstehung）④——也就是它如何在漫长时间里被孕育和写下——联系起来。很明显，塞万提斯起初想写一个短得多的文本，一部关于一个疯子之旅程的"典型的短篇小说"，他因读了太多的骑士文学而丧失了理智，而在一系列戏剧性经历之后他回到了家，并把所有的书付诸一炬。在写作过程中，一些基本变化渐次出现：第5章之后桑丘的引入及其最初谚语般的智慧，第一部分中的经历与主仆对话之间的联系，重心朝向社会和意识形态问题的延伸，骑士的发展的眼光，他的摆脱迷误，以及最终他的病和死。

这些变化可谓是把堂吉诃德从一个"扁平"人物"拉"成"圆形"人物。堂吉诃德作为扁平人物的功能主要和对于骑士罗曼司的滑稽模仿联系在一起。因为就像叙述者竭力强调的那样，主人公的疯狂有其特殊原因：

> 且说这位绅士，一年到头闲的时候居多，闲来无事就埋头看骑士小说，看得爱不释手，津津有味，简直把打猎呀、甚至管理家产呀都忘个一干二净。他好奇心切，而且入迷很深，竟变卖了好几亩田去买书看，把能弄到手的骑士小说全搬回家……可怜的绅士给这些话迷了心窍……（第23—24页）⑤

---

① James Phelan (1989), *Reading People, Reading Plots: Character, Progression, and the Interpretation of Narrative*, Chicago: University of Chicago Press, P.15.
② Roland Barthes (1974), *S/Z* [1970], New York: Hill & Wang, P.178.
③ E. M. Forster (1971), *Aspects of the Novel* [1927], Harmondsworth: Penguin, P.75.
④ 德文词，意为生长、形成。——译注
⑤ 采杨绛译文，见《堂吉诃德》(上)，人民文学出版社1978年版，第12页。——译注

第四章
事件、人物和性格塑造

作为一个"疯子"(第25页)①,堂吉诃德以由骑士幻想所激起的空想世界为基础行事,在这个意义上,他是一个"扁平人物",因此他就像塞万提斯的虚构世界所展示的,反复地与现实世界发生冲突。主人公的发疯具有引发事件的作用,塞万提斯强调了堂吉诃德的假想世界和其(在小说中的)实际状貌之间的区别。第二章中有此类明显区别的一个例子。叙述者在强调堂吉诃德的"疯狂压倒了其他一切道理"②之后,报告了他如何骑着驽骍难得,并引述骑士传奇道,"骑上他的名马驽骍难得,走上古老的、举世闻名的蒙帖艾尔郊原"③。叙述者然后评论道:"他确实是往那里走。""确实"指涉在小说情节中建立起支撑性中心的故事层。堂吉诃德的疯狂如此生动逼真、令人信服,这是因为叙述者关于主人公疯狂的断言和主人公的实际行动如此清晰地显示他确实疯狂(这也表示叙述者是可靠的)之间的一致性。这种疯狂是把堂吉诃德塑成一个简单的"扁平"人物的基础:他的疯狂引出了一种机械重复的因素,这一因素使我们猜测到其行为将是或可能是如何的(尤其是在大战风车的经典场面之后),而且它有助于使人物显得滑稽。但尽管堂吉诃德的疯狂在整个第一部分中都得到强调(由叙述者,由次要人物,也由人物自身的行动),但同时局面还是逐渐复杂化。堂吉诃德的关于黄金时代的演说就是这样的一个调节因素——其惊人明智的洞察力限定并扩展了我们对于主人公的想象,由此使他成为一个"浑圆"人物。

性格塑造

在关于塞万提斯这部杰作的浩瀚的文献中,有关堂吉诃德性格的讨论占据了大量空间。例如 A. J. 克劳斯(A. J. Close)在一部关于该小说的导论性的书④中用大约一半的篇幅专门探讨了堂吉诃德和桑丘的性格。他的探讨表明一个重要观点:尽管我们可以把人物的概念孤立出来,在不怎么考虑其他文本要素的情况下讨论堂吉诃德和桑丘的性格,不过他们仍是通过性格塑造被建构成人物的,亦即通过话语中那些性格指示物。这意味着(故事层次上的)人物与(文本层次上的)性格塑造之间的区别不是绝对的,上面提及的关于堂吉诃德的那些也表明了这一点。关于小说人物的讨论,如果涉及性格塑造,或以性格塑造为基础,那它们就能令人信服,因为正是通过这

---

①②③ 见杨绛中译本《堂吉诃德》(上),人民文学出版社1978年版,第13页,第17页,第17页。——译注

④ A. J. Close, (1990), *Cervantes' Don Quixote*, Cambridge: Cambridge University Press, p. 53-108.

样的性格塑造,人物才被引介、塑形和发展。

我们对文本中的两类性格描述做一区分:

1. **直接定义**,指人物性格用直接的、概括的方式塑造——例如依靠形容词或抽象名词。这类性格界定的说服力多种多样,而当提供定义的叙述者以权威的或全知的身份出现时,其说服力最大。在此做一番文学史的透视颇有意思:直接的性格界定在早期(前现代主义)小说中更为普遍。《拉克斯谷人传》(公元1250年)①是这样介绍古德兰·奥斯维伍斯多特的:

> 古德兰是他们女儿的名字,她是所有在冰岛土生土长的女人们中最出色的一个,无论是相貌还是智慧方面。她是如此优雅而彬彬有礼,以至于当时其他妇女们的装饰相形之下完全是幼稚的。她比别的女子知识更渊博,也更会用语言表达她自己;她还十分慷慨。(第81页,拙译)

我们注意到这段介绍中的一些形容词、特别是最高级("最出色")的使用。在《堂吉诃德》中形容词同样有塑造性格的功能:叙述者把主人公描绘为疯子(第29页)②,这就是一个直接定义的例子。堂吉诃德本人(在同一小说的性格层面上)把自己定义为骑士,这对于将情节置于运动之中来说,是至关重要的。

直接定义手法的一个特殊方式是为人物命名。当然,人物的名字不必具有塑造功能,但它们却能够具有(尤其是联系到下面第2条)。第Ⅱ部分将更加详细地讨论两个著名的例子,卡夫卡的《审判》中的K.和乔伊斯的《死者》中的加布里埃尔。此二例最有趣的特点在于,其命名与其说是区别人物,不如说是使其个性复杂化。这在卡夫卡那儿尤为适用:无论K.还是克拉姆(《城堡》),看上去都区别于各式性格,而且在情节的各个阶段上均如此。在前现代主义文学中人物的命名往往标志着更加确定的性格特征。狄更斯的《艰难时世》里一个人物名叫"卡童脖子先生"(M'Choakumchild),这透露了关于其对教育的态度的一些消息。约翰·班扬(John Bunyan)的《天路历程》中把主人公叫做克里斯琴③,这和作品的寓意有关,表示"作为一个基督徒的生活,导致了与班扬在天路历程中所经历的那些问题相似的问题"④。

---

① 《拉克斯谷人传》(*Laxdoela Saga*),冰岛萨迦文学代表作之一。"萨迦"(Saga)系北欧口述文学体裁,原意为"讲"。公元13世纪前后冰岛人和挪威人用散文把过去关于祖先业绩的口头文学记录整理,遂成《萨迦》。流传至今的《萨迦》有150种以上,主要反映了冰岛和北欧氏族社会的英雄人物的战斗生活经历和巨民的生活、习俗、信仰,也兼有传记、族谱和方志等内容。——译注
② 见杨绛中译本《堂吉诃德》(上),人民文学出版社1978年版,第17页。——译注
③ 原文Christian,与"基督徒"一词同形。——译注
④ Jeremy Hawthorn (ed.) (1997), *Studying the Novel: An Introduction*, 3rd edn, London: Arnold, p.139.

通常,这一类直接定义的说服力,在定义伴以其他性格塑造的主要方式时,变得更强。

2. **间接呈现**。这种主要塑造形式比上一种更为重要。对于一个给定的性格要素,它不是明确地加以命名,而是直观地说明、戏剧化地表现、或以实例证明。它又有几种手段:

(a) **行动**:对任意一个单独动作或一系列重复动作的表现。单独动作例如《罪与罚》中拉斯柯尼科夫实施的两次①谋杀。此处读者也许有异议,认为两次谋杀实际上是两个行动。虽然有争议,但这两个行动联系如此密切,以至于我们可以将其视为一个支配性的核心事件(由多个催化环绕)。

通过重复动作塑造性格方面,《堂吉诃德》提供了很多例子,最明显的是通过主人公对自己认为的敌人反复的攻击。这类重复动作,其重要性依文本情境、主题侧重、其自身后果等等而或高或低。在《堂吉诃德》中它是至关重要的,尤其在第一部分里,主人公的行动模式是机械的重复,这样通过牢牢强化人物的疯狂而使其滑稽可笑。这不仅对于使小说第一部分成为"疯狂大观"具有累积效果,而且喜剧性的重复事件也为第二部分成为"矫治之书"奠定了基础②。当然,堂吉诃德重复性行动的滑稽特征并不意味着它们之间没有任何变化——在大战风车(第8章)和释放船上的奴隶(第22章)之间就有着明显区别。在基本属于机械性的行动模式上的这一变化,也具有性格塑造功能:我们对于主要人物的理解变得充分而准确,而且对他的塑造也与不同叙事层次的转换(例如第20章中作为次故事层的关于黄金时代的演说)联系起来。

(b) **人物话语**。人物的所说所想——无论是在对话中、直接引语中,还是在自由间接引语中——常常通过形式和内容两方面而发挥性格塑造的功能。在人物语言具有个性特征,有别于叙述者语言的时候,这一点格外明显。仍以《堂吉诃德》为例。"骑士"是堂吉诃德自己的定义,而在整部小说中他的言谈都在塑造他的性格。这既适用于他所说的话,也适用于他说话的方式(例如,所有他借自骑士传奇并导致对该体裁的滑稽模仿的那些成语)。堂吉诃德的言谈一方面和叙述者的话语形成对比、另一方面和桑丘的言谈形成对比的时候,其性格塑造功能就进一步地增强了。有一个例子出自第23章(就在堂吉诃德和桑丘被他们刚解救的划船奴隶们用石块痛击一顿之后):

---

① 拉斯柯尼科夫先杀死了房东老太太阿辽娜·伊凡诺夫娜后,意外撞见了阿辽娜的妹妹莉莎维塔·伊凡诺夫娜。第二次的谋杀是出乎意料的。事见中译本第100—103页。——译注

② Knud Togeby (1957), *La Composition du roman 'Don Quijote'*, Kobenhavn: Munksgaard, p.40.

堂吉诃德吃了大亏，对他的侍从说：

"桑丘，我常听说：'对坏人行好事，就是往海里倒水。'我要是早听了你的话，就免了这番气恼。可是事情已经做下了，忍耐吧，从此学个乖。"

桑丘说："您会学乖，就好比我会变土耳其人。"（第192页）①

（c）**外部相貌和行为**通常是作为可能的事实，由叙述者或另一人物来呈示和解释。叙述者对堂吉诃德的介绍性描述提供了一个直观例子："我们这位绅士快五十岁了，体格很强健。他身材瘦削，面貌清癯，每天很早起身，喜欢打猎。"（第23页）②

（d）**环境**。外部（物理的/地形的）环境能以多种方式帮助对人物的间接表现。以《罪与罚》中拉斯柯尼科夫的阁楼为例。它的窄小这一事实强化了主人公的抑郁和焦虑情绪。拉斯柯尼科夫的床与其说是供睡觉和休息之用，莫如说承担了拉肢刑架的功能："他仰面躺着……忽然猛烈地打起寒颤，抖得他差不多牙齿都要蹦出来了，他浑身都在哆嗦。"（第84页）③

更大、更复杂的环境同样能影响性格塑造，不管是陀思妥耶夫斯基笔下的圣彼得堡，还是勃朗特姐妹笔下的约克郡荒原，或者狄更斯笔下的伦敦。《罪与罚》中的城市强化了拉斯柯尼科夫租住的公寓房间的狭窄与幽闭。这城市位于涅瓦河畔，有着卡迈尼大桥，塞多瓦亚大街和哈依市场，不可思议地与周边的俄罗斯环境隔绝开来，同时这一城市环境与尾声中的西伯利亚形成对照。

性格塑造的多种因素一般会在话语当中彼此结合起来。我们建立起的人物整体图像，可以归之于文本中很多不同的信号。这些文本信号不是个个都单独作用于其自身，而是以其互相结合所经由的方式彼此影响，而其性格塑造的效果通过叙事变化和重复遂得以增强。这样，如上所提及的那些性格塑造因素，就和叙事作品的其他构成方面联系在一起。体裁就是这些方面之一：《堂吉诃德》戏仿了骑士传奇，这对于描写主人公十分重要。在《堂吉诃德》这样一部小说里，性格塑造方式通过一系列文本变化而有微妙区别；在这些变化中，大量叙事方法和手段互相之间结合，也与情节方面结合，与意象和隐喻模式结合，从而创造了一部有非凡丰富性的小说。

有关《堂吉诃德》的讨论中，一个关键点涉及主人公的疯狂——既包括此处"疯狂"的含义及他是怎样的"疯狂"，也包括在小说第一和第二部分里

---

① 采杨绛译文，见《堂吉诃德》（上），人民文学出版社1978年版，第178页。——译注
② 同上书，第11页。——译注
③ 采朱海观、王汶译文，见《罪与罚》，人民文学出版社1982年版，第115页。——译注

第四章
事件、人物和性格塑造

他的疯狂之间的关系。有些批评家发现堂吉诃德的行为模式以戏剧性行动为特征。他的想象力无疑是很强的,这可能标志着某种形式的角色自觉或角色距离。《堂吉诃德》探索的基本问题关涉到骑士传奇的虚构世界(堂吉诃德梦游于其中)和堂吉诃德的自我世界(就像塞万提斯小说里建构的)之间的不一致。很明显,这种一致性的缺乏导致一些显示堂吉诃德之为"疯"的行为。顺理成章地,无疑同样又是小说的情节(尤其是标志着它并使它复杂化的疯狂的形式),在叙事过程中改变了人物,部分地是因为环境世界在很大程度上按照主人公自己的看法与主人公遭遇,并将各种形式的反作用施加于他身上。另一方面,《堂吉诃德》还富有特色地对像"疯狂/正常"这样的一对对立提出质疑。主人公的言行模式的戏剧性因素支撑了由复杂叙事模式所塑形的这一质疑过程。在《堂吉诃德》中,作为一种体裁的小说在叙事和主题上的复杂性,映现在主人公性格的不断增加的复杂性中。这种复杂性可以用巴赫金(M. M. Bakhtin)的**杂语性**(*heteroglossia*)概念来阐明:

> 杂语性一经被组织进小说中……就是用另一语言所作的另一言说,它服务于表达作者意图,但仅仅以折射方式。这样的言说构成了一种特殊方式的**双声话语**(*double-voiced discourse*)。它同时服务于两个说话人,并表达同时发生的两种不同意图:正在说话的人物的直接意图,和折射出的作者意图。①

多声部概念,和巴赫金对小说的理解有着密切联系:他把小说理解为一种**对话**(*dialogic*)形式,认为它是这样一种叙事,其中不同的声音、不同的意识形式和不同的观点互相冲撞,而不是联合或按等级排列。在巴赫金看来,这两个概念是相关联的,因为它们相对于其他的特性、价值及优先性来确定意识与个性。对话式地阅读《堂吉诃德》,就是回应它的叙事复杂性和主题多声性。② 这意味着(例如)更加批判性地看待叙述者对主人公的明确陈述。因为《堂吉诃德》的对话性特征之一在于:叙述者首先显示出在评价堂吉诃德方面的巨大权威性,同时随着主人公矛盾的、渐次复杂化的言行模式,这一权威性又是可疑的(毋庸说,叙述者因此也变得不可靠了)。在全部的疯狂中,堂吉诃德成为某种艺术家——也许甚至成为诗人的一个象征。

---

① M. M. Bakhtin (1982), *The Dialogic Imagination: Four Essays,* ed. Michael Holquist, Austin: University of Texas Press, p.324.着重为原作者所加。

② See Michael Holquist (1990), *Dialogism: Bakhtin and his World*, London: Routledge, p.18-19.

电影改编中的事件、人物及性格塑造

尽管这三个关键词对于电影都有意义,但电影中事件与人物的表现和在文学虚构中有根本不同。在文学虚构中,事件是通过诸种叙事策略、情节与人物成分、以及读者在阅读过程中被召唤予以回应的隐喻模式等的结合,而得以成形。电影的直观特性和非凡的生动性,则导致电影里的事件以完全不同的方式"击中"观众;电影事件甚至就在我们眼前呈现时显得确切无疑——然后消失。类似的,在电影中也和虚构散文中一样,人物概念和性格塑造相关,但表现人物的方式在两种媒介中却显著不同。举例说,对于人物的外貌,电影能够最令人信服地予以**展示**。另外,电影易于将外貌和性格化的言行方式结合起来——只要想一想卓别林、典型的西部片主角、或者詹姆斯·邦德之类人物。另一方面,电影又不能以小说那样的方式传达人物的思想、感觉、计划等等——部分地因为电影叙述者的功能不同于文学叙述者的功能。对于电影中的事件、人物和性格塑造的系统讨论是一个此处无法企及的庞大工程。我在此代之以将这几个概念和特定的改编作一联系,同时也把它们和前面介绍过的其他相关概念作一联系。不过首先我要针对电影改编做一些泛论;这些泛论在第 II 部分对四部不同改编作品的讨论中得到补充。

把一部艺术作品从一种媒介"转换"成另一种媒介,在一定意义上说是不可能的。我说"拍摄一本书"似乎是说小说里的人物能够走出故事,成为摄影机前的演员,但这一说法把所涉及的复杂转换简单化了。就像斯图亚特·麦克道格拉(Stuart McDougal)在《电影制作》中所说的:"每一种艺术形式都有因其媒介而导致的独具特性,电影制作者在将故事转换为电影之前,必须认清每一媒介的独特性。"[①]改编,甚至从一开头起,就对那些在其中扮演角色的人提出严格要求。除媒介特殊性外,还有些其他要素进一步使得媒介间的转换复杂化。其中之一就是:由于电影制作是一个技术上很复杂的过程,整个生产过程中所面临的问题会干扰电影创作者对文学脚本的美学评价。话虽如此,还是有很多导演(例如威尔斯(Welles)、休斯顿(Huston)和科波拉(Coppola))创造的改编电影,足以表明他们作为创造性艺术家对文学文本具有详尽认知。

作为年轻的艺术形式,电影在 20 世纪,在技术、结构模式和主题类别等方面取得了长足进展,而这些进展在其他媒介——文学、音乐、舞蹈、绘画

---

① Stuart Y. McDougal (1985), *Made into Movies: From Literature to Film*, New York: Holt, Rinehart, and Winston, p.3.

第四章
事件、人物和性格塑造

——那里曾经花费了几百年的时间。对许多人而言,电影是最生动、最令人兴奋的艺术媒介。因此,有意思的是:文学,无论是通过戏剧还是通过叙事小说,为电影的发展做出了、并仍在做出巨大贡献。例如,黑泽明的《罗生门》(1951)和《乱》(1985)都是重要的电影作品。但对于很多观众来说,《乱》更具吸引力,原因在于它对莎士比亚的《李尔王》的情节和主题予以电影回应的方式——它把李尔王的三个女儿改成儿子,把故事从英国搬到了17世纪的日本。

尽管《乱》仅仅是从戏剧获取灵感的诸多电影实例之一,仍然有惊人数量的电影(大约有三分之一的故事片)选取文学散文文本作为改编原本,无论它是短篇小说抑或(更多的是)长篇小说。1926年鲍里斯·艾亨鲍姆注意到"电影和文学的竞争,是当代文化中一个无可否认的事实"①。这一看法今天看来更为坚实了。但艾亨鲍姆又加上一个同样仍然坚实的结论。他承认,尽管电影有自己的方法,但"它需要素材。它撷取文学,并把它转化为电影的语言"。不过需要补充一下,因为文学"素材"的趣味和魅力多半要归之于文学的表现,文学文本的叙事方法和策略也影响到它的改编。正如爱森斯坦在一篇经典论文中指出的,在文字小说中也可以找到相当于电影构成技巧的叙事:"奥秘或许在于狄更斯(和电影的一样出色地)创造了异常的可塑性。小说的观察力是卓越的——好像那是小说的视觉特性。"②改编文学文本,即使一个导演相信电影技巧不等同于文学技巧,他也会倾向于寻找一种能够与文学底本酷肖,又能光大其艺术品格的表现形式。我们注意到,改编的这一特性,无论是在相对直接的改编(比如约翰·休斯顿对乔伊斯的短篇小说《死者》的改编)中,还是间接一些的改编(比如科波拉据康拉德的《黑暗的心》改编的《现代启示录》)中,都同样适用。不过,改编一个短篇小说和改编一部长篇小说,其间的一个明显而重要的不同在于,当以短篇文本做底本时,改编可以更详细地再现文学文本的情节。

达德利·安德鲁(Dudley Andrew)在一篇关于改编的有影响的论文中,把电影和文学文本之间的关系分为三个基本类型:**借用**(*Borrowing*)意为"艺术家在或大或小的程度上,从之前一个总体成功的文本那里,借用素材、思想或形式"③。这一类的例子包括对于莎士比亚的大量改编,以及其他艺

---

① Boris Eikhenbaum (1973), 'Literature and Cinema' [1926], in *Russian Formalism: A Collection of Articles and Texts in Translation,* ed. Stephen Bann and John Bowlt, Edinburgh: Edinburgh University Press, 122-7.引文见 p.126.

② Eisenstein, Sergei(1992). 'Dickens, Griffith, and the Film Today', in Gerald Mast, Marshall Cohen, and Leo Braudy (eds.), *Film Theory and Criticism.* Oxford: Oxford University Press, 395-402.引文见 p.396.

③ Dudley Andrew (1992), 'Adaptation', in Gerald Mast, Marshal Cohen, and Leo Braudy (eds.), *Film Theory and Criticism,* Oxford: Oxford University Press, 420-8.引文见 p.422.

术形式的,如把文学改编为音乐、戏剧和绘画。此处的关键问题在于艺术,而不在于改编对原作的"忠实"。**交叉**(*Intersecting*)则是对改编的另一种态度:"原作的独特性被保留到这样一种程度:改编作品有意不予以吸纳。"①在一定意义上"改编"这个概念不适用于交叉,因为展示给观众的不过是"原作的折射"而已。作为交叉类电影的例子,安德鲁提到了皮尔·保罗·帕索里尼(Pier Paolo Pasolini)的《马太福音》(1964)和《坎特伯雷故事集》(1972)。"所有这些作品都害怕或拒绝改编。他们就代之以表现与原作相异、有特色的内容,启示了某一时代的美学形式和我们时代的电影形式之间的辩证互动。"②第三类是**忠实转化**(*fidelity and transformation*):"假定改编的任务是以电影形式对原作的基本内容加以再现。"③

像安德烈·巴赞一样——他在《电影是什么》中拥护"交叉"模式,安德鲁对忠实转化持怀疑态度,因为它们倾向于"成为一种以典型的剧情说明形式写成的剧本"④。这种三分法有一个问题,就是三种模式之间的过渡点很模糊,以及同一改编中可以结合一种以上类型的成分。例如科波拉的《现代启示录》,可以看作是"借用"的实例,同样也可以看作是"交叉"的实例——它既是改编,但一定意义上又不是改编。不过安德鲁对改编类别的概括仍然有助于批评,而且他的分类既为进一步探讨现象、也为分析个别影片提供了可能的起点。安德鲁正确地注意到,我们无法放弃改编,因为它是一个人类实践的事实。他追随克里斯蒂安·麦茨(Christian Metz)和凯斯·科恩(Keith Cohen),把叙事视为文字和视觉两种语言之间最牢固的联系。正如科恩在《电影和小说:互换的动力》中所言:"无论在小说中还是在电影中,都有成组的信号在时间中连续不断地被捕捉到,不管是文字信号抑或视觉信号;这种连续性引出一个展开的结构,故事整体永远不会在任一组信号中得以充分表现,但它又总是隐含在这每一组信号当中。"⑤当叙事代码在隐含意义或言外之意的层次上起作用时,它们"在小说和电影之间有一种潜在的可比性……于是对改编的分析,就必须指向电影和语言这两种截然不同的符号系统之间的等价叙事单位方面的成就"⑥。

可将这一结论联系到克里斯蒂安·麦茨在《电影语言》中所持的核心观

---

① Dudley Andrew (1992), 'Adaptation', in Gerald Mast, Marshal Cohen, and Leo Braudy (eds.), *Film Theory and Criticism*, 420-8.引文见 p.422.

②③④ Ibid., p.423.

⑤ Keith Cohen (1979), *Film and Fiction: The Dynamics of Exchange.* New Haven: Yale University Press, p.92.着重为原作者所加。

⑥ Dudley Andrew (1992), 'Adaptation', in Gerald Mast, Marshal Cohen, and Leo Braudy (eds.), *Film Theory and Criticism*, Oxford: Oxford University Press, 420-8.引文见 p.426.

点:"电影告诉我们连续的故事;它'讲'那些同样可以用词语的语言来表达的事物,但它是以别样的方式讲的。就像改编之必要性是有理由的一样,改编的可能性也是有理由的。"① 理由当然是有的,而且我们需要记住科恩富于联想的称谓——"互换的动力",在小说和电影之间是双向走的。无疑,像约翰·休斯顿的《死者》这样的电影,已使众多观众知道了乔伊斯的《都柏林人》,因此(即便不总是,那也是常常地)把一名观众改变成一个读者。

电影制作者与其改编的文学底本的关系,是相当多样的。例如,弗朗西斯·福特·科波拉的《现代启示录》(1979)中没有一处记录着他受惠于《黑暗的心》(直到13年后埃莉诺·科波拉(Eleanor Coppola)的纪录片《黑暗的心》上映后,康拉德的小说才获得好评),罗伯特·奥特曼(Robert Altman)的《短片集》(1993)强调了电影和其据以改编的基础——雷蒙德·卡佛(Raymond Carver)的九个短篇小说及一篇散文诗——之间的联系。卡佛的大名对电影获得声誉起到重要作用,一部与电影同名版本的小说与诗歌已经出版,并附有奥特曼的序言,而电影剧本也已出版,并由卡佛的遗孀、作家苔丝·加拉赫(Tess Gallagher)作序。尽管电影和文学间这种毫无隐讳的关联可能致使很多观众对卡佛的小说产生兴趣,但这并不就意味着卡佛对于奥特曼的重要性大于康拉德对于科波拉的重要性。借用安德鲁的术语,如果我们追问《短片集》是"借用"还是"交叉",尝试性的回答可以是这样:在属意于"交叉"的同时,影片实际上同时含有这两种模式的因素。在影片完成后汇编成的《短片集》一书的序言中,奥特曼说他"把卡佛的所有作品看作一个故事,因为他笔下的故事都是一些事件,都是关于突如其来并导致人的生活发生转向的事情"②。因此,影片不仅基于卡佛的短篇小说,也基于奥特曼对卡佛的阐释;可以推定,这种阐释也许忽略了卡佛的短篇小说彼此间结构和主题上的差异。但这一观点并不暗示着实际由奥特曼遴选出的这些故事不能给他创造性的影片提供好的基础。尽管影片被批评为某些片段上有情节剧倾向,但它仍然是一个对各色人物的魅惑连连的探索,这些人物过着日常生活,但看上去生活在边缘,与社会环境相隔离,又力图传达他们的感情。从电影形式方面看,《短片集》有一点值得注意:它广泛运用景与景之间的交叉剪接③,以此来激发、重复、调节卡佛文本中被用为电影表现媒介的各个层面。

---

① Christian Metz (1974), *Film Language: A Semiotics of the Cinema*, New York: Oxford University Press, p.44.
② Raymond Carver (1995), *Short Cuts*, London: Harvill Press, p.7.
③ 交叉剪接(cross-cutting),电影剪接的一种技巧,由一个动作剪切到另一个动作。——译注

奥特曼的《短片集》的一个引发兴趣之处在于，奥特曼在雄心勃勃地企图把九个各自独立的短篇小说拍进一部电影时，以何种方式不但改编了第三人称叙事，而且改编了卡佛原作中用第一人称叙述者讲述的那些故事。其中最重要的是《离家这么近，有这么多的水泊》。如果说这一关键文本的主题丰富性大部分是因水的隐喻而导致的，那么它同样也依赖于女性叙述者的多种功能。就像布雷恩·麦克法伦（Brian McFarlane）在《从小说到电影》中注意到的那样，"在电影所提供的第一人称叙述的企图和小说的第一人称叙述之间只有可疑的类似"①。他发现这一企图通常有两类："主观镜头"和"画外音"。奥特曼所做的是探索主观镜头的可能性，尤其是通过交叉剪接和多变的镜头角度的运用。例如，在男人们（其中包括叙述者的丈夫斯图亚特）钓鱼时，河面上那具身份不明的女孩尸体的镜头，激发了影片的窥视狂因素，这一因素通过裸露的胴体和垂钓的男人们之间的交叉剪接得以强调。在卡佛的小说中读者的同情站在第一人称叙述者这边，而在奥特曼的影片中主观镜头的效果之一就是，把观众的视角从垂钓者们那里分离开去，（令人不舒服地，但又非病态地）改置于尸体的意象上面。这是电影自身份内的成就，也是电影对小说的再创造，它（同时在情节和隐喻的层面上）朝向将叙述者与女死者相等同。

在转入讨论伊萨克的《芭贝特的盛宴》之前，我想先简单评述一下安杰伊·瓦依达（Andrzej Wajda）的《阴影线》（1976）的开头，这部电影能够阐明电影改编中的一些重要问题，而这些问题又是奥特曼的《短片集》中所看不见的。瓦依达的电影改编自约瑟夫·康拉德的中篇小说《阴影线》（1916）。该文本为第一人称叙事，这一事实与主人公的"叙述冲动"②相一致。小说开头的叙事与主题的特点，与康拉德所使用的第一人称叙事的种类密切关联。在瓦依达的影片中，叙述者的身份欠明晰，因而他本身的情况也更不确定。瓦依达确乎是用聚焦于主角身上来开始他的影片的，其第一句话是"这不是一个婚姻故事。但我的所作所为，倒确实是很有些离异和遗弃的意味。无缘无故地，我抛弃了我的船。事情发生在一个东方港城，新加坡。"事实上，叙述者不是（像我们在银幕上看到的那样）大声说出这些话，而是议论他自己在抛弃职位之后的情况——观众推测他是回顾式地。当然这些与小说中

---

① Brian McFarlane (1996), *Novel to Film: An Introduction to the Theory of Adaptation*, Oxford: Clarendon Press, p.15.

② Franz K.Stanzel (1986), *A Theory of Narrative*, Cambridge: Cambridge University Press, p.93, 并参见 Jakob Lothe (1985), 'Repetition and Narrative Method: Hardy, Conrad, Faulkner', in Jeremy Hawthorn (ed.), *Narrative: From Malory to Motion Pictures*, London: Edward Arnold, 116-31 中之 p.221.

第四章
事件、人物和性格塑造

相应段落高度一致的画外音议论,仅仅构成了电影叙述的一小部分。如果说作者康拉德通过让其第一人称叙述者言说来写作《阴影线》,瓦依达的电影叙述者就是一个异质的、机械的、高度灵活的工具,它由各种技巧构成,并履行着多种功能。因此电影叙述者需要从瓦依达在改编开头所运用的画外音中识别出来。这一技巧虽然重要,但在更为复杂的叙事交流中它不过只是成分之一而已。

瓦依达的改编表明了电影一个最独特的品质:"被再创造出来的每一个客体,同时显现于两个截然不同的指涉结构中,即二维结构和三维结构;以及作为同一个客体,它在两种语境中承担两种不同的功能。"①因此观众在电影中遭遇了两种主要的指涉结构,"**银幕**时空,以及**故事世界**里的时空(的一个标本)"②。在瓦依达的《阴影线》里,主角的开场白(上面引用的画外音议论)启动了故事世界的时空(亦即电影的情节),反过来,在它之前的电影片断则突出了与银幕相联系的指涉结构。这并不意味着两种指涉结构之间没有关联。"声与光创造两套基本的空间、时间和因果互动:在银幕上,与在故事世界中。叙事的一个任务就是对二者进行调节。"③在银幕上看到表面现象时,观众会试图把它们和故事世界里的可能功能联系起来。正像布兰尼根展示的,这是一个复杂过程,在该过程中会发生重要变化,特别是在电影的开头,常常难以识别和解释故事世界的关键功能。瓦依达改编的开头进一步复杂化了这个过程,因为影片的起始镜头没有直接指涉故事世界,而是呈现了一连串图片镜头,它们生动再现了真实的历史场景:一幅是航船图片,另一幅是船长和船员们在该航船的甲板上的图片,其后的镜头则以图片展示了停泊在貌似19世纪港口中的航船。因此当观众读到安杰伊·瓦依达的这部影片是"据约瑟夫·康拉德的小说《阴影线》改编"时,同时也就看到了那些照片,此信息就投影在照片之上,不知道它们和将要展开的故事有什么意义与作用。而正如结果显示的,照片的一个主要功能就在于,它们支持了电影从小说叙事到自传(autobiography)的转化,当第一人称叙述者在看从波兰寄来的家庭照片时他被识别为康拉德。这种体裁转化决不削弱电影的特质,相反它促进了对于康拉德小说(其副标题即为"忏悔录")中自传性因素的电影探索。

---

① Rudolf Arnheim (1957), *Film as Art.* Berkeley: University of California Press, p.59.
② Edward Branigan (1992), *Narrative Comprehension and Film*, London: Routledge, p.33. 着重为原作者所加。
③ Ibid., p.34.

卡柏瑞尔·亚斯里①的《芭贝特的盛宴》

安德鲁对电影与小说文本之间三种关系模式的划分，其批评价值之一在于它隐含地表明了：最"忠实"的改编未必是最"好"的改编。改编首先和最主要的，它得是电影；它不是文学文本的"第二手版本"。这一点同样适用于那些像《芭贝特的盛宴》这样的改编，它们通常显得与其文学底本很相像。《芭贝特的盛宴》选自小说集《命运轶事》(1958)②，其故事可以梗概如下：

在挪威北方一个渔村，住着主教和他的两个女儿，玛蒂娜和菲莉帕。主教还在世的时候，有两个人向他那年轻漂亮的女儿们求婚，他们是"从贝勒沃格外面的大千世界来"（第25页）的利乌特南·瑞文海尔姆和歌手帕平。然而她们继续居住在渔村里，直到父亲去世，她们仍旧在那里救济穷苦人。16年后芭贝特·赫森特从巴黎来此访问这对姐妹。又过了14年，即1885年，芭贝特仍然作为管家和厨师与她们居住在一起。这一年芭贝特中了一笔巨额法国彩票，但她没有回巴黎，而是把钱用于在12月15日安排了一次盛宴，以庆祝牧师的百岁诞辰。瑞文海尔姆也是来宾之一，现在他已是将军了。

这个概括对于亚斯里的改编同样是准确的，这一事实是电影版的情节严格地保持了布里克森③小说的情节的首要标志。改编的精确性不仅在于其对文本事件的表现方面，而且在于其对文本中主要人物性格的电影化塑造方面。因为在此案例中文学文本是一个短篇而不是长篇小说，亚斯里更易于将情节的构成要素转换为电影。而且，在电影中也像小说中那样，结构匀称，叙事简洁。小说分为12部分（章）。和每一章的内容及小说时间上的错乱结合在一起，每章的标题，使文本看上去像童话一般，有奇异的神话色彩。

小说用第一人称叙述。布里克森通过一个距离化的、未参与故事的叙

---

① 卡柏瑞尔·亚斯里（Gabriel Axel），丹麦著名导演、演员，1918年4月18日出生在丹麦的奥胡斯市（rhus），他的代表作《芭贝特的盛宴》（Babettes g stebud，1987）是丹麦电影史上第一部获得奥斯卡奖最佳外语片的电影。——译注

② "芭贝特的盛宴"是电影界对亚斯里这部影片的通常译名。包括同名小说在内的短篇小说集《命运轶事》（Anecdotes of Destiny）亦有中译本，由林桦、周鸽飞译，当代世界出版社2000年版，其中该篇小说篇名译为《芭贝特的筵席》。本章出自小说的引文均采该译本，但小说和电影名均采前一译法。——译注

③ 凯伦·布里克森（Karen Blixen，1885—1962），笔名伊萨克·迪内森（Isak Dinesen）著名丹麦女作家。著作有短篇小说集《七个奇幻的故事》、《冬天的故事》、《命运轶事》等。《芭贝特的盛宴》即收入《命运轶事》的短篇小说。——译注

述者表现情节。叙述者能够报告人物的思想,在此意义上她无所不知,这使她显得很可靠(文本中没有迹象表明她不可靠)。总体上,叙述者是稳重的,她精确报告,而不是批判性地评价。

小说第一部分繁密的背景信息,给作为电影制作者的亚斯里以几层挑战。例如对于布里克森描写地域的位置选址。挪威北部的贝勒沃格小镇的地势对于事件、人物描写和主题都很重要。正如在(例如)托马斯·哈代(Thomas Hardy)的《还乡》(1878)中那样,地点为日常光景(Berlevaag和教区居民的日常生计)与他者的介入之间的对照提供了支撑。所谓他者,指来自外部的未知的、令人兴奋、有潜在危险的事物。这个"他者"像在很多叙事文本中那样,启动了情节。它首先与芭贝特相关联,其次与瑞文海尔姆及帕平相关联。亚斯里曾计划在贝勒沃格摄制该片,这说明他对文学底本(及其作者布里克森)的尊重,但因实际和财务原因,电影摄制地改在丹麦的日德兰半岛西部。贝勒沃格变成了诺·弗奥斯堡,干鳕鱼变成了比目鱼,雪(12月15日降落)变成了雨。尽管第一项改变可能是三者中最重要的,但还不能说对于作为改编的电影造成消极后果。由于亚斯里表现西日德兰的诺·弗奥斯堡,地域与环境基本上具有小说中的贝勒沃格的相同特征。若有不同也只是程度上的不同,作为改编的电影可以有这样的不同,知悉原作的观众也能够容忍这样的不同。

不过,小说开头给亚斯里带来的最大挑战,还是如何传达布里克森文本中第一人称叙述者所提供的背景信息。亚斯里选择引入一个匿名女性叙述者的声音。开头格外明显,其实她也一直贯穿全片,尤其是在不同情节阶段之间的转变处,这一女画外音(外在于银幕画面的声音)起着小说中第一人称叙述者的电影替代物的作用。正如第二章指出的,它表明了萨拉赫·库兹洛夫(Sarah Kozloffin)在《看不见的故事讲述者》中区别出的画外音的全部三个特点。

亚斯里在《芭贝特的盛宴》中对于报告性兼议论性叙述者的运用,明显受到文学作品的启发。《芭贝特的盛宴》的这个特点令人想起弗朗索瓦·特吕弗(François Truffaut)的几部片子——例如《两个英国女孩与欧陆》(Les Deux Anglaises et le Continent, 1971)和《朱尔与吉姆》(Jules et Jim, 1961),在这些片子中叙述者的评论比《芭贝特的盛宴》介入性更强,功能也更为多样。一些电影理论家曾对叙述者声音的这种运用持怀疑态度,把它视为电影中的异质因素。但几乎没有人批评亚斯里运用此种技巧,这和《芭贝特的盛宴》中画外音的功能密切相关:它不但给了观众必要的信息,而且创造了一个敏感的"视觉距离"以保持小说叙事距离中的某些东西。说到这里,必须强调,电影里的画外音无法像小说中的第三人称叙述者那样是非人格的:

在《芭贝特的盛宴》里我们立刻就能辨别出这是一个女声,因为我们听得见。但矛盾的是,(出于同样原因)很难把电影的画外音与不同角色的视角联系起来。

对两姐妹的塑造早在第二段就开始了,而且被极好地与故事发生的环境联系起来。两人的命名倾向于直接定义,把两姐妹的生活同其父亲所代表的基督新教的形式联系起来:"她们在洗礼时依照马丁·路德(Martin Luther)和他的朋友菲利普·梅兰克顿(Philip Melanchton)的名字,被命名为玛蒂娜和菲莉帕。"(第23页)①影片中这句话由画外音说出,其效果犹如我们在布里克森小说中的体验,特别是如果我们假设观众读过小说。玛蒂娜和菲莉帕的性格塑造,通过把第一、第二部分相联系起来的倒叙而得到进一步展开:"但是,芭贝特来到两姐妹家里的真正原因是十四年前的那个日子,以及在她内心深处的秘密世界里。"(第24页)②这一倒叙,在朝向"直到讲这故事的时候"渐移之前,先把时间倒转至1854年,它表明倒叙(作为时序倒错叙事的一种变体)和性格描写之间的结合。小说第2章是这样开头的:"玛蒂娜和菲莉帕年轻时特别漂亮……"(第24页)③改编如何处理这一陈述?我们注意到,影片也有一个有明显标志的倒叙,亚斯里是把画外音(即刚刚引用的那句)和渐隐结合起来开启这一倒叙的。两个画面相互重叠,这看起来超越了机械的、重复的时间。画外音是否吸引我们把姐妹两人生中的每一步都看作同等重要呢?此处"渐隐"的效果依赖于画外音,而画外音伴随和支持连续的画面——首先是50年代的姐妹俩的,然后是姐妹俩年轻时代的,那时她们如此漂亮,以致于"贝勒沃格城的年轻男子争相去教堂,为的是看她们走进教堂过道的风姿"(第24—25页)④。

像在小说中一样,电影中对劳伦斯·瑞文海尔姆和阿基尔·帕平的引进也延伸了对姐妹俩的塑造。他们爱慕的强烈程度突出了玛蒂娜是何等非同寻常的漂亮,菲莉帕唱得又是何等令人赞叹的动听。说到电影对这两个方面的表现,我们注意到三个有趣的变动。在说明利乌特南·瑞文海尔姆造访贝勒沃格的时候,小说告诉读者他"在驻防的城市过着放荡不羁、寻欢作乐的生活,而且债台高筑"(第25页)⑤。改编有一处很有意思,为了形象化地

---

① 中译采林桦,周鹄飞译《芭贝特的筵席》,见《命运轶事》,当代世界出版社2000年版,第17页。马丁·路德(Martin Luther,1483—1546),德意志新教神学家、欧洲宗教改革倡导者、新教路德宗创始人。菲利普·梅兰克顿(Philip Melanchton,1497—1560),德意志新教神学家、人文主义者、教育活动家,路德派追随者。——译注
② 参见林桦,周鹄飞译《命运轶事》第18页。——译注
③④ 见《命运轶事》,第18页。——译注
⑤ 同上书,第19页,略有改动。——译注

第四章
事件、人物和性格塑造

表现小说中这仅仅一个句子,亚斯里用一个完整场景表现青年瑞文海尔姆在赌桌前的、有点丑化的形象。然而更重要的,是电影在表现主教对女儿们的控制方面的变动。在小说中,叙述者说"教长声称,他把两个女儿看作是他的左右手,谁会想从他那里夺走他的两只手呢?"(第25页)①注意这最后一句在朝向自由间接话语调整。当他让主教直接吐露这些以拒绝玛蒂娜的另一个爱慕者的时候,亚斯里更进了一步,因而亚斯里的改编和小说比起来,强化了对主教的严厉批判,而通过主教撵走无名求婚者之后的行为中明确的幸灾乐祸因素,电影也进一步拉开了自身和主教之间的距离。另一方面,有人可能认为,从小说原文中引用的那句话同样间接批判了主教,因此也就间接地回应了构成小说主题重要方面的权力关系问题。

到第三章的结尾,第三个变动出现了,它出现在亚斯里对莫扎特《唐·璜》中的《诱惑二重唱》的表达之中。我们注意到,此处的改编相对于小说原作同样有所拓展。这样的拓展——包括文学文本未给出的歌剧脚本片段——极大地丰富了改编:调动各种各样的电影手段,亚斯里得以展示给我们歌剧的这个片段——完全带着音乐、歌曲以及两个表演者之间的互动。同样,电影也比小说更清楚也更令人信服地展示了帕平变成一个唐·璜一样的角色,他在二重唱的最后亲吻了菲莉帕。我们还记得,作为角色之一部分的这一吻(帕平后来都不记得它了),具有他始料未及的效果:"菲莉帕回到家里,请求她的父亲给这位帕平先生写信,告诉他,她不想再上他的课了。"(第31页)②

尽管小说中的这一描述在电影中变成了菲莉帕对主教的回答,其效果却类似。但更重要的一点是,即便我们排除电影的形象化,在改编的这一部分莫扎特的音乐,复苏了文学文本只能比较薄弱地描述的生活——最明显地是在(唐·璜与泽林娜之间二重唱的前两小节)声音的视觉形象中,多年后帕平用这一形象结束了给姐妹俩的信。也许读者应该演奏这两小节以完成文本?

这封信在16年的空白后重启情节,其主要功能是引入芭贝特:故事带给姐妹俩在贝勒沃格村的生活的、来自外界的第三个人物。在小说中这是对于第三人称叙述的最明显的变动。信所传达的明显的沉郁和失落的感受,因帕平本人充当发信人这一事实而强化。因此,他在一个第三人称叙述结构中的作用方式,倒使人联想起第一人称叙述者,至于姐妹俩,在读信的时候则成为受述者。在电影里,画外音展示了信的一部分内容,伴以帕平在

---

① 见《命运轶事》,第18—19页。——译注
② 同上书,第24页。——译注

小说与电影中的叙事

巴黎写信的镜头(那时芭贝特在同一个房间等待),交叉剪接到姐妹俩读信的镜头。改编保留了信的结尾,在这个结尾处帕平聊以自慰的是:

在天堂里,我将再次听到您的歌喉!在那里,您将无忧无虑,无所顾忌地歌唱,就像是上帝的意思要您这样歌唱似的。在那里,您永远是位伟大的女歌唱家,就像是上帝的意思要您成为这样的歌唱家。啊,您是多么地令天使入迷呀!

芭贝特会做饭。

女士们,谨请接受您曾经的朋友的问候。

阿基尔·帕平①

由于电影中此处的对话和小说中的一致,改编不仅突出了"芭贝特会做饭"这一句里的轻描淡写,还吸引我们(虽然在第二遍阅读/观摩时会强烈得多)去认同菲莉帕和芭贝特同样是伟大的艺术家。此外,像布里克森的小说中一样,亚斯里的改编中,信的终结预示了情节的终结,把注意力集中于艺术家的孤独、他的生涯的短促,以及他感情的脆弱上。

第四和第五两章把情节推进到庆祝宴席之日,即1885年12月15日。在此片断中以概述为主要叙事手法,而在两部分之间的转换处为最明显:"芭贝特在主教女儿们的宅里呆了十二年,直到讲这故事的时候。"(第35页)②我们注意到布里克森让她的第三人称叙述者把"故事"限定于一日之内,即12月15日,星期二。这样的时间限制通过把庆祝宴席突出为小说的主要事件,从而支持了题目;同时也通过把构成小说中间部分的"日常生活"中的事件与其后的高潮事件形成对比,从而减弱了前者的重要性。然而这一章同时拓展了对芭贝特和姐妹俩的性格塑造。大量此类信息直接经由第一人称叙述者,这给作为导演的亚斯里带来挑战。他的选择看上去是合理的:他表现精心选择的、有代表性的事件(诸如芭贝特买鱼时的讨价还价)以引诱观众以此为基础加以概括。这一技巧的效果是使芭贝特和姐妹俩在影片中段的距离,比其在小说中相应段落中的距离更远。有个细节强化了此一印象,即亚斯里让芭贝特告诉商店主她在玩法国彩票,而不是像小说中那样告诉姐妹俩。

亚斯里对"芭贝特的好运"的表现彰显了文学原著中的若干微妙之处。当某种意外的兴奋事件打碎了姐妹俩僻静而古板的生活,结构上的平衡这一特点就得以强化。芭贝特的中奖击破了她们经验的限制。当姐妹俩对中奖事件的反应服务于塑造她们的性格("她们用略带颤抖的手握着芭贝特的

---

① 参见《命运轶事》,第26页,略有改动。——译注
② 同上书,第35页,略有改动。——译注

第四章
事件、人物和性格塑造

手",第41页)①时,中奖本身无论在小说中还是电影中就都是核心事件。这第二封信,对于姐妹俩来说是芭贝特返回巴黎之旅的通知书,它以某种方式重复了把她带到姐妹俩身边的那第一封信。接下来两章的改编是以有选择的、而又是重点的文本段落为基础。有一个相对不那么成功的细节值得注意:即表现玛蒂娜在看到海龟而受到惊吓并怀疑芭贝特妄图在宴席上毒害所有客人之后所做的梦。对这个梦的表现之所以在主题上缺乏裨益,主要原因是:无论在小说中还是电影中,所运用的电影手段显得和总体节奏不协调,与意想中的距离也不协调。

日常生活和盛宴之间的显著对比,给导演亚斯里带来巨大挑战:是否对这难以置信的、奇迹般的盛宴的任何改编都势必变得俗常而简单?但无论如何也不能降低盛宴在电影中的重要性——不管是在小说中还是在电影中它都太重要了,因为它都是逐步引向这一核心事件。亚斯里轻而易举地解决了这一难题,不但坚持其对布里克森文本的尊重,而且显示了其对电影改编潜力的高度估价。导演的成功归因于三个相互联系的因素:独具眼力的剪辑,相关演员的优异表演,以及对细节的悉心关注。后者的一个例子是:宴会所用的餐桌是来自里摩日的哈维兰德瓷器②——换句话说是来自法国的,这顺理成章,但要补充一句,是欧洲所能买到的最好的一些瓷器。(在此转运过程中瓷器如何毫发无损地运抵诺·弗奥斯堡,那无关紧要。)

亚斯里面对的最困难的剪辑问题,在小说所设定的、第三人称叙述与瑞文海尔姆将军的视角之间的结合上可以逐渐看出来。在文本的前面部分,

"饭桌上所有的人觉得吃得越多,喝得越多,他们的身体越轻飘,心情越舒畅。"(凯伦·布里克森《芭贝特的盛宴》,第57—58页)③

---

① 见《命运轶事》,第31页,略有改动。——译注
② 哈维兰德(Haviland)是因创始人戴维·哈维兰德(David Haviland)而得名的世界著名瓷器品牌。里摩日,法国中西部城市,1842年起成为哈维兰德瓷器的主要制造地。——译注
③ 见《命运轶事》,第45页。——译注

"瑞文海尔姆将军已经到了对任何东西都不感到奇怪的程度了……'这葡萄真棒!'"(凯伦·布里克森《芭贝特的盛宴》,第59页)。①

画外音总是与人物保持距离,有时谨慎接近了姐妹俩、利乌特南·瑞文海尔姆,或帕平。而宴席一场中,叙述视角更明显、也更持久地与将军联系在一起。如我们所见,现在亚斯里也运用了一个叙述者的声音。但也正如我们注意到的,这一女性画外音(可以说是第一人称叙述,因为我们能听到)在提供电影难以传达的必要背景信息方面具有更有限的功能。这样,亚斯里不得不将在小说中由第三人称叙述者传达的将军的思想,转化为人物的语言。例子之一就是,在餐桌上,他陷入对很久以前喝过的一次安格莱斯咖啡的回想,变成了没有任何特定倾听者的独白。②

将军几乎没得到什么反响,这本身标志着亚斯里不能让他说得太多,否则会显得不自然:小说里那些把第三人称叙述者的反应和态度跟瑞文海尔姆将军的视角相关联的段落,在电影中被摒弃了。一些批评家发表过这样的观点:在小说里将军是作者的代言人,在电影中他变成奇迹的催化。尽管有一些事实能够支持这一观点,不过《芭贝特的盛宴》的主题复杂性,使得我们不能把一个人物所说的或代表的等同于"作者见解"(我把它看作"文本意图"的同义语)(而且,将军在小说里同样具有催化的作用)。

亚斯里的改编中的演员们都是杰出的,但也许可以提出一个问题:扮演将军的加尔·库勒(Jarl Kulle)是否并未奉献出最好的表演?他演瑞文海尔姆的方式,只是有把握地做到了忠实于布里克森在小说里对人物的塑造。如果说存在着对应于文学内容的一些重要方面没能被库勒表现出来,那不

---

① 见《命运轶事》,第46页。——译注
② 据中译本小说,瑞文海尔姆回想的并非安格莱斯咖啡,而是阿芒铁莱多葡萄酒。事见《命运轶事》,第43页。——译注

是因为演技的匮乏,毋宁说是由于他的角色在作为改编的电影中的局限性所致。作为对这一局限的补偿,相对易于改编的库勒的演说,有着几种功能:作为整场庆祝宴席的高潮,它被置于电影核心事件的中心;在优美的修辞形式和清晰的发音中,它补充了端上桌的神奇食物;在内容上它转述了——通过与"他胸前挂满勋章"(第60页)①形成对照的特点温和地、反讽地转述了——主教在100周年诞辰日的关键词句。

如果说将军起到的是作为盛宴这一核心事件的催化的功能,那么正是芭贝特实现了这一核心事件。通过扮演芭贝特的斯蒂芬·奥德兰(Stéphane Audran),改编有效利用了交叉剪接,以展示宴席是她的杰作——不仅是宴席,而且宴席所具有的调和与解释的效果,也是她的杰作。她反复对两姐妹说,"我是个大艺术家,小姐"(第67页)②,除了把芭贝特更为明显地树立为电影和小说中同样的主要人物之外,也对宴席的这两个方面都发生影响。

对有关亚斯里的《芭贝特的盛宴》的这些评论,可以补充一点关于影片中值得注意的互文模式的结论性意见。达德鲁·安德鲁引入"借用"和"交叉"的概念以描述文学与电影间的两种关系时,他已隐含地提出了互文性的问题。但安德鲁似乎提出了一种比居莉亚·克里斯蒂娃(Julia Kristeva)所提出的更主动(更为有意识)的与此前文本之间的关系。克里斯蒂娃在最初发表于1969年的一篇有影响的论文中,把互文性界定为"引语的镶嵌品,任何文本都是对另一文本的吸收和改编"③。由此看来,互文性与不同形式的文本变化、影响、改编和重构有关。它是一种复杂的特殊形式的对话:"互文对话……[是]给定文本对先前文本作出回响的现象。"④就《芭贝特的盛宴》的小说版/电影版而言,互文性概念和希腊文的metamorphosis⑤及拉丁文的transfigurare⑥之间饶富关联。这两个词(尽管语义学上并不完全同义)都与作为文本最重要的互文关联点的《圣经》有关。

这些概念间的相关性是双重的。首先,它们都关系到事件、人物、性格塑造;其次,它们同时关系到布里克森的小说和亚斯里的电影。在新约中的宴席成就了三次重要事件:在加利利的迦拿有一场婚宴,耶稣在那里把水变成了酒(约翰福音2:1—11),耶稣在被钉死在十字架上之前和十二门徒共进

---

① 见《命运轶事》,第47页。——译注
② 见《命运轶事》,第52页。——译注
③ Julia Kristeva (1980), *Desire in Language*, London: Blackwell, p.66.(引文参考王瑾《互文性》,广西师范大学出版社2005年版,第1页。——译注)
④ Umberto Eco (1990), *The Limits of Interpretation,* Bloomington: Indiana University Press, p.87.
⑤ metamorphosis,希腊语,意为"变形"。——译注
⑥ transfigurare,拉丁文,意为"使变形,美化,理想化"。——译注

最后的晚餐（马太福音 26: 17—29），五旬节的用舌头说话以及"新"的圣餐（使徒行传 2: 1—13）。布里克森把这些不同的圣经事件综合进一个核心事件，这本身就极好地表明宴会场景的主题复杂性。互文回响的结合也给予文本中的反讽以更清晰的论辩趋势：它揭穿了虔信派新教徒的道德，与其说它是讽刺的，莫如说是幽默的。正是改编的力量（主要地是为演员表演计），使它成功地保持了这种态度的平衡。

小说中有近三十处互文关涉到圣经。它们的分布，从直接的涉及或引用，到相对间接的回应。后者必须通过反复地、仔细地阅读分析才能揭示出来。自然这其中有很多不能进入电影版，但亚斯里显然还是尽可能囊括更多，例如女二号在混淆了装水和酒的玻璃杯后，毅然转而去取精美的白葡萄酒。在小说中和改编中同样，主教和芭贝特这两个对照性的人物，都被赋予有耶稣特征的品质。小说把主教描绘为富有同情的、典范的和禁欲主义的，而芭贝特被描绘为自尊的、天才的和富有想象力的。新约把所有这些品质都归于耶稣身上（虽然是在不同上下文中）。小说中姐妹俩直接与圣母玛利亚相联系，而同样明确的则是圣女玛大和芭贝特之间的联系："他们的两个金黄玛利亚的房间里的黑玛大"（第 37 页）①。至于帕平，电影和小说中一样，很显然唐·璜的原型接管和损坏了帕平的东西——"唐·璜吻了泽林娜，阿基尔·帕平为此付出了代价。这就是艺术家的命运！"（第 32 页）②。

在对互文之处作出简单评述之后，还必须补充一点，《芭贝特的盛宴》小说版和电影版中的原型（prefiguration）主要还是反讽。这样一种反讽功能意味着布里克森不仅运用了而且打破了 figura③ 这个概念的历史意图。传统上，"形象性阐释（figural interpretation）在两个事件或人物间建立关联，其中第一个不仅意味着它自身，而且意味着第二个，而第二个围绕或完成第一个"④。（在基督教神学传统中）把旧约从一部关于以色列人的正统法典与历史书，转化为新约所描述的关于耶稣拯救人类的故事的不可或缺的一部分。这个预示性的阐释所起的作用是一个经典案例。

如上所述，布里克森通过很多指涉到圣经的互文，建立了与这一传统的联系。她运用了传统，同时又与之拉开距离；这一双重走向是小说最显著的策略之一。这尤其适用于宴会场景中对我们所指出的新约三个事件的互文指涉的结合。例如，客人们相信那神奇的宴席是上帝的杰作，而事实上那是

---

① 参见《命运轶事》，第 28 页。——译注
② 同上书，第 24 页，略有改动。——译注
③ figura，拉丁文词语，意为形象、外形。——译注
④ Erich Auerbach (1959), 'Figura', in *Scenes from the Drama of European Literature*, New York: Meridian, 11-76, p.53.

第四章
事件、人物和性格塑造

芭贝特的。芭贝特作为艺术家,实现了客人们认定只有上帝才能做的事情。另一个例子,是在惊愕不已的姐妹俩得知宴席的花费后菲莉帕对芭贝特的安慰之辞:"啊,你是多么的让天使们陶醉呀!"(第68页)①这些话结束了整部小说,也是重复了帕平给菲莉帕的信的末尾(第34页)②。这样,通过被间接地自我塑造,它们获得一种反讽的联系:与菲莉帕形成对照,芭贝特不需要任何关于到天堂变成艺术家的承诺,她刚刚证明,她是尘世的一个艺术家。

有些电影批评家这样说《芭贝特的盛宴》:作为改编的它强于作为电影的它。他们发现,《芭贝特的盛宴》"作为电影"相对来说传统而谨慎,而以电影方式来说,亚斯里被他对文学原著的忠实所牵制。这种批评不是完全没有道理。但由于改编也是电影,脱离改编与其所依据的原著的关系而孤立评判电影手段和策略,那是没有意义的。正如选出的这些评论所显示的,这一关系就是尊重和精确。并且,它还是艺术创造,因为改编致力于把小说中如许多的东西转化为电影,也因为它要用它能做到和文学原著一样好甚或比原著更好的东西,来对它无法以电影方式表达的东西作出补偿(例如展现部分第三人称叙述者的议论)。后者的一个可能实例是菲莉帕与帕平之间的"诱惑二重唱",另一个是影片对于色彩的运用。谈及阿尔弗雷德·希区柯克(Alfred Hitchcock)的《迷魂记》(1958)时斯坦利·卡维尔(Stanley Cavell)发现"这部影片把从一个颜色空间走进另一个颜色空间的时刻,表现为从一个世界,进入另一个世界的时刻"③。这恰恰是亚斯里在其对于芭贝特的盛宴的电影表现中所达到的。

对《芭贝特的盛宴》的简要讨论,是本书第Ⅰ部分和第Ⅱ部分的转折点。这一讨论将事件、人物和性格塑造,同时与电影改编及其短篇小说原著联系起来,而我又把这些概念与前面第Ⅰ部分所介绍过的其他概念相勾连。由于各种各样的叙事要素相互交织,共同建构和限定话语,所以我们需要不同的、互补的叙事概念,以便能够理解和讨论叙事文本。正如本书导言部分的结尾(那也当看作是第Ⅱ部分的导引)所指出的,我把叙事理论和叙事术语跟(文学的与电影的)虚构文本密切地联系起来。这类文本的一些精选作品,构成了第Ⅱ部分的分析的基础。

---

① 见《命运轶事》,第54页,略有改动。——译注
② 同上书,第26页。——译注
③ Stanley Cavell (1979), *The World Viewed: Reflections on the Ontology of Film*, Cambridge, Mass.: Harvard University Press, p.84.(采齐宇、利芸译文,见斯坦利·卡维尔《看见的世界》,中国电影出版社1990年版,第94页。该书把希区柯克的影片名译为《眩晕》。——译注)

第 II 部分

第五章

寓言作为叙事图解：
从撒种者寓言到弗朗兹·卡夫卡的《审判》和奥逊·威尔斯的《审判》①

I

"短篇叙事散文"这一说法通常与短篇小说联系在一起，它实际是一个涵盖民间故事、寓言、神话、小品等不同亚文类的一个宽泛概念。这些亚文类中最有趣者之一就是**寓言**（*parable*）。像民间故事一样，寓言是一种古老的文学形式；是密切关系到人类在理解、解释并建构我们的经验的努力中与他人交流思想（先是口头的，后是书面的）这一基本需要的文学类型。寓言的特性使它特别适于作为语言和叙事交流的图解。

寓言是一种有悠久传统的类型这一事实，当然并不令它与现代语境完全无关。弗朗兹·卡夫卡的作品就是一个佳例。不过在我们对卡夫卡的叙事艺术作近距离观察之前，我想先对世界文学里最著名的寓言之一——圣

---

① Franz Kafka, *Der Process* [1914-15] (Frankfurt am Main: Fischer, 1998). *The Trial,* trans. Douglas Scott and Chris Walker (London: Picador, 1988). Orson Welles, *The Trial* (1962); video, Art House Productions. 圣经引文采钦定本。（卡夫卡小说 *The Trial*(*Der Prozess*)过去习译为"审判"，晚近以来倾向于译为"诉讼"。关于二者区别及改译为后者的理由，详见孙坤荣译《诉讼》序第16页，外国文学出版社1986年。因本书作者引的是英译本，故本章译文也采钱满素、袁华清由英文本译出的《审判》，湖南人民出版社1982年版。本章凡引《审判》原文，随文夹注出处页码为本书作者所用英文本页码。译注所给的中文版出处页码，系指钱、袁译本页码。凡引《圣经》，均采"和合本"译文。因所标注段落序号与钦定本一致，故不再注出页码。——译注）

第五章
寓言作为叙事图解：从撒种者寓言到弗朗兹·卡夫卡的《审判》和奥逊·威尔斯的《审判》

经马可福音第四章中耶稣的撒种者寓言作一论述。那段文字是这样的：

> 耶稣又在海边教训人。有许多人到他那里聚集，他只得上船坐下。船在海里，众人都靠近海站在岸上。耶稣就用比喻教训他们许多道理。在教训之间，对他们说："你们听啊！有一个撒种的出去撒种。撒的时候，有落在路旁的，飞鸟来吃尽了。有落在土浅石头地上的，土既不深，发苗最快；日头出来一晒，因为没有根，就枯干了。有落在荆棘里的，荆棘长起来，把它挤住了，就不结实。又有落在好土里的，就发生长大，结实有三十倍的，有六十倍的，有一百倍的。"又说："有耳可听的，就应当听。"
>
> 无人的时候，跟随耶稣的人和十二门徒问他这比喻的意思。耶稣对他们说："神国的奥秘，只叫你们知道；若是对外人讲，凡事就用比喻，叫他们看是看见，却不晓得；听是听见，却不明白；恐怕他们回转过来，就得赦免。"
>
> 又对他们说："你们不明白这比喻吗？这样怎能明白一切的比喻呢？撒种之人所撒的，就是道。那撒在路旁的，就是人听了道，撒但立刻来，把撒在他心里的道夺了去。那撒在石头地上的，就是人听了道，立刻欢喜领受，但他心里没有根，不过是暂时的；及至为道遭了患难，或是受了逼迫，立刻就跌倒了。还有那撒在荆棘里的，就是人听了道，后来有世上的思虑、钱财的迷惑，和别样的私欲，进来把道挤住了，就不能结实。那撒在好地上的，就是人听道，又领受，并且结实，有三十倍的，有六十倍的，有一百倍的。"

这则寓言看似简单，但实际上在叙述和主题上都颇为复杂。我声明我是在文学研究的基点上——换句话说，是带着由于缺乏神学资格而导致的局限——来讨论它。这两个研究领域的边界是模糊的，对于神学，把文学概念与理论运用于圣经研究的兴趣正在增长。从事文学研究的人中也有很多对圣经研究感兴趣——弗兰克·克默德（其《神秘的创世记》启发了我后面的分析）、保罗·利科以及诺斯洛普·弗莱（Northrop Frye）就是其中三个值得注意的例子。这种交互兴趣并非没有原因。圣经是这样一部独特的作品集：它横跨所有三种主要文学类型（像约伯记这样的单一文本也结合了散文、戏剧和抒情诗），并代表着多种亚文类——例如我们正讨论的寓言，《雅》中的情诗，以及《路得记》中一个早期短篇小说。在理论术语上，两个研究领域间同样有多个接触点，最清楚的或许是在解释学研究（神学家所谓释经学，或注经学）方面。

上述导论凸显了一个不容回避的问题。当我说撒种者寓言很简短,这在一定意义上是正确的——但在另外的意义上却不然。在耶稣对寓言的分析或解释停止在第20行(即我引用的最后一行)这一意义上是正确的,而第21行看上去标志着明显的内容转变。另一方面,这则寓言仅仅是马可福音第四章的一部分,而事实上第四章还包含着另外两个寓言。而且马可福音第四章是依据圣马可(他完成了与其他三大福音的配置)的福音书的一部分。撒种者寓言也不是只在马可福音中叙述,在马太福音第十三章中也有叙述。马可福音第四章和马太福音第十三章的不同版本表明这则寓言作为耶稣教训中的一个要素是何等重要,但同时该寓言的重复中的复杂区别使这一文类的某些特征变得显著起来。

虽如此简短,马可福音第四章的这个寓言却与其他长篇的文本相关联;这样,它显示了一种与在卡夫卡《审判》的结局放置一个"法的门前"的寓言那样的结构相似性。在此我将对撒种者寓言单独予以论述,也就是说,把它作为马可福音第四章第一部分的一个短篇文本加以评论。可即便如此,我们还是要面对一个叙事交流的复杂形式,在其中,耶稣实际上讲述的寓言构成了在结构上分为四部分的第二部分。文本从一段导语开始,这段导语在叙事理论基础上我们可以说是由第三人称叙述者传达的。文本的这第一部分结束于"耶稣就用比喻教训他们许多道理"这一句。第二部分继之以寓言本身,或者我们可以称为寓言的基底,它是第三人称叙述者逐字引用的。第三部分是文本第二段加上耶稣对门徒们提出的问题:"你们不明白这比喻吗?这样怎能明白一切的比喻呢?"紧接着是他对寓言的解释,这构成文本第四部分也就是最后一部分。

所有这几部分都很重要,而且其联结起来的方式,对于作为叙事结构的圣经寓言具有图解的意义。这里第三人称叙述者起到关键作用。在他确立(且引导读者进入)叙事情境并引述了实际的寓言之后,他在第三部分中评论了接下来发生的事情。最后,他报告了耶稣对于叙述者所讲述的寓言叙事的权威分析。在叙述者不现身为文本故事层中的一个角色这一意义上,他是第三人称叙述者:他既不作为"众人"之一也不作为众门徒(他称为"十二个",而非"我们十二个")之一参与到情节中。作为作者(马可)的一个叙

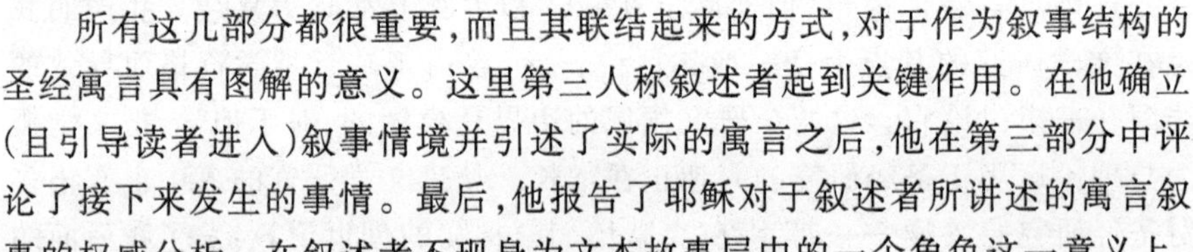

叙事文本

历史基础 → 作者(马可) → 第三人称叙述者 → 耶稣作为第一人称叙述者 → 寓言 → 受叙者 (a)众人 (b)众门徒 → 历史读者

图 5.1

述傀儡,叙述者首先是以一个传达者身份发挥作用的——与其说他在解释,毋宁说他在引用和报告。这一冷静的表现方法有助于使叙述者显得可信。

现在我们把叙述者置于该寓言的叙事交流模式当中(参见图5.1)。我们发现该文本的叙事传达是复杂的,尤其是考虑到它如此简短。作为马可福音的作者,马可在他所呈现的文本世界之外。他作为历史作者的身份在早期教父(例如亚历山大时期的巴比亚斯(Papias)和克莱门特(Clement))的记述中就被证实了。尽管与其他作者一样,马可希望尽可能有效地呈现他的文本,但我们还是必须把这一愿望导致的叙事策略和福音书的历史基础联系起来看。马可想予以表现并戏剧化的不是可能发生的事情,而是已经发生的事情:耶稣的生,死,以及复活。以一种令人联想起挪威萨迦传说的方式,从一方面的历史事实到另一方面的组织、叙述、结构问题之间的转变因此变得不甚清晰。这种模糊的转变导致了解释的困难,这一点我们无法在此展开。但还需要注意,尽管马可福音是四大福音中最古老的,其历史基础(耶稣的生活)和马可作为作者的行为之间的关系,因它被书写下来之前材料的口头传播而复杂化。换句话说即使在叙事被赋予一个可读的文本形式之前,就陷入多种(多重)叙述行为中。第三人称叙述者的功能可以和马可作为作者所经验的双向拉伸联系在一起:一方面,他被历史材料所束缚;另一方面,他的尽可能有效地传达这些材料的愿望导致他对文学方法的运用。

文本中的最突出的主人公耶稣,也是一个第一人称叙述者——既通过他讲述的寓言,也通过他针对寓言向众门徒所作的解释。在耶稣被呈现的方式中,当耶稣相继面向两组不同的受述者时,他的叙事维度以他被呈现的方式得以强化:先是对"众人"(门徒们也包括在内),然后是对"跟随耶稣的人和十二门徒",这是被划定允许倾听他解释寓言的一组。至于交流模式最终环节(历史读者),我们注意到在他或她完全可以是任何一个人(若考虑到新约的布道作用)的同时,文本在大约公元60年的罗马被书写下来。

为使这一分析更加深入,现在我们必须在作为文类的寓言上稍加停留。我们可以从寓言的字面意义入手:把两个事物并置在一起加以比较。从这个角度,寓言令人联想到比喻(allegory),后者有重要的叙事向度,例如在但丁(Dante)的《神曲》中就是。寓言的运用经常和作者借来自现实世界的一个故事图解某种精神性真理的愿望有关。据亚里士多德说,这是寓言的目的(在古希腊文学里),而这样的解释同样适用于新约。

但是,寓言有着更进一步的、和Mashal相一致的功能与意义。Mashal是希伯来语,在希腊文《旧约全书》(旧约最重要的希腊语版本)中常被译为"寓言"。Mashal意为谜语或谜一样的叙事,而在圣经中的很多地方,"谜语"

和"寓言"的意义极为相似:"人子啊,你要向以色列家出谜语,设比喻。"①换言之,寓言具有图解性,但它同样因需要解释行为而显得神秘、困难:似乎是读者的解释完成或补充了寓言的结局。寓言所引起的这种对解释的需要同时具有复杂性和魅惑性。J·希利斯·米勒指出,寓言像比喻一样"具有一种在走向公开化的行为中保持神秘的倾向"②。至于文本长度,寓言一方面可以趋向于警句或意味深长的箴言,但另一方面又可以是较长的叙事结构,令人想到短篇甚至长篇小说。弗兰克·克默德在《神秘的创世记》一书中指出,这两种主要变体的不同组合赋予寓言以巨大的意义潜能。有一点为克默德所强调并和我们的论题密切相关,即这种意义与解释的潜能与寓言的叙事方法之间的联系有何等密切。

让我们重新回到马可福音第四章的撒种者寓言。这一章介绍了耶稣的"寓言方法";它展现了训诫的一种新形式,该形式与焦点从众人到十二门徒的转换相互关联。这一转换在寓言的结构中表现出来,因为耶稣向门徒的解释将听众区别为对照性的两种:特许的或被选出的那些和另一些"外人"。该文本中把受述者如此区别分组,造成了解释上的一个困难。在第三部分中耶稣对门徒所说的话里,问题变得明显了:"神国的奥秘,只叫你们知道;若是对外人讲,凡事就用比喻,叫他们看是看见,却不晓得;听是听见,却不明白;恐怕他们回转过来,就得赦免。"在叙述者从耶稣之口里直接引用的这一陈述中,从希腊文 hina 或钦定本译成的"that"可以确知这种解释的困难③。

hina 关系到耶稣希望通过讲述寓言而达成的目的。字面含义表明寓言具有双重功能:其一,为了向门徒们传达"神国的奥秘",其二,向不跟随耶稣的人隐匿真理。但这一解释与叙述者对寓言的引介相冲突,在引介中他两次强调耶稣不仅训诫门徒,也训诫众人:"耶稣就用比喻教训他们许多道理"。是叙述者误会了?还是也许耶稣对门徒说的话具有和字面不同的含义?由前两个问题唤起的第三个问题是:第三人称叙述者对于其(以全知姿态)引自耶稣之口的话是否能够无所不知?这样,在通过寓言训诫众人和讲述寓言的动机(耶稣用 hina 一词引出)之间的对立,就使得叙述权威的问题变得突出。在解经学中,一些注释者发现,耶稣对门徒所说的话的字面含义是一个复杂的因素,以至于他们否认诗篇第十二章的真实性。然而由于诗篇坚称是由耶稣所言说,解经者倾向于既寻求意义的调和,又承认诗篇第十二

---

① 以西结书 17:2。

② J. Hillis Miller(1981), 'The Two Allegories', in Morton W. Bloomfield (ed.), *Allegory, Myth, and Symbol*, Cambridge, Mass.: Harvard University Press, 355-70,引文见 p.357。

③ hina 为希腊文,犹言"叫","好叫",在钦定本中译为 that,整句为 That seeing they may see, and not perceive,即"叫他们看是看见,却不晓得"。——译注

第五章

寓言作为叙事图解：从撒种者寓言到弗朗兹·卡夫卡的《审判》和奥逊·威尔斯的《审判》

章使新约的说教面目变得混乱。有趣的是，通过构成寓言的那些叙事策略，问题变得显明了，尽管没有解决。

我们可以追问的一个问题是：此处考察的解释问题是否间接反映出寓言的mashal维度并由此给理性解释企图带来限制。对于海边的听众，寓言的修辞也许的确像它的含义那样有效而重要，特别是当受到目睹和听见该人制造奇迹和治疗疾病的现实经验冲击的时候。作为第一人称叙述者的耶稣也是一个演说者，他的修辞中有大量的叙事成分。例如，通过把多种功能的行动与经由重复达到的叙事强化结合到一起，表现了撒种这个古老的神话行为（在很多文化中仍然是一个有象征符号意味的庄严事件）。另一方面，耶稣所讲的寓言，表明了这种体裁对阐释的召唤有多么强烈。在"无人的时候"发生的第一件事是"跟随耶稣的人和十二门徒问他这比喻的意思"。耶稣本人好像要在引出他的分析的那一问题里表明此种解释之必要："你们不明白这比喻吗？这样怎能明白一切的比喻呢？"该问题泄露了对于门徒们这等迟钝的一点焦躁。尽管这种焦躁可以理解，问题颇为蹊跷，因为它显得似乎抹煞了耶稣刚刚在他的随从和"外人"间做出的尖锐区别（或在任何程度上使其不那么绝对）。读者可能会问：如果连他的门徒们——那些最接近耶稣、且"神国的奥秘，只叫你们知道"的人——都不懂得这个寓言，那还能设想地球上有谁能懂得呢？

撒种者寓言是在马可福音第四章呈现的，而耶稣的解释则是最后给出——作为马可要求我们相信的权威看法。就叙事结构而言，第四部分密切关系到第二部分，因为耶稣的优势地位，也因为他兼具了叙述者和解释者的功能这一事实。所以在某种程度上，这则寓言对于海边的众人来说是不完整的，如果门徒们没有机会要求耶稣解释，那对他们也是同样的情况。他们所得到的解释排斥了"外人"，提出了寓言的说教方面的问题，并使寓言更加含糊。

II

在撒种者寓言这个表明该体裁之功能的文本当中，叙事和解释之间复杂关系的诸多因素，也存在于弗朗兹·卡夫卡的散文文本里。像传统寓言那样，卡夫卡的寓言看上去也吸引读者参与进某个关于本体或精神观点的叙事案例中去，但是卡夫卡关于寓言的典型看法是：他们看似正在建立的观点，变得含糊了——以阻挠读者的解释企图的方式模糊化了。在撒种者寓言中通过文本的四个部分之间的关系以及通过连词hina而得以现实化的各种问题和对解释的挑战，似乎融汇进了卡夫卡风格的寓言结构中。卡夫卡的寓言相似于但又不同于新约的寓言;它们也受惠于民间故事和寓言等其他叙事形式。寓言的更为晚近的变体,也同样和卡夫卡有关;像乔治·路易斯·博尔赫斯指出的,这尤其适用于克尔凯郭尔的宗教寓言①。

作为过渡,让我们沿着图解之路,回到第一章中提到的卡夫卡文本。我们还记得那里是要给出一个虚构散文的例子并概括是什么使它成为叙事。如果我们现在问卡夫卡关于猫和老鼠的故事散文是何种叙事,我首先指出足够典型的一点:卡夫卡没有给这段文本加任何标题。这足以表达其特点。麦克斯·布劳德(Max Brod)提出的标题——Kleine Fabel②或"小寓言"——仅有部分的概括性,而且限制了解释。正如克莱顿·科尔伯(Clayton Koelb)在《卡夫卡的修辞学》③中指出的,那段文本第一眼使我们想起的更多是伊索(Aesop)和拉·封丹(La Fontaine)传统的动物寓言,而不是圣经寓言。在拉·封丹著名的猫和老鼠的寓言中,我们同样发现作品的主要人物代表了人类的两种类型或两种哲学立场。区别在于,卡夫卡的短篇叙事中,文本本身使其召唤读者进行解释的努力受挫。在文本唤起解释(这里在于寓言性方面)的同时,也使阅读行为极大地复杂化。

像科尔伯所写的那样,一种可能的解释是:该文本警示读者不要听猫的意见,也不要理会猫所代表的任何东西。另一方面,猫所说的,在某种意义上看上去也有道理,因为老鼠现在正朝着陷阱里奔。猫的忠告对于老鼠来说同时是非常正确和非常错误(造成灾难)的;无论老鼠怎么做都无济于事。科尔伯正确地强调了这个文本如何强烈地聚焦于理解的实际进程并使其成为主题。它始于这样一种叙事谋略:运用一只会说话的老鼠——且这个老鼠马上就讨论带有宏大心理学复杂性的问题。它说出这个世界"是那么大,大得叫我害怕"这样的话,随后就是"如今我身陷在此最后的一间小屋里了,角落里还设了一只我不得不奔进去的捕鼠机"④。这样,正如科尔伯所见,它给予广场恐怖与幽闭恐怖之间的矛盾以准确的表述。由于两个方面的原因,这一矛盾得以叙事性地强化了,一因文本看上去以极端浓缩的形式呈现了一个生命的历程,二因老鼠对生命体验的表达,使读者可以由其而联想到自己的生命体验(世界何其广大,而我们何其渺小!)。

---

① Jorge Luis Borges (1979), *Labyrinths: Selected Stories and Other Writings*, Harmondsworth: Penguin, p.235.
② Kleine Fabel,德文,"小寓言"。——译注
③ Jörgen Kobs(1970), *Kafka: Untersuchungen zur Bewusstsein und Sprache seiner Gestalten* [Kafka: Investigation of his Characters' Consciousness and Language]. Bad Homburg: Athenäum. Klayton Koelb (1989), *Kafka's Rhetoric: The Passion of Reading*. Ithaca: Cornell University Press, p.163.
④ 参见张伯权译《卡夫卡寓言与格言》,黑龙江人民出版社1987年版,第10页。——译注

第五章

寓言作为叙事图解：从撒种者寓言到弗朗兹·卡夫卡的《审判》和奥逊·威尔斯的《审判》

"小寓言"虽然精短，却展现了同时使寓言魅人和困难的对立因素：一方面它召唤解释，另一方面阻拒我们的解释企图。科尔伯像希利斯·米勒那样把寓言同比喻联系到一起，推测这一文本是否可以解读为"关于比喻的不可靠性的比喻"①。也许是这样，但科尔伯提及尼采时，资料更为丰富。在《快乐的科学》的箴言第381里，尼采发现"人写作时不仅希望求得理解；也同样希望不被理解"②。这一悖论正是寓言体裁的核心。就新约寓言来说，它可以和神秘、异己、有区别的东西——不属于此在世界因而不可能用此一世界的语言来攫住的东西的叙事表现联系起来。至于卡夫卡，这个悖论则可以联系到西奥多·阿多诺关于卡夫卡叙事艺术的评论："每个句子都在喊'解释我'，但没有一句为此提供可能。"③

看起来很少有哪个地方比《审判》的倒数第二章《在大教堂里》更适用这一观点。在许多论者的观点中，整部小说具有一种寓言性质，但在《在大教堂里》一章中，卡夫卡插入了一个单个的、相对独立的寓言——一个来到守门人面前请求进入法之门的乡下人的故事。这一寓言，开始卡夫卡是作为单独一个文本写的，常被称作"法的面前"，在道格拉斯·斯科特和克里斯·沃克的英译本中是这样的：

> 一个守门人在法的门前站岗。一个从乡下来的人走到守门人跟前，求见法。但是守门人说，现在不能让他进去。乡下人略作思忖后问道，过一会儿是不是可以进去。"这是可能的，"守门人回答说，"但是现在不行。"由于通向法的大门像往常一样敞开着，守门人也走到一边去了，乡下人便探出身子，朝门里张望。守门人发现后，笑着说："你既然这么感兴趣，不妨试试在没有得到我许可的情况下进去。不过，你要注意，我是有权的，而我只不过是一个级别最低的守门人。里边的大厅一个连着一个，每个大厅门口都站着守门人，一个比一个更有权。就是那第三个守门人摆出的那副模样，连我也不敢看一眼。"这些是乡下人没有料到的困难。他本来以为，任何人在任何时候可以到法那儿去；但是，他仔细端详了一下这位穿着皮外套、长着一个又大又尖的鼻子、蓄着细长而稀疏的鞑靼胡子的守门人以后，决定最好还是等得到许可后才进去。守门人给他一张凳子，让他坐在门边。他就在那儿坐着，等了一天又一天，一年又一年。他反复尝试，希望能获准进去，用烦人的请

---

① Klayton Koelb (1989), *Kafka's Rhetoric: The Passion of Reading*, p.168.
② Friedrich Nietzsche (1974), *The Gay Science*, New York: Vintage, p.343.
③ Theodor W.Adorno (1982), '*Notes on Kafka*', in *Prisms*, Cambridge, Mass.: MIT Press, p.246.

求缠着守门人。守门人时常和他聊几句,问问他家里的情况和其他事情,但是提问题的口气甚为冷漠,大人物们提问题便是这个样子;而且说到最后总是那句话:现在还不能放他进去。乡下人出门时带了很多东西;他拿出手头的一切,再值钱的也在所不惜,希望能买通守门人。守门人照收不误,但是每次收礼时总要说上一句:"这个我收下,只是为了使你不至于认为有什么该做的事没有做。"

在那些漫长的岁月中,乡下人几乎在不停地观察着这个守门人。他忘了其他守门人,以为这个守门人是横亘在他和法之间的惟一障碍。开始几年,他大声诅咒自己的厄运;后来,由于他衰老了,只能喃喃自语而已。他变得稚气起来;由于长年累月的观察,他甚至和守门人皮领子上的跳蚤都搞熟了,便请求那些跳蚤帮帮忙,说服守门人改变主意。最后他的目光模糊了,他不知道周围的世界真的变暗了,还是仅仅眼睛在欺骗他。然而在黑暗中,他现在却能看见一束光线源源不断地从法的大门里射出来。眼下他的生命已接近尾声。离世之前,他一生中体验过的一切在他头脑中凝聚成一个问题,这个问题他还从来没有问过守门人。他招呼守门人到跟前来,因为他已经无力抬起自己那个日渐僵直的躯体了。守门人不得不低俯着身子听他讲话,因为他俩之间的高度差别已经大大增加,愈发不利于乡下人了。

"你现在还想打听什么?"守门人说。"你没有满足的时候。""每个人都想到达法的跟前,"乡下人回答道,"可是,这么多年来,除了我以外,却没有一个人求见法,这是怎么回事呢?"守门人看出,乡下人的精力已经衰竭,听力也越来越不行了,于是便在他耳边吼道:"除了你以外,谁也不能得到允许走进这道门,因为这道门是专为你而开的。现在我要去把它关上了。"(第239—240页)①

作为置于一个较长文本中的短小文本,这则寓言和撒种者寓言的第二部分有结构上的类似。卡夫卡的寓言同样难于理解,但它同样引起解释兴趣。我对它的评论分为三层:首先,我们针对寓言本身的叙事表现,然后针对其引介,最后是由它所引发的阐释。

正如我们已经看到的,寓言部分地作为图解发挥作用,部分地则作为mashal式的、难于理解、甚至不可能理解的谜语发挥作用——特别是对于那些"外人"。可以认为这两个功能都为"法的面前"这一寓言所具备,虽然给我们留下最深刻印象倒是它的神秘和奇异这一方面。它阻拒我们的解释企

---

① 译文采钱满素、袁华清译《审判》,湖南人民出版社1982年版,第219—221页,段落划分依本著作略作调整。——译注

第五章

寓言作为叙事图解：从撒种者寓言到弗朗兹·卡夫卡的《审判》和奥逊·威尔斯的《审判》

图："想穿越文本的人的能力，远远抵不上文本阻拒穿越的能力。"① 例如，乡下人相信"任何人在任何时候都可以到法那儿去"②，而在一定意义上也的确如此。门敞开着，守门人也未加阻拦。但就算他没直接阻挡乡下人进入，可他也没有允许他进入，而且他的拒绝足以使乡下人坐着等候。要问这"法"到底是什么，寓言看上去没有提供任何答案。该文本的触目之处在于：它朴素地传达了乡下人在默从的等候中是何等古怪的坚定而持久："在那些漫长的岁月中，乡下人几乎在不停地观察着这个守门人。"（第240页）③ 寓言就这样展现了一个在"现实主义"标准的尺度下看起来越来越荒诞的处境：不仅乡下人在椅子上坐的时间漫长到不可信程度，而且在两个人物中只有他一个人变老了！

如果说乡下人的故事尽管有着这样不可能的或奇异的因素而仍能吸引我们，至于为何我们会产生共鸣，则部分地在于故事的寓言功能。因此这个故事能够具备、在此也确实具备神话或民间传说的因素——带有民间传说那种融合日常现实和幻想事件的性质。把这个故事当做寓言来读，我们也更易于接受文本在某些方面的不可能性：我们断定它具有图解的功能。而且，该寓言的文本简洁性和快速的时间进展，致使读者阐释时聚焦于其独特的结局——守门人给垂死的乡下人的最终答复。当寓言直接延续到已经解释过的K对此的反应，这一效果就得以强化了。在里奇·罗伯特森（Ritchie Robertson）看来，这个寓言

> 也许是卡夫卡写作中的最重要时刻，感谢其旧约式的平易与经济，以及最后完全改变了读者的理解的那一突转。这一突转——看门人对垂死者提供的、关于门一直为他敞开着且只为他一人敞开的信息——是故事意义的至关重要的一部分，因为故事对于读者恰恰体现了意识的改变，体现了从思维定势走出来，进入对于世界的一种崭新理解，而这种理解是约瑟夫·K为了逃避审判所需要的，却又是他不能获得的。那个乡下人同样不能获得它：那一信息是他死前听到的最后的东西。④

跟马可福音第四章中的撒种者寓言一样，《审判》中的乡下人寓言也是由第三人称和第一人称叙述的结合而传达出来的，但在这种方式中，第一人称叙述者相对于第三人称叙述者来说是从属性的。为了讨论这一叙述技

---

① Klayton Koelb (1989), *Kafka's Rhetoric: The Passion of Reading*, p.176.
② 见钱满素、袁华清译《审判》，第219页。——译注
③ 同上书，第220页。——译注
④ Ritchie Robertson (1985), *Kafka: Judaism, Politics, and Literature*, Oxford: Clarendon Press, p. 122-3.

巧,需要说一说该寓言之前的内容(亦即《在大教堂里》一章的第一部分),顺便勾勒这一章的结构设置。

尽管《审判》可能是神秘而难解、迷宫般地封闭,但在以下意义上它看起来具有叙事上的简单性:它在两个详细事件中间呈示了主人公的生命,发展或曰"过程"。这两个事件——K的被拘捕和被处决——置于小说的最开头和最末尾。它的开头是世界文学中最著名的一个:"Jemand musste Josef K. verleumdet haben, denn ohne dass er etwas Böses getan hätte, wurde er eines Morgens verhaftet" *(Der Process, 9)* 在英译本里这一句是"准是有人诬陷了约瑟夫·K,因为在一个晴朗的早晨,他无缘无故地被捕了"(第17页)①。我们发现 hätte(德文词,意为"将有")一词的假设虚拟在英译中未能反映出来。hätte②暗示着:虽然K不明白自己做错了什么,但也许他确实已经做错。这样,虚拟形式使文本模糊化,也造成了悬念。这种和主人公K联系在一起的模糊性,在《审判》的主题意义上是意味深长的。事实上,它对于K的思想、自觉意识、生命处境的叙事传达也是至关重要的。由于英译本未能反映出虚拟形式(宽泛而言它也是正确的),叙述在这里显得比实际上更像传统的第三人称。K"无缘无故地"被捕,这暗示叙述者知悉他是无辜的,并希企读者把叙述者当作全知的。随便另一种英译法,例如"不知道自己做错了什么"就让我们知道卡夫卡之运用虚拟语气走的是另一条路:虚拟形式暗示着,尽管叙述者告知我们K被捕了,但他对于事件是出于坚实原因还是缺少证据这一点保持开放性——也许他根本不知道原因何在。和德文本第一句中的动词形式的 musste③(德文词,意为"有")相结合,hätte 表明了一个紧贴K的视角。这种叙述方式在主题上(及阐释上)的言外之意是深远的。就像比特瑞斯·桑伯格(Beatrice Sandberg)和罗纳德·斯皮尔斯(Ronald Speirs)所说的,"与其说我们读的是一个尽管事实上无辜却仍然被捕的人的故事,不如说是一个坚定认为自己被误抓的人的故事"④。

通过这种方式,《审判》的首句指示出一种卡夫卡采用的特定的第三人称叙述之特征。卡夫卡在其多个小说文本中探索了这种叙述,包括在很多方面对《审判》加以补充的长篇小说《城堡》。它是这样一种叙述方法:其中的叙述角度紧贴主人公的视角,但两者又不完全一致。由于叙述者的视角影响并部分地操纵着读者的视角,这导致了罗伊·帕斯卡(Roy Pascal)在《卡夫卡的叙述者》中所称的"卡夫卡故事里的强烈围困感。无所逃遁地陷入其

---

① 见钱满素、袁华清译《审判》,第1页。——译注
② Hätte,德文词,意为"将有"。——译注
③ Musste,德文词,意为"有"。——译注
④ Beatrice Sandberg and Ronald Speirs (1997), *Franz Kafka*, London: Macmillan, p. 68.

第五章

寓言作为叙事图解：从撒种者寓言到弗朗兹·卡夫卡的《审判》和奥逊·威尔斯的《审判》

编织的魔咒，几乎没有沉思默想以缓解紧张的机会，直到魔咒被叙述者的最高媒介——即主人公的死亡所打破"[1]。

然而《审判》不采取第一人称叙述，这对于其结构和主题是至关重要的。因为即使叙述视角贴近K的感知视角，它也不会像第一人称叙述所导致的那样被限制到一个人物身上——举例来说，汉姆生的《饥饿》，夏洛蒂·勃朗特的《简·爱》，或者陀思妥耶夫斯基的《死屋手记》。第三人称叙述者不断地把自己同主人公联结到一起，又使自己同他拉开距离——除了通过其他手段，还通过K的观察，通过把他置于与其他人物的关系当中，通过其建构和联结叙事系列的方式。过去时态的运用也导向这一点。过去时态本质上是一个含蓄的结构策略，因为它提供的是回顾式观察下的已经彻底完成了的行为。因为叙述者看上去不具有任何个人身份，他就不会帮助读者建立对人物的权威评价，这一点似乎顺理成章。叙述者作为一个叙事手段发挥作用，一方面通过自身与主人公的思想感情产生联系来传达在主人公身上发生了什么，另一方面通过在行为结束后来建构叙述并把它局限于一个不定时间点，从而拉开自身同主人公的距离。

可以把《审判》的结构作为这种基本叙事模式的一系列变体来读。这同样适用于"法的门前"所在的倒数第二章——"Im Dom"（《在大教堂里》）。该寓言通过诸种叙事手段（共同构成第三人称叙述方法）的结合而被融入了《审判》当中。下面我将指出这些手段中最重要的几个。在这一章开头，我们读到K领受了陪同一个意大利人参观城市的任务。尽管他感觉不安全，不愿意离开自己的办公室（在办公室里他虽在拘捕中但仍能工作），他还是准备在大教堂外和意大利人见面。在他等待的时候，K走进了教堂，在那里他见到了告诉他乡下人和看门人寓言的教士。该情节段使小说的叙述方法的很多因素显明化。一方面，K是由叙述者观察和呈现的；另一方面，他作为体验和反省的意识而发挥作用，并引导叙述者的交流。叙述者功能中的这两方面之间的转变典型地被模糊了。举例说，叙述以准确和真实的观察为特征，但叙述者也让K真切地观察和记忆：

> 大教堂广场上空荡荡的；K想起，这个狭长的广场在他小时候就已给他留下了深刻的印象，因为周围的房子几乎毫无例外，窗户上都遮着窗帘。当然，如果在像今天这样的天气里，是容易理解的。大教堂里面也是空荡荡的，人们当然没有很多兴趣在这种时候来参观。（第229页）[2]

---

[1] Roy Pascal (1982), *Kafka's Narrators: A Study of His Stories and Sketches*, Cambridge: Cambridge University Press, p.57.

[2] 见钱满素、袁华清译《审判》，第209页。——译注

这种现实主义细节和观察帮助把卡夫卡的虚构世界建立成奇异的(如果不说不祥的)呈现。之所以如此,原因不仅在于这些观察细节本身,也同样在于它们被结合到一起的那种方式之中。卡夫卡把这一呈现和K牢牢结合在一起所获得的一个效果就是:一个句子常常看上去是在逻辑上继续进行前一句的推理或建构关联。因此那些在这方面不成功的句子(段落)就变得特别重要,他们赋予叙事以崭新的、潜在的重要的方向变化:

> K向前走去,他有一种被人遗弃的感觉,空空如也的长凳之间,只有他一个人,也许教士的目光正追随着他;大教堂的宽敞使他吃惊,已经接近人类可以容忍的极限了。他走过刚才摆下画册的地方,不待停步,便一手拿起了画册。他差不多已经走到长凳尽头,正要踏进他与门口之间的一块空地时,忽然听见教士抬高了嗓门——教士的嗓音洪亮,训练有素。它在这个期待着声音的大教堂里回荡!但是,教士并不是对会众讲话,他的话毫不含糊、一清二楚,他在喊着:"约瑟夫·K!"
>
> K吃了一惊,呆视着眼前的地板。他暂时还是自由的……(第234页)①

教士以其权威阻止K的(离开教堂的)行动计划所用的方式,结构性地暗示了小说一开场他的被捕。教士能够知道K的名字,这当然是不可能的,但这个不可能性通过K的反应而降低了,因为他立即就把教士同诉讼联系起来,至于教士,当他告知K"你的犯罪事实据说已经核实,至少现在如此"(第236页)②时,他强化了那个联系。我们注意到上述例子里用了自由间接思想。这里自由间接思想清楚地传达了K对于教士声音的印象:"它在这个期待着声音的大教堂里回荡!"声音的强劲与刺耳突出了K的止步这个事实。

教士马上提及K是一个被告,K继续通过表白无辜来为自己辩护。这里的关键点在于他用以表白的唯一方式就是宣称法庭的拘捕是错误的。但在他不知道法庭何在、因此也不知道法庭据以审判的正误标准的情况下,他又如何去宣称这一点呢?斯坦利·考恩戈尔德(Stanley Corngold)如此阐述这一问题:

> 约瑟夫·K被他寻回自己清白的急切感所连累:它妨碍他去问这样的问题:除了我要寻回自我清白这一需要之外,逮捕我的法庭的性质和根据究竟是什么?

---

① 见钱满素、袁华清译《审判》,第214—215页。——译注
② 同上书,第216页。——译注

第五章

寓言作为叙事图解:从撒种者寓言到弗朗兹·卡夫卡的《审判》和奥逊·威尔斯的《审判》

由于个人经验恰好结束于人所恐惧的东西开始之处,并因此不能洞悉自己犯下何种罪错,所以它们似乎仅仅能够提供通往此种反应的最坏的道路。①

K通过宣称自己清白,把自己置身于一个困境:那意味着宣称了他的有限经验不能为之提供基础的某件事。看起来愿意帮助K走出绝境的教士,被K知悉如此之少所激怒,以至于朝他大喊:"你的目光难道不能放远一点吗?"叙述者议论"这是愤怒的喊声,同时又像是一个人看到别人摔倒、吓得魂不附体时脱口而出的尖叫"(第237页)②。由于读者把"别人"与K相联系,这段议论是第三人称叙述者能够把自己和主人公拉开距离这一事实的一个事例。那仿佛同样拉开了他自己和教士之间的距离,结果,教士和K似乎被放置到同一层次上:他们都害怕了。

教士说,"法律的序文中,是这样描绘这种特殊的欺骗的:一个守门人在法的门前站岗……"(第239页)③教士就是这样介绍我们引用过的"法的门前"这一寓言的。换句话说,讲述寓言的部分动机在于帮助K更好地理解法庭(以及法庭审判所根据的法律)。我们发现寓言不是直接出自法律本身,而是出自"法律的序文"。也许那更是一段关于法律何等之难于理解的议论,而不是对洞悉其内部的条文的帮助? 如果这样,则将赋予寓言以mashal式功能。很显然,迄今作为K的问题(他对于法律的混淆和迷惑)被表现的,早已经被书面地议论过了。由于这似乎暗示着在K之前别人一定犯过同样错误,他的问题就具有概括性了——而其与读者的关联性也更强了。

通过引介寓言,教士同时把一个新的叙事层次引入《审判》,即寓言所建构的亚故事层。以第一人称叙述传述寓言的教士,是两个叙述层的中间环节。作为叙述者教士透露了关于法律书写的全面知识。就像他后来告诉K的那样,它是"im Wortlaut der Schrift"(*Der Process*, 227,"按照文章里写的")来讲述的,亦即按原文一字一句地讲述的。他同时又完全不同于一个简单的可靠引用者,这一点在他和K关于寓言的讨论中变得清晰可见。这种从寓言的传述到寓言的解释的转变,在叙事上正和卡夫卡引介寓言的方式同样有趣。

„Der Türhüter hat also den Mann getäuscht", sagte K. sofort, von der Geschichte sehr stark angezogen. „Sei nicht übereilt", sagte der Geistli-

---
① Stanley Corngold (1988), *Kafka: The Necessity of Form,* Ithaca: Cornell University Press, p.238–9.
② 见钱满素、袁华清译《审判》,第217页。——译注
③ 同上书,第219页。——译注

che, „übernimm nicht die fremde Meinung ungeprüft. Ich habe Dir die Geschichte im Wortlaut der Schrift erzählt. Von Täuschung steht darin nichts."
(*Der Process*, 227)

"就这样,守门人欺骗了乡下人,"K马上说。他被这个故事深深吸引住了。"别忙,"教士说,"不能不假思索便接受一种看法。我按照文章里写的,一字一句地给你讲了这个故事。这里并没有提到欺骗不欺骗。"(第240页)①

在关于卡夫卡语言的研究中,约根·克布斯(Jörgen Kobs)指出了言语和句法的节奏在文本中的重要性,不仅是在风格上的,而且是在语义上的。上例第一句就已证明了这一点。在教士讲述完毕之后"马上"就是K对寓言的反应,这一点很重要。这使得从传述寓言到解释寓言的转变尽可能直接,既加强了其与故事层主要情节的联系,又证明了寓言内部预构的解释召唤。第一句的结尾很巧妙。在逗号标示的短暂停顿之后,我们读到K"被这个故事深深吸引住了"。

故事之所以给K留下如此强烈的印象,最可能的原因是他在乡下人处境和自己的处境之间作了对照。叙述者进一步召唤我们把K的强烈兴趣理解为他对作为故事(Geschichte)——也就是作为叙事结构——的寓言的回应。叙事一直在吸引人类,而寓言的神秘性则有助于增加这种吸引力,而不是减少它。但有一种情况:尽管寓言神秘难解,它还是保留了那些不仅唤起解释企图而且暗示这一企图很重要——甚至极端重要——的要素。K马上就说那人被骗了,那是因为他相信他本人被骗了。通过谋求理解寓言,他希望搞清自己生活中的受挫处境。

如果寓言中的乡下人象征K,那么守门人又会是谁呢?赫因兹·普利策(Heinz Politzer)认为是教士,他指出在寓言后面教士和K的讨论已经告诉了我们。此处教士和K对寓言给出了不同的解释。K坚信守门人欺骗了乡下人,而教士认为相反。首先,他说,寓言摘取之源文章并未提及"骗"(教士本人介绍寓言说它是关于"欺骗"的,现在他似乎忘了)。其次,如果有人受骗,那一定是守门人而不是乡下人。因为这些年来守门人必须在法的门前站岗,而乡下人可以在他愿意的任何时候自由离开。同时当教士在讨论中迅速占据了优势,他就假装出谦虚的态度。"我只是向你介绍了关于那件事的各种不同看法,"他说。"你不必予以过分重视。白纸黑字写着的东西是无

---

① 本段德文原文出处版别见本章题注。中译见钱满素、袁华清译《审判》,第221页。——译注

法篡改的;评论则往往不过是反映了评论家的困惑而已。"(第243页)①

教士为帮助K理解法律和自己关于法律的处境而讲的寓言,反而使他更疲惫:"他太疲倦了,无力逐一分析从这个故事中引出的各个结论"(第246页)②。但即使故事没有给予K以他所希望的对于法律的洞察力,它至少很好地证明了阅读和解释有多大难度——还有针锋相对的争论会有多么激烈,甚至是针对一种乍看很明确的解释也是如此。从作为K的处境的图解起始的寓言,最终变得为K所不能理解。但这种不可理解当中,又存在着对于真实可靠的事物的荒诞希望:"如果作为读者的卡夫卡相信在他无法解读的文本间藏着一个难以触知的真相,那么作为作者的卡夫卡就会创作出这样一些寓言——这些寓言的不可解读性就是其真实性的唯一希望所在。"③普利策(Politzer)这样的批评家把《审判》中的"法的门前"寓言读作《审判》中以及卡夫卡的全部小说中的虚无主义成分,而科尔伯则称寓言的力量预设了一个前提,即对乡下人的态度并非虚无主义。这是卡夫卡之所以把教士作为权威和可信叙述者来呈现的重要原因:读者不必怀疑法律对于乡下人来说确实存在而他也的确希望得到法的许可。尽管他等待被放进去的时间长到不可思议,寓言却并未给出任何关于此人不信任法律的信号。而且,科尔伯说,在卡夫卡的作品中也没有"任何关于卡夫卡怀疑他本人抓不住的绝对真理的存在的线索"④。

对卡夫卡来说,寓言是表达此种绝对真理——一个隐藏了的、看似遗失了的真理的叙事手段。这个真理是什么并不清楚,但对法律的强调暗示出它是关乎审判的基本原则的。它似乎也带有宗教成分,也许最强烈地带有犹太教成分。瓦尔特·本雅明(Walter Benjamin)在给格尔斯霍姆·朔勒姆(Gershom Scholem)的一封信中提出了这种思想联系,发现"卡夫卡的作品从本质上说是寓言。但造成其凄怆而辉煌的是它们同时又不仅仅是寓言"⑤。

是寓言,又不仅仅是寓言。《审判》中"法的门前"的寓言在几个方面都与撒种者寓言相似:有一段第三人称叙述者的引介语,有一个第一人称叙述者讲的故事或曰"寓言的基础",最后有一个解释部分。实际的寓言故事的意义在这两者中都模糊难解。但耶稣的门徒承认他们不懂,而K则立即宣称

---

① 见钱满素、袁华清译《审判》,第223页。——译注
② 同上书,第226—227页。——译注
③④ Klayton Koelb (1989), *Kafka's Rhetoric: The Passion of Reading*, p.178.
⑤ Walter Benjamin(1979b). *Über Literatur.* Frankfurt am Main: Suhrkamp.p.201.拙译。(该信中译本收入《经验与贫乏》,王炳钧、杨劲译,百花文艺出版社1999年版,参见第385页。此处译文与王、杨译文略有不同。——译注)

他懂。然而,他和教士的讨论引起关于他的理解是否正确的怀疑。两个文本的最大区别恰恰就在这个解释部分。正如我在本章第一部分力图显示的,耶稣解释的可疑之处更多地也许不在于实际分析(他以绝对权威向门徒们说明他自己究竟要做什么),而在于分析之前的选择过程。在《审判》中,毋宁说,这一分析采用了以问题为导向的讨论形式。尽管教士指出几种解释,却扣留了正确的那一种——或许他也不知道。尽管这样,他还是从自己的故事里受到启发,并不仅和K分享而且也和读者分享了其魅力。这一魅力的产生,部分地是由于寓言作为叙事的功能,部分地则是由于这样一个奇特能力——在一个使一切理解复杂化的封闭文本之内(并通过它)暗示可能的含义。

III

电影《审判》也可能是一个寓言文本吗?电影和寓言(作为文学散文的一个体裁)媒介上的区别如此显著,以至于也许必须把对这个问题的思考作为误会排除出去。然而在《审判》的诸多改编中有这样一部,它不仅从整个文本的寓言性质、而且尤其是从"法的门前"寓言得到了有力启发。这就是奥逊·威尔斯1962年执导的《审判》,本章的最后对它展开评论。

罗伯特·肖尔斯(Robert Scholes)在他的论文《电影的叙述与叙事性》中写道,当一个文学文本被改编,观众发现"改编后的小说带有这样的特性,印刷文本本身永无希望能够与之匹比。这一增强的代价是减少了书写文本在解释方面的丰富性。……当故事被拍摄出来,所有的选择就都定局了"①。改编选择性地予以形象化;它强调文学文本的某一种解释。《审判》的银幕版就是改编的这种构成方式的一个图示:正如人们可能期待的,它们之间区别很大。然而,虽然改编暗示某一种减少了"书写文本在解释方面之丰富性"的解释,但这一事实未必意味着它就是简单的、一元的、或者明确的(参见我在前面第四章中对改编以及亚斯里的《芭贝特的盛宴》的评论)。我再次强调两种媒介的区别,以及他们对于两种人作用方式的不同——一边是读书的人,另一边是同时观看和聆听电影的观众。于是肖尔斯正确地指出了"文字文本与银幕文本需要不同种类的解释"②。尽管改编基本上是一个变窄的过程,在诸多可能性解释中,它仅对其中某一个加以视觉化表现,这种解释

---

① ② Robert Scholes (1985), 'Narration and Narrativity in Film', in Gerald Mast and Marshall Cohen (eds.), *Film Theory and Criticism*. 3rd edn, Oxford: Oxford University Press, 390-403, 引文见 p.392.

(亦即电影)又可以被加以不同的解释,还可以评价这种解释是否成功。我们面临一个基本上是两分的反应模式。同样作为改编的电影,也可以被所有观看它的人加以不同的理解和解释——无论他们是否知悉文学底本。对那些知悉底本的人,对电影的反应将难免具有和文学原本进行比较评价的成分。这种比较是可理解的,但由于它很容易变得过于直接(涉及媒介间的巨大区别),结果是银幕版的价值常常得不到应有的承认。

奥逊·威尔斯改编的《审判》在很大程度上是一种主观性解释。它是批评家聚讼纷纭的一个争议性的银幕版。这部分地缘于威尔斯表现 K 的方式,但最重要的也许是缘于这样的事实:该片的文学原本本来就有名——且因其不同寻常的多义性而有名。由于威尔斯启用安东尼·珀金斯(Anthony Perkins)饰演 K,主人公显得比卡夫卡在《审判》里表现的更有活力,也显然更为强健。但威尔斯通过在极为广阔的内景与外景之下表现 K 和其他角色的渺小脆弱,对该区别做出了一些补偿。电影的这方面受到1920年代德国表现主义电影的影响,例如 F.W. 茂瑙(F. W. Murnau)的《诺斯费拉图》(1922)和弗里兹·朗(Fritz Lang)的《大都会》(1926)。特别是有一个镜头成为了经典:一个开放式的庞大的办公室的长镜头,数百个职员俯身坐在完全同样的桌子上的打字机面前,表情严肃,机械地工作着。威尔斯避免运用特写镜头,把人物呈现得很小,不管是和物理环境相比,还是和占微弱多数的掌权者相比。总的来看,作为《审判》主题之一部分的权力问题,被威尔斯作

在奥逊·威尔斯的《审判》中,约瑟夫·K(安东尼·珀金斯饰)在迷宫般的内景空间里徘徊

---

① 亚瑟·科斯特勒(Arthur Koestler,1905—1983),作家,出生于布达佩斯,曾在多国居住,用多种语言写作。1931年加入德国共产党,1938年退出,其《正午的黑暗》是著名的反共小说。——译注

② 乔治·奥威尔(George Orwell,1903—1950),英国作家。其《1984》是最有名的反极权主义的政治讽喻小说。——译注

为社会批判给予了更明确表现。观众会想起朗的《大都会》,以及像亚瑟·科斯特勒(Arthur Koestler)①的《正午的黑暗》(1940)和乔治·奥威尔(George Orwell)②的《1984》(1949)这样的小说。

对《审判》寓言性方面的强调在另一方面确实有助于概括威尔斯在银幕版本里戏剧化了的问题。此处电影的开头起着关键作用。让我们回忆一下小说的开头:一个凌晨,K意外被捕。而电影改编首先呈现的则是"法的门前"的寓言。威尔斯从小说的倒数第二章摘取一个片段,压缩后放在电影的最开始。这样的改变本身不论在结构上还是在主题上都是意味深长的。通过被置于开端,寓言同时成为电影情节的序幕和它的图解。在电影稍后寓言第二次被表现时,这种印象增强了。对寓言的这种强调性的重复,出现在在对应于小说倒数第二章的电影情节中。

把"法的门前"寓言重复两次,第一次作为图解式的序幕,第二次呈现为情节不可缺少的部分,这本身就意味着对它的有力强调。让我们近看一下这两次表现。威尔斯的最初计划是把寓言作为看上去像风格化的绘画那样的连续画面。威尔斯在被问及这些插图的时候解释说,"所有照片都用钢针的影子制作而成。成千上万根钢针。两个兴奋的、极具教养、优雅而迷人的俄罗斯老人——一对夫妻(亚历山大·阿雷克塞耶夫(Alexandre Alexeieff)和克莱尔·帕克(Clarie Parker))——坐着,在巨大的板上放置钢针;钢针的影子正是造成画面明暗对比的原因。"①

摄影机一直聚焦于乡下人和通往法的门前的守门人的这些插图上。作为对寓言的最重要部分的基本的压缩化视觉表现,这些由阿雷克塞耶夫和帕克制作的图片在叙述者向观众传达内容时发生了改变。图片在暗示地图解乡下人寓言时,也显示了威尔斯对寓言这一文类的重视和洞察力。如我们所看到的,《审判》中的寓言有这样一个特征:它融入小说结构之中,虽然它看似是一个独立的短篇文本。这种双重结构功能被主题性的加强,因为寓言一面表现小说的一种可能的中心主题或精髓,同时又使其复杂化(参见K与教士之间关于寓言意义的讨论)。威尔斯通过把它放在电影的开头,而

---

① Orson Welles (1998), and Peter Bogdanovich, *This is Orson Welles*, New York: Da Capo Press, p273.(《审判》的序幕系采用针幕动画技术拍摄而成。针幕动画是俄裔法籍版画家、动画家亚历山大·阿雷克塞耶夫(Alexandre Alexeieff, 1901—1982)和他的妻子克莱尔·帕克(Claire Parker)于1933年开创的一种动画技术,其法:在金属板上钻出数百万个针孔,将钢针插入孔中。由针眼深浅变化而形成的不同层次的阴影,显现出线条与造型,逐格拍摄成影片。冰冷、坚硬的钢板与钢针,借着动画艺术家的创意,利用针眼变化与灯光的设计,表现出动画中的活泼、创意、幽默、想象力以及哲思。该技术能够实现一些传统动画所无法达成的特效,有一种强烈的铜板雕刻味道,风格独特而强烈。其柔韧张力与意境是其它的动画技巧所不可比拟的。《审判》是阿雷克塞耶夫运用针幕动画拍摄的五部影片之一。后来其他电影创作者对此技术也多所运用与发展。——译注)

从周围的文本语境中迁移出来。因此寓言随着情节的展开,越来越像其后续行动的图示,但威尔斯并不试图去解释情节,这至关重要。当绘画表现结束,叙述者评论道"这个故事是一部名为《审判》的小说中讲的。据说这个故事的逻辑就是一场梦的逻辑,一场恶梦的逻辑"。

我们一直到电影的最后才知道叙述者是谁:"本片根据弗朗兹·卡夫卡的同名小说改编……我扮演了辩护律师一角……并兼这部影片的编剧和导演。我叫奥逊·威尔斯。"当我们把叙述者角色和威尔斯本人提及的其他角色放在一起就可以肯定,就像在《公民凯恩》中一样,他也是《审判》的中心。的确,这种功能的综合没有使威尔斯成为文学意义上的作者(像别的电影一样,《审判》也是一个有众多演员的、技术复杂的制作过程之结果)。但他在诸多层面上很活跃——而且不仅是连续地是平行地——这一事实,显然有助于赋予电影一种主观的、解释性反应的品质。

如果说威尔斯在《审判》开头对寓言的表现显示了对寓言这一文类的洞察力,它也表明寓言的改编有多困难。寓言体裁增加了自文字故事到银幕故事的转换中的一个难度最大的问题。寓言通常通过激发解释的方式简单而有效地表现一般的、典型化的行动序列。由于寓言的改编必须是具体化、个别化,它会迅速去除这一文类的特征并减少其解释潜能。但阿雷克塞耶夫和帕克的画,仍然图示了寓言的特征要素,因而保持了极大的单纯性。这些图示辅以威尔斯的叙述声音,与其说损耗性地减少了意义,不如说引起了对寓言的各种反应。这一效果通过图画可能具备的思想激发的稳定性——一种被威尔斯在镜头驻留于每一单独的图示上时所充分利用的品质——所强化。

于是威尔斯通过在自己的电影中采用另一种艺术形式回答了一个问题:卡夫卡的寓言能否用电影来表达。仿佛是出于对寓言的尊重,他不愿意比用一些简单图片去图解走得更远。然而由于这些图片在电影中具有结构上和主题上的能产性,威尔斯恰恰凭借对电影不能做什么的认知,成功的突破了电影能够表现什么方面的限制。这后一点尤其适合于《审判》的开头。当威尔斯在电影情节进展得相当充分的时候再次呈现寓言,场景的重复有助于强调该寓言的重要性。而该场景的寓言性特征(像卡夫卡在小说中所表现的那样)在银幕版里变得不那么明显。这部分地缘于动作的速度和影片的快节奏,但威尔斯也引入了一种不必要的复杂:他让K先跟教士谈话,当教士告知他"你的案子情况很糟"时,K很愤怒,想回到银行去工作。在他往外走的路上遇见了律师,在银幕版里正是他,而不是教士,把乡下人寓言的片断告诉K。初衷看来在于读者将把寓言的节录和影片最开头对它的呈现联系在一起。在一定程度上我们确实这样联系了,尤其是因为威尔斯再次用运用同一组图片来为律师告知K的故事做图示。不过,呈现的节奏和文本中的位置,共同使这里的寓言性维度比开头处的弱化了。这个顺序最好地揭示出了K如何狼狈,以及他感觉到怎样的凶险。最后一个画面是关闭的法之门。这一镜头标志着朝向影片最终K被处决的结局的转向,处决时用一根炸药棍子取代一把刀。

威尔斯的阐释性改编包括部分地赋予约瑟夫·K一种和小说里不同的个性,除别的外,还通过使他成为一个"被带回"欧洲环境的美国"反英雄"(anti-hero)①。但就像约翰·奥(John Orr)指出的,这在改编中未必是一个缺陷:

> 1961年12月影片在巴黎首映,一些批评家痛惜他们看到的是珀金斯的好斗,以及对于最后毁灭了他的权威的不适当的态度。卡夫卡文本里反抗的调子很清晰,威尔斯表达了这种好斗,不仅作为反抗,而且作为不可解释的罪错。在他看来,约瑟夫·K是有罪的,预先就是迫害他的系统的共谋。②

奥在此处所理解的"罪错"是什么? 在宣称罪错包括某种共同责任后,他把这个概念同威尔斯在其改编中极为重视的另一方面联系起来:在智力系统和K与女人的关系之间的电影平行线。由于威尔斯设计了这种平行,它强调了K对于权力机器和女人的神经过敏与过度活跃的反应模式——总是疑神疑鬼,同时也突出了他所发现的自身处境的梦魇性质。

像在小说中一样,电影结尾部分致力于提出问题,而不是给出答案。因此它在某种程度上重复了寓言,构建了一个雅克·德里达概括的悖论:"文本被期待成为守门人关上的那扇门,那个入口(Eingang)。"③作为叙事文本,《审判》召唤读者创造意义,但同时小说又系统化地挫败我们的理解企图。这特别适用于把法律描述得强有力而又难以接近;这像是一个隐藏的主题核心:将自身显示为一个变动中的权力关系的无间断的系列。正如德勒兹(Gilles Deleuze)在《电影2》里指出的,揭示出小说的这种特质,正是威尔斯改编的力量之所在。在德勒兹看来,在威尔斯那里"判断系统变得彻底不可能","甚至(特别是)对于观众而言"④。这种效果的创造,部分地来自威尔斯

---

① "反英雄"(anti-hero),现代文学与电影中的一种形象类型,他们有着通常属于恶人的人格缺点,同时又具有足够的英雄气质来博得读者或观众的同情。他们可以是笨拙的、可憎的、消极被动的、值得怜悯的或是愚钝的。可以说,反英雄是有缺点的或失败的英雄。——译注

② John Orr and Nicholson, Colin (eds.) (1992), *Cinema and Fiction: New Modes of Adapting, 1950-1990*. Edinburgh: Edinburgh University Press, pp.14-15.

③ Jacques Derrida(1985), 'Préjugés, devant la loi', in *La Faculté dejuger*, Paris: Minuit, 87-139. 引文见p.130.

④ Gilles Deleuze(1989), *Cinema 2: The Time-Image*, London: Athlone Press, p.139.

第五章

寓言作为叙事图解：从撒种者寓言到弗朗兹·卡夫卡的《审判》和奥逊·威尔斯的《审判》

很多片子中的节奏，特别是在《审判》中；就好像 K 之理解自身处境的失败加速了他从诉讼到被处决的过程。

如果说威尔斯对《审判》的改编是有争议的，那么无疑，作为一种主观化的回应，它同时是 engagé 的和吸引人的[①]。人们也许会问像《审判》这样的虚构文学文本事实上究竟是否能被"正确地"或"完全地"理解，但这并不意味着我们以为理解了的东西必然就是错的。在和 K 的关于寓言的讨论中，教士提到了经文评论家，他们在评论法律的难点时说"对同一件事情的正确理解和错误理解并不是完全互相排斥的"（第 242 页）[②]。回应已经是一种理解方式，我们对于作为文学文本的《审判》的回应，也是把该文本当作困难——封闭、迷惑而神秘之物来予以回应。威尔海姆·艾姆利奇（Wilhelm Emrich）在他颇有影响的关于卡夫卡的著作中说，"神秘是一切伟大诗歌的元素"[③]。它吸引我们，但由于它也吓唬我们，所以我们继续读它，为了给我们不理解的东西找到一个可能解释。这样我们作为读者的行为在一定意义上变得定向到寓言上，叙述者的能量也是这样定向，因为他把感觉视角如此紧密地贴近 K。《审判》的最终叙事效果就是，当 K 死去，叙述者的理解企图也随之终结。

[①] Engagé，法语，意为"介入当代问题的"，因其与英文词"吸引人的"（engaging）词形相近，故作者有此语。——译注

[②] 见钱满素、袁华清译《审判》，第 222 页。——译注

[③] Wilhelm Emrich (1981), *Franz Kafka*, Königstein: Athenäum, p.11, 拙译。

第六章

詹姆斯·乔伊斯的《死者》和约翰·休斯顿的《死者》①

《死者》是乔伊斯《都柏林人》中的最后一篇，该书是1914年以后的短篇小说合集。像卡夫卡的《审判》一样，《死者》也已成为现代主义的经典作品；它是写于产生了乔伊斯其后三部重要作品的那一时期之初的一个短篇小说，这三部作品是《一个青年艺术家的肖像》(1916)、《尤利西斯》(1922)以及《为芬尼根守灵》(1939)。

《死者》获得世界文学经典地位的原因很多，小说的叙述技巧显然是其中之一。本章论述和分析这种技巧，会既结合叙事理论，又结合乔伊斯通过其写作而创造的主题类型。《死者》在教学上的优势在于，该文本相对容易理解；它不像《尤利西斯》那样让人吃力，也不像《为芬尼根守灵》那样具有挑战性难度。我进一步的相关论点则是：约翰·休斯顿对小说的改编，间接地证明了其若干方面的叙述策略和特征。

I

乔伊斯研究的权威学者弗罗伦斯·沃尔泽尔(Florence Walzl)曾表述过该小说的情节梗概，它将有助于我们展开对小说的讨论。在沃尔泽尔看来，《死者》具有反映主人公内心变化的"变动而逆转的情节"②。之后她将主要情节概括如下：

---

① James Joyce, *Dubliners* [1914] (Harmondsworth: Penguin, 1992). John Huston, *The Dead* (1987); video, First Rate.(本章凡引《死者》原文，随文夹注出处页码为本书作者所用英文本页码。中译均采陈登颐译文，见陈译《世界小说一百篇》(中)，青海人民出版社1983年版。本章凡引小说原文，均随文括注该书页码，不再注出英文原版页码。——译注)

② Florence L Walzl (1975), 'Gabriel and Michael: The Conclusion of "The Dead", in Robert Scholes and A. Walton Litz (eds.), *Dubliners: Text, Criticism, and Notes*, New York: Viking, 423-44.引文见 p.429.

第六章

詹姆斯·乔伊斯的《死者》和约翰·休斯顿的《死者》

主人公是加布里埃尔·康罗伊,一个都柏林的大学教师,携妻格里塔参加了由其两个姨妈莫坎小姐们组织的圣诞晚宴。整个晚上一系列事件使他交替处于自信和自卑两种感情之间。他的自尊被各种原因所伤害:一个辛酸少女莉莉的话语,同是教师的莫利·艾弗斯的批评,以及他隐隐感觉到的疑惧;另一方面,他的自尊又被各种原因所增强:姨妈们对他的信赖,由他作为首席来切鹅肉,由他来做餐后演说。殷勤款待、节庆气氛和旅馆里不寻常的夜景,这些唤醒了加布里埃尔蛰伏已久的对于妻子的浪漫感情和回忆。后来在旅馆里他含情脉脉地亲近她的时候,他发现她也在忆念一段过去的爱,但那却不是他所给予的。她忆念的是她年轻时的一个男孩、现已去世的迈克尔·富里。对于妻子来说,对一个离世已久的恋人的记忆远比活生生的丈夫的肉身存在更真实,这个突兀的现实使加布里埃尔陷入了自我价值的危机。他第一次得以洞察他个人及其社会的本性。他在想象中与死去很久的情敌展开对抗,由这一遭遇引伸到终结了故事和全书的那场雪景。①

正如情节提要显示的,第三人称叙述与几乎在时间上没有中断的顺序相结合,使《死者》的故事相对容易表达。这里没有第三人称和第一人称叙述之间、或者不同的第一人称叙述者(像康拉德的《黑暗的心》)之间的明显的断裂。但这并不意味着这个短篇小说没有叙事变化。因为乔伊斯的叙述方法灵活而老练——也许在其对于加布里埃尔赋予同情与保持距离的结合上尤其如此。

像这样给出《死者》的故事本是一种释义,一种概括和按时间顺序的重述。沃尔泽尔的这种概要也许是好的和相对明确的,但也还远不仅是简单陈述事实的故事表达。尤其是在接近结尾处,他的概要明显地变成了解释:说主人公"第一次得以洞察他个人及其社会的本性",这与其说是报道,毋宁说是解释。尽管很多批评家会赞同此种解读,我们还是能够看到对于结尾的别种解释,而不同的解释依赖于读者究竟是把这篇小说当做一个独立文本,还是作为《都柏林人》的最后一部分来读。

理查德·艾尔曼(Richard Ellmann)说得好:《死者》的故事"始于宴会,终于尸体"。② 肯奈斯·伯克(Kenneth Burke)更精细地把小说划分成三个部分或三个阶段:"期待""社交习风泛览""宴会的后续事件"。③ 最后一部分的

---

① Florence L Walzl (1975), 'Gabriel and Michael: The Conclusion of "The Dead", in Robert Scholes and A. Walton Litz (eds.), *Dubliners: Text, Criticism, and Notes*, 423-44.引文见 p. 429-30.

② Richard Ellmann (1982), *James Joyce*, Oxford: Oxford University Press, p.245.

③ Kenneth Burke (1975), ' "Stages" in "The Dead" ', in Robert Scholes and A. Walton Litz (eds.), *Dubliners: Text, Criticism, and Notes*, 410-16.引文见 p. 410-12.

"对立时刻"①被伯克分成几个更小的部分,它们是围绕着加布里埃尔意外发现之内心历程而构成的。在伯克看来,乔伊斯在《死者》中完善了其叙事技巧,发展了一种与柏拉图式对话相当的叙事。

如果我们根据伯克的区分,说小说具有三分式结构,那么在叙事分析中指出三部分的手法和变化是很重要的。而且,从叙事的角度看,不同阶段之间的转换也将是有趣的:乔伊斯如何将三部分联结起来?这一叙事手法有何种**主题**效果?这些问题都很重要,尽管答案可能并不绝对清晰。

第一部分,伯克称之为"期待",我则认为它是朝向那一小段的延展并包括了那一小段,在那一段里交代了两个姨妈"都真挚地吻了加布里埃尔。他是她们最心爱的外甥,是她们的姐姐爱伦(她嫁给搬运公司的康罗伊先生)的儿子"(第536页)。接下来两姨妈、格里塔和加布里埃尔之间在交谈,晚会也就在进行中。朝向第三部分也就是最后一部分的转换以清晰得多的方式标示在文本中:就在于宴会描写之终结处的齐唱与告别场面之间的叙事省略。在企鹅版的《都柏林人》中,该转换甚至在印刷上标示出来,即在"刺骨的晨风吹进门厅……"(第564页)之前的一串逗点。显然对乔伊斯而言,将最后一部分和之前的各部分分离开来很重要:宴会后的告别场面引向了小说结尾处对格里塔和加布里埃尔之间的类似于告别的、戏剧性的隔阂的叙事表现。在第三部分的开头加布里埃尔问"格里塔还没有下来吗"的时候,隔阂就以叙事上强烈聚焦于加布里埃尔的方式开始了。在休斯顿的改编中,向小说最后一部分的转换同样明显地被标示为:摄影机从宴会特写变为房屋、街道上的雪以及走出前门回家的客人们的远镜头。

现在我们讨论《死者》每一部分所用的叙事方法及其变化。我们可以先引证阿伦·泰特(Allen Tate)对于分析小说的一些相关看法。他说,《死者》"用英语把福楼拜的自然主义带到了完美的顶点"②——小说再现和堆积了自然主义的细节,因此为最后一部分聚焦于雪这一符号的复杂的象征手法奠定了基础。泰特进一步认为,"乔伊斯手法"

> 是流动叙述者的手法,也就是说,作者隐退但又不允许主人公讲述自己的故事,因为观察中的"心理距离"最终是必要的……乔伊斯必须通过加布里埃尔之眼建立自己的理解中心,但同时又有一点超越他之上或之外,这样我们就仅仅通过他在某一给定瞬间所看到和感觉到的

---

① Kenneth Burke (1975),' "Stages" in "The Dead" ', in Robert Scholes and A. Walton Litz (eds.), *Dubliners: Text, Criticism, and Notes*, 410-16.引文见 p. 412.

② Allen Tate (1975),'The Dead', in Robert Scholes and A. Walton Litz (eds.), *Dubliners: Text, Criticism, and Notes*, 404-9.引文见 p.404.

东西,来认识这一瞬间的他。①

泰特分析中的这些观点在其后的乔伊斯研究中得到了强调和发展。泰特所称的"流动叙述者"用我们的术语就是具有极大灵活性和多变视角的第三人称叙述者。最重要的叙述定向是面向加布里埃尔的,而恰恰因为这个原因,泰特关于与这个人物保持"心理距离"之必要性的观点很重要。在作为文学文本的《死者》中,与加布里埃尔间的"心理距离"在主题上很重要,但它必须被叙述地表现出来:乔伊斯用第三人称叙述者,通过与对加布里埃尔的塑造和对世纪之交都柏林特殊社会背景的描写二者都密切关联的方式,将距离和谐调融合起来。

正如我们在第 I 部分中看到的,第三人称叙述者经常作为一个叙事工具而不是作为人物发挥作用。当叙述者全知,通晓数个人物的思想和感觉(对于一个个别的人物来说很难具备的)的时候尤其这样。这并不意味着第三人称叙述者没有人的特性,但这些特性在多大程度上关系到作者,关系到特定人物,关系到叙述者本身,或者关系到上述三因素的综合,是不甚明了的。涉及到的三因素的结合并不鲜见,它可以部分地解释叙事理论何以在这一点上是不确定的:不仅对于无穷无尽的叙事变化,而且对于其不同的主题效果而言,必须不断地对它加以限定和调节。

例如,对一年一度的宴会的呈现,促成了同时具有倒叙和预叙两种功能的叙事变化。倒叙的因素特别明显地表现在它标志着这对姐妹已经在这房子里居住了何等长久。第三人称叙述者暗示姨妈们很老了,但我们注意到,尽管其年纪老迈是确定无疑的,但也仍被调节了:"她的两位姨妈尽管年迈力衰,也贡献出一份力量。"(第 532 页)这一倒叙性的限定因素虽简短,但并不意味着它不重要。由于小说是围绕着宴会展开的,顺理成章地这里就有了莫如说倒叙之光的偶一闪烁,而不是充分实现了的叙事倒叙(在一部长篇小说里会更容易看到其完整存在)。《死者》第一部分中简短的倒叙因素不是简单地把即将开始的宴会置于某一语境;这个语境——一种让我们联想到连续性和传统的时序事件——得以如此用力强调,以至于对读者来说它极易被联系到更为消极的另类、颠覆(传统)以及变革。提及其兄弟帕特很久以前就已死掉这一事实,似乎就是在唤起读者作出此种联系。

在重读过程中,这种形式的主题联系因下列原因而得以强化:一方面的传统和另一方面的反抗/颠覆/变革,这两方面之间的困难而阻拒的关系是对于《死者》的(事实上在乔伊斯所写的大部分作品的)张力的一个主题中心。

---

① Allen Tate (1975), 'The Dead', in Robert Scholes and A. Walton Litz (eds.), *Dubliners: Text, Criticism, and Notes*, 404-9. 引文见 p.404-5.

因此我们刚论述过的倒叙变化同时也承担一种预叙的功能：它朝前指向主题在宴会（特别是餐后演说）和结局性的第三部分的发展。总之可以说，第一部分在叙事的意义上包含了倒叙的因素，这些因素在主题意义上的功能同时是倒叙的和预叙的。通过朝后指向——甚至指向我们所首先读到的标题——它们同样朝前指向情节的两个主要事件：餐后演说和旅馆房间里想象出来的加布里埃尔和迈克尔之间的对抗的场景。

在对《死者》进行分析时，很有必要区分叙述声音和叙述视角。在第一部分中第三人称叙述视角显然是固定的，尽管叙述者声音谨慎减弱了人们对宴会和对"非常担心弗莱迪·马林斯可能醉醺醺地跑来"（第532页）的两姨妈的看法。她们欣慰于加布里埃尔和格里塔最终来到，此处叙述集中于加布里埃尔和莉莉的简短场景。正如我对该小说的划分，这个场景是第一部分的结束。由于该场景很复杂，我将限于论述两个方面：一是雪之隐喻的导入，一是越来越聚焦于加布里埃尔。首先讨论一下"隐喻"（metaphor）和"象征"（symbol）这对概念。

在隐喻中，指代A事物的词语，被替换为指代B事物的另一词语，或被等同于后者，这样，A的性质/特征就被归之于B身上。换句话说，隐喻涉及到一种转换（transference）（例如在"女人是玫瑰花"一句中，"玫瑰花"被看作和"女人"等同）。在某种意义上转换是语言的一个普遍特性，因为语言指称或"表现"某个它自身所不是的事物。据此看来，文学语言就是一种双重转换，因为它还让读者看到一个虚构世界，而不是外在的现实世界。同时，文学通过其特殊的语言系统，可以在自身的语域内部建立起隐喻。在《死者》第一部分的最后一个场景中就出现了隐喻。当我们读到加布里埃尔在门口的擦鞋垫子上蹭掉套鞋上的雪，我们把它当作一个完全自然的事情记住了；下雪这一事实无论对于都柏林这个地方，还是对于一月初这个时间来说，都不足为奇。但在一页之内四次提及雪——其中两次由叙述者提及，一次由莉莉提及，最后一次则由加布里埃尔提及——在我们对于作为情节中的一个语义要素的雪的态度中就出现了某种东西。重复召唤我们去激活雪所具有的隐喻潜能——它是白色的，这暗示着纯洁、清白之物，但我们也可以把它和死亡或者不朽联系起来。

在《死者》中，雪/下雪（名词和动词）的配合，构建了一种与其他的文本要素之间浓缩的文字关系。一旦我们不仅把雪当作雪来读，而是当作对（比如说）某种纯洁清白的东西的表现来读，我们就把它转化成了隐喻。那么隐喻和象征之间的区别在哪里呢？这个问题没有简单的答案。两个概念间的边界是模糊的；很多人对隐喻作宽泛理解，认为它包括象征。不过对于《死者》和《到灯塔去》这样的叙事文本，把象征看成是通过重要文本段落中的重复建立起来的展开的隐喻,这是很有意义的。象征所指的问题非常复杂并难以划界;例如,《黑暗的心》中的"黑暗"象征成为关于权力和侵略的一系列复杂问题的一部分;《到灯塔去》中的"光"的象征密切关系到小说主人公拉姆齐夫人的特征。象征的这一特性倾向于激发阐释。翁贝尔托·埃科说象征可以理解为一种"文本形态(textual modality),创造和说明文本样态的方法"①。

象征的这方面特点和阅读过程有关联,尤其与重读有关联。当我们重读《死者》,其第二次提及"雪"这一点在象征的创造过程中显得特别重要:"薄薄的一层雪像斗篷一样铺在他大衣的肩部"(第533页)。对雪的明确限制"薄薄的一层",不仅因被喻为肩披斗篷而抵消,也因与紧随其后的"寒冷的幽香"相并排而抵消。无论是提到冬日寒气,还是加布里埃尔对莉莉关于是否又在下雪这一问题的回答("我想免不了要下一夜雪了"),都具有预示的功能,这对于第三部分的开头("刺骨的晨风……",第564页)和小说的结尾段来说尤其明显。雪之象征的渐次发展和加布里埃尔的性格表现相关联。被叙述者联系到"雪"上的那些品性,跟主人公的特征相并列,而这些特征是通过一系列叙事手段建立起来的。这在对加布里埃尔特点的介绍性描写中尤其明显,这一描写围绕仅叙述加布里埃尔自己的三个段落(第534页)。始于加布里埃尔和莉莉之场景的叙事收紧,至此也就更进了一步。

叙事集中于某一个人物通常会使该人物变得重要,尽管未必是主要人物。把叙事视角贴近加布里埃尔这一点的效果,在乔伊斯开启小说叙事语域的一个更大部分的时候得以强化。尤为重要的是,叙述者透露了作为人物的加布里埃尔的更多信息。而信息的透露是谨慎地和渐进地,这跟叙事距离和共鸣二者与加布里埃尔的不同联系方式——它是乔伊斯用第三人称叙述者发展出的一种结合体——相一致。在这一稍显复杂的态度进展中有多种联结,最终我们发现这与文本的主题矛盾密切联系在一起。当莉莉对他的不得体的话语作出本能的回应时,我们读到:"加布里埃尔脸红了,仿佛犯了错误似的……"(第534页)。对他羞愧的原因,只作了不确定的简单陈述;性格塑造的效果首先在于传达他对自己所处的尴尬处境的自然反应的方式。

这与第一部分描写加布里埃尔的最长、最重要的那一段形成歧异。那一段的中部这样写道:

> 那姑娘辛酸的话语和意外的回绝还在他耳边缭绕,使他心烦意乱,

---

① Umberto Eco (1984), *Semiotics and the Philosophy of Language*, London: Macmillan, p.162. 着重号为原作者所作强调。

情绪低落。他卷起了袖口,又重新打好领结,试图用这种方法来驱散烦闷,接着又从背心口袋里摸出一张纸浏览了一下他为演说稿拟定的各段小标题。他想引用罗伯特·布朗宁的诗句,却还拿不定主意用哪几句,因为他害怕引用的句子过于深奥了,不易理解。(第535页)

此处我们首先注意到的是作为人物的加布里埃尔的一个清晰侧面。乔伊斯利用了一个久已存在的成规,根据这一成规,第三人称叙述者在通晓加布里埃尔的思想感情这一意义上是无所不知的。针对第二章中就"第三人称叙述者"这一术语所作的理论阐述,我们现在接着探索一下该术语背后的一些复杂性。在叙事分析中它不一定意味着叙述者知道某一人物的"一切",但它更经常地意味着她或他以第一人称叙述者做不到的方式传达人物的思想、感情、计划和记忆。第一人称叙述者从其个人视角表现行动(以及她或他对于行动的反应),这一事实有助于使叙事呈现更为激烈,并增加修辞力量(比如汉姆生的《饥饿》)。然而在《死者》这样的文本中,第三人称叙述开启了视角变化的方法,而视角的变化使叙事距离(及反讽)与共鸣的结合成为可能。

正如乔伊斯所擅长的,他恰到好处地、以一种富有主题意义的方式运用了这种叙事技巧。重要的神韵出于"心烦意乱""低落""试图"和"害怕"这几个词的结合。它们都与加布里埃尔有关,但又带有不同的和互补的主题效果。说他被莉莉的反应搞得"心烦意乱",其功能主要是一种叙事交待。无论如何我们都无需怀疑他的焦虑,因为在小说的这个阶段上叙述者的权威已被稳固确立。下一句的"情绪低落"则使这种焦虑同时得以强烈化和具体化,他无意识地理了理领结,想借此驱散焦虑,却又收效甚微①。然后又是一个较为客观化地提供信息的句子,我们第一次得知加布里埃尔将要作的餐后演说(亦即第二部分的结尾)。在故事层中,这里的提及演说显然是预叙的。就文本的解释而论,如果结合下一句,这一预叙会更有意思:叙述者不仅让我们知道加布里埃尔正考虑在演说中引用英国诗人布朗宁的诗句,而且还透露了加布里埃尔担心引用对于他的听众来说过于深奥。叙述者传达这种信息的能力使读者能够看到加布里埃尔是何等关注自己给他人留下的、以及希望留下的印象。这渐渐成为构成他的特性的自我中心的一个重要因素,而且也是他的一个困难——不仅对于一般的他人,而且尤其是对于格里塔。

我评论这一选段,部分地因为它代表了乔伊斯叙事技巧之简约,部分地

---

① 原作此处字面意思是"……他心烦意乱。他卷起领口重新打好领结,试图用这种方法驱散烦闷,这使他陷入低落情绪中",上引陈登颐译文与此稍异。——译注

则因为它示范了作者把叙事距离和共鸣融合起来的诸多可能性之一种。距离化通过加布里埃尔略显琐屑而又有点好笑的反应标志出来。共鸣的标志则在于聚焦于作为一个人物的加布里埃尔，以及我尚未论及的那一段落末尾处的叙事变化。因为如果我们把全段看作一个整体，我们就会发现它从报道性话语渐渐转向了自由间接引语。只需看一下对于演说的斟酌是如何结束的：

> 他想，对这些凡夫俗子引用高深的诗句，必然会使自己成为笑柄。他们还说不定以为他在卖弄才学呢。他会在他们面前遭到失败的，就像他刚才在冷食厨房里在那姑娘面前遭到失败一样。他定的调子太高了，他的演说稿从头到尾都写错了，是一篇彻底失败的作品。（第535页）

这段引语采取了自由间接思想的形式。如果把最后一句改写为报道式话语，常规的引导语该是这样："他想他的演说稿从头到尾都……"这样我们就触及了自由间接引语的一个语言学特征。该种形式的话语的另外两个必要条件也在此获得满足：动词过去时形式以及第三人称的运用。就《死者》中的叙述者对人物言语的表达来说，自由间接引语是具有重要主题意义的一种表达方式。自由间接引语不仅参与把加布里埃尔构建成为主人公的任务，也参与了（特别是在第三部分中）小说主题的发展。

这一段中存在一个两方面的结合：一方面是从第三人称叙述者到自由间接引语的渐次地、几乎不被注意的转换，另一方面是叙述者对加布里埃尔的矛盾态度。这种矛盾的效果之一就是使加布里埃尔作为人物更加复杂化。这一段也有助于实现小说第一和第二部分之间的转变。我们将会想起肯奈斯·伯克把第二部分——亦即真正的宴会，而第一部分只是其引子，第三部分则是它的附属物和结果——描述为浮泛社交风习泛览。这样的描述就其本身而言是充分的，但它还是太简单了，以至有些必要的东西没有包括进来。其中一个方面就是加布里埃尔个人对于社交的态度：由于他也体验了浮泛的交往的一部分，一方面他和叙述者间的相似性得以加强，另一方面他和读者间的相似性也得以加强。另一个方面是预叙因素，它与"雪"的隐喻及对死亡的提及相互作用，赋予社交的部分以潜在的沉郁、忧虑和厌弃。

II

借着往第二部分的转换，乔伊斯建立了一种精确而又有选择性地遵循的第三人称叙事的技巧。叙述者看似和人物及把他们聚到一起的晚宴保持共鸣,但是我们所注意到的叙述变化使我们怀疑叙事灵活性同时也暗示着某种距离。结果产生了在表现加布里埃尔时尤其变得清晰的那种矛盾态度。仿佛是距离和共鸣之间的矛盾由于叙述者与加布里埃尔的关系而被强化,并因此复杂化了。叙述者与加布里埃尔的关系同样也逐渐变得更加复杂。在对于《死者》的一篇解构分析中,文森特·佩考拉(Vincent Pecora)在此发现了乔伊斯小说的一个特质。他说,"通过学会阅读乔伊斯,读者更有效地学会如何调整自己之反讽性的自我分离"①。叙述者位置不断变动和复杂化,的确是乔伊斯小说的特点,以至于,例如,如果我们反讽式地读到在同一文本中先前模式基础上的一个给定情境,我们常常感到震惊并被迫调整我们的阅读。到本章末尾我们还会回到这一观点,在那里,我们将看到接受理论所讨论过的诸问题。

伯克把交际风习泛览和宴会表现中不同人物所具有的功能联系起来。伯克认为,玛丽·简演奏的钢琴片断恰到好处地赢得了门口四个年轻人的最起劲的掌声,"他们在乐曲刚开始时走到另一间屋子里用茶点,等到乐曲结束时才回来"(第544页)。对伯克来说,这是第二部分中若干浮泛的社交事件中的一件。他提到的另外的例子是艾弗小姐对爱尔兰的民族主义信仰(她在离别的时候特意地用了"Beannacht libh"一词——盖尔族古语中的客套话,意为"再见"),晚宴上关于歌剧的支离破碎的交谈,加布里埃尔和弗莱迪·马林斯的母亲的言不由衷的谈话,以及加布里埃尔的心不在焉的晚宴演说。

伯克关于第二部分的讨论就其本身而言是有说服力的,但他没有揭示出"浮泛的"交谈及事件与导向小说第三部分及最后部分的主题动力之间的关系有多密切。为了强调这种联结我打算评论一下晚宴交谈中的三个要点,它们不但作为第二部分的构成要素相当重要,而且在为小说结尾做准备的过程中变得越来越有主题意义。头两个要点涉及歌剧和政治,后一个涉及加布里埃尔的晚宴演说。

歌剧,作为经由交际花玛丽·简所作的第三人称叙述者评论,是宴会间被容许和被假定的安全的谈话题目。但正是通过强调一个主题是"正统的"(第556页)②,叙述者指出:所出现的其他一些更重要的主题变成侵入性的,即使(也是因为)它们在谈话中被压抑。当一个人应当"正统地"表达自己的观点这一规约站不住的时候,这一点看得最为清楚,譬如,乔伊斯让烂醉如泥并略显滑稽的弗莱迪·马林斯极力地用"棒极了,好嗓门"(第556页)来表

---

① Vincent Pecora (1989), *Self and Form in Modern Narrative*, Baltimore: Johns Hopkins University Press, p.215.

② 此处指玛丽·简把大家的话题引到歌剧这一"正统"话题上。——译注

第六章
詹姆斯·乔伊斯的《死者》和约翰·休斯顿的《死者》

达他所听到的黑人歌声时。因为不被相信而发怒的他质问"为什么他不能有一副好嗓门呢？……难道就因为他是个黑人？"（第556页）没有人回答问题这一事实就近乎肯定的回答。问题令人难堪，因为它是个好问题；它揭示了种族偏见以及对于何谓外国的含糊态度，而且画出了实际上一直是乔伊斯主题之构成部分的政治维度的轮廓。在这种联结中我们可以把"歌剧"看作一个比喻，一幅为喜欢炫耀教养和文化的人们所谈论的"文明"艺术的图画。就在弗莱迪那句话之前，"庸俗"一词就以透露此种态度的方式被运用——的确，那是关乎另一个歌手的，但它也和弗莱迪提及的黑人有关。

《死者》中被遏抑的政治话题里有两方面需要加以简要论述。第一个是关于平等问题的呈现。如果粗加分类，可以说该问题的三方面分别涉及不同性别之间、种族之间和社会阶层之间的关系，乔伊斯如何做到——以浓缩的、戏剧化的方式——把这三方面整合进他所逐渐发展出来的主题中，就颇引人注意了。文本建构过程中的这一主题整合意味着，对于其中每一要素的单一评论都容易流于简单化。这尤其适用于性别之间的平等问题，它与加布里埃尔和格里塔二人的关系密切相关。在讨论小说结尾的时候我们还会再回到对这个问题的表现上来，但我们决不能忽略这一事实：乔伊斯同时也通过运用像艾弗斯小姐和凯特姨妈这样的次要人物来强调平等问题。

艾弗斯小姐在和加布里埃尔的谈话中表现出的自立和自信，以预叙方式作用于第三部分中格里塔带给他的创伤经验。这种有效联系以意外的方式发生，因为格里塔未被像艾弗斯小姐那样地从政治上加以表现。在约翰·休斯顿改编的《死者》中，艾弗斯小姐的这一方面由于下列事实而变得更加清晰：她没有离开宴会回家而是去参加一个政治集会，这对她来说比圣诞晚会更为重要。当客人之一（改编中）评论说她将是聚会中唯一的女人，她打趣地回答说"这不会是第一次！"这话不可能由凯特说出，但恰恰由于作为老一辈的代表她更加谨慎，她为了朱莉娅而持有的坚定信仰给读者留下了深刻印象。这个插曲，紧接在朱莉娅唱了那首为她赢来夸张的喝彩的歌之后，它涉及到对于像朱莉娅这样的忠实教徒的宗教态度，和对他们的利用。这也极大的关系到天主教爱尔兰中的平等问题并表现了其政治中的宗教维度。但说到此处，我要补充：也许这个插曲的最重要效果是揭示出凯特的声明之无效性和明显的无用。由于被进行中的宴会阻止了，这一声明成为一系列挫折的一部分，这些挫折部分地由人物表演出来，部分地试图通过言语不彻底地发泄出来。

这后一点也关系到我关于该小说中的政治内容所要论及的第二点。简要来说就是：政治维度之所以构成主题的一个重要部分，原因之一是它和同样在交谈中被压抑的另一维度相关：这个维度就是对死者和死亡的涉及，假如不说对死者和死亡的介入的话。表现这一主题侧面(它和雪的象征、标题以及多个其他要素有关,这使它成为小说最重要的一个方面)的一个佳例是:交谈中关于梅勒雷山修道院的僧侣之处。在某种意义上这是反讽:这一段落(约莫一页篇幅,即加布里埃尔演说之前的最后一页)再次表明:交谈不能被局限于"正统"话题。但即便此处触及反讽(就像在乔伊斯的大多数小说中那样),它也同时被交谈逐渐导向的严肃方向所限制。足够典型的是:这次又是弗莱迪,也许在无意中,因为他与中产阶级礼节关系不大,把交谈"扭转"到一个不恰当的方向,尽管他从布朗先生那里得到了很好的帮助。

该片断表明叙事技巧的一种形式:把通过谈话进行的人物塑造与一种重要主题因素的发展结合起来。这种结合的效果由于谈话由两个叙事议论表达出来的方式而得以加强:一个是导引的,就出现在布朗先生表达对于僧侣们禁欲主义生活方式的怀疑之前;一个是结论性的,在玛丽·简试图向他解释为什么僧侣们睡在棺材里之后:

> 玛丽·简说:"棺材是为了提醒他们的生命的归宿。"
> 谈话带上了阴郁的色彩,举座愀然不乐……(第559页)

仿佛正是"愀然不乐",反映出这次交谈如何经由弗莱迪出游修道院的计划和布朗先生的怀疑反应,渐渐地、多多少少是必然地接近着那个它基本上在努力回避的问题。因此这一段落所促成的叙事变化,逐渐形成一种主题性的重复模式,在该模式中,《死者》稳定地倾向于、环绕着或者返回到它的标题。标题相对于文本的重要性就变得更加明显,同时其主题含意也得以拓展。

如此多地对死亡及死者的指涉与暗示,并未取消它自身主题价值中的政治之维,而是将其融进了另外的、同等重要的存在主义和宗教的语义结构中。结果是一个更加开放和更加复杂的主题。这一融合有助于小说表现出对于爱尔兰历史的基本的然而又是富有意义的洞察:如果有一种东西能够表现出它的特性,那就是政治(包括民族主义和不列颠的统治)与宗教(包括南部的天主教和北部的新教)的混杂。历史与死亡主题之间最重要的链条是往事,它越来越强烈地影响到小说情节的进展。跨越体裁的边界,《死者》的这一维度显示了某些来自乔伊斯的文学先导亨利克·易卜生(Henrik Ibsen)的影响。易卜生晚期剧作中大量的结构和主题因素,包括隐喻模式和剧作标题如《群鬼》(1881)和《当我们死而复醒时》(1899),都颇有意思地关联到《死者》。在一篇关于托马斯·哈代的论文中,我曾指出"如果说易卜生对戏剧形式的活力之恢复和他对'异质体裁'叙事因素的结合密不可分,那么哈代的成就……也同样和体裁实验有着密切关系,虽然不是完全依赖于

第六章
詹姆斯·乔伊斯的《死者》和约翰·休斯顿的《死者》

它"①。尽管哈代和乔伊斯是完全不同的作家,但这一点还是能够移用于后者的小说。

用以结束上面刚看过的那个段落的叙事议论,也引出了加布里埃尔所发表的餐会演说。从结构上,这一演说成为小说的中间点。从主题上,它为第三部分末尾加布里埃尔和迈克尔(他在一定程度上意味着往事对于人物的威力)之间假想的对抗奠定了重要基础,而且为它提供了一个对照。餐会演说加强了加布里埃尔作为主人公的地位。他的演说与其说是出奇的,莫如说是证实性的;它通过语言——用一种饱受社会期望和惯例影响的、现实的言说行为——使加布里埃尔那已由性格描述绘就的轮廓特征更加坚固。

性格塑造部分地通过加布里埃尔先前的言行来实现,部分地则通过叙事议论和自由间接引语。但即便乔伊斯在餐会演说中以此种方式运用叙事技巧以强化读者对加布里埃尔的印象,我们仍不能忽视导致形象意义产生微妙差别的其他叙事变化。产生这类微妙差别的关键因素在于重复。正如上文所提及的,重复的特征之一就是它——常常是在同一时间,在同一叙事手段里——具备叙述的和主题的两方面功能。《死者》里就出现了这种兼备的功能,尽管其在主题方面理所当然是在读者知晓了小说结局后才变得更加清楚。

重复的概念,在加布里埃尔演说一开头所用的"和往年一样"(第560页)这一措辞里就得以实现。它表明这次演说将成为加布里埃尔在"就大家记忆所及"(第531页)的这些每年一度的晚会上所作的一系列演说之一。而且,听众的期待显示,这些演说互相雷同,而他们也断定此次演说会沿用以往的套路。这赋予演说以一种表演的性质——其中,说话者角色给了加布里埃尔,而加布里埃尔的真正意思和他所说的话之间的界限已经模糊,因为他被期待如此。但即便演说因此多少变成了陈词滥调②,仅此一点也不意味着演说毫无意趣。单调重复这一因素使乔伊斯放置在演说中的细致的叙述变化更加明显,也更具主题上的重要性。演说的中间部分就证明了这一点。在提及"新的一代"之"新的思想"以后,加布里埃尔对他们有所提防:

> 但是咱们生活在一个怀疑论的、疑虑重重的时代,如果我可以这样措辞的话,一个苦思冥想的时代,有时我害怕这受过教育的、或者事实上是受过太多教育的新的一代,将会失去往昔年代里的博爱、好客、仁

---

① Jakob Lothe (1999), 'Variants on Genre: The Return of the Native, The Mayor of Casterbridge, The Hand of Ethelberta', in Dale Kramer (ed.), *The Cambridge Companion to Thomas Hardy*, Cambridge: Cambridge University Press, 112-29.引文见 p.112.

② 此处"陈词滥调"原文为 clichés,系法语词。——译注

慈的优秀品质。今夜我听了那些伟大唱歌家的名字,我必须承认,我觉得今天我的生活世界已没有过去那样广阔。(第561—562页)

此处加布里埃尔把他所处的时代——我们可以成之为当代——看作是"苦思冥想的"和"没有过去那样广阔"时代,这一事实再次强调了该小说叙事话语中的"往事"之维。我们之所以发觉此次演说很重要并比较新颖(相对于我们所确信的加布里埃尔过去的演说而言),原因之一是他重复并扩展了文本前面某个段落:印成斜体字的句子(第549页),在那里,第三人称叙述者全知全能地报告了加布里埃尔对于他在演讲中可能用上的语句的思考。此处我们看到某种倒叙因素,我们发现其中还有两句是由艾弗斯小姐所激发的。这透露了反讽的一面,因为加布里埃尔的话所特别面向的听者已经离开宴会了。这一反讽减轻了叙述者在引文中看似对加布里埃尔所持有的同情态度的效果。

加布里埃尔的演说,融入了叙事序列(并标志着序列的一个重要阶段),在这个意义上,演说也是一个叙事。但它没有建立任何相当于例如《堂吉诃德》的次故事层(hypodiegetic)因素那样的自足的叙事。若采用热奈特的术语,我们可以说这里的叙事是场景式的,叙述时间和被叙述时间基本一致。(对一个电影导演而言,在把小说转换为电影的过程中,这样的一致避免了他或她在面对别的叙事方式时需进行的困难选择。在表现《死者》中加布里埃尔的演说的过程中,休斯顿几乎把乔伊斯的文本直接作了银幕表演。)和关于梅勒雷山上的僧侣部分的表现用的方法相似,此处戏剧式的一面是由第三人称叙述者对他所报告的事实绝少加以评论而得以强调的。少数的议论也只是冷静地提供信息,且仅限于对演说表演和听众的反应作简短的评述。

然而有一处例外,就是演说的刚开始。这一叙事变化超出了场景式的表现。它来得如此之早,这一事实意味着它并不使自己成为重要的叙述变化,除非再读一遍。加布里埃尔已经站起来,桌面的谈话归于沉寂:

> 加布里埃尔把十只颤抖的手指按在桌布上对大家紧张不安地笑了笑……也许外面大雪纷飞的码头上还有人伫立着凝望这里灯火辉煌的高处,聆听着这圆舞曲的乐声,那里的空气是清新纯净的。远处的公园里,沉甸甸的雪把树枝压弯了,惠灵顿纪念碑戴着璀璨的白雪冠冕。雪花飘飘飞向西,掠过方圆白皑皑的十五英亩。(第560页)

尽管此处的叙事话语在某种程度上也具有报告的性质,但这些句子在表现演说的序列里仍然十分扎眼。这一区别构成了乔伊斯结合不同叙事技巧而达成的一种重要变化。我们能注意到第三人称叙述中自由间接引语的因素。从第一句开始,视角就贴近加布里埃尔,而下一句中"也许"一词的运用,促进了叙事朝向自由间接话语的运动。然而最后那两句又如何呢?这里视角所系更模糊一些:在一定程度上这看上去是自由间接思想,与此同时话语再次变得较为中立报道式。叙述在这里仿佛做了一个月牙形的运动。开始是冷静观察,尽管有些微的流露——述及加布里埃尔手指颤抖、紧张不安地对着大家笑笑。然后叙述调整到加布里埃尔的视角,而这仅仅是为了到最后再次拉开它自身与主人公的距离。在我看来应该强调指出,尤其是在终点处包含了某种解释的因素。之所以说叙述者越到引文末尾越拉开了和加布里埃尔的距离,那主要是基于两方面原因。首先,最后两个句子看似权威地肯定,这越来越难以与加布里埃尔那更受限的视角达成一致——因为他只紧张地把眼光盯向餐会。但更重要的是,"雪"这个词又一次显露出来:我们先是读到雪把树枝压弯,然后是惠灵顿纪念碑被"飘飘飞向西,掠过方圆白皑皑的十五英亩"的雪覆盖。这里我们看到的,不仅是加布里埃尔演说的开启,还有一个预叙手法,一个向第三部分及小说结尾的过渡之开始。根据我对《死者》的阅读,这个句子与第三部分的联系,比它与第二部分结尾的联系更为紧密。孤立地看,晚宴以社会和谐(以及加布里埃尔作为演说者的成功)为标志,但这个句子对这点打了折扣。该句通过预叙地和第三部分结下联系,强化了由文中省略号所叙述性地标志出的那种对比和急剧转换。

III

小说结尾部分的前四个字是"刺骨的晨风"(第564页)①。都柏林的风夹着雪,寒冷而猛烈;在刚才讨论过的那一段里说过"雪花飘飘飞向西"。在这最后一部分中《死者》也作出一个"向西"的转折,如果不是在现实行动的层面上,那么至少在隐喻意义上如此。加布里埃尔和格里塔在都柏林的旅馆里度过了宴会后的一夜,这一点并无多大的实际助益。因为他们都卷入了一次"动身西去",这是叙述者在结尾段中让加布里埃尔设想的。然而他们不是像第二部分中艾弗斯小姐邀请他们一起到爱尔兰西海岸的阿伦岛那样的"一起西行",而是各走各的。加布里埃尔回绝艾弗斯的邀请,考虑到格里塔强烈盼望阿伦岛之行这一回绝非同小可。此处,正是她的热心,伴以失望——因为加布里埃尔甚至没有征求一下她的意愿就回绝了邀请,构成了对于第三部分来说最重要的因素。

---

① "刺骨的晨风"所对应的英文原文为 the piercing morning air,共四个单词。——译注

从第二部分到第三部分的急剧转换预示着情节采取的戏剧式过程。最后这一部分中叙事以一种加强化和复杂化的方式进一步依赖于前文已经介绍过的诸手段,但这并不意味着第三部分里没有叙事变化。有充分理由认为,这些变化聚焦于加布里埃尔与格里塔的关系上,并围绕沃尔泽尔所称的加布里埃尔的"自我评价的危机"来运作。

了解第一种变化的一条可能路径,就是回到第二部分加布里埃尔演说一开始处叙述者所发的关键议论。加布里埃尔为什么对演说如此紧张、为什么他手指颤抖?是否因为他本能地感觉到此次宴会和先前那些不一样,即使表面上一切都完全同于以往?后一问题表明了强调"重复"概念的一种解释方向,在本章结论中我还将回到这一问题上。我们注意到,尽管第三人称叙述者无所不知,他还是没有就加布里埃尔何以如此紧张给出直接的答案。这间接地把他的紧张更密切地与结尾部分关联起来,尤其是和戏剧化的表现他和格里塔之间含糊关系的那一节关联起来。

第三部分中第三人称叙述者的功能之一就是把格里塔从次要人物"提升"为加布里埃尔之后的第二主人公。"格里塔还没有下来吗?"(第565页)加布里埃尔的这一问,也许潜隐着紧张不安;从此处的发问一直到"她沉入了梦乡"(第568页)这一陈述,画出一条轨迹。她的沉入梦乡,强化了她和加布里埃尔的疏远化过程。这一过程的转折点在第三部分早些时候就出现了:

> 加布里埃尔没有随大家到门口送客。他站在门厅里暗处,顺着楼梯向上瞅。一个女人站在靠近第一段楼梯顶部的地方,也隐在黑影里。他看不见她的脸,却看得见她的裙子。裙子上赤褐色和鲑肉色的布块,在阴影里看起来是黑色和白色的。这个女人是他的妻子。(第568页)

使该段无论叙事上还是主题上都很重要的,是对格里塔作为"女人"——陌生人、另一个、不认识者的陈述。在引文中的"女人"和"妻子"两个词之间有一种怪异的对立。后者透露了加布里埃尔最终认出女人是格里塔,它肯定式地作用于加布里埃尔,并强化了两人的夫妻关系。然而,重读之下,"女人"就变成最语意深长的词。它指示出布里埃尔和格里塔之间正在扩大的距离和裂痕。"这个女人是他的妻子"就承载了附加意义:加布里埃尔看到的是他的妻子,但他没看见她已经远离了自己,远得超过了空间距离。多么大的讽刺性!第一眼印象"一个女人"远比后面的印象准确;辨认出的只不过是个幻影。

本段对加布里埃尔的表现融合了叙事共鸣和叙事距离。在洞见上的

"距离"最为显著。因为叙述者在此呈现两人关系的方式指向了结局,叙述者和知悉小说结局的读者间建立起了一种"理解的契约"。如果我们引入穆艾克的概念——反讽是一个"二层楼现象"(two-storey phenomenon),反讽对象可谓处于"底层楼"(downstairs)[①],那应该说加布里埃尔除了物理意义上的"在门厅里暗处"外,从象征意义上也同样"在暗处";他不清楚将要发生什么,即便已经隐约感觉到。

然而,如果叙述者如此清晰地标记出与加布里埃尔的距离,这是否就不会削弱叙述者的共鸣呢?不完全如此。原因有两方面。在第一处加布里埃尔尚不知自己将面临什么,实质上就唤起了某种程度的共鸣。这一叙事共鸣多多少少都是由第二个原因引起的,那就是《死者》的反讽所具有的出奇的不稳定性和"渗透"性。如果说相对简单的反讽形式是以反讽者和反讽对象之间(在视野、知识或态度上)的不同为前提的,那么在此处,双方情况——两个层次上的情况都可以说是变得特别地不稳定,这一事实造成反讽的复杂化。这种距离和反讽的不稳定化直接进入读者的文本理解中。这样叙事技巧就让我们调整阅读方式,也许特别是调整我们对加布里埃尔的评价。这并不意味着作为读者我们都将以同样方式去评价加布里埃尔——有些人从乔伊斯对他的描绘中没发现多少赎罪因素。但这一部分叙述使加布里埃尔成为更加复杂的人物。

电影版在这一点上与文学文本有重大不同。在对应于该段的改编中,视角(也就是摄影机)定位于加布里埃尔的角度。至此它具有和文本的高度一致,因为在前两句的第三人称叙述者看到加布里埃尔在大厅暗处之后,"女人"一词表明目前的视角限于加布里埃尔。在解释语境中这种视角限制与加布里埃尔对妻子的知之甚少密切相关;但乔伊斯在此也间接地勾勒出弥漫于整个《都柏林人》的另一主题变体——孤独。由于在电影中摄影机一下子就辨别出这个女人是格里塔,所以电影似乎是误解了原著的意思——巨大的解释潜能——在乔伊斯原著中那是和"女人"与"妻子"的距离相关联的。我不想由此就说电影版"不好"。两种媒介对我们来说区别太大,不能草率得出这种结论。在注意到乔伊斯在这一段中的第三人称叙事多么有效及多么有主题能产性——首先是通过两个词("女人"和"妻子")的并列和通过视角的变化——之后,我们就要问休斯顿如何用电影手段达到同样效果。一种可能性就是用画外音补充相关镜头片断,那将会缩小小说和电影在这一点上的差别。但这样的画外音不能消灭差别,而且势必会截然切断与电影迄今为止的叙事之间的关系。休斯顿一直到最后才动用叙述者的画

---

① D. C. Muecke (1969), *The Compass of Irony*, London: Methuen. P.19.

她的姿态优雅,宛若某种神秘的象征(詹姆斯·乔伊斯《死者》,568页)。
定位于大厅内、贴近加布里埃尔视角的摄影机,聚焦在格里塔(安杰丽卡·休斯顿饰)身上,她正在聆听达西先生演唱那首迈克尔以前常唱的《奥格利姆的少女》。

外音,这是正确的。

休斯顿真正所做的是利用与摄影机相联系的解释潜能。莱斯利·布瑞尔(Lesley Brill)注意到,在乔伊斯小说里加布里埃尔是第三人称叙述者注意力的主要焦点,而在电影里他也是"休斯顿的摄影机的最频繁的目标",他常常确立摄影机的角度"并偶尔作为主观镜头的出发点"①。在这一场中,紧贴加布里埃尔视角的摄影机,以罕有的客观性与主观性相结合的方式,始终固定地聚焦于格里塔身上。在其立刻辨认出女人是格里塔的意义上,影片呈现是客观的。这种电影客观性在很大程度上是传统的:套用西摩·查特曼论意大利导演米开朗基罗·安东尼奥尼(Michelangelo Antonioni)的一本书的题目来说,电影总是聚焦于"世界的表面",它把明星(安杰丽卡·休斯顿(Anjelica Huston)显然就是这样一位)暴露在亮处。但当格里塔被塑造成圣母时,摄影机又是"主观"的。人物的注视角度是向上的——加布里埃尔仰视格里塔,后者也是仰视的。这种以格里塔(该片断中的主要人物)为中介的仰视运动,带着宗教的和维多利亚时代的含义,也许具有一种与其相应的文学段落形成对比的解释潜能。

刚刚分析过的一段显示了加布里埃尔在第三部分中的发展方向:每次他相信自己居于上位(特别是相对于格里塔而言),新的错乱就出现了,最后都引起他自我评价的危机。这一过程占用了加布里埃尔这么长时间,这对故事的结局而言也许是决定性的。有好几次当加布里埃尔相信自己理解了格里塔的感觉,叙述者都透露他的直觉只是虚幻形式的理解,那事实上标志着正在扩大的距离。例如,我们读到加布里埃尔看到格里塔"脸上泛着红潮,眼睛放着晶莹的光",他感觉"喜悦像潮水一样从他心底涌上来"(第570页)。这里,第三人称叙述者权威地报道了主人公的感觉——他对娶到格里

---

① Lesley Brill (1997), *John Huston's Filmmaking*, Cambridge: Cambridge University Press, p.222.

第六章
詹姆斯·乔伊斯的《死者》和约翰·休斯顿的《死者》

塔的幸福感,以及他对他们将在旅馆里度过的一夜所抱的期待。但更有意思的还是句子中的距离化、反讽的流露及预叙的因素。由于加布里埃尔不知道格里塔的眼睛是因迈克尔·富里而闪光,是达西先生的歌声唤起了她对他的记忆。这样,通过一个陌生的"女人"之外,又间接地指涉了一个陌生男人,文本暗示出加布里埃尔只拥有一个部分地认出的格里塔。

晚会本身结束于客人们彼此间多至13次的互道"晚安",这显示了重复运用中的跨度——从单个词的重复到复杂的主题模式的重复。但如果说从"晚安"到加布里埃尔在旅馆体验到的那种重复之间相距甚远,那么把各种不同的重复概念相互联系起来,这正是乔伊斯的叙事技巧的特征。对"晚安"的所有重复使得离别带有某种怪异的诀别性。当我们重读小说,我们会把这离别同文本最末尾处加布里埃尔的思想联系起来:他再一次来到姨妈们的家,那场合一定将是一次死亡。"晚安"声中最重要的互文性重复支持此种阅读。奥菲利娅在疯癫和溺死之前说的最后的话就是"晚安,太太们;晚安,可爱的小姐们;晚安,晚安!"①

以此种方式解散了宴会,所有的"晚安"祝福也就进一步地标志着加布里埃尔和格里塔此刻希望独处这一事实。即便这种愿望,也负载着某种反讽因素:它们实现了一个向后续段落的转换,这些段落的叙述传达了加布里埃尔对格里塔的感情,同时也透露他二人互相远离对方。这并不暗示着加布里埃尔在第三部分中被表现得特别幼稚。尽管此处他看起来也是自我中心的,但对他的描述在一定程度上仍是共鸣的。而如果我们追问这共鸣的原因,答案将马上触及与下列事实有关的一些因素:叙述者拉开其自身与加布里埃尔的距离。乔伊斯又一次以矛盾而有效的方式结合了不同的叙事手法。例如,叙述者提及加布里埃尔关于自己与格里塔"秘密生活"的记忆。这一提及具有双重性;它通过重复得以强调。首先我们读到"他俩秘密生活的一幕幕图景在他的脑海里浮现出来"(第572页),而到下一段又读到"他们结婚生活的一幕幕美妙图景,那些以前没有人知道,以后也没有人会知道的瞬间,好像星星的柔和的火花一样迸现出来,照亮了他的心田"(第572页)。如果说该提及准确地描述了加布里埃尔的记忆,那它也就同样准确地描述了格里塔关于迈克尔·富里的记忆。一个死去的侵入者的存在表明他们并不孤单。但迈克尔·富里的侵入增加了他们的孤独感,通过唤起格里塔之彻底背离加布里埃尔的记忆,而将二人相互隔离开来。

当加布里埃尔企图接近格里塔而遭到意外的阻力,自由间接思想传达了他的一些失落感:"她为什么一副心不在焉的样子?……要是她主动地向

---

① 《哈姆雷特》第四幕第五场,中译采朱生豪译本,见《外国剧作选》,上海文艺出版社1980年版,第317页。——译注

他说话,挨近他,那就好了!"(第576页)当他最后找到机会问她在想什么,她联系到《奥格利姆的少女》解释了自己的心思,这使二人的关系一下子陷入危机。危机的渐进过程使其具有了与《死者》的结局相关联的"高潮"的性质。结合伯克对小说不同阶段的划分,我们可以把三部分中的中间部分——加布里埃尔与格里塔的危机凸显的那部分,分为四节。

首先,当格里塔说她在想达西先生唱的那首歌时,加布里埃尔的反应是"惊讶"。然后当格里塔由歌曲而联系到"我在高尔韦的时候认识的一个人"时,他涌上一股"怒气"——一种对于他不认识、但疑心是给格里塔留下深刻印象的某个人的初起的妒忌。当格里塔在四部分信息链条中的第三部分中说迈克尔已经死去,这种妒忌转化为"羞耻感"。而第四部分、也是最后一条信息,意外地、戏剧性地把陌生人迈克尔的早夭和格里塔关联起来,这给予加布里埃尔以最强烈的印象。

> "我想,他是为我而死的。"她回答道。
> 加布里埃尔听到这个回答,隐隐感到一阵无名的恐怖。就在他踌躇满志,一帆风顺的时刻,某个难以捉摸的冤魂却在冥冥中和他作对,积蓄力量,想加害于他。(第579页)

随后的迈克尔的故事,使我们想起一个插入的次故事层叙述,格里塔在其中担任十分忠实的第一人称叙述者。在《死者》的叙事结构中,这个故事是对于加布里埃尔和格里塔之间戏剧性的、简约剪裁的对话的一个补充。他们的对话比关于迈克尔的补充性故事重要,是伯克所谓的乔伊斯的"柏拉图式对话的叙事等价物"①之佳例:加布里埃尔必须认识到他为接近格里塔所迈出的每一步——包括他对关于迈克尔的消息的反应——实际上助成了反方向的、隔阂化的运动。对格里塔的讲述,他尝试过宽宏理解,也尝试过冷嘲热讽,但都失败了。在这段对话中我们注意到精确叙事的一个范例,就是在描述加布里埃尔的第二种反应时,往前联系到了小说第二部分中关于艾弗斯小姐的那个插曲:"'你想和艾弗斯一齐到高尔韦去,敢情是这么回事啊。'他冷冷地说。"(第578页)我们记起,乔伊斯正是用了这样一种隔阂标记性的副词来说明加布里埃尔对于艾弗斯邀请的拒绝态度:"'你喜欢去,就自个儿去吧。'加布里埃尔冷冷地说。"(第548页)此处格里塔的反应强化了叙述者运用的副词,而这一反应同样也与第三部分中她与加布里埃尔的对话有相关性。

在加布里埃尔"无名的恐怖"这一感觉被格里塔讲给他的关于迈克尔的

---

① Kenneth Burke,(1975), "Stages" in "The Dead' ', in Robert Scholes and A. Walton Litz (eds.), *Dubliners: Text, Criticism, and Notes*, New York: Viking, 410-16.引文见p.413.

故事强化之后,在小说结尾片断中它又因一种强烈的、顿悟一般的关于认命、落寞和自我认识的体验而缓和下来。该片断以"她沉入了梦乡"(第581页)这样的正面陈述开头,第三人称叙述聚焦于加布里埃尔。叙述集中而富于暗示,它为阐释加布里埃尔、阐释他和格里塔的关系、阐释《死者》以及阐释《都柏林人》都提供了材料。由于对该片断的分析本身就需要单独的一章,这里我只能针对少数中心问题展开评论。

前面我们曾追问:在第二部分中加布里埃尔何以对自己将要发表的演说那么紧张。结尾段的全知叙述话语提供了些许答案:他是一个比其看上去的更为脆弱和易崩溃的人。同时,不允许把自己脆弱的一面示人也是加布里埃尔的特征。因此十分残酷的是第三人称叙述者看透了他的心思,就像在下面这个为加布里埃尔关于雪的终结幻象奠定基础的中心段一样:

> 他想着想着不由热泪盈眶。他自己从来没有对任何女人怀有那样的感情。但是他知道这样深的感情无疑是爱。他眼眶里的泪积得更多了。他恍惚看见一个年轻人的形影站在一株湿淋淋的树下,近旁还有其他形影。他的灵魂已经临近死者云集的区域。他意识到,却无法理解他们游移不定、忽隐忽现的存在状态。(第582页)

正如弗罗伦斯·沃尔泽尔所说的,"加布里埃尔突然领悟他从未体验这样的一种爱;与此相伴随的,是他发现自己从未生活于存在的深处"①。这个解释连同下面的观点都颇具道理:"因此他对于妻子来说,就比她青春的阴魂——迈克尔·富里缺乏些真实性。"悖论在于,小说最戏剧性的对抗可以说是发生在文本的终点:不仅呈示于思想(加布里埃尔的想象)中,而且是与死人的较量。更进一步的悖论则在于,在这想象的较量中迈克尔居然显得比加布里埃尔更强健、更富有青春的活力。后一悖论带有反讽的成分,但我们能够从这文本后段叙述者和加布里埃尔的关系中看到多少反讽,那就因读者而宜了。在我读来,叙述者与加布里埃尔的有标记的距离显然含有反讽的态度,但(借用佩考拉的分析)经过加布里埃尔所体验的幻灭性质的自我认知过程,反讽得以缓和。

小说在最后环节的叙事组织与雪及死亡的象征密切相关,而且也和好几对对照密切相关,例如明—暗、暖—冷、东—西。加布里埃尔(Gabriel)和迈克尔(Michael)的命名也大有深意;不管是通过实际名字的联想,还是通过第三人称叙述者附加给他们每一个的特质,命名都具有性格塑造的功

---

① Florence L Walzl (1975), 'Gabriel and Michael: The Conclusion of "The Dead", in Robert Scholes and A. Walton Litz (eds.), *Dubliners: Text, Criticism, and Notes*, New York: Viking, 423-44.引文见 p.436.

能。无论在犹太教还是基督教的神学传统中,四大天使——米迦勒(Michael)、加百利(Gabriel)、拉斐尔(Raphael)和乌里叶(Uriel)①——对应于四大原素、四个季节和四个风向。米迦勒象征性地代表水,它被称作"白雪王子",并和白银有关;加百利代表火,被称作"烈火王子",并和黄金有关(参见《犹太百科全书》xi.1491);二者之间另一个对比是,米迦勒作为天使长,位阶高于作为天使的加百利,而我们还可以补充的第三个对比是,在《新约》传统中米迦勒原是与末日审判之日相联系,而加百利则与耶稣诞生的宣告相联系。除圣经而外,此处最明显地暗指的文本是但丁的《神曲》。"死者云集的区域"实际是但丁的世界的同义语,而乔伊斯的光—暗、火—冷对比也似乎是受到《神曲》的启示。这特别适宜于诗篇的第一部分《地狱篇》,当然《天堂篇》里与白色有关的强光与《死者》中对该种颜色意蕴丰富地运用也构成互文关系。说白色意蕴丰富,并不是把它与某一含义联系起来;恰恰相反,它以语意模糊为特征。通过对话和第三人称议论的巧妙结合,白色就和清白,和爱及紧张感,和雪,和死及死者,和加布里埃尔的"动身西去"都发生了联系。

我们指出的几个性质对比对于《死者》来说颇为有趣,因为叙述话语的设计使它们中的好几个都稳定地得以实现。例如,迈克尔·富里就和寒冷相关,有时联系到雨,有时联系到雪。这一结论也可用于加布里埃尔在旅馆中想象的与迈克尔之间的较量,这较量终结于后面一段开头的"玻璃上的几声轻叩使他朝窗户看去"(第582页)。当"轻叩"二字被联结到下一句中的雪,读者就已经由其联想到迈克尔向格里塔的窗子抛来的沙粒。因此叙述把加布里埃尔和迈克尔的对抗拉到小说最后一段之中。

乔伊斯报道性叙述与议论的结合方式,导致结构上的"东—西"对比在主题上也具有了能产性。此处我们再次面对一个具有模糊性特征并为不同阐释提供基础的主题开放过程。在故事层上,存在一个东部的主要情节(都柏林的圣诞晚宴)和有着阿伦岛和香农海波涛的西爱尔兰之间的对比。在该层次上,东部与都市气派(或较少乡下气息)相关,而西部更与天然淳朴相关——当然,这受到加布里埃尔在结局中对死亡和墓地的想象的限制。但正如这一分析所显示的,这个对比显得简单化,而且部分地错误——除了别的原因,还由于第三人称叙事不仅传达着、而且质疑着与东方相关的"积极"价值。乔伊斯通过另一个"东—西"对比(对前一个"东—西"对比既补充又解构)而发展了这种质疑性的叙事。这后一个"东—西"对比和通过对话及

---

① 四大天使名字汉译从俗。其中加百利负责传达启示并进行解释,米迦勒负责在天上监视和记录人们的行为。乔伊斯《死者》中加布里埃尔和迈克尔的名字,分别与四大天使中的加百利、米迦勒名字同形。——译注

第三人称议论进行的性格塑造有密切关系,它把东方确认为古老、陈腐而麻痹,而西方蓬勃有力。这两对对比之间的关系并不固定,但后一对也未曾彻底取代前者。无论如何,对这两对对比(及其相互关系)的评价和我们如何解释加布里埃尔的终结性想象密切相关。

在乔伊斯研究中,这一想象,就像它在《死者》末段中被叙事性设置的那样,通常被称为"顿悟"(epiphany)。这个词来自希腊语,一般用于诸神的现身、显身。特别地,在古希腊戏剧中它可以指在神灵现身舞台解决了矛盾时出现的高潮。乔伊斯以某种特殊但与此相关的方式运用此概念:对他来说,它指的是事件或人物现出其真正的特征或本质的那些情境。把加布里埃尔的终结性想象作为"顿悟"来评价,未必需要将结尾片断看作为总体主题奠定基础的合成运动。同时,这个"顿悟"也过于复杂、过于多元了。除了别的原因,还由于它建立在同时超出我们讨论过的两个"东—西"对比的运动之基础上,又与前面已经作为重点加以确立的内容结构与象征(特别是雪)相关。

对《死者》最终结局处加布里埃尔的"顿悟"的阐释,很快变成对于整体文本的阐释方向的决定性因素——无论我们用"文本"指代该短篇小说自身还是指代《都柏林人》这个小说集。许多人相信"顿悟"透露了加布里埃尔的新的洞见,它反映了对第三部分特别表现出的痛苦的成熟过程的终点。与此相反,另一些人(如佩考拉)则主张,一旦我们企图确定加布里埃尔究竟看透了什么,他的"顿悟"的实质就变得成问题了,也许甚至被取消。我个人的观点是,加布里埃尔无疑经过了成熟的过程,但这种成熟由于文中明显的幻灭与认命的因素而打折扣。

如果对于我们在分析中一直运用的"重复"概念作进一步考察,将会给上述观点以支持。在第三章我们曾谈到,重复的一个区别性特征就是叙述和主题功能的融合。就《死者》来说,这一理论要点和下面的问题相关:不同形式的重复怎样既促成加布里埃尔所经历的关键而又多义的过程的建立,又塑成这一过程的特点。埃莲娜·西克苏(Hélène Cixous)指出"乔伊斯的作品被一个采取探索、学徒和旅程形式的'主体等待其自身'过程所穿越。在所有相关文学类型中,自我的来临找到了自己的位置并被显现……永远没有明确出路,也没有结论"[①]。这一观点尤其适合于早期的乔伊斯。西克苏说明乔伊斯对她所称的"主体身份的丧失"的叙事表现在很大程度上建立于重复的基础上。她的主要例子是《死者》所在的小说集《都柏林人》中的第一

---

① Hélène Cixous(1984), 'Joyce: The (r)use of Writing', in Derek Attridge and Daniel Ferrer (eds.), *Post-structuralist Joyce*, Cambridge: Cambridge University Press, 15-30.引文见 p.15-16.

篇——《姐妹们》。在《姐妹们》中,乔伊斯甚至在第一句就用了第一人称叙述者来造成重复:"这一次他是没有希望了:这是第三次中风。"①西克苏相信在此我们看到的是"首语重复,即开篇第一句的重复信号:这是一种连续、卷绕、关闭的同性质的重复……取代了发展"②。

在《死者》中也是在较早阶段就引入了重复。第二段开头有一个较简单的例子:"两位莫坎小姐每年举行的舞会,照例是一件大事"(第531页);第三人称叙述者重复"雪"这个单词,这一叙述行为也帮助使雪变为象征物。与此运动相对应的是"雪"这个词通过主题上拓展内涵,而变得语义丰富。这在末尾段最为明显,那里的每一句都提及雪——加布里埃尔看到正在下雪——但只有这句没提到:"到时候了,他该动身西去了"。而实际上,当我们继续读下去就会看到,"西去"这一关键词同样把雪同下面这句紧密地联结在一起:

> 是的,报纸上讲得对。爱尔兰全境降雪。雪花正降落在黑暗的中央平原的每一块地方,降落在童山濯濯的群岭之上,轻轻降落在阿伦沼泽地上,再往西一点,轻轻降落在怒涛汹涌的黑暗的香农海上。雪花也降落在迈克尔·富里长眠的那个孤寂的山间墓地的每个角落。(第582页)

如果说对雪的频频指涉把叙述调整到了加布里埃尔的视角,我们就可以把另一种重复概念和加布里埃尔的餐会演说联系起来。这里我们可以引入希利斯·米勒对两种形式的重复所作的区分。正如在布里克森的《芭贝特的盛宴》中那样,餐会是文本的"核心"事件。它与不同的"催化"(比如艾弗斯小姐向加布里埃尔提出的有挑衅性的问题)相联结,它既是终结点,也是新的发展之基础。作为终结点,餐会与米勒的第一种重复相关:它跻身于该类周期性聚餐的系列中,融入久远传统的整体,有着现成的模式,在此模式中加布里埃尔的演说有其固定的席位和谐调的功能。

此次餐会仍然打破了现成、平稳的模式,其首要的文本信号之一是加布里埃尔在演讲前表现出的意外紧张。的确,随着情节进展,他有理由紧张。饭桌交谈促成达西先生唱《奥格利姆的少女》这一事实,它对于主人公有着戏剧性后果。一次表面上与过去那些完全相像的聚会和餐后演说,变得根本不同了。通过显示一个失衡的、幻想的世界,开启了通往第二种重复之

---

① 中译采徐晓雯译本,见《都柏林人 一个青年艺术家的肖像》,译林出版社2003年版,第3页。——译注

② Hélène Cixous(1984), 'Joyce: The (r)use of Writing', in Derek Attridge and Daniel Ferrer (eds.), *Post-structuralist Joyce*, Cambridge: Cambridge University Press, 15-30.引文见 p.23.

路,在这个世界里,格里塔——加布里埃尔本应最了解的人却显得像个陌生人,而一个不认识的死人似乎在假想的较量中占了上风。不过说《死者》明确地把从第一种重复到第二种重复的运动加以戏剧化,这样的结论未免过分简单化了。因为加布里埃尔的"顿悟"也限制了第二种重复。进一步说,即使我们不把结局读作和解,也仍然存在这样一个悖论:被文本联系到打破平衡的、险恶的迈克尔·富里的那些性质,显示了第一种重复的特点,远远超出显示第二种重复的特点。《死者》的叙述技巧创造了开启不同阐释思路的主题模糊性。但此外它也提供了阐释的必要基础;也提供了我们据以评价各种阐释的参照点。

IV

以上关于约翰·休斯顿对《死者》的电影改编的探讨,暗示着我对它持肯定态度。这种判断还有待于更好地证明,电影中迄今尚未触及的一些重要方面也有待于作出评论。第四章曾提到,在把一部散文文本改编成银幕版时,作为一个规律,除了与从文学媒介到视觉媒介之转换相关的一些改变之外,还需要在原著的文本诸因素中作出一系列选择,因为远非所有的因素都能进入电影。这个原本简单的事实——斯图亚特·麦克道格拉在《电影制作》中称为"缩略"(contraction)[①]——在很大程度上由媒介的不同所决定;它常导致对电影的文不对题的批评,即批评电影没能包括这种或那种作为其基础和来源的原著中的文本因素。

但是,被视为电影之基础的不同文本之间也有区别。显然,由于《死者》是个短篇而不是长篇小说,相对于像《尤利西斯》这样的文本而言,导演可以把《死者》话语中更多的部分"转换"到银幕。另一方面,短篇文本可能更具主题复杂性,因为"话语"不仅指涉动作,还包括叙述议论、形象描绘等其他文学手段。谈及乔伊斯,我们可以肯定地说,要改编他的文本极为困难;即使导演选择尝试相对"直接"地把文学文本改编为电影文本,困难也丝毫不会减少。而休斯顿例外地成功做到的,恰恰就是这一点。的确,通常人们对一部电影改编之评判各有不同;它依赖于(比如)其人对"媒介转换"问题所持的态度。但对休斯顿改编的《死者》不少人加以肯定的主要原因还在于它对文学原著的悉心尊重。当然这种尊重可以表现为不同的方式——我并不是说,例如弗朗西斯·福特·科波拉对约瑟夫·康拉德就没有休斯顿对乔伊斯

[①] Stuart Y. McDougal (1985), *Made into Movies: From Literature to Film*, New York: Holt, Rinehart, and Winston, p.4.

那么的尊重。电影《死者》和《现代启示录》就是改编所能采用的极为不同的形式之范例。科波拉受到康拉德的有力启发并有选择地从《黑暗的心》中吸收叙述和主题因素,而对休斯顿来说这种尊重的最明显迹象也许在于他所未做的事情:电影情节和乔伊斯小说的情节如此相像,文学文本的一些部分就像是电影剧本。虽说如此,休斯顿的《死者》自身就是一部艺术作品。关注休斯顿对乔伊斯的尊重,当然并不表明电影的效果(及意义)完全等同于文学文本。

因为休斯顿选择了几乎不增添什么,所以其仅有的少数增添就显得更为有趣。我将论述最重要的两个,它们都融入了主要部分,尽管它们显示的是文字虚构和电影虚构间关系的不同侧面。小说的三分式情节结构也可用于划分电影。第一部分严格遵循了小说文本,而第二部分中最重要的(实际上是唯一重要的)增添与一个新人物的引入有关。他名叫格瑞斯,是加布里埃尔的一个老同事。格瑞斯先生以部分取代小说中布朗的话语的方式参与了餐桌谈话,但其最重要的作用是朗诵了一首诗。这首诗是小说中没有的,被置于玛丽·简的钢琴演奏与加布里埃尔和艾弗斯小姐的谈话之间。这是一首关于"违背了的誓言"的诗,格瑞斯先生为它的严肃性致歉。如果书写下来,诗的最后八行如下:

> 你把我东面的一切带去,
> 你把我西面的一切带去。
> 你带走我前面的所有,
> 你带走我后面的所有。
> 你带走我的月亮,
> 也带走了太阳。
> 你把上帝从我身边带去,
> 留给我深深的恐惧!

在诗的诸多因素中有梦与渴望,但表达最强烈的还是幻灭、失意以及对于说话者提及的那个人的指责。格瑞斯先生解释说该诗由格雷戈里夫人从爱尔兰语(盖尔语)译出,据说是来自爱尔兰诗歌传统的佚名诗。格雷戈里夫人(Lady Gregory,1852—1932)生于高尔韦,是爱尔兰文学复兴的中心人物;对凯尔特族神话的兴趣引导她去学习盖尔语并从事手稿研究。

电影中这首诗与加布里埃尔和格里塔将面临的那一冲突有关,但当时他们二人都还没有为冲突作准备。这一预叙功能通过关于歌曲的三处议论明显发挥出来。这三处议论的变化颇为有趣。第一次反应是一位女宾大喊"想想和他们那样相爱!"——它朝前指向格里塔和迈克尔的热烈相爱的关

第六章

詹姆斯·乔伊斯的《死者》和约翰·休斯顿的《死者》

加布里埃尔在演说之前为什么如此紧张？

唐纳·麦克盖恩在约翰·休斯顿的《死者》中饰演的加布里埃尔。

女士们，先生们，我们欢聚在这好客之家的餐桌上并非第一次……

（詹姆斯·乔伊斯的《死者》，第560页）

在约翰·休斯顿的《死者》中，加布里埃尔（麦克盖恩饰）发表宴会演说。

系。然后我们听到达西的议论，"这本可以是一首动听的歌的歌词"，这就把该诗和歌曲《奥格利姆的少女》联系起来，他随后唱了这首歌，上文已讨论过。最后一次议论与前两次的不同，更具有独特的电影特点：当听众对格瑞斯先生的诗朗诵报之以掌声，摄影机聚焦到格里塔的面部，她看上去不可思议的狼狈而烦乱。改编引导我们在格里塔对诗歌的反应与她对《奥格利姆的少女》的反应之间作对比。所有这些议论都召唤阐释也都是不同的预叙，但都是以一种和文学原著相一致的方式进行。诗中是谁在说话？最明显的选择是说话人指格里塔而"你"指加布里埃尔，但另外一种联系也是可能的——例如，迈克尔在向格里塔说话，或者她向迈克尔说。我不是说后一种可能性很大，但两个说话人身份的缺失的确使观众进行推测。于是，休斯顿在允许自己所作的增添之一里，保留了某些标志着乔伊斯小说之主题模糊性特征的东西。

最后那个片断的改编使导演面临巨大挑战，特别是在以电影方式传达加布里埃尔的"顿悟"的时候。休斯顿的企图由唐纳·麦克盖恩（Donal McGann）和扮演格里塔的安杰丽卡·休斯顿（Anjelica Huston）的表演来实现。不过在叙事语境中最有意思的，还是休斯顿借以传达加布里埃尔思想的方式。乔伊斯在这里让导演休斯顿面临一个可以简单概括但绝不能简单解决的问题：如何以电影方式展示和传达关于存在主义危机的强烈体验和浓缩于加布里埃尔的"顿悟"中的新洞见。因为即便电影能够把形象和语言（视觉因素，即摄影机不动声色地显示的，以及听觉因素，即麦克风精确记录下来的）结合成为有效的叙述，它也没有与第三人称叙述者对人物思想、感情的精微表现完全一致的手段。

休斯顿的解决之道，也许是他能够作出的最佳选择。他没让加布里埃尔说话，那样会显得做作而不真实，一是因为"顿悟"的性质，二是因为场合——格里塔就睡在同一房间；他的做法是代之以插入一段话外音，公正准确地传达出小说中第三人称叙述者所传达的同样的思想。没有这样一个声音的话，就很难看到改编版的结尾能成功表达。但这里声音运用的方式揭示了文字虚构与电影虚构的一个重要区别。尽管摄影机显示加布里埃尔没有说话，他的声音在电影里听上去却是他个人的，这标志着对小说中第三人称叙述的背离。距离化和模糊性的那些重要因素在乔伊斯文本中是和第三人称叙述（伴随其以人物为中心的调节）联系在一起的，而休斯顿主要通过运用摄影机的方法保留了这些因素。在1982年的一次访谈中休斯顿说"摄影机所做的事也就是眼睛所做的事"①。摄影机展示的形象贴近加布里埃尔的观察，但这些形象与第三人称叙述者的表达具有同样的叙事权威，尽管形式不同。

对小说最后一段的电影改编，通过声音（加布里埃尔思想的传达）与形象（声音的思考内容）的结合，创造了与我们在小说末段看到的庶几相当的

---

① Lesley Brill (1997), *John Huston's Filmmaking*, Cambridge: Cambridge University Press, p.223.

主题效果。无论摄影技术还是剪辑都比较准确地遵从了原著,而以摄影机驻留于飘落在爱尔兰上空的雪来结束影片,看来也是合理的。文学文本及其改编,二者的最终主题效果在多大程度上相同(或相异),这是因读者而宜、也因观众而宜的。对弗朗兹·斯坦泽尔来说,个人的画外音给予改编版以彻底不同于乔伊斯文本的结尾:

> 从第三人称到第一人称的这一转换,把意义范围从近乎普世的广泛有效性缩小到加布里埃尔的主观限制性的个人视野。这一过程或许是由摄影艺术的必然性所导致的,它使我们看到这一点:在电影媒介中表现人物声音和叙述声音间的不稳定的平衡即便并非不可能,也是非常困难的,而这一平衡在小说中是通过自由间接语体达到的。①

在斯坦泽尔的术语中,"人物声音"(figural voice)指的是反映人物的所思所悟的声音。②他认为乔伊斯在小说里通过第三人称叙述者过滤了这样的记录性声音。因此加布里埃尔主观经验中的思想被置于更大的叙事框架中,这对于雪之象征的复杂性是至关重要的。另一方面,在对最后一段的改编中,加布里埃尔的主观反应超过了小说中更疏离化的叙事表现。也许斯坦泽尔是对的,他认为这个区别使得电影的结尾不如小说的结尾那么具有主题上的深长意味。假如该区别没有斯坦泽尔所确信的那么明显,那是因为他(通过专注于声音)对休斯顿的摄影机运用技巧所产生的间离效果关注得太少了。

电影和文学文本间的另一个不同出现于故事的稍早处。在最后片断接近第二大段结尾处,对晚会的不同印象掠过加布里埃尔的头脑。这一叙事变化,是以明显的内部倒叙开始的,当叙述者报告加布里埃尔的想法——"也许,不久以后,他自己会坐在同一间客厅里穿着黑色的礼服,膝上搁着丝绸礼帽"(第581页)——时,就倾向于外部预叙了。即便处于沮丧情绪之中的加布里埃尔,从骨子里感觉到了莫坎家族里的死亡已经逼近,这也只是他的所思。当电影展示加布里埃尔处于他想象中的居丧环境中这短促而清晰的一瞥时,现实化了的形象有强化加布里埃尔之所思的效果,尽管所思之事在小说中并未发生。但从电影整体看,作为对一部复杂文学文本相对直接的改编,它还是非常有穿透力、非常老练的。尽管电影中存在斯坦泽尔曾举

---

① Franz K. Stanzel (1992), 'Consonant and Dissonant Closure in Death in Venice and The Dead', in Ann Fehn et al. (eds.), *Neverending Stories*, Princeton: Princeton University Press, 112-23. 引文见 p.121.

② See Franz K.Stanzel (1986), *A Theory of Narrative*, Cambridge: Cambridge University Press. p.5.

例说明过的、部分地由媒介支配的局限性,但电影以强化并拓展了多数观众的阅读经验的方式呈现了小说情节。通过故事片的美学结构,休斯顿的改编强调、限定并进一步探索了文学文本的主题与形式的诸方面。

很难给乔伊斯下一个结论。雅克·德里达说"我们老是跟不上乔伊斯"①。他的文章题目是"乔伊斯的两个词",但他关于"他斗争"(HE WAR)的讨论占满了密密麻麻的15页。这两个词的确来自乔伊斯的远比《死者》更难的、最后一部作品——《为芬尼根守灵》。如果就像翁贝尔托·埃科在《混沌的诗学》中所坚信的,乔伊斯在这里是"扭曲语言以表达'万物'"②,那么本章就企图展示乔伊斯在《死者》中如何以有效的叙事方式来运用文学语言,生产出丰富的主题意义。因此这篇小说除了具有它本身的巨大价值之外,还为《尤利西斯》和《为芬尼根守灵》奠定了部分基础。同时受到易卜生戏剧的启发,它也进一步建立在福楼拜的精确观察的现实主义根基之上。

---

① Jacques Derrida (1984), 'Two Words for Joyce', in Derek Attridge and Daniel Ferrer (eds.), *Post-structuralist Joyce*, Cambridge: Cambridge University Press, 145-59.引文见 p.145.

② Umberto Eco(1989), *The Aesthetics of Chaosmos: The Middle Ages of James Joyce*, Cambridge, Mass.: Harvard University Press. p. 83-4.

第七章

约瑟夫·康拉德的《黑暗的心》和弗朗西斯·福特·科波拉的《现代启示录》①

如果说《死者》是一个倾向于中篇的短篇小说,那么约瑟夫·康拉德的《黑暗的心》就是一个比充分长度的长篇更为复杂的中篇小说了。这种文本复杂性暗示着康拉德文本中有一些重要方面在叙事分析中不能完全顾及。但它也预示如果不对其叙事策略投以绵密的注意,就无法充分理解这充满迷惑的、多层次的故事。此外,在一个不同但又相关的层次上,中篇小说的复杂性意味着,我们因为以下因素而对《黑暗的心》作出不同的解读:我们对作者和文本本身熟悉到何种程度、对于文本我们有何问题,以及如何提出这些问题、我们用哪些批评术语、我们的批评行为中有哪些方面的旨趣影响了我们。

尤尔根·哈贝马斯(Jürgen Habermas)有一个概念——人类旨趣,它和第II部分的所有分析都有关系,也许与之最具相关性的就是对《黑暗的心》及《到灯塔去》的解读。概言之,我们可以说哈贝马斯把"旨趣"作为对汉斯-乔治·伽达默尔(Hans-Georg Gadamer)所指称的批评者的"视域"或"理解视域"(Gadamer 1975)概念的一个补充。哈贝马斯断言,我们阅读和理解文学的方法,并不单单受制于我们的阅读所处的"理解视域",而且这一"视域"在时间空间方面变化多端,并随读者不同而不同。我们的阅读也受到对所读题材感兴趣程度的影响②;这种兴趣又受语言和权力的不同表现形式影响。我们可以进一步把语言、权力与性别、种族、社会阶级等其他概念联系起来。和这些概念相关的问题的许多重要方面在《黑暗的心》中都有所探

---

① Joseph Conrad, *Heart of Darkness* [1899/1902], Oxford World's Classics, ed. Cedric Watts (Oxford: Oxford University Press, 1998). Francis Ford Coppola, *Apocalypse Now* (1979); video, Zoetrope Studios.(康拉德原著书名有多种译法,本书采习见译名"黑暗的心"。引文中译采黄雨石译《黑暗深处》,百花文艺出版社1984年版。该译本后来也改"黑暗的心"这一译名重新出版(人民文学出版社2002年)。本章凡引小说原文,均随文括注百花文艺版页码,不再注出英文原版页码。——译注)

② Jürgen Habermas (1973), '*Zu Gadamers Wahrheit und Methode*', in *Hermeneutik und Ideologiekritik*, ed. Karl-Otto Apel et al. Frankfurt am Main: Suhrkamp, 45-56. 引文见 p.54.

索。与此同时,康拉德小说所引发、并将继续引发的很多不同的解释中,关于语言、权力、性别、种族和阶级等概念的争论形形色色,引人注目。

此处最重要的一点在于,《黑暗的心》比大多数叙事都更引人注目地实现了安东尼·法瑟吉尔(Anthony Fothergill)在关于该小说的一本有助益的介绍性的书中所称的"定向过程"(the process of orientation)——我们借此走进文本:

> 我用"定向"一词意指很大程度上不自觉的授受过程,包括吸收信息、排序、判断及想象式地重构,以及其他一切微妙形式的阅读活动(我们以此处理文本)。我们仿佛是在和文本对话,和另一个声音对话。我们是交流的一方(沉默无言,但绝非消极),通过这种交流,文本的材料、语言才显露出意义。①

对阅读过程的这一看法显然不仅适用于《黑暗的心》,但康拉德的小说最恰当地例释了批评家的出发点、角度和方法与他或她的解释之间的关系。结果是没有一种分析(包括关于小说之叙事的分析)对于文本是"中立"的。叙事分析是一种持续性的文本聚焦——对于语言和形式的批评性关注,它以把文学文本作为美学结构来加以评价为前提,但它可能导致对其他重要论题(例如,文本的意识形态问题)的关注不当或不足。不过话又说回来,所有的文学阐释都有选择地采用一种分析方法(参见第一章中所引保罗·阿姆斯特朗的《冲突的阅读》)。大多数批评家都认为,康拉德在《黑暗的心》中的叙事方法构造了叙事和主题结构之间的明确联系。J.希利斯·米勒把小说的这个方面与《黑暗的心》中的他视为寓言性的东西联系起来:康拉德的小说用一种让人联想到寓言的方式,(通过叙述形式)把"简单"而"真实"的情节戏剧化了。但人物行动的意义和含蕴却是模糊的,倾向于像寓言一样激发阐释同时又把读者的阐释行为复杂化。

由于《黑暗的心》是我们关于第一人称叙事的主要例子,本章将对作品中的这一叙事变体进行讨论。首先,我要评述康拉德在《黑暗的心》之前写于非洲的两个非虚构文本。第二节将聚焦于该小说叙事方法的一些重要方面,特别关注其中与弗朗西斯·福特·科波拉的电影《现代启示录》相关的那些方面。最后一节继续讨论《现代启示录》这部1979年发行、受到康拉德小说强烈启发的越南战争题材的经典电影。

---

① Anthony Fothergill (1989), *Heart of Darkness*, London: Open University Press. p.13-14.

第七章

约瑟夫·康拉德的《黑暗的心》和弗朗西斯·福特·科波拉的《现代启示录》

I

1857年生于波兰俄控部分的约瑟夫·康拉德,是保守的波兰反俄罗斯民族主义者,在1874年离开波兰赴法国之后,成为水手,后来当了英国商船的一名大副。1886年加入英国籍,90年代定居英国,开始作为小说家的新生涯。康拉德创作了大量的小说,这些作品的独创性及其对后世小说家的影响都是非凡的。给人印象最深的成就(用他自己的话说是"我最大的风帆")也许是小说《诺斯托罗莫》(1904),这是一部异常复杂的文学作品,一定程度上融合了对于20世纪帝国主义势力在拉丁美洲造成之后果的预言式和虚构式的想象。

像《诺斯托罗莫》和《在西方的眼睛下》(1911)这类小说的主题和意识形态方面的意义,对于使康拉德成为现代经典作家起了重要作用。即便如此,仅在主题或政治需要的意义上也无法解释世界范围内对其小说的兴趣:同样重要的是作者通过多种文学策略、手法和变化来生发、塑造与强化其主题的方式。例如,对《诺斯托罗莫》我们就不能把对帝国主义的批评与康拉德用以表达这种批评的叙事策略隔离开来。如果那样做,就减损了小说修辞上的说服力、人道主义的魅力,以及通过融合人类经验、知识分子视野和想象力而创造出来的紧迫感。

在康拉德的小说中帝国主义主题关联到、并倾向于激发起对帝国主义的批判。这种批判可能含蓄而不直露,既隐蔽又公开,当然这并不减损它的批判力度。例如,读他的早期短篇小说《进步的前哨》(1897),我们能推测出主人公是在非洲的两个比利时人,但其国籍并未被真正提及,而且就像塞德里克·沃茨指出的,小说的"缄默程度促使我们去考虑:故事的批判性在多大程度上适用于一般的殖民主义"[①]。针对《黑暗的心》可以得出类似的结论——事实上沃茨在其关于该作品的研究(1977)中也的确是这样做的。如果在早期短篇《进步的前哨》中,"进步"这一标题的关键词需要反讽式地解读才能被理解,那么后来的《黑暗的心》中的帝国主义批判,就是和一切叙事(同样也包括其标题)中到处充斥的反讽分不开,并极大地依赖于反讽。强调(作为形式因素的)反讽与(作为内容之一的)帝国主义批判之间的相互作用,也就是关注《黑暗的心》作为文学、作为虚构作品的运作方式。(至于反讽是否表达此种批判的合适方式,那是另外一个问题。)

正如《诺斯托罗莫》那样,《黑暗的心》的主要情节是在欧洲之外展开

[①] Cedric Watts (1998), Introduction to Conrad, *Heart of Darkness*, Oxford World's Classics, ed. Cedric Watts, Oxford: Oxford University Press, pp. vii-xxiii.引文见 p. ix.

的。但康拉德写这部小说,似乎比写《诺斯托罗莫》时更依赖其个人经历。我之所以强调"似乎"这个词,是因为在康拉德作品中,也像在一般的小说中那样,个人经历和由个人创作的小说文本之间的联系微妙而间接。不过说这种关系是间接的,也并不意味着它不重要或无意趣。尽管康拉德在他为《黑暗的心》所写的《作者的话》中声明这篇小说"只是超出事实真相一点(且仅是很少一点)的个人经历"[1],但它仍不失为个人经历与文学表达间复杂关系的引人入胜的范例。

早在1890年,康拉德曾签订了一份为期三年的合同,在一艘由比利时人经营的刚果河商船上当船长(比利时刚果河上游商贸股份有限公司)。当他前往刚果时,虽然他有根深蒂固的怀疑主义,但也不可避免地受到当时观念的影响,即欧洲人在非洲的使命是教化当地人。而当半年后返回英国时,不仅身心俱病,而且非洲之旅中那些骇人听闻的经历也使他对于人性的怀疑主义愈益增强。此外,康拉德的非洲之旅似乎也与其童年时代在波兰的经历,以及其后的海员生涯奇妙地联系在一起。就像兹斯劳·纳吉德(Zdzislaw Najder 1983,1997)令人信服地详细论述的,康拉德的波兰背景被一系列与帝国主义压迫有关的事件和创伤打下深刻烙印。诺曼·戴维(Norman davie)写的波兰史题名为《上帝的乐园》,就简洁地暗示了这种经验。康拉德的祖国在东部、西部和西南分别被俄国、普鲁士和奥地利吞并后,一度从欧洲地图上消失,而他自己的家庭也因之陷入水深火热。但康拉德也不能与殖民主义和帝国主义的牺牲品站在一起,部分地因为他的背景是波兰统治阶级(施拉赫塔[2]),部分地也因为他作为英国商船船长,也是庞大帝国主义系统的一部分,对这一系统,他的态度是复杂的(即既不是明确支持,也不是全然批判),而最后但同样重要的原因还在于,作为作家,他依赖于读者的兴趣与共鸣,以养家糊口。

康拉德超常迅速地完成了《黑暗的心》。它创作于另一作品,即长篇小说《吉姆爷》(1900)之前不久,在《吉姆爷》中康拉德仍以马洛为叙述者。形式上和主题上的支离性是欧洲现代主义的特点,在这一意义上说,《黑暗的心》符合现代主义文学的这一重要构成特征。尽管小说存在各种方式的支离性,但不同断片却被神奇地联结起来,从而奇妙地打破了文本的平衡,并使叙事话语更加生动引人。《黑暗的心》不仅在叙事上和主题上堪称支离文本,而且它还互文地涉及了从维吉尔经但丁直到更晚近的旅游文学作家。文本的支离性还表现在另一种方式上,即它反映了康拉德与其个人的刚果

---

[1] Robert Kimbrough (ed.) (1988), *Joseph Conrad's Heart of Darkness*, Norton Critical Edition, 3rd edn. New York: Norton, p.4.

[2] 施拉赫塔(Szlachta),是中世纪后期波兰贵族阶层。——译注

经历拉开距离、以赋予这些经历以文学的、虚构的形式这一需要。皮特·麦德森(Peter Madsen)在一篇关于《黑暗的心》的论文中写道：

> 语言超过字典和语法，但是这种"超过"并不像形式主义-结构主义诗学所称的，是中立于经验的一种特殊的文学语法。文学形式是经验的表述——正如阿多诺(Adorno)所说，文学形式是经验(Erfahrung)的积淀。叙事形式便属此类。任何新故事都与一些更早期的故事相关，因为这些故事干预了作者的经验表述。但是"叙事"一词并不明确。除了指文本本身而外，它还指连串的事件（"故事"），以及叙述行为。叙述者叙述某事（"叙事"）；这种"叙述"是一种语言行为，一种话语行为——也是一种产生陈述(énoncé)的言说(énonciation)。"话语"（语言链条）是一种多维现象，"故事"（事件链条）只是其中的一维。但它担当一种具体的角色：即它是把分散的网联结在一起的线条，但从网络中浮现出的模式，却不仅由故事中的事件串所左右。①

针对个人经验和文学表达之间的复杂关系，麦德森给出了细致观察。如上所示，《黑暗的心》之所以为麦德森的论题提供这样有力的讲述式小说之例证，原因之一就在于小说关联到、并依赖于康拉德的刚果经历的方式复杂而间接。

康拉德实际创作了两部非虚构文本，这两部作品在空间和距离上处于其刚果河之旅的个人经验与作为"经验的积淀"（阿多诺语）的《黑暗的心》之间。这两个文本，仿佛是从巨大而未完成的七巧板上采来的断片，隐约闪现着毛坯材料的魅力，而这些毛坯材料构成了写作《黑暗的心》的经验论和认识论基础。但正如纳吉德提醒的那样，"不应像对待毛坯材料那样对待成品"。②

第一部与康拉德在"比利时国王号"上的船长职位直接相关，事实上是它的结果。康拉德从1890年8月3日开始写作《溯游之书》。该书采用实录形式，全是关于刚果河上的航行的，而由作为船长的康拉德记录："出发——从A地，越过两座小岛，驶向树丛——高高的大树。两个[陆上]目标点。沙滩。[两幅有着陆地和沙洲轮廓的速写，标着：第1号，树，沙，目标点，河堤，

---

① Peter Madsen (1995), 'Modernity and Melancholy: Narration, Discourse, and Identity in *Heart of Darkness*', in Jakob Lothe (ed.), *Conrad in Scandinavia*. New York: Columbia University Press, 127-54.引文见 p. 131 – 2.

① Zdzislaw Najder(1983), *Joseph Conrad: A Chronicle*, Cambridge: Cambridge University Press, p.493.

污物,石头]"①。这两幅速写都未收入纳吉德编辑的《溯游之书》中,它们是该类话语的典型特征。对于作为康拉德同行的读者来说,这些速写具有颇富意义的、可能是无价的信息。这类信息和刚果河上的航行直接相关,它有助于界定《溯游之书》的话语:换一个船长或许也将以同样方式来记录。

说到这里我们必须谨慎避免将此种非虚构话语过分简单化:无论其选择标准,还是其所置身的话语,都不像它们乍看上去那样有中立性和思想单纯性。这一段提供地形学信息的方法,使人想起来自19世纪非洲(也是关于19世纪非洲)的旅行叙事。正像戴维·利文斯敦(David Livingstone)的《赞比西河探险记》一样,康拉德的《溯游之书》突出了一种形式的信息,其意义在于对于其他旅行者的实用性。我特意用"实用性"一词,表明地形——无论是康拉德往来其上的河,还是戴维·利文斯敦横穿过的平原,都是为着后来的欧洲旅行者的利益而被勘测。隐含读者与其说是"土著",莫若说是欧洲人;在某种意义上《溯游之书》在其所使用的航海词汇和对所见对象的谨慎分类中申告了帝国主义立场和视角。这些因素隐藏在总体话语中,但有时却变得更为明确。文中对岸上人类活动的唯一指涉是提及了天主教传道会,这支持了玛丽·路易斯·普莱特(Mary Louise Pratt)所概括的一个观点:19世纪欧洲人写于非洲并关乎非洲的旅行叙事(可以把我们所研究的康拉德这两部非虚构作品看作是这一文类的变体)中的风景描写,倾向于把当时的居民从环境中驱逐出去②。如果说,就其风景描写而言,《溯游之书》也带有现代主流旅游文学的非典型性的特征,那么造成这一差异的原因部分地在于职业水手所使用的暗语式的语言:假如康拉德是在泰晤士河旅行过而不是在刚果河,对人类活动的描述仍然会被大部分地排斥于他的话语之外。但我要大胆地在下列两者间建立一种微妙的联系:一是构成《溯游之书》特征的那种听觉上注意记录、视觉上敏于观察的精确性;二是康拉德的《刚果日记》的话语中那一系列更个人化的观察。

《刚果日记》是已知康拉德所写的唯一日志——可能是因为:在这一地理位置和这一时间点上,他觉得需要某种写作以补充《溯游之书》那种有点机械的书写以及他的日常书信写作。尽管两个文本存在很大区别,《刚果日记》的话语更接近于《溯游之书》的话语,而不是《黑暗的心》的文学话语。可以想见,《日记》的话语符合与日记相关的一般惯例。莫里斯·布兰乔特

---

① Joseph Conrad (1978), *Congo Diary and Other Uncollected Pieces by Joseph Conrad*, ed. Zdzislaw Najder. New York: Doubleday, p.17.

② Mary Louise Pratt (1994), 'Travel Narrative and Imperialist Vision,' in James Phelan and Peter J. Rabinowitz (eds.), *Understanding Narrative*, Columbus: Ohio State University Press, 199-221. 引文见 p.204.

(Maurice Blanchot)注意到卡夫卡日记"凸显的与其说是一名写作者,不如说是一名生存者"①。作为任何日记里都不可避免的自传性因素的信号,这种对个人经验的凸显在康拉德的《刚果日记》中同样颇引人注意:"对未来觉得十分怀疑。刚才想到我在这周围的人(白人)之间的生活不会很舒服。打算尽可能地避免与熟人打交道。"②我们注意到这些语句中的个人印象和省思的结合。但我们同样注意到在《溯游之书》中真实的、高度选择了的信息和构成《刚果日记》特征的省思之间建立了一种关联。换言之,康拉德被其所置身其中的背景和环境引导作如是思考。如果我接下去指出《黑暗的心》的部分文学性归于马洛的刚果经历和对帝国主义计划的怀疑之间间接而强烈的联系,那么我也就指出了《刚果日记》的某种文学潜质或曰信号。

读者对于《黑暗的心》的认识同样揭示了其他类似信号:"24日。戈斯和R.C.带着大量象牙去了博马。戈斯一回来,我们就会开始朝上游行驶。我自己忙着把象牙装到桶里。愚蠢的职业。到目前为止身体还好。"③"象牙"是在经历事件的当时给康拉德留下印象的实物之一例,八年以后,在《黑暗的心》中它转化为一个有力的文学象征。正如我们在第六章里看到的,象征的两个独特性质就是不可捉摸性和解释上的丰富暗示性:一旦我们具体说出一个象征的含义,其象征性也就遭到了减损。《刚果日记》提及的象牙让《黑暗的心》的读者联想起的,就是这个特定的象征是作为实物出现的。它转喻式地指涉大象,在某种意义上也是象征式地指涉整个非洲,它巨大的市场价值就是康拉德在刚果河所目睹的与竞争对手争夺自然资源的原因之一。比利时人的剥削行为像蒙博托④近年来的所做所为一样残酷,而日记的后面用一句话指出了与之相关的暴力:"看到又一具尸体躺在路边,以一种沉思冥想的姿势长眠。"⑤"又一"一词在句中意味深长,它暗示作为一种当然情况,死亡伴随着欧洲人在非洲的存在。这一句以极为凝练的形式,表现出整部日记特有的一种融合:一方面是建立在视觉印象基础上的真实信息,另一方面是这些印象引发的思考。

尽管这两部非虚构文本并非刚果河时期的康拉德自传,但它们的确能够给这样的一部自传提供材料,在这种情况下它们能够和康拉德在刚果的

---

① Maurice Blanchot(1995), *The Work of Fire*, Stanford: Stanford University Press, p.2.
②③ Joseph Conrad, *Congo Diary and Other Uncollected Pieces by Joseph Conrad*, p.7.
④ 蒙博托(Mobutu,1930—1997),前扎伊尔总统。曾参加同比利时谈判刚果(利)独立问题的圆桌会议。通过发动军事政变掌握政权,从1965年到1997年共统治32年,期间实行野蛮残酷的专制,敛财无数。——译注
⑤ Joseph Conrad, *Congo Diary and Other Uncollected Pieces by Joseph Conrad*, p.9.

书信相互结合和补充,构成一部自传的组成部分。约翰·斯托洛克(John Sturrock)注意到自传表明这样的思想:"它是一种思想上的整体……讲述成故事的生活是被赋予意义的生活,而任何生活,即便是无趣的,也具有起码的故事性。"① 西方文化中自传故事的范例是圣奥古斯丁(St Augustine)的《忏悔录》。这部关于奥古斯丁皈依基督教的自省故事的基调是沉思的和反省的。奥古斯丁于387年在米兰受洗成为基督徒,其《忏悔录》则直到十年后才在北非出版。同样的拖延策略在康拉德那儿也存在:《溯游之书》《刚果日记》与《黑暗的心》之间有八年的时间差。谈到这儿,需要强调一下前两部文本与《黑暗的心》的文学话语之间的叙事及主题区别:和奥古斯丁形成对照,在康拉德那儿,核心经验和其所引发的拓展写作之间的时间距离,与从自传式实录到小说化记述的变化相关。但强调前两部文本与《黑暗的心》的这一区别,并不是无视文学如何、以及在多大程度上指涉"外部现实",还有它如何通过语言虚构的方式来表现个体和集体的经验这一重要问题。

《刚果日记》中显见的自传性成分表明,(借用瓦尔特·本雅明的概念)在简单叙事形式中 Erziihlung(叙事)如何得以成为 Erfahrung(经验)的② 。旅行者回到家后,讲述远方的经验;因此对本雅明来说,旅行者成为叙述者,其叙述冲动由倾听者们想成为听众的渴望所补充。由于日记近乎零碎化的自传,其叙事特征得到强调,于是间接地支持本雅明的观点:旅行事实在生成经验的意义上是建构性的,同时也支持了斯托洛克对自传这一体裁的理解,他认为自传是一种自我故事化的、回顾式选择与组织成的生活经验。把日记当作叙事来关注,也就是说,作为叙事,它高度支离破碎;事实上日记的文学潜质更显著地是由文本不同部分间模糊的间隙表征,而不是由文本本身指示的。作为不同的话语形式,《刚果日记》与《黑暗的心》都能证明本雅明的观点:叙事与知识的生产有重要联系。和叙事相关联的知识、权力、欲望的效力在《刚果日记》中只是简单地暗示出,而在《黑暗的心》中则被不懈地探索。《刚果日记》难能可贵地融合了日记、自传和旅游文学等文类,它是这样一种个人化的非虚构文献:由于见证了康拉德在非洲的亲身经历,从而赋予《黑暗的心》的虚构以可贵的真实性。

---

① John Sturrock(1993),*The Language of Autobiography: Studies in the First Person Singular*, Cambridge: Cambridge University Press. p.20.

② Walter Benjamin (1979a), *Illuminations*, ed. Hannah Arendt, London: Fontana, p.84-5.

第七章

约瑟夫·康拉德的《黑暗的心》和弗朗西斯·福特·科波拉的《现代启示录》

II

传记式文学批评可能已经很好地利用了这两个非虚构文本,以分析康拉德的刚果经验和对该经验予以文学表现的《黑暗的心》之间意味深长而又相对直接的联系。我的看法之要点,毋宁说是要强调康拉德在非洲写的两个文本与《黑暗的心》之间的叙事上及主题上的不同。尽管如我们所见,所有这三者之间有一种间接联系,但《黑暗的心》还是与另两者有很大区别的文本。这一区别部分地由《黑暗的心》中康拉德的经验、洞见和想像混杂综合为文学形式的方式所导致。

如果我们承认文学生产包括这样一个综合的过程,这将部分地解释两个非虚构文本与《黑暗的心》之间的时间距离。我们记得爱德华·布洛把距离定义为一种造成其美学有效性的表达特性(参见第二章"叙事距离"一节)。就康拉德而言,这一点可以联系到他对于距离的一个持久需要:既要和个人经验保持距离,又要以某种复杂的和复杂化的方式与其读者拉开距离,这样才能创作小说。对康拉德来说,与个人经验保持距离的需要似乎和构成叙事虚构文体的多种手段协调一致。在康拉德的小说里,时间、空间和态度上的距离是最重要的一些手段。《黑暗的心》中八年的时间距离与伦敦/欧洲和刚果之间的空间距离相关,而这二者又共同地与各种形式的态度距离有关。态度距离在三者中最为复杂,因为它被结合进了叙述者及人物的不同视野层次,也因为此处"距离"的概念以更隐喻的方式发挥作用,也更密切地关系到文学阐释。

在进一步讨论之前,先来概括一下《黑暗的心》的情节将大有裨益。概括方法有很多,下面这种和《牛津英国文学指南》的概括大致相同:

> 泰晤士河上,一艘帆船稳稳地抛锚靠岸,叙述者马洛在甲板上讲述他在另一条河上的旅程。在随一条货船远游非洲的过程中,他因目睹象牙商人的贪婪和他们对土著居民的剥削而产生厌恶。在一个贸易点,他听说了有名的库尔茨先生,他居于象牙产地的正中心,也是公司最成功的经理。离开那条河之后,马洛经过长途跋涉穿越该地区,乘一艘他指挥的汽艇去内地收象牙,但在总站,他发现船莫名其妙地被毁坏了。他得知库尔茨已解雇了其助手,并身患重病。其他经理因嫉妒库尔茨的成功和可能的晋升,希望他永不康复,而马洛去内地贸易站的事显然被故意耽搁了。船只完全修复后,马洛开始了去到库尔茨那儿的两月之久的航程。在河道上经过浓密的、岿然不动的森林,马洛心中被愈来愈强烈的恐怖充满。航程"简直有点儿像重新回到了最古老的原始世界"(中译本第77页),他们听到不祥的咚咚鼓声,瞥见大树丛中黑

色的人影。在靠近目的地处,船遭到了部落人的攻击,一名舵手被杀死。在内陆站马洛遇上一个天真的俄国水手,他告诉马洛关于库尔茨的辉煌业绩及其在当地行使的半是神授的威权。草房周围木桩上挂着的一排割掉的头颅,宣示着野蛮人的仪式,而库尔茨正是赖此而获得他的威权。仪式舞蹈的后面是人祭,而且,没有了社会的约束,库尔茨这个有教养的文明人,用他的知识和枪,统治了这个黑暗王国。当马洛试图带库尔茨沿河而下返回,库尔茨却极力为自己的行为和动机作辩护:他洞悉万事本质。但他死了,死前最后一句话是:"太可怕了!太可怕了!"(中译本第176页)他有两包东西托马洛转交,一是库尔茨写给"肃清野蛮习俗国际社"的报告,一是给他未婚妻的一些信。面对那个女子的悲伤,马洛告诉他"他所说的最后一个字是——您的名字"(中译本第176页)。

如果说这个梗概,作为释义性和秩序化了的故事,不如沃尔泽尔对乔伊斯的《死者》所作的梗概那样准确,那么其主要原因在于两个作品的叙事技巧之区别。例如,马洛的布鲁塞尔之旅没有被提到,而且,尽管梗概的第一句告诉我们马洛既是文本中的主人公又是首要的叙述者,但这一叙事情境的重要性(正如情节梗概中一贯出现的那样)被减弱了。事实上该叙事情境建立了一个围绕《黑暗的心》主要情节的超常稳定的结构,在叙事和主题上都具有决定性作用。我们被告知航船上一组五人抛锚等待退潮:

> 泰晤士河的入海口,像一条没有尽头的水路的起点在我们面前伸展开去。远处碧海蓝天,水乳交融,看不出丝毫接合痕迹;衬着一派通明的太空,大游艇的因久晒变成棕黄色的船帆,随着潮水漂来,似乎一动未动,只见它那尖刀似的三角帆像一簇红色的花朵,闪烁着晶莹的光彩。在一直通向入海口的一望无际的河岸低处,一片薄雾静悄悄地漂浮着。格雷夫森德上空的天色十分阴暗,再往远处那阴暗的空气更似乎浓缩成一团愁云,一动不动地浮卧在地球上这个最庞大,同时也最伟大的城市的上空。(中译本第8页)

这段描写的视觉特征,类似于在康拉德文学的印象主义讨论中经常提及的那些。代词"我们"指的是"赖利号"船上的五个人。其中一个是马洛,他不论是作为叙述者还是人物,都扮演重要角色。不过正像我在《康拉德式的叙事》①中注意到的那样,在这里不是由马洛,而是由一个匿名的第一人称叙述者讲述,这一点十分重要。这种框架叙述者既把我们引入叙事情境也

---

① Jakob Lothe(1996b), 'Conradian Narrative', in J. H. Stape (ed.), *The Cambridge Companion to Joseph Conrad*, Cambridge: Cambridge University Press, 160-78. 引文见p.167.

把我们引到作为主要叙述者的马洛面前。当马洛被介绍并开始讲述他的故事,该框架叙述者变得更为复杂,因为他也成为马洛讲话对象群体中的一个受述者。换个说法:根据这里采用的叙事惯例,一旦马洛开始讲述其故事,则框架叙述者首先是作为受述者,其次是作为给我们这些读者转述马洛故事的第一人称叙述者起作用。"叙事惯例"一语是必要的,在《黑暗的心》中所出现的已经不是传统的简单叙事。乍看上去小说的叙事情境类似于我们在第二章中讨论过的史诗的原初情境。但相似只是表面上的——不仅是因为"史诗的原初情境"概念排斥框架叙述者的策略,而且更重要的是因为在《黑暗的心》里不管叙述行为、动机还是主题蕴含,都要复杂得多。

在经典的框架叙事中,框架叙述者常常是诸种叙述者中最具权威性和洞察力的。在《黑暗的心》中却不是这样。因为尽管是框架叙述者转述了马洛的故事,而且看上去也很可靠,但其洞察力却远在马洛之下。还有一个例子可以证实此点。在导引性的描写之后,叙述者惊呼:"有什么样伟大的东西不曾随着这河水的退潮一直漂到某个未知国土的神秘境地中去!……人类的梦想、共和政体的种子、帝国的胚胎。"(中译本第12页)从上下文孤立出来看,这一惊呼听上去像一句带帝国主义色彩的言论。叙述者刚刚提过弗朗西斯·德雷克爵士和约翰·弗兰克林爵士这样的探险家,并称其为"伟大的海上游侠骑士"(中译本第11页)。这样的提法意味着对于框架叙述者来说历史是英雄主义和进步主义的,它们的"隐含读者是这样一群人:他们有能力对提到的历史事物进行正确解码,更重要的是他们赞成对这些'英雄人物'的这一正面评价"①。这类提及与暗指,提示了马洛的听众(框架叙述者是其中一员)和康拉德的读者之间的联系,作为作家,康拉德依赖于他们的兴趣和意愿。值得注意的是,《黑暗的心》首先刊发于《黑森林杂志》(1899年2月号到4月号);考虑到它出现在这样一本保守主义杂志上,那么小说对帝国主义的批判就更具震撼性。

框架叙述者的惊呼强化了马洛第一句话的冲击力和暗示性:"还有这个……至今也一直处在地球的黑暗深处"(中译本第12页)。这是康拉德所有小说中最有效的叙事上的变化。马洛的话揭示了框架叙述者相对懵懂化和限制性的视野,并预示着他将要讲述的内容的沉郁意蕴。评论还预示了他后来对于罗马人到达不列颠一事的思考,那事发生"在一千九百年以前——就在那一天"(中译本第14页)。马洛接着颇为有理地指出,对于罗马人来说,不列颠一定像"世界尽头"的一片蛮荒之地。另外马洛的开场白同时是对文本中(和象牙一样)成为有力象征的核心隐喻——"黑暗"的预叙,

---

① Anthony Fothergill (1989), *Heart of Darkness*, London: Open University Press, p.15.

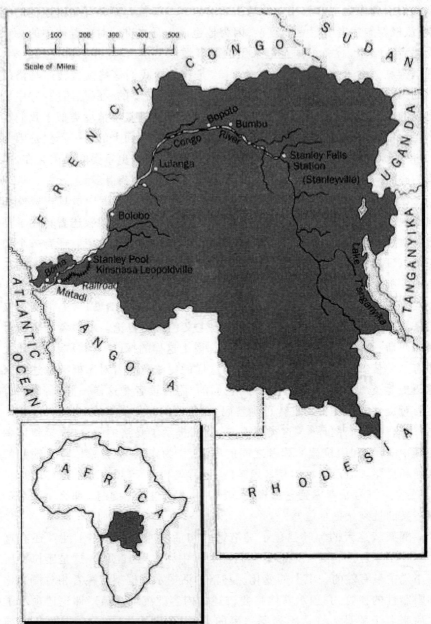

1890年刚果自由邦地图
在康拉德《黑暗的心》的烛照下,
"1890年刚果自由邦地图"这一名称获得了额外的反讽意义:
这片领土(是比利时面积的76倍)并不"自由",而是在利奥波德二世控制之下。

第七章

约瑟夫·康拉德的《黑暗的心》和弗朗西斯·福特·科波拉的《现代启示录》

这是《黑暗的心》非凡的叙事简洁性的表现。尽管罗马人"敢于面对那片黑暗……他们是一些征服者,要干他们那一行,你只需要有残暴的力量就行;你具有那种力量,也没有什么可以吹牛的,因为你的强大只不过是由于别人弱小而产生的一种偶然情况罢了"(中译本第15—16页)。这一概括性陈述显然指的是罗马人,但对于马洛刚刚开启的叙事来说,也是一种预先指涉。这些简单的评述表明马洛的视野层次超越于框架叙述者之上,它们同时也表现出马洛的第一人称叙事的关键特征:着意于感化与说服的反省性的修辞,个人体验上的和智力上的好奇心的独特混杂,以及在个人经验基础上进行概括的倾向。这样康拉德在《黑暗的心》中启用两个叙述者,而马洛的叙述之效果与框架叙述者的功能密不可分。

正如我们在第I部分中看到的,叙述者的运用是一种距离化策略。《黑暗的心》通过运用两个而不是一个叙述者,来强调这种距离化过程。同时小说还是虚构文本中距离化策略悖论性地强化读者的注意和兴趣的佳例。康拉德有效地利用了框架叙述者之常规的或一般的特点来使马洛的故事更合乎情理。框架叙事操纵读者进入类似于框架叙述者作为受述者的那种阅读位置,一种以对于马洛故事的幻灭式的洞见抱以深思和广泛同情态度为突出特点的位置。这一效果在小说的最后一段中尤为明显,那一段是由框架叙述者说出来的。呼应着大量出现的"黑暗",它的结尾语——"无边无际的黑暗深处"(中译本第177页)——重复了上一段中马洛的最后的话。

在《黑暗的心》中,马洛的第一人称叙述采用了秩序化和存在主义动机诱发的经验再现形式,框架叙述者的叙述则出自一种出乎意料的感情投入和奇怪的理解。二者之间有一种能产性关联。框架叙述者的视野似乎随着他自身所传达的印象主义叙事的推进而有所扩大,这暗示着在文本中无论情节还是其叙事呈现都特别地不稳定。一个较早的暗示框架叙述者洞见的信号,出现在他对马洛所作的介绍性评论中:

> 海员们的故事都是简单明了的,它的全部意义都包容在一个被砸开的干果壳中。但是马洛这个人(如果把他喜欢讲故事的癖好除外)是很不典型的,对他来说,一个故事的含义,不是像果核一样藏在故事之中,而是包裹在故事之外,让那故事像灼热的光放出雾气一样显示出它的含义来,那情况也很像雾蒙蒙的月晕,只是在月光光谱的照明下才偶尔让人一见。(中译本第13页)

这一段告诉我们很多重要信息,不仅是关于马洛故事的叙述和主题特点,而且也关于框架叙述者对于马洛的叙事呈现所持的出人意料的理解。如果像稍早我们讨论过的例子那样,框架叙述者的懵懂使他作为叙述者更加可信,那么此处其扩大了的视野也有类似的效果。框架叙述者在这一段里似乎表明,对马洛来说,意义并非毫无疑问地处于一段情节或一个故事的核心;它是叙事过程的当然部分,这暗示着它同样(作为挑战和/或可能)关乎阅读过程。

另外,对马洛的这一看法也和《黑暗的心》的主题相关联。仿佛框架叙述者对马洛的描述受到了马洛故事给他留下的印象的影响。框架叙述者的议论可以联系到茨维坦·托多洛夫"作为留白(或曰空白)(vacuity 或 emptiness)的小说主题中心"这一概念。托多洛夫在《话语类型》一书中说,库尔茨"的确是叙事的中心,他的认识也是推动情节前进的动力……库尔茨就是黑暗的心,但这颗心是空的"①。为了证实这一点,托多洛夫重点强调了小说的话语以及马洛对于库尔茨的日益增长的兴趣。库尔茨的认识主要呈现为消极形式;马洛的则是由"黑暗"和"可怕"之类字眼隐喻地表达出来的幻灭式的洞见。

图 7.1

托多洛夫强调了《黑暗的心》中叙述与主题之间的能产性的相互作用。彼得·布鲁克斯也是这么做的,他在《解读情节》中把小说的叙事做了如图7.1那样的表示。它显示,托多洛夫所称的小说的主题性空白(他直接将之与库尔茨联系)也是一个叙事的空白。因此它提供了文本叙事结构的一个简化了的图式。它也提出了布鲁克斯注意到的一个问题,即这一图式给人的静态印象有一种倾向:它抑制了文本中那些助成其活力、渐进性发展、情节构成等的因素。因此还需强调,小说叙事的动态方面(比如由马洛的故事所引起的框架叙述者的知识增长过程),对于叙事致力于生发和构建的主题,具有根本的重要性。希利斯·米勒把《黑暗的心》的叙事视为一个"揭蔽过程"②,正是与此相关。这个过程包括着悖论和反讽的因素,它们相结合的效果,支持了托多洛夫达致的那一关于主题的结论。作为叙述者之接力的

---

① Tzvetan Todorov (1978),'Connaissance du vide: Coeur des ténèbres', In *Les Genres du discours*, Paris: Seuil,'. 161-73, 167, 169,拙译。

② J. Hillis Miller (1981),'The Two Allegories', in Morton W. Bloomfield (ed.), *Allegory, Myth, and Symbol*, Cambridge, Mass.: Harvard University Press, 355-70,引文见 p. 43.

小说结构建立了塞德里克·沃茨所称的"纠结原则"(principle of entanglement)①——一种强化了故事之道义复杂性和读者投入程度的独有的"触手效果"(tentacular effect)。

前面说过,框架叙述者转述了马洛讲给他的印象主义叙事。正如伊恩·瓦特(Ian Watt)所说,"马洛对理解和表达他个人经历的困难性的强调,使《黑暗的心》与印象主义姿态的主体相对论结成同盟"②。马洛叙事的一个主要特征就是这样一种方法:当事件在叙述行为中展开之时,他反复把读者置于与事件的感官联系当中。就像瓦特所说,这意味着"身体感觉发生在对事件原委的理解之前。文学上的印象主义暗含这样一种视野:它受个别观察者所限,同时也受制于在观察之时占据优势的任何外部和内部条件"③。瓦特创造了"延迟解码"(delayed decoding)这一术语来描述这一叙事方法的某一重要侧面:通过延迟解码,康拉德企图"表达一种感官印象,并且暂缓为这种印象定义或者作出解释……它在我们感知事物的那一刻,在这种感知转化为对原因的追寻之前,径直把我们带进观察者的意识……"④这种方法值得注意的表现之一是,马洛的船在库尔茨的内陆站下游受到袭击时他的困惑。直到这之后,他才发现其所目睹的各种怪异的变化的原因:"箭,我的天哪!我们受到攻击了!"(中译本第102页)延迟解码这一概念也许最有利于描述相对简单的、暂时无法解释的感觉和现象。至于更大的问题——例如,马洛对库尔茨的感觉——则并未向我们"解码",但这并不因此意味着马洛与其他主人公的相遇毫无意义。

作为第一人称叙述者,马洛既通过传达其非洲经验、又通过对这些经验的议论来塑造他自己。概括地看,这两种方式都是间接的而不是直接的。至于对库尔茨的呈现,一个直接塑造的例子是,当马洛最后见到他,他卧病躺在丛林中一个临时做成的担架上:

> 库尔茨——库尔茨——在德文中这个字的意思是短小——对吧?是的,这个名字和他的生命中——以及他的死亡中的其他的一切一样真实。他看上去至少有七英尺高。他身上盖的东西已经滑掉,仿佛刚从一条裹尸布中暴露出来,显得既可怜又可怕。我可以看到他的两排肋骨都在起伏活动,也看见他在挥动着他那只皮包骨的胳膊。那情景

---

① Cedric Watts (1977), *Conrad's Heart of Darkness: A Critical and Contextual Discussion*, Milan: Mursia, p.33.
② Ian Watt (1980), *Conrad in the Nineteenth Century*, London: Chatto & Windus, p.179.
③ Ibid., p.178.
④ Ibid., p.175.(伊恩·瓦特的这段话中译参考了刘秀杰译文,见《康拉德小说的陌生化诗学》,上海外国语大学2009年博士论文。——译注)

真仿佛是用古老的象牙雕刻成的一具具有生气的死神的偶像,向着一群用晶亮的古铜铸成的寂然不动的群众,在威胁地挥动着他的手。(中译本第136—137页)

库尔茨展示给马洛的是"用古老的象牙雕刻成的一具具有生气的死神的偶像"。这是直接塑造的一例。但其解释上的暗示性又因为以下原因而增强:它既与我们刚从马洛那里以及从他在逆流而上的旅途中遇见的人们那里得到的对库尔茨的间接塑造相联系,又扩展了这种间接塑造。库尔茨的塑造进一步和文本复杂的隐喻模式相关,且它与康拉德在《黑暗的心》里对旅行主题的独特运用建立了联系。

旅游主题始终贯穿于马洛的叙述。康拉德用它创造了一个既是直线的同时又是圆环的结构。在对乘破旧汽船逆流而上的旅途的印象主义描述中,叙事结构是直线的,"像一只小爬虫,懒懒地……爬向库尔茨"(中译本第81页)。该旅程是前进的,因为它越来越深地进入非洲大陆,但同时马洛日益感觉到一种后退的运动:"沿河而上的航程简直有点儿像重新回到了最古老的原始世界"(中译本第77页),无论进步方面还是退步方面,都和情节的故事层相关,但它们也间接地帮助塑造库尔茨。马洛遇到的一个经理高度评价库尔茨是"怜悯、科学和进步的使者"(中译本第58页)。这一描述和隐含在库尔茨临终之言里的自我描述——"太可怕了!太可怕了!"形成尖锐对比。在这两种极端情况中间的某处(更加靠近后一种情况),我们可以确定马洛对库尔茨的描述的位置。

如果说逆流而上朝向库尔茨的旅途创造了一个直线结构,那么框架叙事则将这个直线结构置于一个圆环结构中。作为《黑暗的心》的叙事方法的一个主要部分,这两种基本结构方式的结合对于小说的主题来说至关重要。通过这种结合,非洲丛林深处犯下的可怕暴行,便与在诸如布鲁塞尔、柏林和伦敦这样的欧洲权力中心做出的决定与优先选择联系起来——实际上是作为其后果而表现出来。

然而不仅仅是框架叙事创造这一圆环结构。它也得到另外两个结构成分的支持,它们都是由马洛的叙述形成。第一个成分我们可以称为马洛的回归,乘汽船带着库尔茨沿河而下。库尔茨出现于这次旅途,也是在这里,他嘟哝着我们引述过的那句临终遗言死去,这对马洛关于库尔茨以及其所代表的欧洲人行为的感受是有决定作用的。带库尔茨返回,则密切关系到第二种帮助赋予《黑暗的心》以圆环结构的成分:马洛两次造访过"坟墓城"(中译本第23页,另参见第162页)。根据上下文,显然该城市是布鲁塞尔,那为什么马洛回避直呼其名呢?又为什么它使马洛联想起"粉饰过的坟墓"?第一个问题的部分答案可以从康拉德在他的小说中的某种倾向中找

第七章

约瑟夫·康拉德的《黑暗的心》和弗朗西斯·福特·科波拉的《现代启示录》

到,即他回避地理名称、同时又明确而精准地交代地形细节(我们是在非洲,在刚果河上,对此读者永不会有丝毫怀疑)。如果说《刚果日记》里随处可见地理名称的话,在《黑暗的心》这部小说里康拉德则避免使用它们,因为那会使话语过分明晰。在一封给理查德·科尔(Richard Curle)的信(1922年4月24日)中,康拉德视此为对艺术作品效果的"致命的"打击:"明晰,亲爱的朋友,它对所有艺术作品魅力都是毁灭性的,使其丧失暗示性,打破一切幻觉。"①

至于布鲁塞尔以坟墓之城呈于马洛眼前,这个事实不仅对于他在非洲丛林所目睹的残忍与死亡,而且对于文本稍后描述的那个老妇,都具有预叙的功能。在等待公司总部接纳期间,马洛观察了两个织黑毛线的老妇中间年长的那位:

> 她似乎是那样的神秘莫测,又那样威力无穷。在我远远离开那里之后,我还常常想到那两个女人,她们守着黑暗的大门,仿佛在编织尸衣似的织着黑色毛线,一个不停地介绍,把人介绍到无人知晓的地区去,另一个则用她那双无比冷漠的老眼望着那些愉快而愚蠢的脸。Ave! 编织黑毛线的老女人。Morituri te salutant。她瞅过一眼的人里,后来又再见过她的不多——连一半也没有,远远没有。②(中译本第25—26页)

老妇把守着"黑暗的大门",是一种凶兆;稍后她作为死之预兆现身马洛面前。对此效果至关重要的是,马洛对老妇的视觉印象与上引段落中的另两个因素相联结:一是"黑暗"之象征,二是最后一句中的信息。批评家把"黑暗的大门"隐喻式地解释为通往死亡之国或地狱的入口。此种解读的文本基础显得很坚固:把马洛在逆流驶向库尔茨的途感受比作退化的运动,离心式地指向地球的中心。

尽管史诗文体在《黑暗的心》中以若干方式显现,上引段落却表明有两部史诗对于康拉德的小说构成尤为重要的"互文":维吉尔(Virgil)的《埃涅阿斯纪》(公元前19年)和但丁的《神曲》(1321年)。第四章我们曾提及居莉亚·克里斯蒂娃把"互文性"定义为"引语的镶嵌品;任何文本都是对另一文本的吸收和改编"③。她对互文的理解受惠于米哈伊尔·巴赫金的"对话性"(dialo-

---

① Robert Kimbrough (ed.) (1988), *Joseph Conrad's Heart of Darkness*, Norton Critical Edition, 3rd edn, New York: Norton, p.232.

② Ave,拉丁语,意为"万福",是专用于对圣母玛利亚的欢呼语。Morituri te salutant,拉丁语,意为"死神向你致意"。——译注

③ Julia Kristeva (1980), *Desire in Language*, London: Blackwell, p.66.(参照王瑾《互文性》,广西师范大学出版社2005年版,第1页。——译注)

gism)(与"杂语"(heteroglossia)相关的术语)概念。对话性意味着任何事物都应该理解为更大整体的一部分:"意义之间有一种不断的相互作用,所有的意义都有制约其他意义的可能"①。对克里斯蒂娃而言,对话性的一个本质方面是试图"把文本置于历史和社会中,结果历史和社会被看作是被作家阅读的文本,而且他通过重新书写它们而把自己嵌入其中"②。这一看法暗示像维吉尔的《埃涅阿斯纪》这样的古代文本对于读者阅读《黑暗的心》来说,有着与19世纪旅游文学同等的潜在重要性。"潜在"一词隐含的限定表明(部分地因为克里斯蒂娃的互文性定义看来令人难以置信地无所不包):互文性概念并不是同等完满地适用于所有样式的文本。在叙事分析中,一个决定性的因素可能在于互文关系不仅是主题的,而且是结构和/或体裁上的。

在《埃涅阿斯纪》的烛照下,马洛所用拉丁文的意味就增加了:"万岁!……将死之人向你致意!"这是古罗马帝国的角斗士在走进竞技场搏斗时的致辞。因此,马洛嵌入其第一人称叙事的那句拉丁语,源自其叙述行为之前约1900年。这就与马洛的开场白中提到的罗马人建立了联系:"我在想着很久很久以前的时候,在一千九百年以前,那时罗马人刚刚来到这里——就在那一天……"(中译本第14页)当极为不同的时间平面被互文地熔炼到一起,康拉德让读者意识到其小说与维吉尔史诗的相似性,以及两个文本所处的历史和文化之间的相似性。

正如最早注意到此的批评家之一利利安·菲德尔(Lillian Feder)所说,马洛的旅途从一开始就是宿命的,尽管它"令人想起一般史诗中的沦落情节,但它最明确地关系到的还是《埃涅阿斯纪》第六卷中对冥王哈德斯的造访"③。在维吉尔史诗中,埃涅阿斯堕入冥间是其成为罗马人的领袖而必须经历的求学过程中的一部分。正如真理要在黑暗的中心发现,用维吉尔的话说,神女"obscuris vera involvens"("将真理藏在黑暗之中",第六卷第100行)。是神女引导了埃涅阿斯。维吉尔强调埃涅阿斯的沦落对其个人发展之重要性。在他造访冥府的旅途中,埃涅阿斯"领悟了人间万事隐含的悲剧……以及罗马帝国威权要付出的代价"④。由于这个代价中不仅包括权力的

---

① M. M. Bakhtin (1982), *The Dialogic Imagination: Four Essays*, ed. Michael Holquist. Austin: University of Texas Press.p.42,另参见 Michael Holquist (1990), *Dialogism: Bakhtin and his World*, London: Routledge.

② Julia Kristeva (1980), *Desire in Language*, London: Blackwell,p.65.

③ Lillian Feder (1955),'Marlow's Descent into Hell, *Nineteenth-Century Fiction*, 9: 280-92.引文见 p.65.

④ Ibid., p.281.

第七章
约瑟夫·康拉德的《黑暗的心》和弗朗西斯·福特·科波拉的《现代启示录》

运用,而且包括权力的滥用可能,在1900年前的罗马帝国与现代的欧洲帝国机器之间就建立了一种主题性联系。正如马洛谈及来到不列颠的罗马人,以此暗示在刚果的比利时人那样,他们是从事劫掠的"征服者","盲目地干下去——对那些要去对付黑暗的人来说,却也正应如此"(中译本第16页)。

《黑暗的心》和《埃涅阿斯纪》的相似性虽然很有趣,但如果我们不仅把《黑暗的心》和维吉尔的史诗作比较,而且把它和但丁写于维吉尔之后大约1300年的《神曲》相比较,对此种相似性的批评兴趣会进一步加强。这两部史诗之间的互文关系也由小说本身暗示出来。马洛说,"我感觉到仿佛我现在不是要去一个大陆的中心,而是要出发前往地球的中心"(中译本第30页)。无疑但丁的基督世界之地狱在很多方面与维吉尔的异教徒世界中之冥府大不一样。然而在这两个文本中,主要的叙事模式(分别系于埃涅阿斯和但丁)都关键性地采取了主人公作为学习经历之不可或缺的部分而堕入黑暗这一形式。另外《埃涅阿斯纪》也和《神曲》一样,主人公的堕落使叙事进程复杂化并使之暂停,同时也为叙事的进程提供基础。在两文本中叙事动力与主人公的受教过程如此紧密地纠结,以至于两者事实上可以互换,这提示了史诗在文类上与旅游文学的亲缘关系。史诗不仅典型地涉及到旅行,而且把主人公的旅行冒险设置为艰危的、具有挑战性的并对其发展具有建构作用的。就在但丁开始创作其诗之前威尼斯商人马可·波罗(Marco Polo)写下了他的蒙古游记。作为在建立关于东方的西方话语方面起过工具作用的文本,《马可·波罗游记》预示了欧洲的全球霸权的开始。正如克里斯托弗·高戈维尔特(Christopher GoGwilt)指出的,霸权保持异常稳定,直到19世纪末经历了一次转变。对于高戈维尔特来说,这次转变标志着"从欧洲人身份到西方人身份的转换"①,也就在那时,康拉德写下了《黑暗的心》。

如果说《埃涅阿斯纪》"可以看作是关于叙述行为和历史理解的戏剧性寓言"②,那么但丁的《神曲》就是从中世纪欧洲的基督教观点出发对此寓言的权威性重写。但丁的诗开启了《黑暗的心》之先河:它利用两个相互联系的叙事表现原则——学习与旅行的结合,以及用但丁来同时作为叙述者和主人公。在诗的三个部分中,《地狱篇》比《炼狱篇》和《天堂篇》更密切地关乎《黑暗的心》。说但丁的《地狱篇》以停滞为特点,也就指出了这样的事实:他在那里看见的人永远无法离开那里。在地狱里,时间和空间的进程受限

---

① Christopher GoGwilt (1995), *The Invention of the West: Joseph Conrad and the Double-Mapping Europe and Empire*, Stanford: Stanford University Press. p.1.

② Duncan Kennedy (1997), 'Virgilian Epic, in Charles Martindale (ed.), *The Cambridge Companion to Virgil*, Cambridge: Cambridge University Press, 145-54.引文见 p.48.

于但丁及其导引维吉尔。这两人仅仅是此处的过客；他们是地狱的造访者而不是居民。对但丁而言，他遇到的苦难的程度因为"它是永久的"这一想法而被大大增加。对比马洛关于他在刚果之旅的较早阶段意外碰上的非洲工人的感受："黑色的身躯蹲着，躺着，有的坐在两棵树中间倚在树干上，有的趴在地上，有的身子一半显露在阳光中，一半没在阴影里，显露出各种不同的痛苦、认命和绝望的姿势"（中译本第39页），马洛说，"我马上感到仿佛是跨进了地狱中的一个最阴暗的角落"（中译本第39页）。

在《神曲》中，《地狱篇》顾名思义是永久的亡者之国。在其寓言性的图解下，它"是彻底堕落者居住的城，这里的正义、秩序、善行和同情心被放荡生活、暴力、欺骗和背叛所彻底破坏"[1]。《地狱篇》中受罚者的"罪"多半是在任何理性社会里都应受谴责的罪恶。而在康拉德小说中，罪恶与惩罚间的关系背后却没有相应的理论基础。因此，在某种意义上马洛在刚果所遭遇的地狱比但丁的更为可怕。非洲人的"罪"就在于他们处于此时此地。像《神曲》一样，《黑暗的心》中的"地狱"所唤起的感觉不仅涉及地理学观念而且包括法律—政治观念。马洛遭遇的"地狱"是这样一个地域：它除了指一个地理空间，还像米歇尔·福柯（Michel Foucault）所说的那样指示"被某种权力控制的领域"[2]。如果但丁的史诗中的运作逻辑是（基督教）正义，那么在《黑暗的心》中就是战争/战斗。这是康拉德小说对《现代启示录》导演弗朗西斯·福特·科波拉具有主题能产性的一个互文性侧面。

《黑暗的心》的互文决不限于史诗传统。例如，就像罗萨林德·S·梅耶（Rosalind S. Meyer）指出的，小说"大大受益于其与童年神话故事之间的隐约、却又可辨认的关系"[3]。《黑暗的心》可能确实由多种互文性因素所决定。像上述评论所表明的，我认为诸如《埃涅阿斯纪》、《神曲》之类文本对我们理解该小说特别重要，这不仅是因为我所指出的结构及主题上的种种相似性，而且是因为维吉尔和但丁的文本相继为某个文学传统的形成作出了贡献，康拉德深谙并大大受惠于该传统。《黑暗的心》之创新性的一部分就在于小说对待这一欧洲文学传统的方式——将其重写、延伸并且问题化。

这样，可以说，我们对于"黑暗"这一象征（它必定影响我们对全篇的阅读）的理解，因对《埃涅阿斯纪》和《神曲》中黑暗隐喻之重要性的基本认识而丰富化了。在临近《黑暗的心》结尾处，"黑暗"与库尔茨最后的"太可怕了！

---

[1] Higgins语，见 Dante Alighieri (1998). *The Divine Comedy* [1321], Oxford World's Classics, ed. David Higgins. Oxford: Oxford University Press.（Higgins是"牛津世界经典"版《神曲》一书导言的作者。——译注）

[2] Michel Foucault (1980), *Power/Knowledge*, Brighton: Harvester, p.68.

[3] David Mayer (1972), *Sergei M. Eisenstein's Potemkin*, New York: Da Capo Press, p.330.

太可怕了!"的喊叫关联起来。这是库尔茨的临终遗言,(曾声称他痛恨说谎的)马洛忍住没有告诉库尔茨的未婚妻,那个在布鲁塞尔的会客室里服丧的女子:"我不能告诉她,那未免太阴暗了——整个儿都太阴暗……"(中译本第177页)。此处省略号的运用实际上是在激发解释,就像通篇小说中"黑暗"的大量重复一样。然而该象征虽然复杂,但我们仍能辨认其最重要的几个构成方面:残忍、盘剥、种族歧视、伪善、为短期利益而掠夺自然资源。康拉德通过《黑暗的心》的文学话语,最显著地也许是通过复杂的隐喻模式,表明了马洛对他所描述的事件的理解,是而且也只能是有限的。同时,马洛的叙事螺旋式地朝向呈空白、空虚、真空形式的一个中心下降,它构成一个以认命和幻灭为终结的痛苦的学习历程。马洛的话语,和其所依据的标准及态度一样,也失去了稳定性。

  稳定性被打破的这一过程(马洛只是部分地知晓,而结束于他对库尔茨的未婚妻所说的谎言处),也透露了小说对种族的态度。如此判断并非说《黑暗的心》不含有种族主义特征;那是不可避免的。尼日利亚小说家齐努阿·阿奇比(Chinua Achebe)在一篇颇有影响的论文中断言,康拉德小说中的黑人被非人化、被贬低了——他们被看作是异类而且未被赋予说话机会。阿奇比断定,康拉德"是一个十足的种族主义者"[①]。显然,阿奇比的关于马洛遇到的"土著人"被描述为失语者这一观点,单独来看是无可辩驳的。在某个文本层次上,《黑暗的心》类似于大量关于非洲的现代虚构和非虚构文本,这些文本倾向于散播"雷同之波",就像德勒兹(Deleuze)与加塔利(Guattari)所说的:"从种族主义观点来看,不存在外部,不存在外部人。只存在应该和我们相似的人,但他们的罪行则不一样。分界线不在内部和外部之间,而在同时指涉的一连串事物和连续的主体选择内部"[②]。

  对种族主义的这一描述可以和伴随19世纪帝国主义在非洲扩张的旅行(及旅行文学)之形式联系起来。然而,康拉德的叙事与这种帝国主义话语有重要区别。即使这种区别仅表现在它坚持把缺少可量度的外部和外部人之缺席作为问题呈现出来,并由此质疑、或开始质疑帝国主义之本质上是种族歧视的假设。例如,它通过聚焦于与帝国主义相伴随的暴力而做到这一点。作出这一批判并将之持续贯穿的方式,与康拉德创新而有效地运用马洛这个叙述者密切相关。马洛是这样一个第一人称叙述者:他同时是可靠的和不可靠的,因而令读者沮丧;他是一个极为称职的叙述者,在他明白

[①] Chinua Achebe(1998), 'An Image of Africa: Racism in Conrad's *Heart of Darkness*' [lst pub, *The Massachusetts Review,* 18 (1977)]; repr. in Andrew Michael Roberts (ed.), *Joseph Conrad,* London: Longman, 109-23,p.117.

[②] Gilles Deleuze and Félix Guattari (1988), *A Thousand Plateaus,* London: Athlone Press,p.83.

叙述对于保持认识论的控制和道德的完善这一目的之重要性的同时,他体验了叙事性之破裂。马洛告诉听众,"我仿佛是在为你们讲一个梦"——发现那"是不可能的;你也不可能把你一生中某一时期对生命的感受转述出来"(中译本第63页)。框架叙述者议论道,"这个似乎并非假人之口,而是在河水上空重浊的夜空中自己形成的故事"引起了"淡淡的哀愁"(中译本第64页)。而通过奇怪地重复库尔茨报告的中断(它以"消灭所有这些畜生!"这一呐喊做结,见中译本第114页)并重新唤起人们对它的注意,作为文学性旅游叙事的《黑暗的心》之消沉表现了康拉德有限地、初步地把种族主义理解为他者化的参量,在其中,就像赛义德·马祖鲁·伊斯莱姆(Syed Manzurul Islam)所说的,"黑人的本质就是白人自身所缺少和所厌恶的东西"①。总体来说,基本上可以认定,小说家的叙事要旨指向——像马洛、库尔茨以及《黑森林杂志》的读者这一类作为欧洲扩张和"文明"化的工具的人的幻灭与恐惧。

马克思主义口号"永远的历史化!"②需要始终如一地运用于种族主义概念。我们不可忘记,但往往会忘记,我们对"种族主义"的理解大部分来源于自20世纪以来形成的见解。德勒兹与加塔利、弗朗兹·法农(Frantz Fanon)以及爱德华·萨义德(Edward Said)等理论家对种族及种族主义的详尽讨论,是从帝国主义、两次世界大战(其中第二次还包括大屠杀),以及后殖民时代这些历史现实出发的,而且离开这些历史现实,讨论就几乎不能发展。通过把19世纪旅行叙事中一向被抑制的东西主题化,以使自己与帝国的官方意识形态保持距离,《黑暗的心》成为这样一个文学文本:从非洲旅行叙事得到启发并将其问题化,开始讲述我们目前对种族主义的理解所依据的前提。《黑暗的心》包含了对在非洲的欧洲帝国主义的强烈批判,又超越了这样的批判,因为,它把下列两者间多少是隐秘性的联系戏剧化了:一是作为一种特殊形式的人类行为的帝国主义,二是那些引导库尔茨一类人从事于此种行为的人类心理特征。这样《黑暗的心》主要不是,而且绝对不仅仅是一个关于帝国主义的故事,毋宁说它是关于人类生存状况和人类面对某种特定形式的帝国主义(及其后果)而产生的心理的虚构叙事。

---

① Syed Manzurul Islam (1996), *The Ethics of Travel: From Marco Polo to Kafka*, Manchester: Manchester University Press, p.83.
② 这是当代西方马克思主义的代表人物、美国学者弗里德里克·詹姆逊提出的一个著名口号。见《政治无意识:作为社会象征行为的叙事》,王逢振、陈永国译,中国社会科学出版社1999年版,第3页。——译注

III

由此,《黑暗的心》是一部文学作品,一部由两个叙述者展现的复杂的言语虚构:两个叙述者均为小说中的一部分、却又并非毫无疑义地代表康拉德本人。像卡夫卡的《审判》一样,《黑暗的心》是一部有吸引力、神秘的、有独特寓言性的文本:它通过强调阐释,表明没有哪一种阅读是完满的。现在来看《现代启示录》,对弗朗西斯·福特·科波拉的这部影片首先要评论的可能是,它的电影复杂性堪比《黑暗的心》之文学复杂性。下面就对这部迷人的、多层次的、问题丛生的含混性电影作挂一漏万的分析。我更恰当的目标是辨认出、并简单讨论:《现代启示录》中与康拉德小说、与改编面临的挑战以及与我们对作为文学文本的小说的讨论饶有趣味地相关的那些方面。在这些方面我从下列作者关于该电影的颇有教益的论文中受益匪浅:比昂·苏仁森(Bjørn Sorenssen)(1995), 托马斯·艾尔萨埃瑟(和米歇尔·韦德尔(Michael Wedel)(1997),以及西摩·查特曼(1997)。

《现代启示录》在1979年的戛纳电影节上亮相,与沃尔克·施龙多夫(Volker Schlöndorff)根据君特·格拉斯(Günter Grass)1959年的同名小说改编的《铁皮鼓》分享了金棕榈最佳影片奖。由于延迟和罕见的高成本制作,由于科波拉的"明星导演"的地位(因其《教父》(1972)和《教父II》(1974)的成功),以及由于像马龙·白兰度(Marlon Brando)(饰演库尔茨)这样的演员的加盟,《现代启示录》引起了高度期待。电影的发行时机也值得注意。在越南战争结束四年之后,无论美国还是国际观众,都对关于越南的电影抱有浓厚兴趣——《现代启示录》立刻成为该类型电影中的经典之作。

总体来说,电影获得了观众和批评家的同样好评。一些人甚至将科波拉与享有盛誉的格里菲斯(D. W. Griffith)和奥逊·威尔斯这样的导演相提并论。正如比昂·苏仁森指出的,负面批评主要限于那些期待并要求它被拍成一部关于越南战争的"真相"的电影的批评家(就像索尔·于里克(Sol Yurick)在纽约《银幕》杂志上所做的)。不管合理与否,这样的要求可以与下列事实相联系:《现代启示录》是很多人员参与的复杂生产过程的审美结果,这对于电影媒介很正常,但却与康拉德的《黑暗的心》形成对照。康拉德从个人经验与文学创作的独特结合出发写《黑暗的心》,而《现代启示录》的成就则归诸一个庞大制作团队的各种各样而又常常变动的成员之间的复杂合作。《现代启示录》最初的脚本由约翰·米利厄斯(John Milius)写于1969年。科波拉重写了脚本,不清楚最后的电影在多大程度上是建立在科波拉的修改之上,又有多少是源于米留厄斯的原始脚本。因此科波拉成了脚本合写者,由于他同时是电影的导演甚至帮助融资,我们有理由把他视为电影的"作者"。事实上,很多批评家把《现代启示录》看作是继格里菲斯的《党同伐异》(1916)之后最伟大的导演电影(auteur-movie)。但无疑米利厄斯的想法影响了最终完成的电影版本,尽管他和科波拉二人在创作电影时都受到了《黑暗的心》的启发。另外,当时关于越战最知名的书《派遣》(1977)的作者米歇尔·赫尔(Michael Herr),则为电影提供了画外音叙述。

在继续论述之前有必要概述一下《现代启示录》的情节。这一概述主要依照苏仁森的概述①但有所压缩,可以将它与上文的《黑暗的心》的情节概述相比较。

《现代启示录》的背景在越南和柬埔寨,美军上尉威拉德(马丁·希恩饰)接受一项使命,即寻找和除掉叛徒上校沃尔塔·库尔茨(马龙·白兰度饰)。库尔茨是前特种部队"绿贝雷"军官,据向威拉德下达命令的将军说,他的"方法"已经变得"不健康",他叛变后在柬埔寨边境地区创建了一支秘密军队,同时与民族解放阵线(NLF)和西贡军队作战。威拉德乘一艘巡逻艇沿湄公河上溯欲到达库尔茨的势力区,但巡逻艇首先必须穿越NLF控制的三角洲。接着是美军航空兵针对一个NLF村庄展开可怕的袭击,在牛仔式的中校基戈尔(罗伯特·杜瓦尔饰)的指挥下,伴以理查德·瓦格纳的《女武神的骑行》那震耳欲聋的交响乐声,直升飞机散布死亡和浩劫,直到美空军用凝固汽油弹消灭了该村庄。这给了基戈尔一个享受优美的河上冲浪之乐的机会——闻着带有胜利气息的凝固汽油弹的气味。溯河之旅的第一部分融入了关于库尔茨辉煌的军事生涯的背景勾勒,以此证实了将军对他是"我国最优秀的军官之一"的描述。随之对威拉德溯河之旅的旅伴的介绍,穿插了能直观展示越战各个侧面的片断;其中有一个是巡逻艇上高度紧张的船员们残杀了一户渔民家庭。在叙事的这一短暂部分之后,巡逻艇进入了库尔茨的神秘王国。在此两个黑人船员被杀,一个是被子弹射死,另一个(轮机长)是被来自库尔茨的部族雇佣兵的箭刺穿。最终他们到达库尔茨的大本营,丛林深处一个庙宇旧址,他们受到一个歇斯底里的美国摄影记者(丹尼斯·霍珀饰)的欢迎,他加入了库尔茨的部队。威拉德被库尔茨的人捕获,并被带到这位神秘上校面前。上校的第一次出场只是隐蔽处的声音,渐渐地才变成可辨认的模样。原来库尔茨知道威拉德的使命,威拉德被捕获、拷打并被关进竹笼里——但后来被释放,作为库

---

① Børn Sørenssen (1995), 'An Uneasy Relationship: *Heart of Darkness* and *Apocalypse Now*', in Jakob Lothe (ed.), *Conrad in Scandinavia*, New York: Columbia University Press, 155-69. 引文见 p.158-9.

第七章

约瑟夫·康拉德的《黑暗的心》和弗朗西斯·福特·科波拉的《现代启示录》

尔茨的听众倾听了他最后的冥想、独白和诗朗诵。趁着土著人准备一场献祭仪式,就在他们屠杀一头公牛之时,威拉德逼近库尔茨用斧头杀死了他。威拉德带着唯一幸存的船员返回巡逻艇时,土著人虔诚地跪拜他。巡逻艇顺水离开了,伴随着库尔茨临终遗言的画外音:"太可怕了!太可怕了!"

如果把它和上文所给《黑暗的心》的梗概做一比较,我们会发现若干相似之处。两个叙事中情节的主要部分均围绕着一次溯河之旅,分别进入刚果和柬埔寨。康拉德小说和科波拉影片一样,处于叙事中心的是两位男性人物之间的一种复杂、紧张而含糊的关系。在两个叙事中,"被动"角色(没有旅行,被另一方渐渐靠近的那个)呈现为情节的驱动力量;对他的态度是混杂的(兼有钦佩和恐惧),他们都叫库尔茨。将军告诉威拉德他认为库尔茨的做法是"不健康的";经理也告诉马洛他认为库尔茨的"方法是不健康的"(中译本第142页)。在科波拉电影里有一场战争在进行,而在康拉德的小说里欧洲人在非洲的的行为也被反复描述为战争般的,"死亡和贸易在欢快地跳舞"(中译本第33页)。

这个列举还可以扩大开去。但反过来这些"相似性"的列举也会误导,因为它倾向于遮蔽那些也许是同样明显的"不同性"。例如,电影中没有对应于《黑暗的心》的框架叙事:威拉德不像马洛那样面向一群受述者说话。而且,马洛是一个深深震惊于其刚果经验的、职业的、明智的、善反省的、擅言说的船员;威拉德作为一个职业杀手,与马洛形成明显对照的是他几乎完全不会表达自己的内心世界。尽管威拉德不可能像马洛那样能言善辩——两种媒介运作方式的巨大区别排除了这种可能——特别是在接近电影末尾我们对威拉德(及对整部电影)的反应和评价,因下列事实而复杂化:因为他关于自己对所遭遇的事件的反应传达得如此之少,我们无从把握他和事件之间的态度距离。

由于对小说与电影的不同点的列举也可以扩展开去,此处要强调的要点在于:相对于寻找其中的相同和/或相异(如上例所示,它们可以处于小说与电影话语的不同层面上),对《现代启示录》作如是观更好一些:它是科波拉对一部文学文本所作出的特别雄心勃勃的、令人难忘的、但质量上不均衡的电影应答,而这部文学文本是他明确称赞并受其强烈启发的。科波拉使用、结合和试验的那些与故事片相关的手段和策略,比起给上校悖论式地取名"库尔茨"来,是对康拉德文本之复杂性的更加间接、但可能更有创造性的回应。相反的,对《现代启示录》作为电影的讨论可以告诉我们关于作为改编作品的这部影片的一些重要信息。伊恩·瓦特的"主题并置"(thematic apposition)这一概念①与此有关。在其关于康拉德的下一部小说《吉姆爷》(其中马洛作为主要叙述者再次出现)的讨论中,瓦特用该术语以描述不同场景是如何被并置起来互相补充,因此增加了小说的主题复杂性的。用"主题并置"概念来看《黑暗的心》和《现代启示录》的复杂关系,我们可以说,康拉德通过文学文本勘探的问题,被科波拉通过在电影媒介中调换到另一个时间、另一个时间,以达到更进一步的探索。

前已指出,电影开头与《黑暗的心》开头大不相同,因为它没有对应的框架叙事。尽管这一观点看起来很有道理,它也许反映了我们的这样一种倾向:我们有点过于直接地把两种媒介同等看待了。因为《现代启示录》中也有一种框架叙事,而且是一种非常有效的框架叙事。这种框架叙事的一个独有特点就是其"复杂的视听结构"②,它是对片中展示的战争之恐怖性的序幕,也是对这恐怖的暧昧议论。

托马斯·埃尔萨瑟和米歇尔·韦德尔对这一开头作了很好的描述:

> 《现代启示录》开场是黑幕上传来的几秒钟的嗡嗡声,然后丛林全景镜头渐显,又过了一会,声源被暂时定位于慢慢掠过银幕的军用直升机螺旋桨。直升机飞过之后,黄烟腾起,同时,音乐声首次响起。直升机第二次掠过视野后,丛林突然爆出巨大的声音:"这就是末日,漂亮的朋友……"是吉姆·莫里森(Jim Morrison)③的声音,在声音轨迹上伴随着预示灾难的但又寂静的视觉画面。当大门乐队(The Doors)继续唱下去,好几架直升机随着摄影机右摇掠过银幕。银幕左侧倒着叠印出威拉德的头部特写,有简洁的衬托:首先是由一架吊扇,然后是银幕右侧一个大佛头。在我们通过一系列特写看到威拉德在西贡的旅馆房间之前,威拉德的头部特写仍然叠加在直升机的轰鸣和燃烧的丛林上面。④

请注意,作为对电影的话语开头的描述,这一概括与上文给出的故事梗

---

① Ian Watt (1980), *Conrad in the Nineteenth Century*, London: Chatto & Windus p.285-6.
② Thomas Elsaesser, and Michael Wedel (1997), 'The Hollow Heart of Hollywood: *Apocalypse Now* and the New Sound Space', in Gene M. Moore (ed.), *Conrad on Film*. Cambridge: Cambridge University Press, 151-75.引文见 p.162.
③ 吉姆·莫里森(Jim Morrison, 1943—1971),20世纪60年代美国摇滚音乐巨星,1965年成立著名的大门乐队(The Doors)并任主唱。莫里森本人和大门乐队在流行音乐史上、在60年代美国文化中均有显著地位。大门乐队的首张专辑即《大门》。《末日》(The End)是《大门》中的一首,科波拉将其运用为《现代启示录》的主题曲。——译注
④ Thomas Elsaesser and Michael Wedel (1997), 'The Hollow Heart of Hollywood: *Apocalypse Now* and the New Sound Space', in Gene M. Moore (ed.), *Conrad on Film*, Cambridge: Cambridge University Press, 151-75. p.162.

概的头两句有显著区别。而有意思的是,托马斯·埃尔萨瑟和米歇尔·韦德尔对构成《现代启示录》电影话语的那些手段的密切关注,并未使《黑暗的心》成为不相干的参照物,这一参照物可能是有价值——如果我们准备不仅研究小说的主题,而且要研究其技巧的话。例如,观众必须试图去确定军用直升机桨声的来源时所用的方式,类似于马洛设法理解丛林中发生了什么的各种尝试。我们曾注意到伊恩·瓦特创造了"延迟解码"这一术语,以描述康拉德对此种定位过程的表现。这个概念同样可以运用于《现代启示录》的开头,因为我们得花一点时间才能把声音联系到飞行中的直升机上面。此外,在电影中如同在书中,我们永远无法确信我们的"解码"是正确的。我们只能"尝试性"地把声音定位于旋转的直升机桨叶上,这是科波拉的电影表达接近于印象主义叙事所采用方法的多种迹象之一。

就像我们在本书第I部分所见,电影的特点在于,它以独特而又有效的方式将事件、人物和行动视觉化。尽管这一点对我们分析《现代启示录》来说非常明显以至有点累赘,但它却仍然关系到电影开头视觉与听觉效果的精心结合。换言之,虽然科波拉在此处使用了很多表达不同主题意义、技术性很强的电影声音(参见前面的表2.4),电影的视觉性质事实上是被加强了而不是被减损了。但视像和声音之间的关系并非毫无问题;它既提供信息,又导致混淆和错乱。科波拉的声音实验使《现代启示录》可以与1920年代以来这一"电影史上极为动荡又极具创造性的时期"[①]中那些标志着电影从默片向有声电影转变的电影作品相媲美。谢尔盖·爱森斯坦在1928年注意到"声音方面首要的实验工作必须指向其与视觉图像的显著的非同步性"。爱森斯坦认为这样的处理"最终将导致视听觉形象的管弦乐式对位法的创造"[②]。《现代启示录》的开头就力求实现这种对位,因为其复杂的视听觉特征"首先提供阐释策略,然后使它们问题化并从观众那儿将它们抽离,以造成感官经验与故事动机之间最终的不可决定性"[③]。我们首先把轰鸣声(就像埃尔萨瑟和韦德尔指出的:我们在第一幅画面之前就已听见)归因于直升机。但随后(吉姆·莫里森的)声音和(大门乐队的)音乐被加诸第一种声音

[①] Karel Dibbets (1997), 'The Introduction of Sound', in Geoffrey Nowell-Smith (ed.), *The Oxford Dictionary of World Cinema*, Oxford: Oxford University Press, 211-19.引文见p.211.

[②] Sergei Eisenstein (1992),'Dickens, Griffith, and the Film Today', in Gerald Mast, Marshall Cohen, and Leo Braudy (eds.), *Film Theory and Criticism,* Oxford: Oxford University Press, 395-402.引文见p.318.

[③] Thomas Elsaesser and Michael Wedel (1997) , 'The Hollow Heart of Hollywood: *Apocalypse Now* and the New Sound Space', in Gene M. Moore (ed.), *Conrad on Film*. Cambridge: Cambridge University Press, 151-75.引文见p.163.

（来路不明的嘈杂声）上，所有这三种主要的电影声音，又都和一系列渐隐、叠印及摄影机的摇拍运动相联系，并与之形成对比。这种复杂的电影手法之结果是，我们被迫不仅把我们开始听到的声音归因于直升机，而且把它归因于威拉德所躺卧的旅馆房间的吊扇。但我们仍然把来路不明的声音和直升机声音相联系。这一联系在后面的一个电影片段中重新被唤起，在一定意义上也是被证实，这一片段同样因其视听觉结构而值得注意——那就是直升机袭击河畔村庄这一场景。

我想指出，作为电影话语，《现代启示录》的开头和《黑暗的心》的开头同样复杂。这一开头的作用超越了单纯帮助观众了解越南战争背景和为电影情节的展开作铺垫，它还是我们将要观看的电影的一个评论和补遗。声音和画面相冲撞：看到电影开头的画面时，我们听到的是吉姆·莫里森唱"这就是末日"。这句唱出电影第一句话的歌词，有一个值得注意之处，那就是除了标示其自身的篇名而外，它还尝试解释电影标题。"启示"描述了我们对于末日的感觉，例如基督教传统里的审判日，或全球核战争的现代版本。历史悠久而又不断变化的"启示"观念，在很多文化里都十分普遍。正像弗兰克·克默德在《结尾的意义》中所说，"启示的类型——帝国、衰败与复兴、进步与灾难——是历史的产物，并且左右着处于历史中间的人类的理解世界的方式"①。尽管"启示"在《现代启示录》中扮演何种角色还不是很清楚，但克默德提到的几种类型（包括帝国、衰败、灾难）在科波拉的电影中都实现了。而且，无论是开头还是电影整体都召唤阐释，但同时又将阐释复杂化和延迟，这表明了一种与《现代启示录》所表达的"启示"思想相关的寓言性。

科波拉在《现代启示录》中对于电影开端问题的野心勃勃的探索，明显地让人想起瓦依达对康拉德《阴影线》的改编的开头（参见第四章）。这并不是说两个导演使用的电影技巧相同，就大节而言两者恰恰不同。但它暗示着，受到康拉德小说中的文学素材启发的科波拉和瓦依达，都对如何开始（并暗含了如何终结）一部电影的问题感兴趣。不过科波拉通过电影策略的结合来探索这一问题，在这些策略中声音的运用有特殊的重要性和创新性，而瓦依达的探索则主要是通过把图片富有暗示地融入电影的开端来达成。

如果把《现代启示录》看作对《黑暗的心》的改编，那么在威拉德如何、以及在多大程度上能够和马洛相比较这一问题上，批评家们有不同意见。如前所示，对大多数读过《黑暗的心》的观众而言，马洛似乎比威拉德更坚定地与其面对的事件保持距离，也更具批判性。但有一点一直难于确定：即威拉

---

① Frank Kermode (1981), The Sense of an Ending: Studies in the Theory of Fiction, Oxford: Oxford University Press, p.29. （参见刘建华译《结尾的意义》，辽宁教育出版社2000年版，第27页。略有改动。——译注）

第七章
约瑟夫·康拉德的《黑暗的心》和弗朗西斯·福特·科波拉的《现代启示录》

德对于他的行动的犹疑、矛盾态度,在多大程度上与其拙于表达这一事实有关(或许前者在一定程度上是后者的结果)。况且,马洛的态度也并非完全没有矛盾,而一项美军的秘密军事行动的执行官和一艘行驶在非洲河流上的欧洲汽船船长之间,毕竟有很大区别。被视为对美国的越南战争(以及美帝国主义)之批判的《现代启示录》,在威拉德与其军事行动保持批判性距离的那些部分中,达到了它最强烈的效果。这一结论尤其适合于电影中的一个片段:带威拉德上溯湄公河的巡逻艇上有一个船员恰好是著名的冲浪运动员,嗜好冲浪的直升机编队负责军官(基戈尔中校)决定,不妨把掩护巡逻艇渡过三角洲的任务和对海滨小村的恐怖空袭结合起来。这次袭击从军事角度来说是不足取的,但海滨的浪对于冲浪来说太好了!埃尔萨瑟和韦德尔对此关键场景也有很好的描述:

> 该场景始于空军部队在约翰·福特(John Ford)西部片中传统的进军号中投入战斗,紧接着是天幕下一连串直升机的大远景,伴以制造气氛的故事外音乐,最后变成叠印的威拉德侧面的中景,随后切换成从领航直升机内部拍摄的一系列近景,在这些近景镜头中基戈尔中校正与兰斯交谈并发出指令。这些镜头伴随着巨大的引擎轰鸣声,这样人物为了互相交流就必须大声喊叫,而观众也未必要理解人物交流中的每一个细节。处于特写之中并能被我们听见的基戈尔,随后发出了播放音乐的命令,继之以一个磁带录音机的中近景。该镜头以轻轻右摇结束,让我们看到了直升机外的扩音器,我们由此辨认出它们就是音量正不断变大的音乐这一故事内声源(the diegetic source)。①

与上面曾注意到的开端场景相同,在这个场景中,电影的视听结构也异常复杂。瓦格纳音乐的节奏被科波拉用为剪辑原则;音乐的音量是固定的,而直升机螺旋桨的声音(我们以为电影一开始就辨认出来了)则变化多端。此处也像电影开头那样,在摄影机随着瓦格纳配乐节奏从直升机的远景转换为各种中景和特写、又回到两个大远景过程中,声音的效果在视觉上被增

---

① Thomas Elsaesser and Michael Wedel (1997), 'The Hollow Heart of Hollywood: *Apocalypse Now* and the New Sound Space', in Gene M. Moore (ed.), *Conrad on Film*, Cambridge: Cambridge University Press, 151-75.引文见 p. 167-8.(依据声源不同,电影声音可以分为故事内声音(the diegetic sound,也译作"剧情声音")和故事外声音(the non-diegetic sound,也译作"非剧情声音")两类。前者指源于故事内部、有直接叙事功能的声音,后者指不是源于故事内部、没有直接叙事功能的声音,如单纯的背景音乐之类。瓦格纳的音乐在《现代启示录》中先于画面出现,仿佛是背景音乐;在相关画面出现后观众才辨识出原来这正是轰炸机上播放的音乐,也就是故事内声音。关于这一对概念,可参考大卫·波德维尔、克里斯汀·汤普森《电影艺术:形式与风格》,曾伟祯译,世界图书出版公司2008年版,第334页。——译注)

弗朗西斯·福特·科波拉《现代启示录》——直升机袭击越南的沿岸村庄

强了。随后是所有声音元素的陡然变换,以及画面从直升机到越南村庄的转换。

如果像一些批评家曾指出的那样,这种视角转换在《现代启示录》中具有主题能产性,那么其总体效果主要依赖于视觉画面及其之前和之后的声音的结合。用爱森斯坦对《战舰波将金号》的编剧所作介绍中的用语来说,科波拉实现了向"截然相反的质素"的转换。"同一主题的形象……被从相反(角度)加以呈现,尽管它是从主题自身生长出来"[1]。相比入侵的直升机,有着乡村广场、茅舍和学童的村庄里的日常生活(剪接重新排列了其行为),是作为"截然相反的质素"展示给观众的。声音一开始用于强调对比,然后用于将两个世界一起带入激烈冲突,这场冲突导致若干平民的死亡,而由于损失一架直升飞机,基戈尔命令用凝固汽油弹袭击村庄,该场景以基戈尔为冲浪作准备的近中景作为结束("我喜欢早上闻到凝固汽油弹的气味")。第一种声音属于村庄生活:孩子们的声音,大人的谈话,狗吠。随后我们听到的,如埃尔萨瑟和韦德尔指出的,是一种轻微的嗡嗡声,它使我们记起在电影最开始听到的声音。开始观众(和村民一样)难于辨识这种声音;当我们能够

---

[1] Sergei Eisenstein (1988), *The Battleship Potemkin*, London: Faber & Faber, p. 10-11, 着重为原作者所加。

辨识的时候，我们不是把它与直升机相联系，而是和瓦格纳的音乐①联系起来。我们应该如何理解这种音响、噪音与人声的糅合？也许正像埃尔萨瑟和韦德尔联想的，女武神们策马飞驰从战场上收敛死去的英雄的尸体？村民们饱受惊吓，观众面对的则是战争的破坏性及其启示意义。马戈特·诺里斯（Margot Norris）发现，"如果说，世纪初战争中大批的死者被无产阶级化了，那么世纪末的战争中大批的死者则是被激进主义化了"②。诺里斯讨论的语境是1991年的波斯湾战争，一场不同于越南战争的晚近冲突。但这两场历史战争的叙事间还是有共同之处。《现代启示录》中直升机袭击岸边村庄产生的效果，部分地归于科波拉所用的方法：他精致而细腻地综合了一整套电影手段，把袭击展示为一种纯粹武力的演练，以引起观众对其内在的荒谬性与不道德性的关注。

在其刚果河航程上，马洛所乘的船在西非海岸附近经过了一艘法国军舰。马洛说："真仿佛是法国人正在那里进行一场大战"（中译本第33页）。

> 它停在由大地、天空和海水组成的一片寥廓的空间里，不知为了什么，向着一个大陆开炮。嗵，那六英寸的大炮又响了；一小团火光冲出去，又消散了，一团白色的烟雾很快消失了，一颗很小的炮弹发出一声微弱的尖叫，然后什么事也没有了。当然也不可能发生任何事情。这种做法只让人感到几分疯狂；让人看着，感到既滑稽又可悲；尽管船上有人很严肃地告诉我，那边有一个土人——他把他们叫做敌人！——的营地隐藏在海岸上什么地方，但这也不能消除我的那种感觉。（中译本第33页）

此处康拉德的话语在功能上是转喻式的，在某种程度上是悖论式的。转喻是以事物的某一属性为事物命名，例如我们用"王冠"来指国王，或者用"康拉德"指代康拉德的所有作品。这里的转喻是这样产生的：军舰被视为法国/欧洲在非洲之所作所为的代表，或其等价物。尽管转喻的内容不确定（毕竟它"不知道为了什么"），但马洛采用否定的辩证法的形式给这一事件以一种可能的解释，他用了"滑稽"和"疯狂"这样的字眼。军舰胡乱地朝从

---

① 《现代启示录》中选用的瓦格纳音乐，系其歌剧四部曲《尼伯龙根的指环》第二部《女武神》第三章中的一段著名音乐，名为《女武神的骑行》。音乐表现女武神们骑着骏马在云间潇洒驰骋、武器在闪电中闪烁、怪异的笑声与雷鸣混成一片的形象。瓦格纳充分发挥了以长号、小号为主的铜管乐器的音色，具有浓厚的神话色彩和强烈的宇宙空间感，是最能体现瓦格纳音乐风格的作品之一。——译注

② Margot Norris (1996), 'The (Lethal) Turn of the Twentieth Century: War and Population Control', in Robert Newman (ed.), *Centuries' Ends, Narrative Means*, Stanford: Stanford University Press, 151-9. 引文见 p.159.

林开火和非洲大陆的广阔无边之间的对比,给马洛以荒谬之感。这种对比强调了该段引文中的矛盾:将寻常用法中相对立的两个词语或概念(军舰对广阔的大陆)加以并置。

称非洲土著为"敌人",这和基戈尔之直接把越南村民描绘成"混账蛮人"毫无二致。直升机袭击海岸村庄同样显示出"几分疯狂"。尽管效果上有所区别,主要是由于远距离武器技术的使用,人们仍普遍公认在北越大范围轰炸的军事效果微乎其微(虽然被杀平民的数目巨大)。《现代启示录》中直升机场景给观众留下这样的印象:这是一次带有古怪意味的荒谬行为。罗伯特·杜瓦尔(Robert Duvall)在《现代启示录》中的表演为他赢得了奥斯卡奖,他成功地把基戈尔中校演绎得尽管疯狂却很可信。通过对军事系统中这种系统化的疯狂之出色展示,基戈尔和库尔茨形成有效的对比。后者叛变了组织,也许正是由于这个原因,他被他的上司视为"疯狂"。

马丁·希恩在电影的该片断中,对威拉德给予了比在后面更细致入微的表现。威拉德在此处对他所见事物的态度,没有在电影将近结尾处的态度那么矛盾;他显然对基戈尔及其战友的行为感到震惊,并与他们拉开距离,他甚至反省袭击的无意义和人命的丧失。尽管威拉德在这里对军事系统貌似比早些时候更多怀疑,然而,在电影的结尾部分他好像忘记了,或者抑制住了自己对于战争的异议。得出这一结论,也就是提醒人们注意关于《现代启示录》被分成两部分的问题:前半部分导演得极为壮美宏阔(我们刚简单涉及到其中两个片段),后半部分围绕库尔茨、库尔茨在柬埔寨丛林中的统治以及威拉德之闯入其恐怖统治区,这部分就更含糊不明而且神秘。威拉德在巡逻艇上的溯河之旅构成了两部分之间的过渡,尽管它和前半部分的关系比和后半部分的关系要近一些。

显然,电影里的溯河之旅比小说中的持续时间要短。在电影的这个中间段落,科波拉同样调动了大量电影手段以表现河上之旅,其方式令人联想到康拉德的文学描绘。威拉德之无力表达自己的感受这一点仍然值得注意;和马洛相比,他的反思极为克制。为了传达威拉德的一些思想,科波拉运用了画外音,总体来说,这些想法都集中于库尔茨身上。尽管这种克制完全合理,因为库尔茨正是他奉命去"干掉"(而不是像马洛那样去"拯救")的人,但和马洛通过其第一人称叙述给《黑暗的心》的读者留下的印象相比,它仍使得威拉德对于《现代启示录》的观众来说显得更深不可测(某种意义上亦即更肤浅)。威拉德不情愿、或无力表达他的反应与思想,这是一个随其显著被动性而加剧的问题;正如弗朗西斯·凡诺耶(Francis Vanoye)所指出的,他"首先是一个观察者"[①]。

[①] Francis Vanoye (1991),*Scénarios modèles, modèles scenarios*, Paris: Nathan.p.160,拙译。

第七章

约瑟夫·康拉德的《黑暗的心》和弗朗西斯·福特·科波拉的《现代启示录》

和电影其他部分一样,在此我们对科波拉所用电影技巧(部分地是为了弥补威拉德之缺欠)的评价,会因观众对《黑暗的心》的了解、解释之不同而有不同。科波拉此处的摄影方法的一个重要特点即对摄影机角度的限制,以及因此对船员(及观众)的视角的限制。把摄影机架设在巡逻艇上,这有助于创造并逐渐强化巡逻艇作为闯入一个未知且有潜在危险的领地之外来者这一形象。有一个关于河流的长镜头加强了这一印象,而不是减弱了它:我们看见被巨大的丛林包围中的河上有一艘小小的船。在画外音叙述中,威拉德曾谈到"一条粗大的输电线路……它的顶端直插库尔茨的脚下"[①]。这使观众倾向于不仅将该评论同湄公河的电影画面联系起来,而且将它与马洛对丛林中"压倒一切的现实"(中译本78页)的描绘联系起来:"一条非常大的河流……像一条尚未伸展开的大蛇"(中译本19页)。

科波拉通过把船上的乘员表现得幼稚、无知从而维持视角控制。他们看似完全不理解他们自己所参与的战争,而且一开始他们也不理解自身处境的危险(其中一人还去玩滑水)。在船溯流而上的过程中,电影展示了船员们如何(在不理解的情况下)产生关于丛林中"压倒一切的现实"的越来越强烈的印象。在浓雾导致渡河愈加困难之际他们对即将到来的危险之感知愈加强烈,而在枪林箭雨射向船体之时完全达到顶峰。

《黑暗的心》的叙事避免特定的地理指涉,这一点使得观众更易于拿科波拉的影片跟康拉德的小说作比较。摄影师维托里奥·斯托拉罗(Vittorio Storaro)曾声称,在《现代启示录》中他"力图表现约瑟夫·康拉德的基本思想,即一种文化强加于另一种文化的头上"[②]。这意味着康拉德不仅启迪了米留厄斯和科波拉,也同样启迪了其团队中的其他成员,它使人注意到在电影中创造出效果等同于康拉德的文学印象主义所面临的挑战,而这种印象主义在叙事的这一阶段上最富有暗示性:"'他们会对我们发动攻击吗?'一个充满恐惧的声音低声问道。'在这一片大雾中,我们全会让他们给杀死的,'另外一个声音喃喃说。"(中译本第92页)。其后不久马洛说到:"许多棍子,细小的棍子到处乱飞——密密麻麻的……我勉勉强强躲过了那个树桩。箭,我的天哪!我们受到攻击了!"(中译本第102页)。伊恩·瓦特把该段作为延迟解码的例子加以评论时发现:

> 《黑暗的心》本质上是印象主义的,其方式极为特殊然而又很一般:它接受了、而又的确以其自身形式肯定了个人理解是受限制的、模糊不

[①] 威拉德的这句画外音出现于电影开场不久,他把湄公河比喻作通向库尔茨的输电线路。参见陈笃忱译《现代启示录》(电影剧本),载《电影艺术译丛》1980年第3期,第48-101页。该处引文见第50页。——译注

[②] Peter Cowie (1990), *Coppola,* London: Faber & Faber, p.130.

清的;由于所追求的理解带有内向性和经验主义性质,我们可以将其叙事方法之基础描述为主观精神上的印象主义……《黑暗的心》比先前的小说更彻底地体现了不确定性和怀疑性;马洛的功能之一就是表现一个人所不知道的能有多少。①

电影之所以难以传达这种内心印象,一个原因在于:它接近于——如果不是依赖于——马洛作为叙述者的感觉和反应。面对把小说中叙述汽艇遭袭的段落改编成电影这一挑战,可能性之一是利用恐怖片的形式惯例,《现代启示录》显然就与此有关。然而就像西摩·查特曼指出的,科波拉在这里并没有运用——例如——混光(confusing lighting)。相反,他"通过把'细小的棍子'这样的话放到威拉德的对话中而改变了重心"②。当箭矢开始打击船体时,威拉德喊道"是些小棍子;他们只是吓唬咱们!"但这一形势判断是错误的:蔡夫被茅扎穿而丧命。查特曼所举的例子效果之一就在于再次提醒人注意威拉德和马洛之间的巨大区别。威拉德作为叙述者能力有限,这意味着该场景的印象主义特点寓于别处,尤其是如上所述科波拉对极端摄影角度的使用上,这些角度都有很重要的叙事功能。

威拉德(关于库尔兹及战争)的立场和态度疑窦丛生、含混不明,观众的此一印象在电影将近结尾时被增强了,特别是在库尔兹出场的那个怪异片断中。这是《现代启示录》最富争议的部分。一些批评家把该结尾部分视为败笔,而多数批评家认为结尾部分与之前各部分之间有复杂关系。这里我将再一次提到在讨论直升机袭击场景时引用过的爱森斯坦的论述,我们可以说电影结尾的质素与第一部分截然相反。很明显,影片两部分之间有对比,但最后一部分的特点究竟如何尚不清楚,也看不出它是"从主题自身生长出来"的。其结构要素(形式方面一如内容方面)多种多样,它所提供的阐释信号又矛盾而错乱——尤其是我们如果像电影第一部分鼓励我们去做的那样,把《现代启示录》视为对越南战争的一个有力批判的话。不过需要补充的是,尽管电影最后部分的主题倾向如何并不清晰,但有一点很清楚,即科波拉试图超越、试图表现一些超出于并区别于关于一场特定战争的相对具体的批判的东西。就算这一企图没有完全成功,这种概括化努力也值得注意——如果把电影看作《黑暗的心》的改编的话:我们注意到在康拉德叙事的主题中也有一种类似的概括化努力。不过在康氏小说中,超越帝国主义批判的努力(它帮助赋予文本以另外的、更概括性的"质素")是"从主题

---

① Ian Watt (1980), *Conrad in the Nineteenth Century*, London: Chatto & Windus, p.174.

② Seymour Chatman (1997), '2 1/2 Film Versions of *Heart of Darkness*', in Gene M. Moore (ed.), *Conrad on Film*. Cambridge: Cambridge University Press, 207-23. 引文见 p.212, 着重为原作者所加。

中"生长出来的。康拉德的文学叙事与科波拉的电影叙事间之所以有此区别,有两个主要原因,它们都来自《黑暗的心》的叙事与隐喻结构:小说不是由两部分构成;此外,和《现代启示录》相对照,它在结尾回归了叙事框架。

　　科波拉实际上为《现代启示录》制作了三种不同版本的结尾,而在三者中做出选择时面临巨大困难。在最终选用的方案中,《黑暗的心》仍是其重要的灵感源泉,但康拉德小说与暗指的其他文学作品融合到一起。在真正的暗杀之前,科波拉安排了几个场景,让库尔茨通过大声对威拉德朗诵诗歌以表露他的一些思想;他也与威拉德分享了他的感悟,其方式让观众联想起电影开头的库尔茨的录音。如果说库尔茨会向自己的刽子手朗诵诗歌这件事不怎么可信,那么这正是使《现代启示录》的结尾偏离现实主义成规的几个事件之一。诗歌提供了一个如此明显的文学线索,以至于更宜于认为它是引用了、而不仅是暗指了艾略特(T. S. Eliot)三首最著名的诗:《J.阿尔弗瑞德·普鲁弗洛克的情歌》(1917),《荒原》(1922)和《空心人》(1925)。

　　这三首诗的电影表现各不相同。《普鲁弗洛克》是艾略特最著名的早期诗歌,威拉德在库尔茨的大本营遇上的美国摄影师提到了它。作为库尔茨的狂热的追慕者,这个怪异角色的原型是马洛遇上的那个俄国人,他坚定地认为库尔茨"大大扩大了我的眼界"(中译本第123页)。摄影师也用了同样的说法,显然是取自《黑暗的心》。对于《荒原》,虽不是以原诗引用的方式涉及,但线索仍然十分明显。在库尔茨的一段独白中,摄影机摇过库尔茨房间的墙,然后在一张桌子上停留了足够长的时间,以让读者看清上面几本书的书名:《圣经》,《埃涅阿斯纪》,詹姆斯·弗雷泽(James Frazer)的《金枝》,杰西·威斯顿(Jessie Weston)的《从仪式到传奇》。因为所有这些书名都和艾略特的诗有关,我们把对库尔茨及其思想的呈现与现代主义诗歌的一部杰作关联起来。当然,对艾略特最明确的提及,出现于库尔茨向威拉德朗读《空心人》前12行时:

　　　　我们是空心人
　　　　我们是填塞起来的人
　　　　彼此倚靠着
　　　　头颅装满了稻草。可叹啊!
　　　　我们干枯的嗓音,在
　　　　我们说悄悄话时
　　　　寂静而无意义
　　　　像干草中的风
　　　　或碎玻璃堆上的老鼠脚

在我们那干燥的地窖里①

在电影语境中,库尔茨阅读这一片断具有自我塑造的作用。科波拉引导观众把库尔茨视为的空虚的人,类似于艾略特诗中的"空心人"。《空心人》是艾略特最颓废的诗歌之一。艾略特的悲观主义,本质上是因第一次世界大战的经验和幻灭而被强化的一种文化悲观,它混合了对于现代世俗社会的批判——比较一下与《空心人》在主题上有关联的《荒原》一诗的标题。古代的仪式和神话(弗雷泽在其出版于1890—1915年间、关于巫术与宗教的筚路蓝缕之作中曾有概括),对艾略特来说代表了一个现代社会的绝对对立面。另外,《空心人》的诗序"库尔茨先生——他完了"也是采自《黑暗的心》,而在康拉德小说里马洛也描绘库尔茨"身子已经是空心的了"(中译本第133页)。如果我们认为诗题和诗序是鼓励我们视库尔茨为"空心人"的象征的话,那么在《现代启示录》中艾略特的诗就对库尔茨的塑造做出了巨大贡献。罗伯特·克罗弗德(Robert Crawford)认为"《黑暗的心》之所以重要,不是因为它给予人类学读者艾略特以关于'原始社会如何运转'的更好的认识,而是因为它向诗人艾略特展示了野蛮人生活和现代城市职员生活在最深层次——即'恐怖'的层次上的交叉;这对于他而言,在本质上是人的内心邪恶的现实化"②。这一点与《黑暗的心》中"黑暗"这个符号的作用方式有关:恰如它是"原始"人类生活的一部分一样,它也是"文明"人类生活中同样多的一部分。这样我们就回到了小说的叙事技巧,而正是这些技巧构成了两大维度之间的重要联系。

《现代启示录》在结尾片断涉及了艾略特,这对于其与《黑暗的心》的关联而言,与其说是取代,不如说是一种拓展。摄影机环视库尔茨的房间摇拍过程中,不仅聚焦于上面提及的三本书,而且聚焦于显系库尔茨著作的一份草稿上。在这份打印稿的某一页上用手写体大字写着(摄影机又一次停驻足够长的时间,以让观众读出那个句子):"把他们消灭干净!"科波拉由此使得库尔茨的描绘依赖于观众之阅读草稿,这是一个饶有趣味的电影手段,它暂时缩小了文学与电影间的区别,其作用方式与别的方式——例如,让威拉德朗声读出那个句子——极为不同。熟悉《黑暗的心》的观众,会将此草稿与"肃清野蛮习俗国际社"要求库尔茨编制的报告("以作为该社未来工作的指南",中译本第113页)联系起来。读了这个报告,马洛把它描述为对于欧

---

① 采赵萝蕤译文。见赵萝蕤等译《世界诗苑英华·艾略特卷》,山东大学出版社1997年版,第122页。——译注

② Robert Crawford (1990), *The Savage and the City in the Work of T S. Eliot*, Oxford: Clarendon Press, p.168.

第七章

洲人在非洲之殖民主义的文笔优美的辩护词。但是,他又用一个"极有价值的补充说明",讽刺性地补充道:

> 其中没有一个字涉及实际问题,从而打乱他流水般的词句的迷人魅力,除了出现在最后一页上的一段说明也许可以看作是对某一方法所作的解释,显然是很久以后草草补上的,笔划显得非常凌乱。这段说明很简单,但在这篇向一切利他主义精神发出动人呼吁的最后部分,它却像晴空中忽然出现的一阵闪电,照亮了一切而又十分可怕:"消灭所有这些畜生!"(中译本114页)

使用同一动词,这表明电影和小说的某种相似,但对"补充"之叙事表达在小说里的效果,明显强于其在电影里的效果。在《黑暗的心》中,最后的补充既拓展了、也解构了库尔茨报告中将殖民主义合法化的辩辞。它展现了一种既是侵略的、又是幻灭的洞察,这可以联系到库尔茨最终的感叹上去:"太可怕了!太可怕了!"对于马洛来说,库尔茨的临终喊叫变得具有权威性,因为它看似概括了完整的生命经验;在某种意义上它是对于报告中那些书面论述的最终口头评论。马洛声称其痛恨谎言的主要原因是说谎给予他死亡的滋味。科波拉的库尔茨同样告诉我们没有什么比说谎更令他鄙视的。科波拉两次运用"太可怕了!"这一临终呼喊,第一次是作为库尔茨的直接陈述,第二次是用作画外音议论,以强调该议论给威拉德留下的强烈印

是威拉德所看见的"恐惧"吗?弗朗西斯·福特·科波拉《现代启示录》中的威拉德上尉,马丁·希恩饰。

象。但"可怕"一词在电影中的含义不明确。尽管该词在《黑暗的心》中的意义也不无模糊,但在康拉德小说中它毕竟更加密切、更加一致地关系到其他的文本要素(例如死亡的象征)及小说的整体文本意图。尽管有可能把科波拉片中的库尔茨之"可怕"与(比如)直升机袭击联系起来,但这种联系并不明显,因为电影的结尾是如此彻底地和第一部分割裂开来。

对改编的这种评论是否将文学和电影间的对比太直接化了?文字小说的间接化、距离化而概括化的运作方式,令《黑暗的心》的读者"想象"文本事件与冲突。马洛在启动与支撑该阅读过程方面扮演决定性角色。因为马洛依赖由别人提供的(可靠性程度不等的)信息以塑造库尔茨,他的描述毋宁是间接的;库尔茨被表现得神秘而难忘,危险而恐怖。苏仁森指出:

> 科波拉企图通过把库尔茨的这个形象表现成无定形的影子,以尽可能长久地保持康拉德对库尔茨的间接描绘。最初,威拉德听到了一些来自库尔茨的隐秘的、被静电干扰了的无线电信息,而他看到的库尔茨形象也是一个凸出的人形的模糊描绘。紧接着威拉德的抵达,科波拉试图通过把库尔茨留在阴影中,来延长这种效果。当然科波拉迟早要直接描绘库尔茨,但自此之后库尔茨就失去了其在《黑暗的心》中所具有的神秘性,即便马龙·白兰度以其演员工作室①的最佳表现试图保持库尔茨给人的"超人"或"人外之人"的幻觉。②

尽管我指出了《现代启示录》与《黑暗的心》的一系列联系,威拉德和库尔茨的会面与马洛和康拉德笔下的库尔茨的会面仍显得大为不同。这些不同,有很多就像苏仁森指出的那样,产生于文字小说和电影运作方式之间的不同。说到这儿需要补充一句,科波拉对两个主要人物会面的表现极富暗示性——无论就其自身(亦即作为电影呈现)而言还是联系到《黑暗的心》。例如,有一点就很有意味,在很长时间里库尔茨对于威拉德来说只是一个声音;《黑暗的心》中库尔茨声音的威力得以反复强调(中译本第141页、157页)。接着,就像查特曼指出的,"白兰度的光头的轮廓数次出现,黑色的阴影从上面切过,极好地把康拉德的描述予以视觉化"③:"还有库尔茨先生宽

---

① 演员工作室(Actor's Studio),纽约著名剧院,原为1947年成立的职业演员训练场所。曾对1950年代美国戏剧和电影产生过巨大影响。包括马龙·白兰度在内的一批知名演员均出身于该剧院。——译注

② Børn Sørenssen (1995), 'An Uneasy Relationship: *Heart of Darkness* and *Apocalypse Now*', in Jakob Lothe (ed.), *Conrad in Scandinavia*, New York: Columbia University Press, 155-69. 引文见 p.161-2.

③ Seymour Chatman (1997), '2 1/2 Film Versions of *Heart of Darkness*', in Gene M. Moore (ed.), *Conrad on Film*. Cambridge: Cambridge University Press, 207-23. 引文见 p.212-13.

大的额头！……可是这个——啊——这个额头,却光得十分出奇。荒野曾拍打过他的头,你们瞧,它完全像个球一样——一个象牙球"(中译本第110页)。影片这个场面让查特曼联想到:"不是马洛,而是库尔茨中校,变成了一尊佛陀——或者毋宁说一尊反佛陀,一个血腥、不宽恕的幽灵。"①在《黑暗的心》的最后段落里,框架叙述者把马洛比作"已入定的菩萨"(参见中译本第177页,并参见第12页、16页),而在《现代启示录》的开头段落中也出现了一幅巨大的佛陀像。然而在电影的这个较早阶段,它和威拉德有关,而不是库尔茨。我们该如何理解这种复杂形式的双重指涉——指涉威拉德和库尔茨、佛陀和反佛陀？佛陀像的意味看似因重复而加强,但其主题意义并不明晰。问题的一部分又一次被联系到拙于表达的威拉德。一定程度上我们也许可以把威拉德的被动,解释为他所参与的战争给予他的不可避免的影响(说到这点需注意,杀害库尔茨这一行动在某种意义上证实了他的被动性,因为那是他受命而为)。但他的被动的确创造了一个对比——与马洛对其所见所闻的知觉反应形成对比。尤其是两个方面的结合,造成《现代启示录》结尾如此问题纷纭、暧昧不明:一方面是威拉德的疏于反思、没有与故事保持态度距离;另一方面是科波拉通过类仪式因素和恐怖效果制造的神秘色彩。

尽管《现代启示录》的结尾部分使得影片不如《黑暗的心》审美上那么均衡,然而,得出"书优于影片"这样的结论,却难免是误导与简单化。作为文学文本,《黑暗的心》可以根据马洛的经验描绘刚果河、丛林以及库尔茨。而在《现代启示录》中,威拉德的经验并未以相似的方式转达给读者。虽然威拉德宣称自己的故事是一次"忏悔",他的叙述却被影片中影像、声音和多种多样的电影效果的复杂混合弄得边缘化了。另一方面,我们可以说康拉德小说中没有哪儿像《现代启示录》中直升机轰炸海滨小村的场面那样有力地揭露了战争的荒谬与残忍。《黑暗的心》与《现代启示录》间诸多联系的一个明显效果就是,它们例证了文学虚构与电影虚构的作用方式有多么大的不同。

1991年,在《现代启示录》上映13年之后,此处所讨论的好几个问题在纪录片《黑暗的心:电影人的启示录》(*Hearts of Darkness: A Filmmaker's Apocalypse*)中又一次浮出水面。这部由福克斯·巴尔(Fax Bahr)、乔治·希根路柏(George Hickenlooper)和埃莉诺·科波拉共同执导的电影,促进并在某种程度上证实了《现代启示录》作为越战经典的地位,它说明对美国人来说(部分地,对于欧洲人和亚洲人也是同样)忘记越南战争是何等困难。由

---

① Seymour Chatman (1997) , '2 1/2 Film Versions of *Heart of Darkness*, in Gene M. Moore (ed.), *Conrad on Film*. Cambridge: Cambridge University Press, 207-23.引文见p.213.

此观之,《黑暗的心》与诸如1967年的 *Loin de Vietnam*(《远离越南》)等电影有关——在这部法国的合拍片中,众多导演提出了欧洲与越南战争之关系的重大问题。埃莉诺·科波拉的纪录片显示出《现代启示录》的欧洲气质,也证实了科波拉和德国导演例如维尔纳·赫佐格(Werner Herzog)的密切关系。后者的《阿基尔,上帝的愤怒》(1972)"用视觉形象把原始自然表现为对抗性、恐怖性的力量,她让殖民者在她面前显得弱小并最终消灭了他们"[1]。

我们会马上注意到,同"现代启示录"相比,"黑暗的心"(Hearts of Darkness)这个标题传达了与康拉德的小说更加明确的联系。在全片中,这种直接联系被多次证实。埃莉诺·科波拉在其丈夫弗朗西斯执导《现代启示录》的同时,拍摄了这部影片。她在这部影片的导言中提及奥逊·威尔斯在1939年试图改编《黑暗的心》但没有成功。这一提及的目的,部分地在于说明改编《黑暗的心》是何等困难,部分地则在于强调作为导演的弗朗西斯·福特·科波拉的野心之大。而对于威尔斯的提及也由此被联系到科波拉本人所作的一个评论,在该评论中,他以回顾的视角把《现代启示录》描述为"《黑暗的心》在越南战争背景下的一次现代讲述"。最后,《黑暗的心》采用了威尔斯在1938年的广播剧《黑暗的心》中的一些段落,埃尔萨瑟和韦德尔发现"威尔斯最终拍摄的电影——《公民凯恩》中却始终有被它替代的《黑暗的心》的影子,而威尔斯的《黑暗的心》的幽灵同样萦绕着科波拉和他的合作者们"[2]。

至于该纪录片是否告诉了我们关于《现代启示录》、或者关于电影作为文学作品的改编的一些重要的新信息,批评家们意见并不一致。可以肯定的是,由该纪录片建立的与《黑暗的心》的联系是饶有趣味的。但正如我们所看到的,这些联系已然存在于《现代启示录》中,而且,把它们当作科波拉的影片中的表现(即作为一部故事片话语中的改编元素)来讨论,比作为一部纪录片中的供述来讨论或许更有价值。《黑暗的心》最引人注意的也许在于其细节层面,例如科波拉出人意料地把自己和库尔茨做比。这一比较可以和科波拉在1979年戛纳电影节上一次对记者谈话中的一句话联系起来:"这部影片并非关于越南的"。这句话表明了科波拉想通过电影这个媒介,通过《现代启示录》来达到什么,同时,它也在康拉德的《黑暗的心》中一句重要的话中得到了回应:"库尔茨是全欧洲共同创造的"[3]。

---

[1] Anton Kaez (1997), 'The New German Cinema', in Geoffrey Nowell-Smith (ed.), *The Oxford History of World Cinema*. Oxford: Oxford University Press, 514-27. 引文见p.620.

[2] Thomas Elsaesser and Michael Wedel (1997), 'The Hollow Heart of Hollywood: *Apocalypse Now* and the New Sound Space', in Gene M. Moore (ed.), *Conrad on Film*, Cambridge: Cambridge University Press, 151-75.引文见p.151.

[3] 黄雨石译本此处作"全欧洲曾致力于库尔茨的成长",见中译本第113页。此处酌情改译。——译注

第八章

弗吉尼亚·伍尔夫的《到灯塔去》和科林·格雷格的《到灯塔去》①

特里·伊格尔顿(Terry Eagleton)在为雷切尔·鲍尔比(Rachel Bowlby)的《弗吉尼亚·伍尔夫:女权主义目标》(1988)所作的序言中指出,男性文学批评家倾向于称道弗吉尼亚·伍尔夫的现代主义而贬低她的女权主义,一些女权主义批评家则走到另一个极端。不过必须要补充一点,即在女权主义学界,伍尔夫也仍以很多不同的方式被提及和讨论。②

如果我们粗略地把伍尔夫评论划分为两大类——一类是以其现代主义为中心的"男性话语",一类是从女权主义角度切入的"女性话语",那么鲍尔比给我们一个有益的提醒:其中没有一类是固定的,无论在伍尔夫文本中还是对这些文本的阐释中。例如,对"伍尔夫的现代主义"的研究,可能包含着女权主义视角下的洞见与结论,而女权主义学者则无疑帮助我们更好地理解作为现代主义作家的伍尔夫。

叙事分析最好避免把自己捆绑于上述两种倾向中的任何一种上。尽管作为"男性作者",我当然无法摆脱我置身其中的"认识视界"(the horizon of cognition,伽达默尔)的影响,或者说摆脱我对所研讨的文本的"旨趣"(interests,哈贝马斯)(参见第七章前言),但我仍然认为叙事分析应该对不同的阐释语境、对两种性别的读者都有意义、有益处。举例说,精神分析学家强调,在人类发展中不存在(对异性而言)没有性别差异的主体,也不存在朝向最终的男性化或女性化特征的天然的"程式化"进程。由于发展过程中的优势方是男性,受此影响女孩们根据规约去界定自身(包括性别方面的界定),而

---

① Virginia Woolf, *To the Lighthouse* (1927), Oxford World's Classics, ed. Margaret Drabble (Oxford: Oxford University Press, 1998). Colin Gregg, *To the Lighthouse* (1983); BBC-TV Colin Gregg Films.(本章凡引弗吉尼亚·伍尔夫小说原文,均采瞿世镜中译本《到灯塔去》,上海译文出版社2000年版。只随文括注该书页码,不再注出英文原版页码。——译注)

② See Toril Moi (1985),*Sexual/Textual Politics: Feminist Literary Theory*, London: Methuen. p.1-18; Juliet Dusinberre (1997), *Virginia Woolf's Renaissance: Woman Reader or Common Reader?* London: Macmillan.

她们多少是被排斥在规约之外的。在《到灯塔去》中伍尔夫表现了该复杂问题的一些重要方面，尤其是在拉姆齐夫人及莉丽·布里斯库的塑造中。由于这种塑造与叙事技巧交织在一起，对伍尔夫叙事的讨论就可以和对小说的精神分析批评相结合。同样，叙事分析也可与其它方法结合，例如我将多处涉及到皮埃尔·布迪厄(Pierre Bourdieu)的人类学阐释。

I

作为分析的起点，我想先援引玛格丽特·德拉堡(Margaret Drabble)的《牛津英国文学指南》(1997)中关于《到灯塔去》的内容概要：

> 小说分三部。第一部《窗》的篇幅最长，描述一个夏日，拉姆齐夫妇带着八个子女及形形色色的朋友在度假。客人包括胖胖的、懒洋洋的老诗人奥古斯都·卡迈克尔，画家莉丽·布里斯库(她在某种程度上代表女性创作过程中的奋斗和付出的代价)，还有粗俗的中产阶级底层文人查尔士·塔斯莱。最小的孩子詹姆斯渴望去看灯塔，而他的父亲持明确的反对态度，这导致家庭气氛紧张。白天的摩擦在晚餐桌上得以暂时解决，都勃牛肉的烹调也很成功，拉姆齐夫人想到，"在一些事物之中，有……某种不会改变的东西，面对着那流动的、飞逝的、光怪陆离的世界，红宝石一般闪闪发光"(中译本第109—110页)。第二部为《岁月流逝》，言简意赅地叙述了拉姆齐夫人及其儿子安德鲁之死(他在战争中牺牲)，并凄凉抒情地描述了一家人的背井离乡及战后的重新觉醒。该部分以莉丽·布里斯库及卡迈克尔的到来告终。最后一部《灯塔》描绘了莉丽精疲力尽但终于成功的过程：通过绘画，她重新在混沌之中找到了秩序。她把这些成功归于逝去的拉姆齐夫人。同时描绘了拉姆齐先生、卡迈克尔及詹姆斯之去往灯塔的努力，这一努力也获成功，尽管遭遇了潜在的敌对、损失及反叛的不断折磨。小说勇敢地探索并重塑了丧亲之痛及(无论真实的还是想象的)往事的专制。小说也展现了伍尔夫炉火纯青的、丰富而极具启发性的叙事技巧。

这段对于故事情节的概括以提及小说的叙事技巧结束，可见技巧在该小说中的重要性。我们注意到这段梗概中有一些解释性的成分，如对于莉丽·布里斯库的性格概括。我们还注意到伍尔夫的叙事方法像此处描述的一样把按照时间顺序发展的故事复杂化了，甚至比弗罗伦斯·沃尔泽尔对《死者》的概述更使人迷惑。多米尼克·拉卡普拉(Dominick LaCapra)甚至认为《到灯塔去》的结构并不是以章节划分的，而是像乐曲一样分为三个乐章①。小说第一部主要描写了9月的一个下午和晚上。然而其长度却是第二部的五六倍,后者的时间跨度为十年。

《到灯塔去》时间颠倒,并质疑了"顺序化"、"组织化"的时间。同时这部小说通过其自身话语展现了,或许应该说探索了另外一种时间结构。以小说的开头为例:

> "好,要是明儿天晴,准让你去,"拉姆齐夫人说。"可是你得很早起床,"她补充道。
>
> 这话对她的儿子说来,是一个非同寻常的喜讯,好像此事已成定局:到灯塔去的远游势在必行,过了今晚一个黑夜,明日航行一天,那盼望多年的奇迹,就近在眼前了。(中译本第3页)

我们发现文本"自中间开始"(in medias res)②:它直接把我们带入两个人物的对话中。"好"表明小说第一句话是对某个问题的回答,但这个问题却在话语之外。读者会想象提问题者是詹姆斯,他问的是他们是否终于能够到灯塔去。这里有趣之处与其说是问题的措辞,(也许这个问题跟第10章结尾处拉姆齐夫人听见詹姆斯再次询问的问题是一样的,"我们将要到灯塔去吗?"见中译本第65页),不如说是开头所暗示的、向文本之外的延伸。小说开头如此清晰地指示有一些事情发生在文本之外或之前,这标志着《到灯塔去》这部小说的开头就已经在思考它的刻意追求。与此同时,这一开头间接地导致对那些更为传统的小说开头的质疑。在那些小说里,作者通常让第三人称叙述者介绍情节及主要人物开始。

的确,主要人物在这里也已引出,但更多地是通过他们的言语,动作和态度,而不是通过介绍性的叙事议论。当我们在了解整篇小说之后再读拉姆齐夫人在小说开头的答语,我们强烈地感觉到它的蕴含是多么丰富。这句开场白与拉姆齐先生的第一句话形成了鲜明对比,具有特别强烈的性格塑造效果。

> "可是,"他的父亲走了过来,站在客厅窗前说道,"明天晴不了。"
>
> 要是手边有一把斧头,或者一根拨火棍,任何一种可以捅穿他父亲心窝的致命武器,詹姆斯在当时当地就会把它抓到手中。拉姆齐先生一出场,就在他的孩子心中激起如此极端的情绪,现在他站在那儿,像刀子一样瘦削,像刀刃一般单薄,带着一种讽刺挖苦的表情咧着嘴笑;

---

① Dominick LaCapra (1987), *History, Politics, and the Novel*, Ithaca: Cornell University Press, p.143.

② in medias res 是来源于拉丁语的术语,常用于史诗,特指从故事的中间某处开始叙述的手法。——译注

他不仅对儿子的失望感到满意,对妻子的烦恼也加以嘲弄(詹姆斯觉得她在各方面都比他强一万倍),而且对自己的精确判断暗自得意。他说的是事实,永远是事实。他从不会搞错……(中译本第4页,略有改动)

这段引文与小说开头的答语一道,凸显了小说在叙事方面的显著特征,即第三人称及全景角度叙事。伍尔夫并未将叙事角度仅仅局限于第一人称叙述者。因为第一人称叙述者在文本的故事层上是积极的,她或他讲故事的动机总是根据或系于其个人经验、愿望、计划等等。我们在阅读《到灯塔去》时无法将叙述者确定为情节中任何一位参与者,这正是第三人称叙事的标志。我们无从知晓叙述者是谁、是何,文中也没告诉我们她或他或它身在何处。然而逐渐清晰起来的,亦即上述引文所指示的事实是,伍尔夫的叙述者是一个灵活而复杂的工具。正如希利斯·米勒所说:

> 无论我们对伍尔夫本人有何评价,《到灯塔去》中的叙述者都有着非凡的力量。叙述者随意进入所有人物的内心,也许更确切地说是早已蛰伏在所有人的内心之中,并能够以那种陌生的、第三人称、过去时态的叙述形式替他们言说:间接引语、erlebte Rede, 或者 style indirect libre……①

米勒此处指的是《到灯塔去》中之叙事技巧的显著特征。叙述不用第一人称,但伍尔夫创造了这样一种第三人称叙述,它包含并运用了某些我们通常与第一人称叙述联系在一起的特点。其中最重要的也许就是这种表达手段所产生的强烈效果,即与某一人物的意识或角度相联系。在第一、二两部中,这种方法运用得尤为突出。尽管在故事展开过程中,叙述声音保持相对稳定(第二部个别地方除外),但叙述角度则在不同的人物之间、在人物与未知的第三人称叙述者之间不断转换。

这种有节奏的转换形成了一系列有主题能产性的叙事变化,我将就其中最重要者予以评述。下列的分析将聚焦于文本中的若干选段及过渡段,它们在叙事上和主题上都很重要。对于科林·格雷格的改编之探讨将着墨较少,但我仍将在讨论小说所有三个部分时,以及在本章将结束时对这一改编略加探讨。

---

① J. Hillis Miller (1990), 'Mr. Carmichael and Lily Briscoe: The Rhythm of Creativity in *To the Lighthouse*', in *Tropes, Parables, Performatives*, London: Harvester Wheatsheaf, 151-70. 引文见 p. 155-6.(erlebte Rede,德语,意为经验的表白;style indirect libre,法语,意为自由间接风格,是法国批评家阿尔贝·蒂伯代创造的术语。这两个术语也和"内心独白""意识流""客观性小说"等术语相关。参见韦勒克、沃伦《文学理论》,刘象愚等译,生活·读书·新知三联书店1984年版,第254页。——译注)

第八章

弗吉尼亚·伍尔夫的《到灯塔去》和科林·格雷格的《到灯塔去》

让我们回到文本的开头。叙述者引用了两位主要人物拉姆齐夫人和拉姆齐先生的两句话。这两句话显然具有性格塑造功能,不仅通过其自身,也通过其与后续话语之间相联系的方式。这两句话都贴近詹姆斯的感知角度。通过如此设计,读者形成一个印象,即詹姆斯不仅对这两句话本身有反应,而且对话语之立场有反应,更不用说对它们所暗示出的父母之态度有反应了。从言语到有个人色彩的反应和联想,这一叙述运动揭示了小说叙事技巧的一个中心矛盾。矛盾涉及到第三人称叙述者所拥有的知识和见解:即使她知悉人物的想法和感觉(并且透露给读者),这种知悉也通常仅限于该人物本身。因此读者获得的是一系列主观并带有个人色彩的视角,而不是综合全面的角度。至于这一视角是何等主观、何等受限,那就因人物而宜了。这种交替变化也是叙事的一种方法,它由包括反讽、距离与共鸣等手段构成。这些技巧是第三人称叙述的重要组成部分,对于富有特色地实现不同角度之间的顺利过渡也至关重要。这些角度有时是互补的,有时又是相互矛盾的。

谈到开头的两句话本身,皮埃尔·布迪厄指出,拉姆齐夫人劈头这一句回答,以惊人浓缩的方式同时预示了她对詹姆斯及对丈夫的态度,"好"表明她不想对这个问题给以否定答复,这一问题她当然已经听过多次了。然而在开头的第一句中,她出于上述两方面境况而给出"好"这样的答复,暗示出她的调停者角色和她在全家的协调作用。它们也反映出布迪厄所谓的她对丈夫的"现实主义原则"的顺从。在下面这句话中我们第一次接触到该原则的表述,即在拉姆齐夫人的开场白及詹姆斯对母亲之答复的反应在某种程度上已经先发制人的情况下:"'可是',他的父亲走了进来,站在客厅窗前说道,'明天晴不了。'"布迪厄认为他父亲的"不行"不需要说出,也不需要证明,开头的"可是"就已表明对于一个有理智的人来说,除了顺从情势的力量别无选择①。毕竟,正是这句大煞风景并且带着不容置疑的语气的话,让詹姆斯痛恨父亲。跟对母亲的开场白的反应截然不同,詹姆斯对他的父亲的话报以消极反应,这表明拉姆齐先生以前就曾经在他的心里激起过类似的反应。因此置于本文最开头的这两句话,在时间上不仅前瞻、而且后顾了许多先前的问题和先前的答案。

言语及对言语的反应之间的联系帮助确立了小说的叙事技巧。詹姆斯的反应是第三人称传达的,它以提供信息的陈述明确显示出来。尽管如此,叙述还是从人物角度出发的。而且,尽管叙述者用了"(詹姆斯觉得)"这样

---

① Pierre Bourdieu (1989), 'He Whose Word is Law', *Times Literary Supplement* (6-12 Oct.), 12-13.引文见 p.12.

的标签以表明其为个人观点,她还是显得不仅理解,而且在某种程度上甚至支持詹姆斯对父亲的批评。伍尔夫结合了多种叙事手段以达成这一效果,其中有两种尤为重要。

首先是詹姆斯对那两句话的反应之间的对照。这一种对照很强烈——它代表一条鸿沟,一边是因母亲的话而感到的非同寻常的快乐,另一边则是父亲的话所激起的憎恨。叙述者提到拉姆齐先生在他的孩子们心里激起了"极端情绪",但作为自然的(又是性格化的)反应来判断。这种反应的对比在第二遍阅读小说时就显得更加引人注目。第二种起重要作用的叙述手段(不仅就其自身而言,而且作为第一种手段的补充)涉及到叙事共鸣和叙事距离的运用。我们记得在第二章中指出,这两个概念可以用来指叙述者对其所表现的人物的态度。如果没有更多的限制,叙述者可以持有同情的或批评的态度,我们注意到伍尔夫让叙述者召唤读者与詹姆斯产生共鸣,这一效果部分地通过詹姆斯对两句话的反应之对照,部分地则是通过叙述朝向詹姆斯角度的转变。这种"召唤"是影响读者的途径之一,它通过叙事距离的运用得以强化。在这里叙事距离指的是当第三人称叙述者将角度从詹姆斯转换到拉姆齐先生时,话语就变为更具批判性的揭露。作为例证我们可以接着上面的引文再往下引一些:

> 他从来不会搞错;他从不歪曲事实;他也从来不会把一句刺耳的话说得婉转一点,去敷衍讨好任何人,更不用说他的孩子们,他们是他的亲骨肉,必须从小就认识到人生是艰辛的,事实是不会让步的,要走向那传说中的世界,在那儿,我们最光辉的希望也会熄灭,我们脆弱的孤舟淹没在茫茫黑暗之中(说到这儿,拉姆齐先生会挺直他的脊梁,眯起他蓝色的小眼睛,遥望远处的地平线),一个人所需要的最重要的品质,是勇气、真实、毅力。(中译本第4页,略有改动)

叙述者对拉姆齐先生的素描是权威而概括的,这似乎是基于这个人物在全篇中的行为及态度。倘说此段叙述没有采用人物的视角,那是因为性格塑造聚焦于拉姆齐先生的原则之上,而非(像上文那样)聚焦于詹姆斯的感觉上。当我们读到拉姆齐先生"带着一种讽刺挖苦的表情咧着嘴笑",我们就会把这看作是詹姆斯对他的父亲的话及其笑的方式之反应。但是在后面一例中,若用叙事学术语来说明布迪厄的观点,那就是用距离化的第三人称呈现拉姆齐先生对孩子们的态度。尽管在此之前,叙述者通过把她的叙述角度转向詹姆斯的感知视角,创造了一种"拉姆齐先生的话粗暴地粉碎了孩子幻想"之印象,此时的他则更被表现为这样一个父亲:把自己对孩子的态度建立在有意识、深思熟虑下的选择之基础上。布迪厄认为,在拉姆齐先

生的深思熟虑选择中,包括选择:

> 父爱……拒绝向容易犯错、盲目溺爱的所谓母爱屈服让步,因此父爱的职责在于说出世界上所有最严酷、最冷漠、最无情的事实(无疑就是由天真的弗洛伊德主义解释所提供的"刀"或"刀锋"的隐喻所意味的——它将男性角色定位于杀伐、暴力和谋杀……)。我们开始觉得施暴者也是一个受害者。①

把我们目前为止所说的与这一精辟评论联系起来看,我们可以说伍尔夫小说前两页的叙述设计异常有效。我们在这里读到的不仅仅是一个"从中间开始"的技巧性的开头,而且就主题而言小说开端就切近了其中心。事实好像确实如此,尽管我在小说中没有看到任何"主题核心"或"总体主题"。《到灯塔去》无论是在叙事上还是在主题上都太过复杂了,我不指望能从中析离出任何单独的总体主题。然而有一点值得多说几句,这一点已被许多评论家用不尽相同的方式阐述过,那就是:在小说的主题中心我们发现的与其说是一个人物,莫如说是一种关系。拉姆齐夫妇之间的关系——包括它所包含的以及所导致的一系列复杂问题——是小说的绝对中心,而且令人吃惊的是,这种关系在文本开头被勾勒得何等精确,又何等地富有性格塑造效果。在第三部中,"关系"这个概念在主题方面同样值得关注(虽然是以另一种方式),尤其是表现莉丽与已故的拉姆齐夫人的关系时。

我们还有机会回到布迪厄引文中的观点,但在进一步分析之前我要指出,即使小说的开头已被相当广泛地讨论过了,它也远未完全彻底,例如我尚未论及拉姆齐先生压倒性话语中间那一重要的插入成分。"'可是',他的父亲走了过来,站在客厅窗前说道,'明天晴不了。'"第一次读的时候,这一插入看上去像是一个无关紧要的叙事变化——由第三人称叙述者在传达人物话语时插入的一句肯定性的议论。细想一下,我们就会发现这一安插的确是整个对话中不可缺少的一部分:拉姆齐先生站在客厅窗前这一事实强调并补充了他的话。更具体一点说就是,他堵住了拉姆齐夫人和詹姆斯两个人望向灯塔的视线。在整段话语中,这实质上是一个重要的行动,因为正是这一视线,通过让詹姆斯提出那个拉姆齐夫人答复的、而由后面的议论所阐发的问题,从而开启了小说的序幕。对于詹姆斯来说,看到灯塔增强了他到灯塔去的迫切欲望。因此,拉姆齐先生不仅在实际意义上挡住了望向灯塔的视线,而且夺走了詹姆斯心中因看到灯塔而燃起的快乐和希望。我们还注意到第一部的标题"窗口",以及它与伍尔夫命名为"灯塔"的第三部之

---

① Pierre Bourdieu (1989), 'He Whose Word is Law', in *Times Literary Supplement* (6-12 Oct.), 12-13.引文见 p.12 – 13.

间的关系。

"窗口"表明在第一部中的拉姆齐夫人之角度。眼望着窗外,同时做着好多事情,既能看孩子,又能协调全家人的活动。她带着天生的威严,娴熟地做这一切。一切都正如莉丽在第三部的末尾回想的那样,"惊人的能力"——"甚至她和詹姆斯一起坐在窗前的影子,也充满着权威。"(中译本第187页)由于她所起的协调作用,有一点就值得关注:她对她丈夫的答复里包含了一定程度的批评(她敏锐地注意到詹姆斯由于他父亲的话而沮丧)。"'但是说不定明儿会天晴——我想天气会转晴的,'拉姆齐夫人说,一面不耐烦地轻轻扭直她正在编织的红棕色绒线袜子。要是她能在今晚把它织完,要是他们明天真能到灯塔去,那袜子就带去送给灯塔看守人的小男孩……"(中译本第4页)有批评,但只是谨慎的批评:由于加了"说不定"和"我想"而显得委婉多了。这么说对于两人同时起协调作用———是她的丈夫,事实上她已被他惹恼了;二是詹姆斯,她急于安慰他。叙述者用来表明她的气恼之最清晰的标志是副词"不耐烦地",但对于拉姆齐先生来说,不耐烦地织袜子也许是个太不容易察觉的信号。

与对之形成支持的议论相结合,《到灯塔去》开头的三句人物对话展示了一种精妙复杂的第三人称叙述。前两句标志了两种立场,结果证明它们就是小说的中心(这两种立场都涉及权力的行使,处事的态度,及社会活动的方式)。而通过第三句话,拉姆齐夫人启动了文本中的一场辩证的运动。因此这句话成为伍尔夫叙事系统的绝佳例证:其协调功能对人物塑造很重要。此外,这句话还起着激活叙述话语之"动态塑形力量"①的作用。乍一看像是解不开的、凝滞的两个僵局,通过介绍次要人物查尔士·塔斯莱②及其他因素得以进展。于是小说的开头被融入渐次展开的情节。

伍尔夫用第三人称叙述者构建和渲染了这一模式。叙述者对人物的思想,感情及联想的洞察,对于与这一洞察相关联的灵活多变的观察角度而言至关重要。这一手法老练娴熟,它服务于几个主题意图。伍尔夫再三地让叙述者传达对事件的主观印象而不只是事件本身,或者更准确地说没有对事件给予"中立"的描述。通过这种叙述技巧,伍尔夫表明,主观印象,即便是关于同一事件的,也通常迥然不同,这种印象与见解之不同,实际上不仅质疑了诸如"事件"之类概念,还提出了关于自我、生活的方向及人际关系的

---

① Peter Brooks (1984), *Reading for the Plot: Design and Intention in Narrative*, Oxford: Clarendon Press.p.13.

② 小说中的一个次要人物,是拉姆齐夫妇的朋友之一、正在撰写学位论文的青年学生。他天才、矜持而孤独,对拉姆齐夫人的同情与安慰有依赖心理。在第一部第7、17等章中对他有集中描写。——译注

第八章

弗吉尼亚·伍尔夫的《到灯塔去》和科林·格雷格的《到灯塔去》

稳定等问题。在第三部中,莉丽想,也许拉姆齐夫人很高兴死后能够"在这人类相互关系极端朦胧暧昧的状态中休息。谁知道我们是什么样的人,我们的内心感觉又如何?"(中译本第182页)

II

《到灯塔去》的改编如何开头呢?如果说我迄今所作的探讨似乎表明小说的开头之重要特征难以展现在银幕上的话,科林·格雷格的尝试则在某种程度上证实了我的假想。电影开头是詹姆斯瞻望灯塔的镜头。字幕叠印信息显示"康沃尔,1912"①,于是故事发生的场景被从远离苏格兰海岸的斯凯岛(或者可能是赫布里底群岛)②转移到英格兰西南部。尽管这相对而言无关紧要,但地点的变化使电影比小说更具自传特色,因为伍尔夫童年的夏天就是在康沃尔度过的③。然而,更重要的是,改编没有展开詹姆斯遥望灯塔的场景,也没有詹姆斯问母亲的问题(明天我们能到灯塔去吗?)。电影也未给出拉姆齐夫人的答复(而伍尔夫曾用它开启小说)和拉姆齐先生的议论。如果把这些区别和上文中对小说开头的讨论相联系,我们可以看出电影用了完全不同的开始方式。

尽管文学文本中的若干叙事手段与主题效果为电影所无力传达、或并未试图传达,可我必须再次警告,不要过于直接地把小说和电影作比较。即使格雷格的作品在本书第II部分所讨论的四部改编中也许是最平淡无奇的,它也仍有其自身特点——比如说,它试图把小说的中心部分"岁月流逝"予以视觉化。

《到灯塔去》有两个特别之处使小说与电影很难比较。诚然,这些因素同样适用于其他的改编,但格雷格试图解决这些问题的努力,使它们以建设性方式凸显出来。第一个特点涉及到对小说初读和重读之间的关系,它也促使我们思考对涉及到电影的文学作品之理解的诸种情况。《到灯塔去》看上去需要细读、复读。这一效果与小说精妙的重复和隐喻模式有关;也与叙事议论所具备的多样性功能相关。正如我们所见,人物的话里话外都蕴含着丰富的意义,这正是小说的典型特征。这一叙述特点在主题上至关重要。它显示了个人际遇能够被感觉到多少而不是说出多少(这就为联想奠定了基础),以及力量和无力感何等密切地与角色及立场相关。当我们看电

---

① 康沃尔(Cornwall),英格兰南部一个郡。——译注
② 斯凯岛(the Isle of Skye)、赫布里底群岛(the Hebrides)均在苏格兰西部。——译注
③ 参见 Hermione Lee (1997), *Virginia Woolf*, London: Vintage. p. 21-3.

影时，无疑能够感受到其中的一些，但我们对视觉表象之下的事物之印象，比起伍尔夫用文字话语所创造出的，要微弱而模糊。我们一定要先通读小说才能比较两种媒介，这有一种悖论性效应，它清晰地显示出有哪些是电影没表现出的，但它也使我们能够运用对小说的了解，为电影的视觉表象作出补充。

关于该小说之改编的第二个复杂因素，与对时间及时间感知的叙事表现相关。与米歇尔·普鲁斯特的《追忆逝水年华》（1913—1927）及威廉·福克纳的《喧哗与骚动》（1929）相比并，《到灯塔去》在小说时间的探索方面进行了执着的创新。我将回到小说时间呈现问题上来（尽管彻底的分析本身就需要至少一章的篇幅）。在此应该指出的是，在改编中，时间被大大简化了。所有读过小说再看电影的人都会发现这一不同，但这并不是说电影"逊色"。改编对时间表现的简化，首先使两种不同媒介中的时间传达之间的关系得以呈现。这一复杂问题的因素之一在于，电影对于时间进程的需要一般要大于小说中相应的需要。说到这里，需要补充一下，格雷格的改编尝试比较传统，不太有实验性。如果他选择（且一直坚持）像约翰·休斯顿改编《死者》那样忠于原著，他的电影也许会更有新意，但未必会更好。两篇小说的起点迥然相异，改编这部小说比改编乔伊斯的短篇难得多。格雷格没有运用一个固定的画外音，这也许是对的。尽管那样的叙述声音可能会传达更多的信息和思想，但很快就会与小说的第三人称叙述的特殊变体不相协调。

在拉姆齐夫人以第三句对话打开僵局并带动事件进一步发展之后，第一部后面的许多独立事件都具备了对小说开头予以证实和完善的功能。让我们来看一下对于拉姆齐先生的"战争游戏"①这一段的叙述。拉姆齐先生在他的第一句话中标榜自己拥有强力的不可动摇的家长权威。在接下来的几页里面，通过叙述者对查尔士·塔斯莱的呈示，强调了拉姆齐先生学术方面的权威地位。塔斯莱是一个自以为是的研究"某种事物对于某人的影响"（中译本第12页）的哲学家。在介绍塔斯莱时，伍尔夫通过把第三人称叙述角度转向拉姆齐夫人的第一人称角度，取得了轻微的讽刺效果。在某种程度上，拉姆齐夫人同情塔斯莱（因为其艰困背景），另一方面，她讨厌他（因为他重复了丈夫对詹姆斯的拒绝之辞）。当事件逐渐发展到拉姆齐先生的战争游戏时，叙述角度仍贴近拉姆齐夫人：

突然间一声大叫，好像出自半睡半醒的梦游者之口：

---

① Pierre Bourdieu (1989), 'He Whose Word is Law', *Times Literary Supplement* (6-12 Oct.), 12-13.引文见 p. 13.

第八章

弗吉尼亚·伍尔夫的《到灯塔去》和科林·格雷格的《到灯塔去》

"冒着枪林弹雨"

或者诸如此类的诗句,在她耳际强烈地震响,使她提心吊胆地转过身来环顾四周,看看是否有人听见他的喊声。她很高兴地发现只有莉丽·布里斯库在场;那可没什么关系。但是看到那位姑娘站在草坪边缘绘画,这使她想起,她曾经答应把她自己的头部尽可能地保持原来的姿势,好让莉丽把她画下来。莉丽的画!拉姆齐夫人不禁微笑。她有中国人一般的小眼睛,而且满脸皱纹,她是永远嫁不出去的;她的画也不会有人重视;她是一个有独立精神的小人物,而拉姆齐夫人就是喜欢她这一点;因此,想起了她的诺言,她低下了她的头。

4

真的,他几乎把她的画架撞翻。他一面高呼"威风凛凛,我们策马前行",一面挥舞着双手,向她直冲过来,但是,谢天谢地,他突然掉转马头,离她而去,她猜想,他就要在巴拉克拉伐战役中英勇牺牲啦。从来没人像他这样既滑稽又吓人。(中译本第17—18页)

我们注意到此处叙述角度的转变,从"她的头"转到"她的画架"——从拉姆齐夫人的头转换到了莉丽的画架。这一"转"带着伍尔夫的优雅风格,而且初读之下难以察觉,尽管作者标注了数字"4"以示文本或章节的过渡,以便让读者更容易跟上叙述角度的变化。在这部小说中,此类角度转换之印刷标记,绝非读者可以依赖的。跟福克纳在《喧哗与骚动》中的方式颇为类似(在那部小说中,弱智的叙述者班吉的时间转变有时用斜体标记,有时则不用),伍尔夫使用印刷标记,不仅是在传统意义上的建构文本,而且是为了显露这种建构能有何等复杂和任意。

用叙事学术语来说,伍尔夫通过使第三人称叙述的声音保持相对稳定,从而实现了角度的变化,而叙述视角却跟随玩战争游戏的拉姆齐先生,但又不是持久地固定在他身上("冒着枪林弹雨"是丁尼生(Tennyson)的《轻骑兵旅的进击》(1854)中的一行诗句①,——拉姆齐先生似乎与诗中颂扬的战争牺牲者融为一体了)。相反,它先是贴近正从窗口看着丈夫的拉姆齐夫人,然后(当拉姆齐先生在花园里几乎撞翻她的画架时)又贴近莉丽。跟别处一样,话语的主要形式是过去时,这似乎表明,从叙述者不确知的有利位置看来,事件已然结束。

另外一个典型之处是,该话语模式把报告事件与报告叙述者选择将视

---

① 中译本《到灯塔去》中,译者瞿世镜曾在该诗句下加译注,称"这是拉姆齐先生在朗诵库珀的诗歌《漂泊者》",见第17页。按,此说有误。——译注

角贴近的那些人物之思想融合在一起。"莉丽的画!"这个感叹句中包含着重要的叙述变化。这个典型的自由间接引语显示了在该段中第三人称叙述者的视角是何等明显地贴近拉姆齐夫人的视角。当其后视角变为莉丽的时,热奈特的一个观点得到很好地印证,即视角指的是看者,而不是说者。这种视角转换是这部小说的叙事技巧之典型特征。此种转换涉及一系列角度变化,在其中,第三人称叙述者将其叙述表达,与不同人物的认知视角相结合。她对不同人物的介入程度因人而异:对于她予以同情表现(但也并非完全不带批评)的拉姆齐夫人来说,叙述者对人物的贴近比较清楚,然而涉及到她多有保留的拉姆齐先生时,情况则不然。这些叙事手段相辅相成,产生了结构影响力与主题能产性。

尽管文学语言与视觉化的电影语言之间总体上存在区别,视角仍是最天然地与电影相关联的叙事术语之一。因为在艺术史上视角概念被密切关联到绘画,其在电影中的重要性证明了一个特定术语的功能范围在新的艺术形式发展中可以被拓宽到何种程度。大卫·波德维尔在《故事片的叙事》中指出视角是"叙事的模仿传统中核心的和得以最详尽讨论过的概念。视角规约是作为讲故事的技巧得以发展的。艺术史家E.H.贡布里希(E. H. Gombrich)认为,希腊艺术的目的是表现在故事的特定时刻从事行动的人物"①。在《到灯塔去》中,弗吉尼亚·伍尔夫通过文字小说这一媒介,以一种堪与视觉艺术相媲美的方式,活用并探索了"视角"的常规、独具特性及其艺术可能性。莉丽是一名画家,这绝非巧合。

至于对此处所讨论的事件之电影表现,我们可以想象,摄影机首先是从窗口聚焦于拉姆齐夫人,然后切到花园里的莉丽身旁的某个点上。(格雷格删去了这一场景,总体而言他没有利用摄影机角度变化的可能性。)对于与两个人物视角相关联、在文学文本中无论从叙事上还是主题上都居于中心的个人联想,更难于电影式地传达。因为正是拉姆齐夫人和莉丽看见了拉姆齐先生带着极大的热情玩一个私密的战争游戏,这并非偶然。拉姆齐先生,这个知名的哲学家和强势的父亲,究竟在干什么?他似乎正在做一件与我们从其开始那句话中得出的印象格格不入的事情,他的那句话曾激起了詹姆斯的激烈反应。布迪厄一针见血地指出:

> 同样是拉姆齐,在小说第一页出现时是一个令人畏惧的人,一个有男子气概和家长作风的、说一不二的父王,却被人看见正在孩子般玩游

---

① David Bordwell (1985), *Narration in the Fiction Film*, Madison: University of Wisconsin Press.p.7; E. H. Gombrich (1996), *Art and Illusion: A Study in the Psychology of Pictorial Representation* [1960], London: Phaidon. P. 129 – 38.

第八章

弗吉尼亚·伍尔夫的《到灯塔去》和科林·格雷格的《到灯塔去》

戏。

这个典型的男子汉大丈夫之整个性格逻辑,就包含在这种明显的自相矛盾当中。拉姆齐先生,就像埃米尔·本维尼斯特(Émile Benveniste)在其《欧洲习俗词典》中所描述的古老国王那样是"言成法立"之人。①

在布迪厄看来,拉姆齐先生态度与为人中的这一矛盾关乎他所谓的"力比多学说的想象,通过战争游戏隐喻式地表达了出来"②。在隐喻的意义上,我们可以把拉姆齐先生的战争游戏解读为他作为一个男人所进行的智力行为之重建。于是游戏变成了一种白日梦,它虚幻地满足了拉姆齐先生对名望和尊敬的欲望,因而为下文作了铺垫。在下文中,第三人称叙述者带着距离和一丝嘲讽,把拉姆齐先生的思想呈现为一架精确的机器——至少在他自己的平和安静的书房中——而可以到达字母Q,但随后就变得迷茫了:"他已经达到了Q。在整个英国,几乎没有人曾经达到过Q……但是,Q以后又如何?"(中译本第35页)

这一段中,第三人称叙述者全知地向读者透露了拉姆齐先生的思想,而与拉姆齐先生的叙事距离首先通过这些思想的内容及其暗示而标示出来。我们注意到在这一实例中自由间接引语的运用具有一种距离化的、反讽的效果,而不是(像上面拉姆齐夫人例子中那样的)共鸣效果。拉姆齐先生应该是在思考的哲学家,但在此则颇为被动。这种被动性表明其学术上的失败,它与战争游戏中表现出的活跃行为不无联系。在第六章稍后,叙述者通过融入了塑造拉姆齐性格的战争隐喻,使这种联系更加显明。拉姆齐先生想,有谁会来责备他呢,如果最后他被发现

> ……以一个军人的美好姿态,在他的岗位上以身殉职了?拉姆齐先生挺起胸膛,巍然屹立在石瓮旁边。
>
> 如果,他这样伫立片刻,想到了自己的声誉,想到了搜索部队,想到了充满感激之情的追随者们在他的遗骸之上建立起来的纪念石堆,有谁会来责备他呢?(中译本第37页)

布迪厄将这一选段视为伍尔夫的"溶解"(dissolve)术的一个例子——一种人物塑造方法,它既把拉姆齐先生与私人空间及公共空间进行对比,又使两者齐头并进(私人空间指在其书房及其战争游戏中,公共空间指在家庭中及通过其教书和著述)。第三人称叙述者对拉姆齐先生私密空间的洞察

---

① Pierre Bourdieu (1989),'He Whose Word is Law', *Times Literary Supplement* (6-12 Oct.), 12-13. 引文见 p. 12.

② Ibid., p. 13.

是解蔽性的。因为介入私密领域的洞察使拉姆齐先生的外在公众形象开始破灭，这种叙事知悉使伍尔夫得以把性格塑造作为更全面评论的基础。这种叙事议论很难概括，因为它同时与拉姆齐先生和拉姆齐夫人的呈现密切交织在一起。不过，布迪厄不无道理地指出，通过对拉姆齐先生的战争游戏和正经"工作"二者的同步表现，伍尔夫发现了

> 男性幻想（illusio）的中心：男人（与女性相对而言）借此以下述方式社会性地被构建起来：就像孩子一样，使他们自身陷于社会指派给他们的所有游戏当中。其最无与伦比的范例，正是战争……因为，构成我们社会存在的游戏中被认为最重大、最显要的那些都留给了男人，留给女人的只有孩子的游戏，人们往往忘记男人也是一个假扮为男人的孩子。特权源自于疏离：正是因为男人在成长过程中所受的教育，让他们认可以支配权为要务的社会游戏，所以他们才维持在游戏中的垄断地位；正是因为他们很早就被作为支配者挑选出来，并因此天生具有统治的力比多，所以他们才具有双重特权，既为了统治而参与游戏，又独享这些游戏。①

211　尽管这番概括评论可能会引起争议，但它切中了《到灯塔去》的主题方面之重要特征。我之所以提及它，部分原因就在于此，而另一部分原因则是因为布迪厄强调，正是因为对小说主题的叙事表现，使它如此令人信服和吸引人。引人关注的还有，布迪厄在分析中指涉伍尔夫叙事技巧的很多处如果改用叙事学术语来评论将会更加精确。因为布迪厄论证之力量大部分来自诸如社会学、文化理论等其他学科的知识，并对这些学科有所贡献，这也说明了叙事理论有多大的跨学科性。例如，当布迪厄强调读者须渐近地觉察拉姆齐先生的战争游戏的用意这一点是多么重要时，他也就是在关注那个被俄国形式主义称为"陌生化"（defamiliarization）的叙事手法，而我们同样可以把它与伊恩·瓦特的"延迟解码"概念联系起来。

"延迟解码"指这样一种叙事技巧：它在我们获知事件或行为的起因之前就呈示其结果。当起因随后给出时，它可能是显而易见的（如在约瑟夫·康拉德的《黑暗的心》中，箭头雨点般射向马洛的船），但也可能是复杂模糊的。如果我们说拉姆齐先生玩战争游戏之原因属于后一种情况，那也就暗示着此处是一个起因（cause）与缘由（reason）的复杂混合，它需要加以分析（像布迪厄那样）才能充分理解。颇具反讽意味的是，哲学家拉姆齐似乎并未反思自己究竟为何玩这个游戏。这种对战争游戏之原因的洞察力之阙

---

① Pierre Bourdieu (1989), 'He Whose Word is Law', *Times Literary Supplement* (6-12 Oct.), 12-13. 引文见 p. 13.

第八章

弗吉尼亚·伍尔夫的《到灯塔去》和科林·格雷格的《到灯塔去》

如,和游戏本身同等地塑造着拉姆齐先生的形象,他期望游戏像他书房里的工作一样安静而不受打扰。当沉浸于玩乐的热情中突然碰上莉丽与威廉·班克斯,他俩都觉得自己"侵犯了别人的隐私"(中译本第19页)。

表现战争游戏中的以及书房中的拉姆齐先生的这两个情节段,是《到灯塔去》第一部中最重要的情节段。在关于小说这一部分的讨论最后,我将聚焦于两个文本段落:第一个出自第11章,第二个出自第17章,常被称作"晚餐场景"。尽管这两段使刚才所看到的那两个情节段中的拉姆齐先生的塑造进一步完善,但是这两段中的主人公都是他的妻子。

我们也许会问,拉姆齐夫人对丈夫那古怪的战争游戏到底懂多少。虽然整部小说表明她是最理解拉姆齐先生的人,例如,当表现他对于同情和赞扬的永不满足的需求时;但文本并未提供对于这一问题的任何明确答案。她对丈夫的边唱边蹦蹦跳跳没有特别吃惊,这并不意味着她明了其中的原因,也许毋宁说是因为她此前见到过她的丈夫做同样的事情。因为正如作品以多种方式表明的那样,拉姆齐先生的很多行为,无论是职业上的还是实际生活中的,都具有明显的重复性,因此拉姆齐夫人可以对他要做的事情未卜先知,特别是他对她的需求。但随着叙述话语展现并详述这两个角色的分工,不仅拉姆齐夫人可以预见丈夫的需求和期望,拉姆齐先生自己也可以指望妻子的积极反应。的确,这种暗藏着默许和屈从的积极反应,对于保持家庭和谐也许是必需的。小说反复地回到这一问题,用叙事学术语来说,这常常是由贴近莉丽视角的第三人称叙述者角度而促成。正如小说其他地方常见的那样,此处变换叙述手法的一个主题效果就是它提出了难题,而不是给出明确的答案。但同时,特别是通过对拉姆齐夫人(相对于拉姆齐先生和莉丽)的呈现,小说为可能的回答确立了前提。这些前提有时是固定的,有时是变化的,而且它们与作为夫妇在一起生活的两人之间的关系中所具有的需求和期望联系在一起。

拉姆齐夫人读书时颇有特点,她大声读给詹姆斯听——这跟拉姆齐先生不同,他在书房里面独自读书,或像第三部中在去灯塔的路上坐在船里,自己默默地读。她的行为投射到了某个社会语境中,这是她通过自己的所作所为建立的一个社会空间,而她的丈夫、孩子们以及她的客人都从中受益。第11章中有一个叙述变化引人注意,即它不仅把拉姆齐夫人表现为行动者而且表现为沉思者。这些反应还在她给詹姆斯读书时就开始了,而在第11章中詹姆斯已经熟睡后还在持续。两个情节段间的叙述过渡设计成如下这样:

"故事讲完了,"她说。她看见,在他的眸子里,对于那故事的兴趣消失了,某种其他的事物取而代之;那是某种犹豫不定的、苍白的东西,就像一束光芒的反射,立即使他凝眸注视,十分惊诧。她回过头来,她的目光越过海湾望去,就在那儿,毫无疑问,穿过波涛汹涌的海面,有规律的灯光先是迅速地闪了两下,然后一道长长的、稳定的光柱在烟光莹凝之中直射过来,那是灯塔发出的光芒。塔上的灯已被点燃了。

他马上就会问她,"我们将要到灯塔去吗?"她就不得不回答:"不,明天不去;你爸爸说不能去。"(中译本第65页)

从给詹姆斯读书,到织袜子,再到独立思考了一小会儿,其间过渡的支点是来自灯塔的光。这一过渡必然需要视角的转换吗?不,并不像我们迄今为止所理解的,因为在拉姆齐夫人给詹姆斯读书时,第三人称叙述者就已经把自己的视角贴近拉姆齐夫人了。她想,孩子们长得多快呀,太快了:"什么也弥补不了这个损失"(中译本第61页),这是自由间接思想的一例。当我读到过渡后面的那一段(过渡的标记是:詹姆斯入睡,以及灯塔的灯被点燃),此处第三人称叙述者与拉姆齐夫人的视角联系就更加密切。这一过渡表明在《到灯塔去》中第三人称叙述者不仅把她的视角贴近不同的人物,也不仅是与其中一些人物(如拉姆齐先生和塔斯莱)相比更紧密地贴近另一些人物(如拉姆齐夫人和莉丽),而且视角进入同一个人物的程度也有变化。第一部第11章也许是第三人称叙述者贴近一个人物的思想和情感最紧密之处。读者多次获得这种进入的信号,通过灯塔及来自灯塔之光的隐喻特质,通过拉姆齐夫人思想的严肃性及现实性,通过下面这一奇异的描写停顿:

她停止了编织;她举起红棕色的长袜,让它在她手中晃荡了一会儿,以便仔细端详。她又看见了那灯光。她的审视带有某种讽刺意味,因为,当一个人从沉睡中醒来,他和周围事物的关系就改变了。她凝视那稳定的光芒、那冷酷无情的光芒,它和她如此相像,又如此不同,要不是还有她所有那些思想,它会使她俯首听命(她半夜醒来,看见那光柱曲折地穿越他们的床铺,照射到地板上),她着迷地、被催眠似的凝视着它,好像它要用它银光闪闪的手指轻触她头脑中一些密封的容器……(中译本第68页)

伍尔夫把叙事手段与效果相结合之方式,使分析复杂化。我想对一些既彼此相关联又影响主题发展的叙述变化加以论述。我们已注意到光与灯塔联系在一起,并因此与小说的标题联系起来。叙述重复帮助把光变成一种象征,随着其可能的意义范围扩大,光的象征也复杂化了。它仍然与灯塔相关,但同时显得更为独立,也更加密切地与拉姆齐夫人相联系:"通过赞扬那灯光,她毫无虚荣心地赞扬了自己,因为她像那灯光那样严峻,那样探索,那样美丽"(中译本第67页)。通过把拉姆齐夫人与光联系起来,既与来自灯塔的光联系,又与作为象征的光联系,第三人称叙述者强调了她在小说情节和主题中的关键地位。于是长久以来我们的文化背景中与光之象征有关的价值,都与拉姆齐夫人联系在一起了。根据基督教传统,我们知道光象征上帝的指引(出埃及记13),或者象征耶稣的拯救(约翰福音1:4-5),或者在如但丁的《神曲》和下面的圣歌等文学作品中那样。

> 神奇的光啊,在这一片昏暗当中,
> 你带我前行吧;
> 夜太黑,我已经远离家乡,
> 请你带我前行吧! ①

不过,即便《到灯塔去》第1章包含有对约翰·亨利·纽曼(John Henry Newman)所写的这首经典圣歌的暗指,这也并不意味着她体验到如他在其基督教信仰中体验到的无忧虑感。伍尔夫在此所做的,毋宁说是用第三人称叙述者对拉姆齐夫人思想的洞察,来将欧洲现代主义特有的那种怀疑与觉醒加以戏剧化:

> 怎么可能有什么上帝,来创造这个世界呢?她问道。通过她的思想,她总是牢牢地抓住这个事实:没有理性、秩序、正义;只有痛苦、死亡、贫困。她知道,在这个世界上,无论什么卑鄙无耻的背信弃义行为,都会发生。她也明白,世界上没有持久不衰的幸福。(中译本第67页)

第三人称叙述者就其表明自己的叙事立场的程度而言,似乎分享了拉姆齐夫人的省思,这是该段落叙事表达之特点。《到灯塔去》中的叙述者能够洞悉并传达拉姆齐夫人的问题,但并不(或不能)回答这些问题,以此强化了它们的至关重要和强有力的价值。该观点也适用于这些问题相对于读者之功能:与其说它们提供与某种特定的信仰或理解传统相关联的确定的阐释指针,不如说它们在召唤各式各样的回应与阐释。

之所以难以提供一个确定答案,与"灯光"象征的复杂广泛有关。像在整部小说中一样,第11章中"光柱……那长长的、稳定的光柱"(中译本第66页),首先指作为叙事话语的文本自身表达出的那一系列重要特征,这些特征与拉姆齐夫人的性格有关,也与她和其他人的关系有关。这并不意味着第三人称叙述者必然毫无批判地表现拉姆齐夫人。贴近莉丽视角的叙事就可以表达批判,例如,在莉丽看来,拉姆齐夫人在好几件事上的调停态度导致了她自身对丈夫的妥协。然而尽管这一批判不无情理,但拉姆齐夫人的

---

① 这是纽曼所作著名圣歌《慈光歌》,又译《温柔的光》。——译注

行为中也包括某种尽力控制的因素在内。有些评论家觉得她对别人的正面影响出奇的小，也许是在她死后反而更大了些。

不过，宽泛而言，第11章中（及在整部小说中）"灯光"之象征与拉姆齐夫人之省思的结合，是她作为叙事中心人物之重要性的有力表征。上例中就有两种叙事策略支持这一解读，它们是相互关联的，部分地因为它们都具有预叙性质。第一个是我从第11章引用过的最后一句话："她也明白，世界上没有持久不衰的幸福。"这一句话很重要。因为该断言得到了后面两个情节段的支持：晚餐场景，以及整个第二部。晚餐场景是拉姆齐夫人的成功，在那个短暂时刻里她真心感受到了幸福。但这一场景被置于第一部分的结尾处，而在第二部中她就去世了，不仅是她，她的两个孩子也一并死去。

那段引文如此描述灯光："好像它要用它银光闪闪的手指轻触她头脑中一些密封的容器……"其中嵌有第二个预叙。第一个预叙指向第一部结尾与第二部之间的对比，而这第二个预叙的效果则通过灯光的拟人手法暗示出来。在第二部中被拟人化的是黑暗而不是灯光，这对于下面这个事实来说意味深长：拉姆齐夫人——在某种意义上她是小说中"光"的持有者——现在死去了。不过此处要强调的根本之点在于，拟人的运用具有一种明显的"预叙"效果，因为它指向第二部中叙事技巧的最重要构成方面之一。如果我们像希利斯·米勒那样注意到第二部中拟人的广泛运用和其中人物醒目的缺席之间的联系，那么我们能否把拟人视为拉姆齐夫人之死的前兆呢？无论如何，有一点是显而易见的：灯光之象征与拉姆齐夫人之省思相联系的方式，对她来说暗示了一种与小说主题相关联、并对之作出重大贡献的洞察力。随后她不喜欢想起"曾经有人看到她坐着出神"（中译本第72页），但是这并不能改变上述印象。而拉姆齐先生在第11章中受排斥的处境（"他爱莫能助"，中译本第68页）更强化了这一点。

科林·格雷格在改编中对于小说第10章和第11章只表现了相对较少的文本特征，却集中展现了第一部末尾处的晚餐场景。格雷格电影中这一段落的设计，利用了下面这一段，并从其得到启示：

> 现在，所有的蜡烛都点燃起来，餐桌两边的脸庞显得距离更近了，组成了围绕着餐桌的一个集体，而刚才在暮色之中，却不曾有过这种感觉。因为，夜色被窗上的玻璃片隔绝了，透过窗上的玻璃，无法看清外面世界的确切景象，有一片涟漪，奇妙地把内外两边分隔开来：在屋里，似乎井然有序，土地干爽；在室外，映射出一片水汪汪的景象，事物在其中波动、消失。（中译本第101页）

这一段开始描述的晚宴，充斥了很多页码。叙述者从交谈和"都勃牛

第八章

弗吉尼亚·伍尔夫的《到灯塔去》和科林·格雷格的《到灯塔去》

肉"(奉上的一道美食)的细节中选择一些片断加以传达。叙述者的联想围绕家庭聚餐,并由其激发,这些联想均贴近莉丽与拉姆齐夫人的视角——前者是作为赴宴嘉宾和敏锐的观察者,后者是作为组织者和交谈中最重要的中心人物。

就像在乔伊斯的《死者》(及布里克森的《芭贝特的盛宴》)中一样,这里对于晚餐场景的表现给人一种较为和谐的印象,而且在这两者中这一印象均因其与后面场景间的对比而强化:《死者》中格里塔和加布里埃尔在旅馆中的场景,《到灯塔去》中的第二部。而且,两者都用了第三人称叙述,但由于伍尔夫在呈现中投入了比乔伊斯更多的带有个人色彩的省思,乔伊斯的呈现按照前面第三章中的定义就更为明显地"场景化"。还有一点引人注意,即因为在两个文本中潜在的冲突都"加强"(underwrite)了谈话,它就必须由(某些)谈话的人来控制和调节。最后我们可能注意到,无论在《死者》中还是在《到灯塔去》中,晚餐场景都帮助在室内的光亮、温暖和室外的黑暗、寒冷之间建立起对比。在两个文本中,窗子都标志着室内室外的边界,但如果要问它们究竟代表何种特性或与何种特性相关,两文本之间的区别就变得明显了——也因此使进一步的比较复杂化(当然在某种意义上也是召唤进一步的比较)。

烛光也是光,但与白亮而富有穿透力的灯塔之光十分不同。正像格雷格的电影中展示的,烛光可以照亮餐桌、创造气氛,并屏蔽黑夜,以致"在屋里,似乎井然有序,土地干爽"(中译本第101页)。"似乎"(seemed)一词在本段中起着关键作用。一方面,它表明了人物与第三人称叙述者之间的距离,尤其是如果我们假定她知道在第二部中将要发生什么的话。另一方面,"似乎"的安全和稳定也可以和人物对于晚宴过程中那积极和谐的气氛的更为主观的印象相联结,这种气氛因为其如此出乎意料与罕见而更为珍贵。在下一段中,当叙述者作出下列陈述的时候就诱导了此种联系:"他们正在一个岛上的一个洞穴里,结成一个整体……"(中译本第102页)。

有一条叙事线索,从这一引介段出发,贯穿了整个文本段,一直到晚宴结束,在那时拉姆齐夫人想到

> 在一些事物之中,有某种前后一贯的稳定性;她的意思是指某种不会改变的东西,它面对着(她瞅了一眼玻璃窗上反光的涟漪)那流动的、飞逝的、光怪陆离的世界,像红宝石一般闪闪发光;因此,今晚她又感到白天经历过的那种平静和安息。她想,那种永恒持久的东西,就是由这种宁静的瞬间构成的。(中译本第109—110页)

对于拉姆齐夫人的这些想法,人们的理解差异极大,但谁都认同这是第

一部的中心段落之一。许多评论家相信,第三人称叙述者呈现的这些省思,与阴郁的第二部形成一个积极的对照。然而我们需谨记,那一夜的早些时候,拉姆齐夫人曾有过别种想法,而且正像我试图说明的那样,第一部的第11章中也同样含有一些有关拉姆齐夫人的重要段落。拉姆齐夫人的所思所想,看上去受到了她自身处境的影响,也受到了她身边诸人的影响;这样拉姆齐夫人与他人的关系方式也就为伍尔夫对她的总体塑造作出贡献。正如马萨·C·纳斯巴姆(Martha C·Nussbaum)所说,"对于读者来说,拉姆齐夫人的身份,基本上是通过她对旁人的照料,她在大家面前行事所建构的"[1]。伍尔夫用以传达拉姆齐夫人"那种永恒持久的东西"之印象的自由间接引语,一方面指示了叙述距离、某种叙述保留(参见引介段中的"似乎"一词),尤其是相对于第二部来说。但另一方面它也暗示了对于拉姆齐夫人所思所想的某种支持。晚宴自有其持久的价值,因为它获得了成功,而如果我们将"那种"与拉姆齐夫人本人相联系,则小说第三部显示了她的重要影响和人们对其忍耐力的记忆。

III

在《到灯塔去》的第一部中,伍尔夫花费160页的篇幅表现一个家庭在9月的一个下午和晚上的事件、思想与感受,而在第二部中她走到相反的极端。这一部只用了24页,却横跨大约十年的时间。第二部尽管仍然涉及拉姆齐一家,但它不仅是第一部所展现情节的延伸,而且也是一部沉思录——关于岁月,关于缺席,关于人的亡故的沉思录。吉利安·比耶(Gillian Beer)在一篇关于《到灯塔去》的论文中写道,"缺席(absence)赋予回忆与想象以优势地位。缺席可以抹煞死去者和远离者之间的区别。"[2]而岁月、缺席与亡故之互相关联及被探索的方式,让人想起"挽歌"(elegy)这个词,弗吉尼亚·伍尔夫在1925年曾用过这个词,她在日记中写道"我要为我的书杜撰一个新名称以取代'小说'。一个崭新的——由弗吉尼亚·伍尔夫起的名称。但是叫什么好呢?挽歌?"

用比耶的话说,"在挽歌中有悲痛的重复与悲痛的减轻。挽歌让往事飘

---

[1] Martha C Nussbaum (1995),'The Window: Knowledge of Other Minds in Virginia Woolf's *To the Lighthouse*', *New Literary History*, 26: 731-53.引文见p.740.

[2] Gillian Beer (1996), *Virginia Woolf: The Common Ground*, Edinburgh: Edinburgh University Press.p.29.

第八章

弗吉尼亚·伍尔夫的《到灯塔去》和科林·格雷格的《到灯塔去》

逝如烟,在形式上则把它转化为语言……"① 正如她的论文所表明的那样,挽歌用于对《到灯塔去》的分析,是一个具有批评能产性的术语,尤其是对于第二部的分析。不过它对于一部虚构作品的适切性,部分地说明了"岁月流逝"部分何以异常难以分析。这一部分不仅在第二部与第三部之间建立起千丝万缕的联系(语言上的、叙事上的、主题上的),而且其在运用那些更普遍地与诗歌(而不是小说)相关的手段、技术及文类特征方面,也颇具实验性和主题能产性。这些技巧与特征(挽歌是其中之一)在叙事理论相对薄弱的领域里发起挑战;但它们对于第二部又是如此的重要,我无法回避对之加以讨论。如果叙事理论难以把握伍尔夫在此构建的话语,那么错在叙事理论,而不在伍尔夫。下面这些挂一漏万的讨论之关键术语有:叙述立场与角度,拟人化,重复,以及圆括号和方括号的使用等。

第二部中伍尔夫同样运用了第三人称叙述者。该叙述者是她在整部小说中核心的叙述工具。与其他文学手段相结合,这一叙述者承担了一系列在很大程度上具有主题创造性的功能,但正如"第三人称叙述者"这一概念所指示的,该叙述者究竟是谁,或是什么,还不得而知。就像希利斯·米勒指出的,《到灯塔去》的叙述者

> 除了有声音和语气之外,没有任何人的特征。读者无从知晓叙述者的过去,服饰,观点或家庭关系。她、他或它是匿名的,非人格的,无处不在、明察秋毫、洞烛幽微,隐于暗处而富有同情心的,但同时又不动声色,能够瞬时深入任何人物的思想感情深处,却又能够毫无预兆地在话犹未尽之时轻易飘出一个人的思绪,进入另一个人的脑海。……好像这个叙述者是一个万事通,无时无刻无处不在,但又被派定只能了解和感受到她所进入的那个人物之所知所感。……②

米勒看待第三人称叙述者的方式之批评价值,不仅在于他对叙述者作出的实际评说,而且也在于他所提及的定义叙述者并理解其功能之困难。阐释叙述者之困难,对于《到灯塔去》的读者和批评家都构成挑战;这也证明了文本中的叙述技巧问题有多么重要。在第二章中我们提到米勒在同一篇文章中曾警告不要把叙述者过于紧密地同伍尔夫本人联系起来(参见第二章"真实作者和真实读者"一节)。《到灯塔去》的叙述者不仅是个"不同的人",她还是综合了多种特征的高级的叙述工具。比起第二部的叙述者来,

---

① Gillian Beer (1996), *Virginia Woolf: The Common Ground*, p.13.
② J. Hillis Miller (1990), 'Mr. Carmichael and Lily Briscoe: The Rhythm of Creativity in *To the Lighthouse*', in *Tropes, Parables, Performatives*, London: Harvester Wheatsheaf, 151-70. 引文见 p.156.

第一和第三部的叙述者之特征在上面引述的某些部分中更好地显示出来，这正是该种叙述之灵活性的例证。因为在"岁月流逝"中叙述者没有以之前那种方式把自己的视角贴近人物。正如米勒强调的，这种改变在主题上很重要，不但因其自身，而且通过其与诸如重复及拟人化之类的手段相结合的方式。如果说我们在第一部中获得了叙述者经由某个人物表达的思想，那么在第二部中就不再如此。在某种意义上，这是一个合乎逻辑的叙述变化，因为叙述者经常将自己的视角贴近的那些人物，现在不是死去就是远离了。"岁月流逝"表明，小说的第三人称叙述不贴近所涉及的某个人物的视点也能发挥功能。但是与人物的此种联系的缺失使得叙述者更加突出其非人格性——仅仅作为一个中立的目击记录者。

> 一夜又一夜，不论冬和夏，狂风暴雨来势汹涌，晴天的寂静锐如利剑，它们接受朝觐，不受任何干扰。听吧（如果还有谁来倾听的话），从那空屋楼上的房间里，在一片混沌之中，只听见伴随着闪电的雷声在翻滚震荡，这时海风和波浪追逐嬉戏，就像巨大的海怪难以名状的躯体，理性之光从未穿透它们的额际，它们一层一层地叠起罗汉，猛然冲进黑夜和白昼（因为日夜和年月都无形地在一块儿飞奔），玩着那些愚蠢的游戏，直到整个宇宙似乎都在兽性的混乱和任性的欲望中漫无目的地厮杀、翻腾。（中译本第142—143页）

> 那幢屋子被留下了，被遗弃了。它就像沙丘中一片没有生命的贝壳，积满了干燥的盐粒。漫漫长夜似乎已经开始；轻浮的海风在轻轻啮咬，湿冷的空气在上下翻滚，好像它们已经取得了胜利。铁锅已经生锈，草席已经朽烂。癞蛤蟆小心翼翼地爬了进来。那摇曳的纱巾懒洋洋地、无目的地来回飘荡。（中译本第145页）

这两例正是我们所谓第二部之主要叙事层次的典型代表。我们看到伍尔夫通过相同或相对的语词（"一夜又一夜"，"黑夜和白昼"）、有头韵特点的语词（"海风和波浪"，"没有生命的"）①，以及从语义上就标志着韵律的语词，创造了语言和叙事上的节律。由此达成的效果，又因逗号和分号的运用而被增强。节律通常被视为文体手段而不是叙事手段，但此二例中节律和重复的密切结合表明，文学文本的这两个组成要素之间的转换可能难于指认。此处的重复运行于语词层面，并通过断句及提及那些节奏性重复的自然力量之方式来运行。

---

① 此两处原文分别为"winds and waves"、"life had ceft it"，都用了头韵（alliteration）。——译注

第八章

弗吉尼亚·伍尔夫的《到灯塔去》和科林·格雷格的《到灯塔去》

究竟何种叙述者会以此种方式来表达她自己呢？一方面她似乎彻底非人格化和距离化，另一方面她又很难作为一个不留任何个人的或人类的痕迹之观察式目击者，就像在第二个例子中的"好像"那样。希利斯·米勒认为伍尔夫"试图让拉姆齐先生的著书计划得到夸张式的实现"①。正如安德鲁告诉莉丽的，他爸爸的书研究"主体、客体与真实之本质"（中译本第23页）。当莉丽说她不懂那是什么意思时，聪明的安德鲁举了一个例子："想象一下，厨房里有张桌子……而你却不在那儿。"每个尝试过的人都知道，那即便不说是不可能的，至少也是很难的。此处的语境是18世纪的几位英国哲学家（洛克、贝克莱、休谟），弗吉尼亚·伍尔夫的父亲莱斯利·斯蒂芬（Leslie Stephen）对他们都曾做过钻研，他还写下了《18世纪英国思想史》（1876）一书。哲学家贝克莱曾经问道，如果一棵大树倒地时没有任何人在场听到，那么它是否发出了声音？贝克莱的回答是上帝保证他能听到任何声音，而伍尔夫在《到灯塔去》中则试图不用任何玄学解释来对付这一问题。第二部的叙述者正是这一努力的中心，这可以部分地解释为什么她那些思绪反复围绕着它们自己的语言，它们自己的叙事节奏运转，而不是将自己系于某个人物。叙述者的声音或语言有多大程度的非人格化？米勒相信"《到灯塔去》的叙述者不是无所不在的思想而是语言本身；因此在这里，语言比意识更具有优先权"②。尽管这一解释有一定说服力，我还是要把第三人称叙述者看作不仅是语言的、而且是"叙事"的工具，因为相对于一个（无论如何变形的、不完整的）情节片断，它都可以通过散文虚构而予以多样化地呈现与建构。当伍尔夫在第二部中让叙述者减弱人格性时，她不仅更明显地作为语言突出出来，而且通过语言让人类痕迹更为明显（而且还有一点值得注意，甚至不可回避：米勒把人格特质也归之于叙述者）。

米勒重点强调了伍尔夫在第二部中对拟人法的运用。拟人是比拟（prosopopoeia）的一种形式，它是这样一种比喻修辞：当我们谈论一个不存在的、死的东西或一件物品时，好像它是活的一样——好像具备了人的面容、声音和意识。对第一部的讨论提供了拟人法的一个实例；而在第二部中该种借喻手法仍是叙述的中心。

只有从那阵海风的躯体上分离出来的一些空气，它们穿过生锈的铰链和吸饱了海水潮气而膨胀的木板（那幢屋子毕竟破旧不堪了），偷偷地绕过墙角，闯进了屋里。你几乎可以想象：它们进入客厅，到处徘

---

① J. Hillis Miller (1990), 'Mr. Carmichael and Lily Briscoe: The Rhythm of Creativity in *To the Lighthouse*', in *Tropes, Parables, Performatives*, London: Harvester Wheatsheaf, 151-70.引文见 p.161.

② Idib., p.163.

徊、*询问*,和悬挂在那儿噼啪扇动的糊墙纸*嬉戏*,*问问*它还要在那儿悬挂多久?什么时候它将会剥落下来?然后,它们平静地*拂过*墙壁,在经过之时*若有所思*,好像在*询问*糊墙纸上那些红色、黄色的玫瑰,它们是否会褪色,并且温文尔雅地*询问*(它们有的是时间)废纸篓里撕碎的信件、房间里的花卉和书籍(这一切现在都敞开地呈现在它们面前):它们是盟友吗?它们是敌人吗?它们还能保存多久?(中译本134页,着重号为本书作者所加)

引文中斜体动词表现的都是人的动作。着重号把这样的动作加诸风的身上,也就是把风拟人化了。我们把它看作是能想、能玩、能问的一个人或个体。这种拟人通过重复得以加强,而叙述者甚至给出了风提出的问题。这里的拟人法服务于何种主题目的?它能让我们了解叙述者的哪些信息?我们看到"你几乎可以想象"跟前面我们谈过的"似乎"(seemed)起相同的作用:两处动词都赋予第三人称叙述者一种个人色彩。看起来不带个人感情,但她用感情化的方式记录了一切。拟人强调了个人因素,因为叙述者把自己的视角贴到风的视角上。她之所以能做到这一点是因为风被拟人化了——所以叙述者能够让它提出问题。这些问题与她在第一部中让人物提出的问题相类似。换言之,拟人法的运用与叙事功能密切相关。通过把风拟人化,叙述者表达了伍尔夫的一些想法:当我们要描述一座空荡荡的房子,一张我们已离去而它仍在那儿的餐桌,以及我们谢世之后的世界,人类的能力或者说语言的能力是多么有限啊。通过对詹姆斯与拉姆齐先生(他用语言伤害儿子)之间关系的描述,伍尔夫表明,人类的价值决不依赖于语言知识。然而,语言是思考和经验的先决条件。它总是似乎暗含着某种视角,从这一视角出发,它被言说或被书写。与视角的变化及拟人方法相结合,引文中的与人相关的语句证明《到灯塔去》中的叙事与主题是怎样彼此交错结合的。

避免人类视角是第二部之叙事技巧的一个目标,就此而言我们可以认为(作为机械装置的)电影摄影机能够比伍尔夫的散文更"直接"地展现那座空房子。格雷格试图做到这一点,镜头摇过空荡荡的避暑小屋的墙壁与家具,传达出它的破旧——潮湿,阴冷,漏水不止,家具用临时的遮盖物蒙着。故事外音乐的运用强化了观众对该片段中镜头运动的缓慢的描写性节奏之印象。这一节奏与电影对小说第二部的时间呈示有关。它证明当摄影机记录并向观众传达每一个单独的画面时,它是受到摄影师、导演及其他参与电影制作的人员导引的,画面的选择也是人干预的结果,画面的合成、表现的进度、声光的合成等等也无不如此。因此电影媒介在某种程度上也例证了:如果没有人类观察者,呈现外部的物理世界是多么困难。

第八章

弗吉尼亚·伍尔夫的《到灯塔去》和科林·格雷格的《到灯塔去》

《到灯塔去》与本章开头所给出的那个选择性的、编年顺序的概要形成有力对抗。第二章中方括号的运用,是小说施展这种对抗的最明显信号之一。因为我们在这些嵌入的文本片段中发现了"信息",或者可以称之为虚构事实,它较易按照故事的讲法排列,但在此处构成主要文本的第三人称叙述者的省思中则不太容易排列。这并不意味着第二部分方括号里的内容不重要;恰恰相反,它们提供了关于小说故事层事件的必要信息。以第6章最后两个方括号内文字为例:

【一颗炸弹爆炸了。二三十个小伙子在法国战场上被炸得血肉横飞,安德鲁·拉姆齐也在其中,总算幸运,他立即死去,没受更多的折磨。】(中译本第141页)

【那年春天,卡迈克尔先生出版了一本诗集,获得了出乎意料的成功。战争,人们说,恢复了他们对于诗歌的兴趣。】(中译本第142页)

此类信息的效果之一是让读者把第二部与第一部更密切地联系起来,而这又导致第一部中第三人称叙述者的观察与省思被更密切地贴近情节和主人公。尽管方括号内的信息片段简短(一定意义上也正是因为它们简短),却(所以)暗示了是什么促成叙述者的省思,因而把这些省思更明确地置于某种历史与文化语境之中。作为拉姆齐家孩子们当中最聪明的一个,安德鲁尤其是在数学方面具有非凡的天赋。由于特别漂亮的普鲁·拉姆齐也年纪轻轻就殒命(这是我们从第6章稍早些时候的方括号内得知的),两个最像他们父母的孩子就都不会出现于第三部中了。

多米尼克·拉卡普拉指出,作为清晰的标点符号,方括号可以表明"寻常时间和历史中那些重要的、且常常是消极的力量,是如何自明地被包含、某种意义上也是被压制的"①。然而他又指出,伍尔夫叙事的一个典型特点是:消极事件没有被克制、压抑或消除。相反的,括号的使用是使事件保持一定距离,从而可以去反省它们,也许还会向它们妥协的一种方法。围绕空房子而聚合的叙事省思,主要并不是、而且绝不仅仅是聚焦于关于时间、主客体关系等一般哲学问题上。这些一般问题,通过其被关联到一群人之方式,被激发它们的那一故事所具体化、戏剧化并强化了。例如,第二部分将拉姆齐一家置于世界大战的语境当中,它不仅反映了时间,也反映了作为一种人为灾难、"一片混沌"(中译本第142页)的战争。

---

① Dominick LaCapra (1987), *History, Politics, and the Novel*, Ithaca: Cornell University Press, p.139.

IV

在第三部中,当拉姆齐家中的幸存成员在避暑小屋中重会,第二部中详述过的一些失踪者又重新浮出。拉姆齐夫人的绝对缺席是小说最后这一部分的核心,每个人都以不同的方式发表了对此事的看法。拉姆齐先生在第三部开头问:"现在去还有什么用?"(中译本第155页)这表明他对没能够像约好的那样早早登上(带他们去灯塔的)船的恼怒。然而,该问题里的"现在"一词还有别的含义。首先,它标志着拉姆齐先生现在急于到灯塔去,而在第一部里,主要是他阻碍了灯塔之旅的可能实施。其次,"现在"不仅指这个特定的早晨的延误,还暗含了回指向第一部的某个"当时"。如果我们如此解读这个句子,就可以把上段中叙述者借莉丽的视角发出的感慨当作这个问题的补充。"过了这么多年又重游故地,……拉姆齐夫人已经去世,她的感觉究竟如何?"(中译本第155页)

小说第三部中的第三人称叙事跟已论述过的前两部相比变化较少,所以最后这部分的讨论就可以比较简要。这一章以笼统评论小说的时间展现及格雷格之改编的处理作结。

在多米尼克·拉卡普拉看来,《到灯塔去》的构成使人想起由三个乐章组成的怀旧曲。用音乐学的另一个概念来说,我们可以把第三部称为第一部的对位。我的意思是说,最后这部分的各个"点"都能回到并接续第一部中的相应问题,但其方式却不是——或者说,不仅仅是——直接的承续,而是对照和区别。这种对照的主要原因在于第二部,它无论在结构上还是在主题上,都占据小说的关键地位。例如,灯塔在第一部和第三部中都很重要,但是十年过去,而且拉姆齐夫人已去世后,它对于人物(当然不包括詹姆斯),以及对于读者来说就不再具有同样的意义。拉姆齐夫人去世了,但第三部所显示的她对其他人(尤其是莉丽)的影响却反而巩固了她作为小说主人公的地位。拉姆齐先生除了上了点年纪,在家里不像以前那样权威之外,好像没多大变化。尽管一家人重聚在同一个避暑小屋里,但无论是房屋还是地点都显得跟第二部的描述不同了。

因为在第三部中叙述者最经常地贴近于莉丽,所以她代行了第一部中拉姆齐夫人所具备的某些叙事功能。有几个例子可以说明这个问题,但是首先必须指出,第三部中突出的空间特点主要源于第三人称叙述在两点之间的交替变化:一个是固定点,即莉丽站着作画所处的陆地,另一个是在海面上——正驶向灯塔的船。这种交替也构成了一种对位,它的运用正如此处表现的,是以第三人称叙述作为前提条件的。

在这一交替叙述确立前,莉丽和拉姆齐先生曾在房前花园里默然相对。

第八章

拉姆齐先生长叹一声。他在等待她的反应。难道她不打算说点儿什么吗？难道她没看出他对她有什么要求吗？于是他说，有一个特殊的原因，促使他想要到灯塔去。他夫人在世的时候，经常送东西去给那些灯塔看守人。其中有一个臀部患了骨痨的男孩，是灯塔看守人的儿子。他深深地叹息。他的叹息是意味深长的。（中译本第161—162页）

他们俩默然相对，和世界上其他人都隔绝了。他的顾影自怜，他对同情的渴求，好似一股洪流在他的脚旁倾泻，形成了一潭潭的水洼，而她这个可怜的罪人，她的唯一行动，就是提起她的裙边，以免沾湿。她紧握画笔，默然伫立。

谢天谢地！她终于听到了屋里的人声。（中译本第163页）

这样的表现方式，使此例中的情势颇类似于第一部中拉姆齐夫妇间的情势，当时哲学家拉姆齐先生不断地期望从妻子那里获得支持和同情。现在他对这种同情的需求好像也没减少。但不同的是，莉丽并不想像拉姆齐夫人那样愿意满足他。莉丽拒绝拉姆齐先生之同情渴望的原因颇为复杂。它们部分地由第三部中贴近于她的思想、感情与观点的第三人称叙述呈现出来。原因之一是她不想像拉姆齐夫人那样去投其所好，或者更一般地说，是不想满足男人对女人的希望和要求。然而，如果说莉丽没有拉姆齐夫人那样和缓，她也同样聪明地意识到她比拉姆齐夫人更敢于去与拉姆齐先生对峙。拉姆齐夫人是上一代人，是这个大家庭赖以维持团结和秩序的核心。

自由间接引语的有效运用同时贴近拉姆齐先生与莉丽两者的视角。"难道她不打算说点儿什么吗？"（中译本第161页）这标志着拉姆齐先生对莉丽的期盼。此处自由间接引语的作用之一是使读者更清楚拉姆齐先生的期盼，因为叙述者已经明确表述了拉姆齐先生的问题。与此同时，我们不知道拉姆齐先生本人是否明白他在向莉丽转移他对已故妻子的期望和要求。"谢天谢地！"这句感叹也是自由间接引语，但是我们看到叙述者已经把视角从拉姆齐先生转移到了莉丽。拉姆齐先生的同情渴望没有得到满足：通过运用自由间接引语，叙述者在对会面的描述中插入了对两人后来默然相对之原因的解释。

然而莉丽也并非完全抵制拉姆齐先生。作为妥协，她让自己夸奖了拉姆齐先生漂亮的皮鞋。她对拉姆齐先生的矛盾态度是出于她对他妻子的尊敬。通过一系列叙事性的省思——它们贴近莉丽的视角和思想，某种程度上也是明显地倒叙——呈现和证明了这种尊敬。伍尔夫用来表现这两个女主人公之关系的一个要素，就是把莉丽在绘画方面的努力与拉姆齐夫人的各种活动结合起来。早在第一部中莉丽就在努力画画（主题为窗口中的拉姆齐夫人),但是在第三部中她的努力更加刻苦和持久,最终也更加成功。然而,她发现绘画很累人,所以在间歇的时候,伍尔夫不得不让叙述者报告莉丽对自己及拉姆齐夫人的一些想法。这样,倒叙又跳回为莉丽关于自身生活处境及未来之冥想奠定基础的第一部(尤其是同拉姆齐夫人在海滩上的那一幕)。有好几次都好像是关于拉姆齐夫人的记忆帮助莉丽更好地自省。

> 人生的意义是什么?那就是全部问题所在——一个简单的问题,一个随着岁月的流逝免不了会向你逼近过来的问题。那个关于人生意义的伟大启示,从来没有出现。也许这伟大的启示永远也不会到来。作为它的代替品,在日常生活中,有一些小小的奇迹和光辉,就像在黑暗中出乎意料地突然擦亮了一根火柴,使你对于人生的真谛获得一刹那的印象;眼前就是一个例子……拉姆齐夫人说"生命在这儿静止不动了";拉姆齐夫人把这个瞬间铸成了某种永恒的东西(就像在另一个领域中,莉丽自己也试图把这个瞬间塑造成某种永恒的东西)——这就具有某种人生启示的性质。在一片混乱之中,存在着一定的形态;这永恒的时光流逝(她瞧着白云在空中飘过、树叶在风中摇曳),被铸成了固定的东西。生命在这儿静止不动了,拉姆齐夫人说过。"拉姆齐夫人!拉姆齐夫人!"她反复地呼喊。所有这一切,她都受赐于拉姆齐夫人啊。(中译本171—172页,个别标点据英文版有所改动)

此处的引号标志着莉丽不仅想起了拉姆齐夫人,而且还喊出了她的名字。这就是呼语(apostrophe)的修辞方法:跟一个不在场的人说话。因为第三部的叙述近乎把已故的拉姆齐夫人当作在场的和活着的来展现,那种痛失感和人们对她的思念都得到了加强。就我对第三部的理解来说,正是拉姆齐夫人的影响,使叙述以对位形式交替呈现的两个事情有可能完成:莉丽正在作的画和灯塔之旅。这个例子中的圆括号的作用很典型:它们把莉丽耽于其中的思绪与她所意识到的当前处境联系起来。

莉丽对于稳定持久事物的这种突如其来的"顿悟"(epiphany)般的感受,在整个话语中既前瞻又后顾。对第一部而言,它联系着拉姆齐夫人在宴席上对于"某种不会改变的东西"(中译本第109页)的感觉。同时它又后顾到结尾,即莉丽恰好在(她相信)船抵达灯塔之时完成了她的绘画。倒叙贴近了莉丽的视角、记忆及其为绘画付出的艰辛努力。

在接近结尾处,詹姆斯具有双重叙事功能。首先,叙述者全知地报告了詹姆斯何等清晰地记得他父亲对灯塔之行的怀疑态度:"他还记得,他的父亲说道:'会下雨的。明天你不能到灯塔去。'"(中译本第198页)正如拉姆齐夫人在第一部中所说,有些事情孩子们永远也忘不了。这句话直接照应

第八章

弗吉尼亚·伍尔夫的《到灯塔去》和科林·格雷格的《到灯塔去》

小说开头,它表明父子之间的完全和解是不大可能的。其次,詹姆斯还问道,他现在终于得以一见的、越来越近的灯塔,是否就是他小时候想去看的那一座:

> 这就是那座朝思暮想的灯塔啰,对吗?
>
> 不,那另外一座也是灯塔。因为,没有任何事物简简单单地就是一件东西。那另外一座灯塔也是真实的。(中译本第198页)

既是同一座灯塔,又不是同一座。它与詹姆斯记忆中的那座一模一样,但是又不相同。通过运用这种矛盾对立的陈述,伍尔夫强调了《到灯塔去》中的象征主义和时间呈现方面的重要特点。

一个特点是关于作为象征的灯塔与作为小说主人公的拉姆齐夫人之间的关系。我曾把拉姆齐夫人在叙事上和主题上的功能以及她所代表的价值观,与叙事话语所表现的光的象征相联系。在一定意义上,灯塔之旅就是抵达——至少是朝向——拉姆齐夫人所代表的品质的旅程,而她的去世使生者更清楚地看到这一点。他们最终确实到达了灯塔,尽管其积极意义因为经历了漫长的时光及家庭成员的缺失而有所减少,但是小说的结尾暗示着拉姆齐家的幸存成员还是顺从地达成了和解。叙述者把视角贴近莉丽之方式,强化了读者的这种印象。在其他人到达灯塔这一事实的激发下,莉丽成功地完成了她的绘画;虽然这很重要,但是最后一句所用的完成时态好像对她将来当画家的前景画上了一个问号。"是的,她极度疲劳地放下手中的画笔想道:我终于画出了在我心头萦回多年的幻景。"(中译本第221页)①然而,小说的结尾并非确定无疑,因为它开启了不同理解之可能。一些评论家把莉丽最后完成的那幅图画看作伍尔夫完成的小说的隐喻表达,并指出所有的艺术活动都是累人且需要代价的。最后一句中的完成时态补充了第三部中与第一部相呼应的其他多处,帮助结束了全文,包括时间的呈现和对人类之时间认知的探索。

和其他小说一样,《到灯塔去》通过将这里简要指出的叙事手段与技巧相结合来表现时间。拉卡普拉用图表形式(见图8.1)②阐明了小说抵制故事时间之编年顺序的部分原因。其中水平层面指的是"真实"的故事时间中"外部"事件的"历时"的运动,就像我们通常所理解的那样。例如,在这一水平层面上,拉姆齐夫人计划要送衣服给灯塔看守人;我们还可以把第一次世界大战放在其中。正如拉卡普拉所说,"该维度上的时间是一个可以由一连

---

① 原文末句(I have had my vision.)用的是完成时态。——译注
② Dominick LaCapra (1987), *History, Politics, and the Novel*. p.138.

串的当前点编年地排列起来的变化"①。垂直层面则指更为"共时"的、结构的维度:"审美的凝定和对随意事件与时刻的深层认知,似乎提供了一条时间之外的感觉通道,以及'内部'经验与非人格化象征形式间的和解"②。《到灯塔去》的叙述一次又一次地驻留在一个事件或一个时间点上,以至于历时性的时间进程好像中止了。我曾讨论过一个例子,即第一部中对拉姆齐夫人在詹姆斯入睡以后的思想的表现。

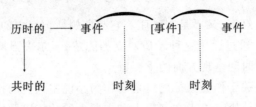

图8.1

《到灯塔去》非常创新地把这两种时间呈现结合在一起。在共时层面呈示的洞见由于历时层面因素的存在或"干扰"而疑窦化,但并没有失去它们所有的价值。"因此时间不是简单地空间化了,瞬间时刻也并非简单地被永恒化了。"③两个时间层面既各自独立又相互结合,这正是《到灯塔去》叙事技巧的典型特征。事件发生后隐身的第三人称叙述者仍处于一个未定的时间点上。小说的叙事是个达到时间表现上交替转换的绝佳工具。

V

在科林·格雷格的改编中,并无小说中第三人称叙述者的对应物,这一事实可以部分地解释为什么共时性与历时性时间层次间的交替在电影中变得不那么明显(而且也显得不那么重要)。可我们不易推断这种不同有多少是起因于格雷格的有意选择,又有多少导源于文字小说和电影之间的媒介差异。改编中的历时性时间层次何以比在小说中显得更重要?原因之一可能是电影中表达行动的压力。

了解一下改编本如何展现时间及人对时间的认知更有意义,因为在伍尔夫小说中这无可争议地是其主题的重要组成部分。既然小说对于时间的表现很难用电影展示,观众就很欣赏格雷格所做的努力:他没有在困难面前退缩,而是为自己导演的这部电影改写了其中的某些部分。虽然并非所有

---

① Dominick LaCapra (1987), *History, Politics, and the Novel.* p.138.
② Ibid., p.138. 着重为原作者所加。
③ Ibid., p.139.

第八章
弗吉尼亚·伍尔夫的《到灯塔去》和科林·格雷格的《到灯塔去》

的努力都很成功,我们却不该忘记,我们的判断总是受到作为比较之参照系的(而且在某种意义上也是在阅读过程中已被我们视觉化了的)文学文本的影响。

就第一部分而言,最明显的变化就是,跟原文的一个下午/晚上相比,格雷格的改编剧本显然跨越的是一段更长的时间——至少好几天。这样的变化不常见,因为改编本对文学材料的选择性运用经常给观众以时间被压缩的印象。电影第一部分覆盖的时间较长,其原因之一是小说第一部的故事时间太短。这种变化的一个主要效果就是缩减了原文中的共时维度,因此也减少了它与历时维度间的叙事交替与对照。

以上评论主要是关于第一部的。如果说跟原文相比改编本的第二部分最引人注意的话,在某种程度上是因为小说的共时维度在此显露出来了。格雷格取得这种效果,部分地是通过描绘性镜头的运用,对此我已经作过评论;部分地则是通过把这些描述性片段与呈现小说第二部中方括号内事件的画面结合起来。因为这些事件(如安德鲁在第一次世界大战前线献身的情景)可以和情节的历时层面联系在一起,格雷格设法在银幕上成功地展现了小说第二部中最重要的叙事手段之一。电影这部分把历时信息与共时描写相结合的另一个效果是传达出了第二部分的时间跨度有多大。跟伍尔夫的文本完全一样,电影也用一个历时片段展示了普鲁·拉姆齐①的婚礼。在描述性片段过后,另一个镜头告诉观众:她在婚后第二年死于难产。

电影的前两部分都显示出拉姆齐先生在夫人死后是多么无助和孤独。电影第三部分中有一个值得注意之处:格雷格运用了倒叙镜头表现莉丽。跟在小说中一样,莉丽也是电影最后这部分中最重要的人物。除了倒叙地聚焦于拉姆齐夫人与詹姆斯在一起,改编本的第三部分中还反复出现了第一部分晚宴场面的剪接。这种叙事变化具有主题能产性,因为它形象地表现了拉姆齐夫人的去世造成的强烈感受,不仅对于莉丽的绘画来说是一个损失,而且对于所有那些现在正去往灯塔的人来说也是如此。

电影对于拉姆齐先生和凯姆②之间的对峙的处理也值得一提。就算它不是伍尔夫小说中任何一个段落的电影再现,这种对峙还是例证了凯姆与她父亲的紧张关系。正是一种未解决的关系,将她推向莉丽和已故的拉姆齐夫人之间的立场。她为灯塔里的小男孩准备的包裹,延续着早在小说第一部中拉姆齐夫人的行为:"不耐烦地轻轻扭直她正在编织的红棕色绒线袜子。要是她能在今晚把它织完,要是他们明天真的能到灯塔去,那袜子就带去送给灯塔看守人的小男孩……"(中译本第4页)当(电影中)拉姆齐先生

---

① 拉姆齐夫妇的女儿,长相漂亮,被视为完美天使,后死于难产。——译注
② 拉姆齐夫妇最小的女儿,十分任性。——译注

拒绝带包裹时,她很沮丧,拉姆齐先生认为她的反应过于激烈,但观众会将这种过激反应与他父亲对某个计划的拒绝联系起来,她知道这个计划原是她母亲会赞成的。

至于对拉姆齐夫妇的总体表现,格雷格的改编本处理得不够均衡。对于拉姆齐先生的表现最为成功,而电影中的拉姆齐夫人则失去了她在小说原作中的许多复杂性。指明这一点并不是说演技有多大区别:罗斯玛丽·哈里斯(扮演拉姆齐夫人)和迈克尔·高夫(扮演拉姆齐先生)都很有能力、表演出色。问题毋宁说在于拉姆齐先生更易于电影化表现,不仅因为他的举止在某种程度上具有典型的重复性(例如,他总是无休止地索取同情。电影很好地呈示了这一点),而且还因为在小说里,关于拉姆齐先生的呈现不涉及像他夫人那样多的叙事议论和省思。这个因素可以部分地解释为什么对拉姆齐夫人的表现在改编本里被简化了。然而,我们并不否认这部电影确实也有一些优秀的片段——包括在关涉到时间之迷离复杂性时对于拉姆齐夫人的展现。有两个变化尤其值得注意。虽然在我看来,第一个不是特别富有成效,第二个却非同一般的令人拍案。

第一个变化是对拉姆齐夫人之死的表现。她的死讯让小说读者感到震惊。用来传达这个消息的方括号之叙事性运用增强了这一效果,同时也为叙述者在第二部大部分时间里的省思提供了语境。我们之所以如此震惊原因之一是在第一部中拉姆齐夫人显得很健壮:这强化了读者对拉姆齐夫人在第一部中的呈现与第二部较早处她的死讯之间的强烈对比感。改编本通过展现拉姆齐夫人突然病重的一个场景(这是对文学文本的增添)而削弱了这种对比。这个简短的场景,是对于第二部分中她的去世的电影预示,它对表达主题没有太大成效,因为它削弱了拉姆齐夫人的死讯之震惊效果。

然而,具有能产性的,是另一个变化,它也构成对于文学原著的改变。格雷格选择以拉姆齐夫妇在桌旁给人们朗诵的方式结束晚宴(晚宴是拉姆齐夫人的成就,处于第一部结尾处的中心位置)。拉姆齐夫人没有明说她读的是什么,但我们可以辨认出来,那是莎士比亚的一首十四行诗(第60号):

> 正像海涛向卵石滩头奔涌,
> 我们的光阴匆匆地奔向灭亡;
> 后一分钟挤去了前一分钟,
> 接连不断地向前竞争得匆忙。
> 生命,一朝在光芒的海洋里诞生,
> 就慢慢爬上达到极峰的成熟,
> 不祥的晦食偏偏来和他争胜,
> 时间就捣毁自己送出的礼物。

第八章

弗吉尼亚·伍尔夫的《到灯塔去》和科林·格雷格的《到灯塔去》

> 时间会刺破青春表面的彩饰,
> 会在美人的额上掘深沟浅槽;
> 会吃掉稀世之珍:天生丽质,
> 什么都逃不过他那横扫的镰刀。
> 可是,去他的毒手吧!我这诗章
> 将屹立在未来,永远地把你颂扬。①

此处不能详细分析这首绝妙的十四行诗,但是很显然,诗中所提的问题与弗吉尼亚·伍尔夫在《到灯塔去》中——在几百年后,用另一种文体——提出的复杂的时间问题相关。在这首十四行诗中,"诗人考虑到自然界里必经的成熟与衰老之过程,但他自己歌颂年轻人的诗句又与之形成了一种对抗"②。在莎士比亚十四行诗中,最后两句往往用总结或格言式的结语形式,如果我们到那里去找例证,我们可以看到作为小说中心的一些主要问题的轮廓,而且伍尔夫尤其是通过对拉姆齐夫人和莉丽的表现来探索这些问题的。固定的、永恒的事物与变化的、逝去的事物之间到底是什么关系呢?艺术能否抵制,或帮助我们抵制时间进程造成的持续不断的变化,对抗时间的流逝所带来的损失呢?如果说这首十四行诗的结句似乎表达了诗人希望自己的诗歌能反抗时间,那么在伍尔夫的小说里这一希望则在很大程度上受限。但在我读《到灯塔去》时,这种希望并非完全不存在。

当莎士比亚所用的某些文学手段和伍尔夫的叙事技巧发生关联的时候,两个人的作品在主题方面的相似就更加引人注意。虽然体裁不同就意味着我们在直接作比较的时候必须谨慎,但是诗中的比喻和拟人手法都分明让人想起《到灯塔去》的第二部。尤其是关于海浪的比喻,它是诗的开篇之句,随后则被通过明喻与时间的拟人化联系起来。如杜恩坎·琼斯(Duncan-Jones)所示,因为本诗的开头与奥维德(Ovid,公元前43年—公元18年)的《变形记》③相呼应,所以,一方面,这首诗在某种意义上与奥维德一部早期文学作品中对时间的沉思形成互文关系;另一方面,它又与一部现代主义的小说和一部电影形成互文。在伍尔夫作品中,海浪是一个核心比喻。她后来的一部小说就叫《海浪》(1931)。在《到灯塔去》的第二部中,"海风和波涛"(中译本第142页)是时间的有力化身,它们的拟人用法让我们想起十四

---

① 译文采屠岸编译《莎士比亚十四行诗一百首》,中国对外翻译出版公司1992年版,第85页。——译注

② Katherine Duncan-Jones in Shakespeare.William Shakespeare (1998). *Shakespeare's Sonnets, The Arden Shakespeare*, ed. Katherine Duncan-Jones. London: Nelson & Sons.p.230.

③ Ovid (1998), *Metamorphoses*, Oxford World's Classics, ed. E. J. Kenney. Oxford: Oxford University Press. 15.181-4.

行诗中时间的拟人化。对观众来说,好像正是拉姆齐夫人,通过为其他人读这首诗,并通过联系自己对时间的理解,传达了莎士比亚对时间的诗学思考(还将之与在小说中作为美学结构加以探索的时间相联系)。对于诗的读者来说,正如我已经写过的,这种效果得到了加强。诗歌激发一种沉思式的应答,这种应答因电影需要表现动作而复杂化了;而且,如果人们了解整部电影,诗歌的议论性质就会清晰一些——如果再读过小说,那就更清楚了。然而,尽管这种解释上的差别道出了电影和文学作品运行上的巨大不同,这首十四行诗仍然作为电影不可或缺的一部分起作用。正如其在改编本中呈现的那样,这首十四行诗以其简洁形式,表明了这两种媒介间的关系是多么有益、多么发人深思。

影片目录

现代启示录 Apocalypse Now (1979)

导演:弗朗西斯·福特·科波拉(Francis Ford Coppola)
编剧:约翰·米留厄斯(John Milius)、弗朗西斯·福特·科波拉(Francis Ford Coppola)
画外音:迈克尔·赫尔(Michael Herr)
摄影:维多利奥·斯托拉罗(Vittorio Storaro)
音乐:卡迈恩(Carmine)、弗朗西斯·科波拉(Francis Coppola)
主要演员:
马龙·白兰度(Marlon Brando,饰库尔茨上校)
马丁·希恩(Martin Sheen,饰威拉德上尉)
罗伯特·杜瓦尔(Robert Duvall,饰基戈尔中校)
弗雷德里克·福瑞斯特(Frederic Forest 饰 Chef)
阿尔伯特·豪(Albert Hall,饰蔡夫)
丹尼斯·霍珀(Dennis Hopper,饰摄影记者)
斯普莱德林(G. D. Spradlin,饰将军)
制作:弗朗西斯·福特·科波拉(Omni-Zoetrope 公司)
视频:Zoetrope 公司;派拉蒙视频

芭贝特的盛宴 Babette's Feast (1987)

编剧、导演:卡柏瑞尔·亚斯里(Gabriel Axel)
摄影:亨宁·克里斯蒂安森(Henning Kristiansen)
音乐:珀·诺加德(Per Norgaard)
主要演员:
斯蒂芬·奥德兰(Stéphane Audran,饰芭贝特)(Babette),
博迪尔·谢尔(Bodil Kjer,饰菲莉帕)(Philippa)
比尔吉特·福德斯比尔(Birgitte Federspiel,饰玛蒂娜)
让-菲力浦·拉福特(Jean-Philippe Lafont,饰帕平)
加尔·库勒(Jarl Kulle,饰瑞文海尔姆)
制作:全景电影国际/北欧电影/丹麦电影学院(Panorama Film International/Nordic Film/Danish Film Institute)
视频:Braveworld 公司

战舰波将金号 *The Battleship Potemkin* (1925)

编剧、导演 谢尔盖·爱森斯坦（Sergei Eisenstein）
摄影：爱德尔德·提塞（Edouard Tissé）
主要演员：
安东诺夫（A. Antonov）
巴斯基（V. Barski）
亚历山大洛夫（G. Alexandrov）
哥莫洛夫（M. Gomorov）
制作：苏联"国家电影艺术发展委员会"（高斯影业）Goskino.
视频：Hendring公司

公民凯恩 *Citizen Kane* (1941)

导演：奥逊·威尔斯（Orson Welles）
编剧：赫尔曼·曼凯维奇（Herman J. Mankiewicz）、奥逊·威尔斯（Orson Welles）
摄影：格莱格·托兰德（Gregg Toland）
音乐：伯纳德·赫尔曼（Bernard Herrmann）
主要演员：
奥逊·威尔斯（Orson Welles，饰查尔斯·福斯特·凯恩）
约瑟夫·科顿（Joseph Cotton，饰杰德·李兰特）
多萝西·康明戈尔（Dorothy Comingore，饰苏珊·亚历山大·凯恩）
埃弗里特·斯隆（Everett Sloane，饰伯恩斯坦）
制作：奥逊·威尔斯（Orson Welles，雷电华电影公司）
视频：海伦影业（Heron Films）

罪与罚 *Crime and Punishment* (1970)

编剧、导演：列夫·库里让诺夫（Lev Kulidzhanov）
摄影：维亚切斯拉夫·沙姆斯基（Vyacheslav Shumsky）
主要演员：
吉奥吉·泰拉特金（Georgi Taratorkin，饰拉斯柯尼科夫）
英诺肯提·斯莫克图诺夫斯基（Innokenti Smoktunovsky，饰波尔费利）
维多利亚·费多罗娃（Viktoria Fyodorova）
泰特吉娜·比多娃（Tatjana Bedova）
制作：高尔基影业（Gorky Studio）

死者 The Dead (1987)

导演：约翰·休斯顿（John Huston）
编剧：托尼·休斯顿（Tony Huston）
摄影：弗莱德·莫尔菲（Fred Murphy）
音乐：亚历克斯·诺斯（Alex North）
主要演员：
安杰丽卡·休斯顿（Anjelica Huston 饰格里塔）
唐纳·麦克盖恩（Donal McCann 饰加布里埃尔）
制作：詹尼士制片/丽菲影业（Zenith Production/Liffey Films）
视频：一流公司（First Rate）

黑暗的心 Hearts of Darkness (1991)

编剧、导演：福克斯·巴尔（Fax Bahr）、乔治·希根路柏（George Hickenlooper）、埃莉诺·科波拉（Eleanor Coppola）
纪录片脚本：埃莉诺·科波拉（Eleanor Coppola）弗朗西斯·福特·科波拉（Francis Ford Coppola）约翰·米留厄斯（John Milius）等
制作：乔治·扎卢姆及李斯·梅菲尔德/ZM制片（George Zaloom and Les Mayfield/ZM Productions）
视频：派拉蒙视频，塔坦公司（Paramount Video; Tartan）

到灯塔去 To the Lighthouse (1983)

导演：科林·格雷格（Colin Gregg）
编剧：修·斯托达特（Hugh Stoddart）
摄影：肯·韦斯特布里（Ken Westbury）
音乐：于连·道森－莱尔（Julian Dawson-Lyell）
主要演员：
罗斯玛丽·哈里斯（Rosemary Harris，饰拉姆齐夫人）
迈克尔·高夫（Michael Glough，饰拉姆齐先生）
苏珊娜·伯提斯（Suzanne Bertish，饰莉丽·布里斯库）
肯尼思·布拉纳（Kenneth Branagh，饰查尔士·塔斯莱）
制作：阿兰·沙尔克罗斯/BBC－TV/科林·格莱格影业（Alan Shallcross/BBC-TV/Colin Gregg Films）

阴影线 The Shadow-Line (1976)

导演：安杰伊·瓦依达（Andrzej Wajda）
编剧：波列斯劳·苏利克（Boleslaw Sulik），安杰伊·瓦依达（Andrzej Wajda）

摄影：维托尔德·苏波辛斯基(Witold Sobocinski)
音乐：沃依切赫·基拉尔(Wojciech Kilar)
主要演员：
马利克·康德莱特(Marek Kondrat,饰考泽尼奥夫斯基)
格莱哈姆·利纳斯(Graham Lines,饰伯恩斯)
托马斯·威尔金森(Tomas Wilkinson,饰兰萨姆)
马丁·维尔戴克(Martin Wyldeck,饰加尔斯船长)
制作：波兰电影(Film Polski)泰晤士电视(Thames Television)

短片集 *Short Cuts* (1993)

导演：罗伯特·奥特曼(Robert Altman)
编剧：罗伯特·奥特曼(Robert Altman)弗兰克·巴伊特(Frank Barhyydt)
摄影：沃尔特·洛依德(Walt Lloyd)
音乐：马克·伊沙姆(Mark Isham)
主要演员：
安迪·麦克道威尔(Andie MacDowell)
布鲁斯·戴维森(Bruce Davidson)
朱丽安·摩尔(Julianne Moore)
马修·莫迪恩(Matthew Modine)
安妮·阿彻(Anne Archer)
弗莱德·沃德(Fred Ward)
杰克·莱蒙(Jack Lemmon)等
制作：卡里·布罗考(Cary Brokaw)
视频：斯派凌电影国际 Spelling Films International.

饥饿 *Sult* (Hunger) (1966)

导演：亨宁·卡尔森(Henning Carlsen)
编剧：彼得·西伯格(Peter Seeberg)、亨宁·卡尔森(Henning Carlsen)
摄影：亨宁·克里斯蒂安森(Henning Kristiansen)
音乐：克里斯托弗·克默达(Krzystof Komeda)
主要演员：
珀·奥斯卡森(Per Oscarson,饰主人公)
贡纳尔·林德布鲁姆(Gunnel Lindblom,饰绮兰佳丽)
制作：ABC影业/亨宁·卡尔森/山德鲁/瑞典电影学院 (ABC-Film/Henning Carlsen/Sandrew/ Swedish Film Institute)

审判 *The Trial (1962)*

编剧、导演：奥逊·威尔斯（Orson Welles）
摄影：埃德蒙·理查德（Edmond Richard）
音乐：让－勒德吕（Jean Ledrut）
主要演员：
安东尼·珀金斯（Anthony Perkins，饰约瑟夫·K.）
珍妮·梦露（Jeanne Moreau，饰布尔斯特纳小姐）
奥逊·威尔斯（Orson Welles，饰律师）
制作：巴黎欧罗巴制片/FI-C-IT/西萨影业（Paris Europe Productions/FI-C-IT/Hisa-Films）
视频：艺术坊制片（Art House Productions）

索 引

（页码均为英文原版页码。加黑显示的数字，表示定义或延伸讨论所在页码。）

A

Absalom, Absalom! (Faulkner)《押沙龙，押沙龙！》(福克纳) 60 – 1, 79
Achebe, Chinua 齐努阿·阿奇比 177
actant 行动元 77
action 情节（行动、动作、行为）71, 77, 82 – 3, 118, 220 – 2, 227
    progression of ~ 进程 68, 71, 79, 172
    repetitive ~ 重复 82 – 3, 150
    single 单独（动作）82
    summary of ~ 概要，参见 story
    又参见 discourse; plot
adaptation 改编 8, **85 – 91**, 121, 151, 181 – 2, 190, 192 – 6, 205 – 7, 227
    borrowing 借用式 ~ **87**, 98
    intersecting 交叉式 ~ **87**, 98
    transformation 转化式 ~ **87**
addressee 接收者 15
addresser 发送者 15
Adorno, Theodor W. 特奥德·阿多诺 5, 112, 161
Aeneid, The (Virgil)《埃涅阿斯纪》(维吉尔) 174 – 7, 191
Aesop 伊索 110
Aguerre, Wrath of God (Herzog)《阿基尔, 上帝的愤怒》(赫佐格) 195
allegory 比喻 82, 108 – 9, 112
Allende, Isabel 伊莎贝尔·阿连德 40 – 1
alliteration 头韵 219
Altman, Robert 罗伯特·奥特曼 88 – 9
anachrony 时间倒错 54
analepsis 倒叙 **54 – 5**, 68, 129
    external 外部 ~ 54

in film 电影中的 ~ 93
internal 内部 ~ **54 – 5**
heterodiegetic 异故事 ~ 55
homodiegetic 同故事 ~ 55
mixed 混合 ~ 55
analysis, narrative 叙事分析 9 – 10, 16, 65, 79, 158, 197 – 8
又参见 interpretation
Andrew, Dudley 达德利·安德鲁 87 – 9, 91, 98
Anecdotes of Destiny (Blixen)《命运轶事》(布里克森) 91
Annals of Saint Gall《圣高编年史》73
Antonioni, Michelangelo 米开朗基罗·安东尼奥尼 143
Apocalypse Now (Coppola)《现代启示录》(科波拉) 10, 44, 87, 88, 152, 157, 158, **179 – 96**
Apology for Poetry (Sidney)《为诗辩护》(锡德尼) 4
apostrophe 呼语 225
apposition, thematic 主题并置 182
Arabian Nights' Entertainments《一千零一夜》33 – 4
Aristotle 亚里士多德 5, 7, 13 – 14, 34 – 5, 77, 108
Armstrong, Paul 保罗·阿姆斯特朗 10, 18, 158
Arnheim, Rudolf 鲁道夫·阿恩海姆 12, 90
Auerbach, Erich 艾利希·奥尔巴赫 100
Augustine 圣奥古斯丁 164
Austen, Jane 简·奥斯汀 37
autobiography 自传 91, 163 – 4, 205

author 作者 14, 17, 107 – 8
historical 真实 ~ 16, 17, 107 – 8, 164 – 5
　implied 隐含 ~ 16, **19**
authority, narrative（叙事）权威 25, 133, 167 – 8, 170
Axel, Gabriel 卡柏瑞尔·亚斯里 31, 91 – 101

B

'*Babette's Feast*' (Blixen)《芭贝特的盛宴》(布里克森) **91 – 101**, 215
Babette's Feast (Axel)《芭贝特的盛宴》(亚斯里) 31, **91 – 101**
Bahr, Fax 福克斯·巴尔 195
Bakhtin, M.M.　M.M.巴赫金 38, 85, 174
Bal, Mieke 米克·巴尔 21, 39 – 40, 72 – 3
Balzac, Honoré de 奥诺瑞·德·巴尔扎克 22, 52, 77
Baroja, Pio 皮奥·巴罗亚 58
Barthes, Roland 罗兰·巴特 12, 16, 75 – 6, 77, 79
Battleship Potemkin, The (Eisenstein)《战舰波将金号》(爱森斯坦) 62, 67 – 71, 186
Bazin, André 安德列·巴赞 12, 62, 88
'Beach, The' (Robbe-Grillet)《海滩》(罗伯-格里耶) 74
Beckett, Samuel 萨缪尔·贝克特 38, 55
Beer, Gillian 吉利安·比耶 217
'*Before the Law*' (Kafka)《审判》(卡夫卡) 57, 107, **112 – 21**
　as adapted by Welles 威尔斯改编的《审判》123 – 5
beginning, narrative（叙事）开端 56, 90 – 1, 115, 183 – 4, 199 – 203
Benjamin, Walter 瓦尔特·本雅明 14, 120, 164
Benveniste, Émile 埃米尔·本维尼斯特 209
Berkeley, George 乔治·伯克利 219

Bible 圣经 66, 99 – 100, 106, 148, 191
　Acts 使徒行传 2: 1 – 13 (2:1 – 13) 99
　Exodus 出埃及记 13 (13) 213
　Ezekiel 以西结书 17: 2 (17: 2) 109
　Isaiah 以赛亚书 11: 1 – 2 (11: 1 – 2) 53
　Job 约伯记 25, 106
　John 约翰福音 1: 4 – 5 (1: 4 – 5) 213
　John 约翰福音 2:1 – 11 (2:1 – 11) 99
　Mark 马可福音 4:1 – 13 (4:1 – 13) 10, **105 – 10**
　Matthew 马太福音 26:17 – 29 (26:17 – 29) 99
　Ruth 路德记 106
　Song of Solomon 所罗门之歌 106
Bjørnson, Bjørnstjerne 比昂斯特恩·比昂逊 57, 58 – 9, 63 – 4
Blackwood's Magazine《黑森林杂志》167, 178
Blanchot, Maurice 莫里斯·布兰乔特 163
blank 空白 **19 – 20**
Blixen, Karen 凯伦·布里克森 91 – 101, 215
Bluestone, George 乔治·布鲁斯东 12
Bogdanovich, Peter 彼得·博格丹诺维奇 123
Booth, Wayne C. 韦恩·布斯 19, 25, 34, 37
Bordwell, David 大卫·波德维尔 8 – 9, 12, 28 – 30, 44, 70, 209
Borges, Jorge Luis 乔治·路易斯·博尔赫斯 17, 11
Bourdieu, Pierre 皮埃尔·布迪厄 198, 201, 202 – 3, 207, 210 – 11
Bowlby, Rachel 雷切尔·鲍尔比 197
Braaten, Lars Thomas 拉斯·托马斯·布拉腾 44
Branigan, Edward 爱德华·布兰尼根 9, 28, 50, 90
Bridge of San Luis Rey, The (Wilder)《圣路易斯雷大桥》(威尔德) 56

Brill, Lesley 莱斯利·布瑞尔 143, 154
Brod, Max 麦克斯·布劳德 110
Brontë, Charlotte 夏洛蒂·勃朗特 20, 43, 84, 116
Brontë, Emily 埃米莉·勃朗特 55, 84
Brooks, Peter 彼得·布鲁克斯 7, 170 – 1, 204
Bullough, Edward 爱德华·布洛 35, 165
Buñuel, Luis 路易斯·布纽尔 13
Bunyan, John 约翰·班扬 82
Burke, Kenneth 肯奈斯·伯克 128 – 9, 134, 135, 146

C

camera 摄影机（镜头）11 – 12, 30, 31, 43 – 4, 89, 143, 155, 192, 221
    angle of ～角度 143, 188, 190
    distance of ～距离 68, 185, 188
    subjective 主观～ 44, 89, 143
Cameron, James 詹姆士·卡麦伦 9
Camus, Albert 阿尔伯特·加缪 20, 42
Canterbury Tales, The (Chaucer)《坎特伯雷故事集》(乔叟) 32
Canterbury Tales, The (Pasolini)《坎特伯雷故事集》(帕索里尼) 87
Carlsen, Henning 亨宁·卡尔 44
Carver, Raymond 雷蒙德·卡佛 88 – 9
Casablanca (Curtiz)《卡萨布兰卡》(柯提兹) 76
Castle, The (Kafka)《城堡》(卡夫卡) 82, 115
Cavell, Stanley 斯坦利·卡维尔 100
Cervantes, Miguel de 米格尔·德·塞万提斯 6, 10, 17, 32 – 3, 53, 60, 64, 80 – 5
Chance (Conrad)《机缘》(康拉德) 65
channel, auditory （听觉）通道 31
channel, visual （视觉）通道 31
character 人物 45, 47, **76 – 81**, 99, 120, 166, 179, 214 – 15

flat 扁平～ **80**
    in film adaptation 电影改编中的～ 76, **85 – 101**, 122, 193 – 4
    mimetic component of ～的模仿因素 78
    round 圆形～ **80**
    synthetic component of ～的合成因素 78
    thematic component of ～的主题因素 78
    又参见 characterization; discourse; narrative; narrator; plot
characterization 性格塑造 **81 – 5**, 93, 210 – 11
    in film adaptation 电影改编中的～ **85 – 101**, 154 – 6, 194
    through direct definition 通过直接定义的～ **81 – 2**, 93, 147, 172
    through indirect presentation 通过间接呈现～ **82 – 5**, 142 – 5, 172
    又参见 character; discourse; narrative; narrator; plot
'Charge of the Light Brigade, The' (Tennyson)《轻骑兵旅的进击》(丁尼生) 208
Chatman, Seymour 西摩·查特曼 19, 26, 27 – 31, 143, 179, 189 – 90, 194
Chaucer, Geoffrey 杰弗里·乔叟 32
cinema, subjective 电影，89
cinematography 摄影技术 31
Citizen Kane (Welles)《公民凯恩》(威尔斯) 67 – 70, 124, 195 – 6
Cixous, Hélène 埃莲娜·西克苏 149 – 50
Close, A. J. A. J. 克劳斯 81
close-up 特写 70
code 符码 **15**
Cohen, Keith 凯斯·科恩 88
Cohn, Dorrit 多利特·科恩 47
colour 颜色 31, 100
comment 议论 52, 206

communication, model of narrative（叙事）交流（模式）**16**

communication, narrative（叙事）交流 3–4, 45, 108, 118

    in film 电影中的~ **11–13, 28–30**, 31, 154–5, 195, 206–7

    verbal 文字的~ 3, **13–17**, 45, 201, 206–7

    又参见 discourse; narration; narrative; narrator

competence, literary（文学）资质 78

composition, 构成、结构, 参见 discourse; structure

Confessions (Augustine)《忏悔录》（奥古斯丁）164

'*Congo Diary*' (Conrad)《刚果日记》（康拉德）162–5, 173

Conrad, Joseph 约瑟夫·康拉德 10, 20, 27, 33, 36–7, 49–50, 58, 64–5, 88–9, 90–1, 152, 157–78, 179, 181–2, 184, 187, 189, 190, 192–6

contact 交际、联系 15

context 语境 15, 17

contraction 缩略 151

convention 规约、惯例 19, 167, 189, 191, 199

Coppola, Eleanor 埃莉诺·科波拉 88, 195

Coppola, Francis Ford 弗朗西斯·福特·科波拉 10, 44, 86, 87, 88–9, 152, 157, 158, 179–96

Corngold, Stanley 斯坦利·考恩戈尔德 117

Cowie, Peter 皮特·考伊 189

Crawford, Robert 罗伯特·克罗弗德 192

Crime and Punishment (Dostoevsky)《罪与罚》（陀思妥耶夫斯基）56–7, 63, 82, 84

Crime and Punishment (Kulidzhanov)《罪与罚》（库里让诺夫）63

cross-cutting 交叉剪接 89

Curle, Richard 理查德·科尔 173

cut 切（电影剪辑术语）30, 89, 186

D

Dante Alighieri 但丁 108, 148, 174–7, 213

Darkness at Noon (Koestler)《正午的黑暗》（库斯勒）122

Davies, Norman 诺曼·戴维 160

de Man, Paul 保罗·德·曼 21

Dead, The (Huston)《死者》（休斯顿）10, 31, 67, 87, 88, 127, 136, 142–3, **151–6**

'*Dead, The*' (Joyce)《死者》（乔伊斯）10, 64, 66–7, 82, **127–51**, 166, 198, 207, 215–16

decoding, delayed 延迟解码 171, 183, 189–90, 211

deep focus 长镜头 68

defamiliarization 陌生化 211

deixis 指示词 39

Deleuze, Gilles 德勒兹 66, 125, 177, 178

Derrida, Jacques 雅克·德里达 66, 125, 156

description 描写 52

descriptive pause 描写停顿 58

dialogism 对话性 **174**

dialogue 对话 146

diary 日记 162–3

Dibbets, Karel 卡里尔·迪比茨 183

Dickens, Charles 查理斯·狄更斯 22, 53, 82, 84, 87

Diderot, Denis 丹尼斯·狄德罗 58

diegesis 叙事 20

Dinesen, Isak, see Blixen, Karen 伊萨克·迪内森

director 导演 **31**, 124, 151–2

discourse 话语、引语 6, 7, 17, 74, 79, 85, 147, 161, 203–4

direct 直接（引语）**46–7**

double-voiced 双声（话语）85

free indirect 自由间接（引语）46－8
indirect 间接（引语）46－7
non-fictional 非虚构（话语）161－4
又参见 narration; narrative; plot; speech presentation; structure
Dispatches (Herr)《派遣》（赫尔）180
dissolve 溶解 30, 93, 183
distance, narrative （叙事）距离 31, 34－5, 35－8, 45, 93, 132－3, 145－6, 165, 168, 202
　attitudinal 态度~ 36, 116, 142－3, 165, 202, 209－10
　spatial 空间~ 36, 142, 165
　temporal 时间~ 35, 116, 165
Divine Comedy, The (Dante)《神曲》（但丁）108, 148, 174－7, 213
Don Giovanni (Mozart)《唐璜》（莫扎特）94
Don Quioxte (Cervantes)《堂吉诃德》（塞万提斯）6, 10, 17, 32－3, 53, 60, 64, 75－6, 80－5, 139
Doors, The 大门乐队 183
Dos Passos, John 多斯·帕索斯 45－6
Dostoevsky, Fyodor 费奥多尔·陀思妥耶夫斯基 22, 56－7, 63, 84, 116
Drabble, Margaret 玛格丽特·德拉堡 197, 198
Dubliners (Joyce)《都柏林人》（乔伊斯）88, 127, 143
Duncan-Jones, Katherine 凯瑟琳·邓肯琼斯 231－2
duration 时距 57
Dusinberre, Juliet 朱莉亚·杜辛百丽 197

E

Eagleton, Terry 特里·伊格尔顿 197
Eco, Umberto 翁贝尔托·埃科 16－17, 99, 156
Edison, Thomas 托马斯·爱迪生 67
editing 剪辑 31, 187

Eikhenbaum, Boris 鲍里斯·艾亨鲍姆 8, 28, 87
Eisenstein, Sergei 谢尔盖·爱森斯坦 12, 62, 67－71, 87, 183, 185－6, 190
elegy 挽歌 217
Eliade, Mircea 米尔恰·伊利亚德 66
Eliot, George 乔治·艾略特 22
Eliot, T.S. 艾略特 191－2 T.S.
ellipsis 省略 59－60, 77, 177
　explicit 明（省）59
　implicit 暗（省）59－60
Ellis, John 约翰·埃利斯 27－8
Ellmann, Richard 理查德·艾尔曼 128
Elsaesser, Thomas 托马斯·艾尔萨埃瑟 52, 179, 182－3, 185－6, 195－6
Emrich, Wilhelm 威尔海姆·艾姆利奇 126
ending, narrative （叙事）结尾 64, 115, 177, 184, 190
Enduring Love (McEwan)《爱到永远》（麦克尤恩）43
epic 史诗 174－7
epiphany 顿悟 149, 151, 154, 225
Erlich, Victor 维克多·厄里希 7
éthos 本质 77
event 事件 3－4, 72－6, 99－100, 209, 226－7
　catalyst 催化~ 76, 98
　in film adaptation 电影改编中的~ 85－101
　kernel 核心~ 75－6, 98, 150

F

fable 寓言 110
fabula 故事、本事（俄国形式主义的术语）7, 28－9
Fanon, Frantz 弗朗兹·法农 178
'Father, The' (Bjørnson)《父亲》（比昂逊）57, 58－9, 63－4
Faulkner, William 威廉·福克纳 23, 36, 59, 60－1, 64, 65, 73, 79, 206, 208

Feder, Lillian 利利安·菲德尔 174
fiction, narrative（叙事）虚构、虚构作品、小说 4 – 5, 8, 21, 35, 45, 53, 76, 78 – 9, 80 – 1, 159, 165, 173
    as film 作为电影的~ 8 – 9, 13, 87 – 8, 154, 194 – 6, 206 – 7
    verbal 文字的~ 8, 21, 35, 53, 154, 159, 164, 193 – 4, 206 – 7
    又参见 film; narrative; novel
figura 形象 99
film 电影 11 – 13, 29 – 31, 85 – 91, 121, 179, 181 – 2
    and narrative space ~ 与叙事空间 52, 67, 188 – 9
    documentary 纪录片 9, 195 – 6
    fiction ~ 虚构 8, 179
    kinetic force of ~ 的生动性 85, 195
    light in ~ 中的光 31, 90, 182 – 4, 221
    presentation of time in ~ 中的时间呈现 62 – 3, 67, 206
    repetition in ~ 中的重复 67 – 71, 89, 123
    sound in ~ 中的声音 31, 68, 90, 94 – 5, 182 – 6, 191, 221, 231 – 2
    viewer of ~ 的观察者 28, 88, 90 – 1, 183, 186, 190, 192, 232
    又参见 adaptation; camera; fiction, narrative; narrator
film author 电影作者,参见 director
Finnegans Wake (Joyce)《为芬尼根守灵》（乔伊斯）127
flashback 闪回,参见 analepsis
Flaubert, Gustave 居斯塔夫·福楼拜 22, 54 – 5, 129
Fleishman, Avrom 艾威罗姆·弗雷施曼 44
Fludernik, Monika 莫妮卡·弗卢德尼克 9
focalization 聚焦 **43 – 5**, 143
    又参见 perspective
folk-tale 民间故事 75, 105, 110

foreshadowing 预示,参见 prolepsis
Forster, E. M. 福斯特 80
Fothergill, Anthony 安东尼·法瑟吉尔 158, 167
Foucault, Michel 米歇尔·福柯 176
frame 框架、结构 67 – 8
Frazer, James 詹姆斯·弗雷泽 191
frequency 频率 **60 – 2**
Freud, Sigmund 西格蒙德·弗洛伊德 66
From Ritual to Romance (Weston)《从仪式到传奇》（威斯顿）191
Frye, Northrop 诺斯洛普·弗莱 106
function 功能 21, **74 – 5**, 225, 226

G

Gadamer, Hans-Georg 汉斯-乔治·伽达默尔 157, 197
Genette, Gérard 热拉尔·热奈特 6, 9, 19, 28, 30, 33, 34 – 5, 53, 54, 57, 60, 139, 208
genre 文类、体裁 75, 76, 84 – 5, 105, 108 – 9, 122, 138, 162 – 4, 174 – 7, 179, 194 – 5, 217, 231 – 2
Ghosts (Ibsen)《群鬼》（易卜生）138
Godfather, The (Coppola)《教父》（科波拉）179
Godfather, The: Part II (Coppola)《教父2》（科波拉）179
Golden Bough, The (Frazer)《金枝》（弗雷泽）191
Gombrich, E. H. 贡布里希 209 E.H.
Gordimer, Nadine 纳丁·戈迪默 42
Gospel According to St Matthew, The (Pasolini)《马太福音》（帕索里尼）87
Grass, Günter 君特·格拉斯 179
Great Expectations (Dickens)《远大前程》（狄更斯）53
Gregg, Colin 科林·格雷格 10, 197, 200,

205, 207, 209, 215, 216, 227–9, 231
Greimas, A. J. 格雷马斯 77 A. J.
Griffith, D. W. 格里菲斯 179 D. W.
Guattari, Félix 加塔利 177, 178

H

Habermas, Jürgen 尤尔根·哈贝马斯 157, 197
Hamburger, Käte 凯特·汉伯格 53
Hamlet (Shakespeare)《哈姆雷特》(莎士比亚) 145
Hamsun, Knut 克纳特·汉姆生 24–5, 35, 38, 44, 53, 116, 133
Hansen, Erik Fosnes 埃里克·福斯奈斯·汉森 54
Hard Times (Dickens)《艰难时世》(狄更斯) 82
Hardy, Thomas 托马斯·哈代 73, 92, 138
Hawthorn, Jeremy 杰里米·霍索恩 82
Hayman, David 戴卫·赫尔曼 35
Heart of Darkness (Conrad)《黑暗的心》(康拉德) 10, 20, 33, 35, 45, 49–50, 65, 88, 152, **157–96**, 211
Hearts of Darkness (Bahr/Hickenlooper/Coppola)《黑暗的心》(巴尔/希根路柏/科波拉) 88, 195–6
Hegel, G.F.W. 黑格尔 66
Hemingway, Ernest 厄纳斯特·海明威 58
Herr, Michael 米歇尔·赫尔 180
Herzog, Werner 维尔纳·赫佐格 195
heteroglossia 杂语性 85
Hickenlooper, George 乔治·希根路柏 195
Higgins, David 大卫·希根斯 176
History of English Thought in the Eighteenth Century (Stephen)《18世纪英国思想史》(斯蒂芬) 219
Hitchcock, Alfred 阿尔弗雷德·希区柯克 100

'Hollow Men, The' (Eliot)《空心人》(艾略特) 191–2
Holquist, Michael 麦克尔·霍奎斯特 85, 174
Homer 荷马 14, 34, 66
Hume, David 大卫·休谟 219
Hunger (Carlsen)《饥饿》(卡尔森) 44–5
Hunger (Hamsun)《饥饿》(汉姆生) 24, 35–6, 39, 116, 133
Huston, John 约翰·休斯顿 10, 31, 67, 86, 87, 127, 139, 143, 151–6, 207

I

Ibsen, Henrik 亨利克·易卜生 138
image 画面 29, 31, 67–8, 185, 194, 221
imperialism, critique of 帝国主义批评 159, 168, 172–3, 177–8, 185–7, 190
impressionism, literary 文学印象主义 167, 171, 189–90
in medias res 从中间开始 199, 203
In Search of Lost Time (Proust)《追忆逝水年华》(普鲁斯特) 61, 206
intention 意图 16, 74
  textual 文本 ~ 19, 98, 193
interpretation 解释、阐释 6, 10, 18, 106, 109–10, 112, 119–21, 157–8, 197–8
  and critic's horizon ~ 与批评定向 157, 197
  and human interest ~ 与人类旨趣 157, 197
  and reading process ~ 与阅读过程 111–12, 113, 120–1, 157–8
  figural 形象性 ~ 99–100
  need for ~ 需求 111, 179, 184
  又参见 analysis, narrative
intertextuality 互文性 **98**, 99–100, 161, 174–7, 232
Intolerance (Griffith)《党同伐异》(格里菲

斯）180
irony 反讽 37 – 8, 99 – 100, 137, 138, 142, 209
　　dramatic 戏剧性 ~ 38
　　stable and unstable 稳定和不稳定 ~ 37 – 8
　　verbal 文字 ~ 37
'Is There Nowhere Else Where We Can Meet?' (Gordimer)《我们能在另一个地方相遇吗？》(戈迪默) 42
Iser, Wolfgang 沃尔夫冈·伊瑟尔 19
Islam, Syed Manzurul 赛义德·马祖鲁·伊斯莱姆 178

J

Jacques le fataliste (Diderot)《宿命论者雅克》(狄德罗) 58
Jakobson, Roman 罗曼·雅各布逊 14 – 16
James, Henry 亨利·詹姆斯 34
Jameson, Fredric 弗里德里克·詹姆逊 11
Jane Eyre (Charlotte Brontë)《简·爱》(夏洛蒂·勃朗特) 20, 43, 116
Joyce, James 詹姆斯·乔伊斯 10, 22, 41 – 3, 46, 57, 66 – 7, 82, 88, 127 – 56, 6, 166, 207, 215
Jules et Jim (Truffaut)《朱尔与吉姆》(特吕弗) 93

K

Kaez, Anton 安东·凯兹 195
Kafka, Franz 弗朗兹·卡夫卡 4, 5, 10, 47 – 8, 53, 57, 82, 105, 111 – 26, 163, 179
Karamazov Brothers (Dostoevsky)《卡拉马佐夫兄弟》(陀思妥耶夫斯基) 22
Kaufman, Philip 菲利普·考夫曼 11
Kayser, Wolfgang 沃尔夫冈·凯塞尔 14, 15
Kermode, Frank 弗兰克·克默德 74, 106, 109, 184
Kierkegaard, Søren 克尔凯郭尔 66, 110
'Killers, The' (Hemingway)《杀人者》(海明威) 58
Kimbrough, Robert 罗伯特·契姆布劳 160, 173
King Lear (Shakespeare) 李尔王 (莎士比亚) 86
Kittang, Atle 阿特勒·奇堂 24 – 5
Kobs, Jörgen 约根·克布斯 119
Koelb, Clayton 克莱顿·科尔伯 111 – 13, 120
Koestler, Arthur 亚瑟·科斯特勒 122
Kozloff, Sarah 萨拉·科兹洛夫 30 – 1, 92
Kracauer, Siegfried 齐格弗里德·克拉考尔 12
Kristeva, Julia 居莉亚·克里斯蒂娃 98, 174
Kulidzhanov, Lev 列夫·库里让诺夫 63
Kundera, Milan 米兰·昆德拉 11
Kurosawa, Akira 黑泽明 86

L

La Fontaine 拉·封丹 110
La Jalousie (Robbe-Grillet)《嫉妒》(罗伯-格里耶) 58
Lacan, Jacques 雅克·拉康 66
LaCapra, Dominick 多米尼克·拉卡普拉 198, 222, 223, 226 – 7
Lady Gregory 格雷戈里夫人 152
Landa, José Angel García 约瑟·安格尔·加西亚·兰达 13
Lang, Fritz 弗里兹·朗 122
Language: 语言：
　　functions of ~ 的功能 15
　　literary 文学 ~ 131, 165
Larsen, Peter 彼得·拉森 7
Laxdoela Saga《拉克斯谷人传》81 – 2

LeNeveu de Rameau (Diderot)《拉摩的侄儿》(狄德罗) 58

'Lead, Kindly Light' (Newman)《慈光歌》(纽曼) 213

Leaving the Lumière Factory (Lumière)《离开卢米埃尔工厂》(卢米埃尔) 44

Lee, Hermione 赫敏·丽 205

Lefebvre, Henri 亨利·利夫布法莱 73

Les deux Anglaises et le Continent (Truffaut)《两个英国女孩与欧陆》(特吕弗) 92

Lessing, G. E. 莱辛 12

level, narrative（叙事）层次 **32–4**, 83
  diegetic 故事层 20, **32**, 81, 119, 172, 221
  extradiegetic 故事外层 32
  hypodiegetic 次故事层 33, 146

Lie, Sissel 西塞尔·莱伊 23–4

lighting 照明、布光 68, 100

literature 文学，参见 fiction, narrative

Livingstone, David 戴维·利文斯敦 162

location 选址 31, 92, 179, 205

Locke, John 约翰·洛克 219

Lodge, David 戴维·洛奇 78

Loin de Vietnam《远离越南》195

Lord Jim (Conrad)《吉姆爷》(康拉德) 65, 16

Lothe, Jakob 雅各布·卢特 79, 90, 138, 167

'Love Song of J. Alfred Prufrock, The' (T. S. Eliot)《J.阿尔弗瑞德·普鲁弗洛克的情歌》(T. S. 艾略特) 191

Lubbock, Percy 珀西·卢伯克 34–5

Lumière brothers 卢米埃尔兄弟 44, 67

M

McDougal, Stuart 斯图亚特·麦克道格拉 86, 151

McEwan, Ian 伊恩·麦克尤恩 43

McFarlane, Brian 布雷恩·麦克法伦 89

McHale, Brian 布雷恩·麦克黑尔 45

Maclean, Ian 伊恩·麦克林 19

Madame Bovary (Flaubert)《包法利夫人》(福楼拜) 22, 54–5

Madsen, Peter 皮特·麦德森 161

Malone Dies (Beckett)《马洛纳之死》(贝克特) 38, 55

Maltby, Richard 理查德·马尔特比 76–7

Martin, Wallace 华莱士·马丁 13, 18

mashal 寓言 109, 118

Mast, Gerald 杰拉尔德·马斯特 12, 52, 62–3

Mayer, David 大卫·梅耶 70

medium, artistic（艺术）媒介 4–5, 8, 12–13, 85–8, 121, 124, 181–2, 192–6, 208–9, 221, 227, 231–2
  又参见 adaptation; fiction, narrative; film

Méliès, Georges 乔治·梅里爱 67

message 信息 15

Metamorphoses (Ovid)《变形记》(奥维德) 232

metaphor 隐喻 **131,** 168, 170, 177, 206, 232

metonymy 借喻 163, **187**

Metropolis (Lang)《大都会》(朗) 122

Metz, Christian 克里斯蒂安·麦茨 12–13, 27, 88

Meyer, Rosalind S. 罗萨林德·S·梅耶 176

Midnight's Children (Rushdie)《午夜的孩子》(拉什迪) 5

Milius, John 约翰·米留斯 179–80, 189

Miller, J. Hillis 希利斯·米勒 17–18, 65–6, 78, 109, 112, 158, 171, 215, 218

mimesis 摹仿 **34–5**

mise-en-scène 舞台演出 **30**

modernism 现代主义 66, 127, 160, 197, 213

Moi, Toril 特里尔·莫伊 197

Molloy (Beckett)《马洛伊》(贝克特) 38

montage 蒙太奇 **70**

Mozart, Wolfgang Amadeus 沃尔夫冈·阿玛多伊斯·莫扎特 94
Muecke, D. C. 穆艾克 37, 142
Murnau, F.W. 茂瑙 F.W. 122
Mysteries (Hamsun)《神秘》(汉姆生) 24 – 5, 53

N

Najder, Zdzislaw 兹斯劳·纳吉德 160, 161
narrated monologue 叙述独白 47
又参见 speech presentation
narratee 受述者 14, 16, 108 – 9, 167
narration 叙述 6, 21, 45, 50, 52 – 3, 161, 170 – 1, 204
  and story 与故事 52 – 3, 161
  contemporary 同时 ~ 53
  embedded 嵌入 ~ 53
  film 电影 ~ 28 – 30, 87 – 8, 90
  iterative 反复 ~ 61
  pre-emptive 预先 ~ 53
  repetitive 重复 ~ 60 – 1
  retrospective 回顾式 ~ 35, 52 – 3, 116, 208
  singulative 单一 ~ 60
narrative 叙事 3, 4 – 7, 13 – 16, 35, 45, 72 – 4, 76, 79, 107 – 8, 119, 158, 164, 167, 187, 211
  and production of knowledge ~ 与知识生产 164
  film ~ 电影(故事片) 8 – 9, 76 – 7, 85 – 90
  travel 旅行 ~ 162 – 4, 172 – 8
  又参见 discourse; fiction, narrative; narration; narrator
Narrative of an Expedition to the Zambesi (Livingstone)《赞比西河探险记》(利文斯敦) 162
narrativity 叙事性 5, 178
narrator 叙述者 14, 16, 20 – 1, 25, 26 – 7, 45, 47, 80 – 1, 167
  diagram of film 电影 ~ 表解 31
  film 电影 ~ 27 – 8, 29 – 31, 90
  first-person 第一人称 ~ 21 – 3, 23 – 5, 40, 42, 108 – 10, 158, 163 – 4, 167 – 8, 170 – 1, 178
  frame 框架 ~ 167 – 8, 168, 170 – 1, 178
  omniscient 全知 ~ 133, 147, 210
  reliable 可靠 ~ 25, 120, 170, 178
  third-person 第三人称 ~ 21 – 3, 23 – 5, 41 – 2, 108, 116, 129, 131, 141, 199, 201, 204, 207 – 8, 210, 217 – 18, 220 – 1
  unreliable 不可靠 ~ 26 – 7, 178
Newman, John Henry 约翰·亨利·纽曼 213
newspaper report 报纸报道 3 – 4
Nietzsche, Friedrich 弗里德里希·尼采 66, 112
Nineteen Eighty-four (Orwell)《1984》(奥威尔) 122
Nøjgaard, Morten 莫尔汀·诺加德 50, 52
Norris, Margot 马戈特·诺里斯 186 – 7
Nosferatu (Murnau)《诺斯费拉图》(茂瑙) 122
Nostromo (Conrad)《诺斯托罗莫》(康拉德) 52, 58, 159, 160
Notes from the Underground (Dostoevsky)《死屋手记》(陀思妥耶夫斯基) 116
novel 长篇小说 31, 78, 84 – 5, 206 – 7
  as dialogic form 作为对话形式的 ~ 85
  of chivalry 骑士 ~ 80, 83 – 4
novella 中篇小说 158
Nussbaum, Martha C. 马萨·C.纳斯巴姆 216

O

Oedipus the King (Sophocles)《俄狄浦斯王》(索福克勒斯) 38
Onega, Susana 苏珊娜·奥尼加 13

order 顺序 **54 – 7**
Orr, John 约翰·奥 125
Orwell, George 乔治·奥威尔 122
'*Outpost of Progress, An*' (Conrad)《进步的前哨》（康拉德）159
Outsider, The (Camus)《局外人》（加缪）20, 42
Ovid 奥维德 232
oxymoron 矛盾 187

P

pan 摇拍 182, 192, 221
parable 寓言 105, 108 – 9, 124, 158, 179
Parable of the Sower (Mark 4)《撒种者寓言》（马可福音第四章）**105 – 10**
paraphrase 缩写 **6**, 128, 165 – 6
Pascal, Roy 罗伊·帕斯卡 115
Pecora, Vincent 文森特·佩考拉 135, 149
peripeteia 突转 64, 114
personification 拟人 215, 220, 232
perspective, narrative（叙事）角度 38, **39 – 40**, 40 – 5, 98, 116, 143, 188 – 9, 199 – 202, 207 – 9
   external 外部 ~ **41 – 2**, 200 – 2
   internal 内部 ~ **42 – 3**, 200
   variation of ~ 的变化 200 – 2, 204, 207 – 9, 214, 224
'*Phantom Place*' (Allende)《幽灵宫》（阿连德）40 – 1
Phelan, James 詹姆斯·费伦 9, 78 – 9
photography 摄影 12, 91
Pilgrim's Progress, The (Bunyan)《天路历程》（班扬）82
Plato 柏拉图 13, 34, 45, 66, 128, 146
plot 情节 7, 22, 33, **73 – 4**, 79, 170 – 1, 181, 184, 204
   又参见 action; discourse; narrative
Poetics (Aristotle)《诗学》（亚里士多德）7, 13 – 14, 77

point of view 视点, 参见 perspective
Polizter, Heinz 赫因兹·普利策 119
Portrait of the Artist as a Young Man, A (Joyce)《一个青年艺术家的画像》（乔伊斯）41, 42, 43, 127
Pratt, Mary Louise 玛丽·路易斯·普莱特 162
Pride and Prejudice (Austen)《傲慢与偏见》（奥斯汀）37
Prince, Gerald 杰拉尔德·普林斯 3, 20, 72
progression, narrative（叙述）进程 74, 79, 170, 206
prolepsis 预叙 **55 – 6**, 129, 133, 140, 144, 168, 173, 214 – 15
   in film 电影中的 ~ 152 – 4
Propp, Vladimir 弗拉基米尔·普罗普 75
prosopopoeia 比拟 220
proto-situation, epic（史诗的）原初情境 **14**, 15, 167
Proust, Marcel 马塞尔·普鲁斯特 61, 206
Providence (Resnais)《天意》（雷奈）29
Psalm at Journey's End (Hansen)《旅程尽头的圣歌》（汉森）54

R

Raabe, Wilhelm 威尔海姆·拉伯 22
Rabinowitz, Peter J. 彼得·J.拉比诺维茨 9
Ran (Kurosawa)《乱》（黑泽明）86
Rashomon (Kurosawa)《罗生门》（黑泽明）86
reader 读者 17, 18 – 19, 76, 78, 108 – 9, 111, 132, 157 – 8, 167 – 8, 206
   historical 真实 ~ 16, **18**, 108, 178, 197 – 8
   implied 隐含 ~ 16, **19**, 162, 167, 178
repetition 重复 60, **63 – 71**, 123, 138, 145, 149 – 51, 206, 219
   in film 电影中的 ~ **67 – 71**, 124 – 5, 154
   'Nietzschean' "尼采式" ~ **66**, 150 – 1

索引

'Platonic' "柏拉图式"~ 66, 150
Republic (Plato)《国家篇》(柏拉图) 34
Resnais, Alain 阿兰·里斯奈斯 13, 29
Return of the Native, The (Hardy)《还乡》(哈代) 92
rhythm 节奏 185, 219, 221
Ricoeur, Paul 保罗·利科 74, 106
'Ride of the Valkyries' (Wagner)《女武神的骑行》(瓦格纳) 180, 185, 186
Rimmon-Kenan, Shlomith 施洛密斯·里蒙—凯南 6 – 7, 19, 20, 43, 45, 57, 58
Robbe-Grillet, Alain 阿兰·罗伯—格里耶 58, 74
Robertson, Ritchie 里奇·罗伯特森 114
'Rose for Emily, A' (Faulkner)《纪念爱米丽的一朵玫瑰花》(福克纳) 79
Rothman, William 威廉·罗斯曼 28
Rushdie, Salman 萨尔曼·拉什迪 5

S

Said, Edward W. 爱德华·萨义德 178
Sandberg, Beatrice 比特瑞斯·桑伯格 115
'Sarrasine' (Balzac)《萨拉辛》(巴尔扎克) 77
Satanic Verses, The (Rushdie)《撒旦诗篇》(拉什迪) 5
scene 场景 58, 96, 124, 139, 215
Schindler's List (Spielberg)《辛德勒名单》(斯皮尔伯格) 9
Schlöndorff, Volker 沃尔克·施龙多夫 179
Scholem, Gershom 格尔斯霍姆·朔勒姆 120
Scholes, Robert 罗伯特·肖尔斯 121
screen 银幕 90
screenplay 银幕表演 138, 186
Secret Agent, The (Conrad)《间谍》(康拉德) 36 – 7
Shadow-Line, The (Conrad)《阴影线》(康拉德) 90 – 1, 184
Shadow-Line, The (Wajda)《阴影线》(瓦依达) 90 – 1, 184
Shakespeare, William 威廉·莎士比亚 86, 145, 231 – 2
Shklovsky, Viktor 维克多·什克洛夫斯基 7, 33
Short Cuts (Altman)《短片集》(奥特曼) 88 – 9
Short Cuts (Carver)《短片集》(卡佛) 89
short story 短篇小说 151, 207
shot 镜头 12, 70, 122 – 3, 143, 185, 188 – 9
showing, see telling – showing 展示,参见 telling – showing
Sidney, Sir Philip 菲利普·锡德尼爵士 4
sign 符号 12
'Sisters, The' (Joyce)《姐妹们》(乔伊斯) 149 – 50
situation, narrative 叙述情境 166 – 7
'So Much Water So Close to Home' (Carver)《离家这么近,有这么多的水泊》(卡佛) 89
sonnet no 60 (Shakespeare) 十四行诗(莎士比亚) 231 – 2
Sophocles 索福克勒斯 38
Sørenssen, Bjørn 比昂·苏仁森 179, 180, 194
Sound and the Fury, The (Faulkner)《喧哗与骚动》(福克纳) 23, 26 – 7, 36, 59, 60 – 1, 64, 65, 206, 208
space, narrative (叙事)空间 49 – 50, 51, 73, 169, 176
speech 言语 45, 83, 138 – 9
speech presentation 言语呈现 45 – 6
    diegetic summary 故事概述 46
    direct discourse 直接引语 46 – 7
    free direct discourse 自由直接引语 46
    free indirect discourse 自由间接引语 46 – 8, 117, 134, 140, 145, 210, 216 –

17, 224

indirect content paraphrase 间接内容转述 **46**

Speirs, Ronald 罗纳德·斯皮尔斯 115

Spielberg, Steven 史蒂文·斯皮尔伯格 9

Stanzel, Franz K. 弗朗兹·斯坦泽尔 21, 90, 155

Stephen, Leslie 莱斯利·斯蒂芬 219

Storaro, Vittorio 维托里奥·斯托拉罗 189

Stories of Eva Luna (Allende)《爱娃·露娜故事集》(阿连德) 40 – 1

story 故事 **6**, 127 – 8, 165 – 6, 197

   minimal 最小 ~ 3, 72

story space 故事空间 50

story world 故事世界 50, 90

stream of consciousness 意识流 46

structure, narrative （叙事）结构 16 – 17, 170, 208

   circular 圆环 ~ 172

   linear 直线 ~ 172

又参见 discourse; plot

Sturrock, John 约翰·斯托洛克 164

style 风格 28 – 9

summary 概述 59

symbol 象征 **131 – 2**, 150, 163, 168, 177, 192, 213 – 14, 226

sympathy, narrative （叙事）同情 36 – 7, 132 – 3, 138, 142, 202

syuzhet 情节（俄国形式主义的术语）7, **28 – 9**

T

Tate, Allen 阿伦·泰特 129

telling – showing 讲述 – 显示 34 – 5

Tennyson, Alfred 阿尔弗莱德·丁尼生 208

text, narrative （叙事）文本 **3, 16,** 20, 121, 174

   diachronic and synchronic dimensions of ~ 的历时与共时维度 226 – 8

   又参见 fiction, narrative; narrative; discourse

'*That Evening Sun*' (Faulkner)《夕阳》(福克纳) 79

thematics 主题 **26**, 137, 159, 170, 190, 203

theory: 理论：

   film 电影 ~ 9, 11 – 19, 27 – 9

   narrative 叙事 ~ 9, 16 – 17, 217

'*This is the End*' (The Doors)《末日》(大门乐队) 184

Thompson, Kristin 克里斯汀·汤普森 8 – 9, 12, 30, 44, 70

'*Tiger*' (Lie)《老虎》(莱伊) 23

time, narrative （叙事）时间 49, **53 – 63**, 67, 72, 198 – 9, 206

   synchronic and diachronic dimensions of ~ 的共时与历时维度 226 – 7, 228

Tin Drum, The (Grass)《铁皮鼓》(格拉斯) 179

Tin Drum, The (Schlöndorff)《铁皮鼓》(施龙多夫) 179

Titanic (Cameron)《泰坦尼克》(卡麦伦) 9

To the Lighthouse (Gregg)《到灯塔去》(格雷格) 10, 197, 205 – 6, **227 – 32**

To the Lighthouse (Woolf)《到灯塔去》(伍尔夫) 10, 17 – 18, 22, 43, 53, 64, 131, **197 – 227**, 228 – 32

Todorov, Tzvetan 茨维坦·托多洛夫 17, 22, 39, 170, 171

Togeby, Knud 克纳德·托格比 83

transtextuality 跨文本性 **64 – 5**

Trial, The (Kafka)《审判》(卡夫卡) 10, 22, 44, 47 – 8, 82, 105, **111 – 21**, 179

Trial, The (Welles)《审判》(威尔斯) 105, **121 – 6**

trope 比喻 136, 220

Truffaut, François 弗朗索瓦·特吕弗 92 – 3

U

Ulysses (Joyce)《尤利西斯》(乔伊斯) 46, 57, 127

Unbearable Lightness of Being, The (Kaufman)《生命中不能承受之轻》(考夫曼) 11

Unbearable Lightness of Being, The (Kundera)《生命中不能承受之轻》(昆德拉) 11

Under Western Eyes (Conrad)《在西方的眼睛下》(康拉德) 27, 159

Unnamable, The (Beckett)《无名的人》(贝克特) 38

'Up-river Book' (Conrad)《溯游之书》(康拉德) 161−2

U.S.A. (Dos Passos)《美国》(多斯·帕索斯) 45−6

Uspensky, Boris 鲍里斯·乌斯宾斯基 43

V

Vanoye, Francis 弗朗西斯·凡诺耶 188

Vertigo (Hitchcock)《迷魂记》(希区柯克) 100

Vico, Giambattista 戈亚姆巴蒂斯塔·维科 66

Virgil 维吉尔 174−6

voice, narrative（叙述）话语 42, **45−6**, 155, 194, 200

voice-over 画外音 29, **30**, 89, 90−3, 154, 188−9, 207

W

Wagner, Richard 理查德·瓦格纳 185, 186

Wajda, Andrzej 安杰伊·瓦依达 90−1

'Walimai' (Allende)《瓦雷迈》(阿连德) 40

Walzl, Florence 弗罗伦斯·沃尔泽尔 127−8, 147, 166, 198

Waste Land, The (T. S. Eliot)《荒原》(艾略特) 191

Watt, Ian 伊恩·瓦特 171, 182, 183, 189, 211

Watts, Cedric 塞德里克·沃茨 64, 157, 159, 171

Waves, The (Woolf)《海浪》(伍尔夫) 232

Wedel, Michael 米歇尔·韦德尔 179, 182−3, 185−6, 195−6

Welles, Orson 奥逊·威尔斯 10, 44, 67−70, 86, 105, 121−5, 179, 195−6

Weston, Jessie 杰西·威斯顿 191

When We Dead Awaken (Ibsen)《当我们死而复醒时》(易卜生) 138

White, Hayden 海登·怀特 73

Wilder, Thornton 索恩顿·威尔德 56

Woolf, Virginia 弗吉尼亚·伍尔夫 10, 17−18, 22, 43, 53, 197−227, 231−2

Wuthering Heights (Emily Brontë)《呼啸山庄》(埃米莉·勃朗特) 55

Y

Yoknapatawpha County (Faulkner) 约克纳帕塔法县(福克纳) 51

Yurick, Sol 索尔·于里克 179

多维视野中的理论融通
——论雅各布·卢特的跨媒介叙事学研究

徐 强

叙事理论登陆中国20多年以来,已获得长足的发展,俨然成为文学和文化研究中的"显学"。叙事学在中国取得的成就,应该说是几个方面并行发展、合力促进的结果。就中西方理论著作的译介是非常重要的一翼。从1980年代里蒙-凯南、罗兰·巴特、热奈特、托多洛夫,中经1990年代米克·巴尔,到新世纪以来后经典叙事学家的詹姆斯·费伦、希利斯·米勒、拉比诺维茨等,正是这些中国叙事学最重要的导引、参照与参与性力量,推动和见证了叙事学这门学科在中国的迅速崛起和发展。

回顾20多年来的叙事学译介史,会发现有两个特点:一是既有显著连续性,又有相对明显的阶段性,即80年代经典叙事学译介的高峰和新世纪以来"后经典叙事学"理论的集中涌入,相对来说90年代稍为沉寂;二是各流派叙事理论交叉进入,例如,在像保罗·利科、海登·怀特、米勒、费伦等新叙事理论已然在中国学界十分盛行的情况下,在2006年中国才译介出版了普罗普的《俄罗斯民间故事形态学》[①],这本初版于1928年、19世纪40年代即已风靡欧美、中国学界也早已闻其大名的经典之作。罗伯特·肖尔期与罗伯特·凯洛格出版于六十年代的名著《叙事的本质》(2006年由詹姆斯·费伦增补一章并加新序后出版了三人署名的"四十周年版")、1987年出版的杰拉尔德·普林斯名著《叙事学词典》等一批叙述学经典著作,其中文版也都即将推出。这一事实也反衬了中国学界持续而坚韧的理论需求:我们不只是追新鹜奇,真正的经典终究不会逸出我们的视野。

国外学术成果的译介是一个有重要意义的对话过程,可以预期,今后中国本土叙事学的发展壮大,仍然离不开这一对话。相反,我们还需要进一步扩大视野、加大引进力度。毕竟,仍有若干像《故事形态学》这样的经典在我们这里还是空白,而且叙事学作为世界"显学"仍然在不断蜕变发展。当此跨媒介叙事日趋热门之时,挪威著名学者雅各布·卢特的《小说与电影中的叙事》一书中译本也终于面世。本文特以该书为中心对卢特的叙事学研究略作介绍,俾能引起学界注意。

---

① 中译本名《故事形态学》,贾放译,中华书局2006年版。

一 卢特其人其学

雅各布·卢特(Jakob Lothe)为挪威著名学者、文学理论家,奥斯陆大学教授。卢特自1970年代起先后在卑尔根大学、加利福尼亚大学、索塞克斯大学、牛津大学、斯坦福大学求学,主修德语、英语文学及比较文学,1986年获得卑尔根大学哲学博士学位。1993年起先后任职挪威社会及人文高等研究院、挪威文化部、卑尔根大学,1993年后任奥斯陆大学英语系比较文学教授。

卢特治学勤奋、著述宏富,自80年代以来用挪威语和英语写作、在挪威、英国、美国出版的主要著作有:

《约瑟夫·康拉德:声音、顺序、历史、文体》(与杰里米·霍索恩、詹姆斯·费伦合作主编)(2008);
《大屠杀:始于奥斯维辛和萨克森豪森集中营的叙事》(2006);
《欧洲与北欧现代主义》(2004);
《简洁的艺术:短篇虚构理论与分析概览》(2004);
《短篇小说选集》(主编)(2000,2002);
《约瑟夫·康拉德》(2002);
《弗兰兹·卡夫卡》(2002);
《身份与伪装:殖民与后殖民研究》(2001);
《文学术语词典》(1998);
《小说与电影:叙事理论与分析》(1994);
《小说与电影中的叙事》(1994,2000,2009);
《康拉德的叙事方法》(1989,1991)

其中有多种不断重版,例如《小说与电影中的叙事》一书自1994年初版以来,到2009年为止总共出版不下5次。其若干年来主讲的课程涉及英语与比较文学的广阔领域,他自己开列的学术旨趣范围则包括:文学(特别是叙事学)理论与分析;现代主义文学(康拉德、乔伊斯、卡夫卡、伍尔夫);文学术语;文学与电影;后殖民研究;旅行文学;大屠杀研究。

另外,他为硕博士开设专题研讨课程有:康拉德小说中的叙事与主题;英国现代主义小说;弗吉尼亚·伍尔夫;小说、散文与改编;托马斯·哈代的小说与诗歌;小说与电影中的叙事;后殖民研究;旅行文学。

上述胪列已经大致显示出了卢特治学的广泛涉猎与特别专擅范围,也显示了其发展的基本路径。从1980年代前期,由"康拉德的叙事方法"入手,逐渐扩展至英语现代主义文学的几个重点作家;在作家评论上取得丰硕成果,为其后叙事学理论的研究提升、理论与分析密切结合的学术风格的形成作了充分准备。90年代的研究致力于文学术语、文学与电影比较研究,新世纪以来集中研治的短篇小说理论与评论、大屠杀文学、旅行文学等饶富特色的研究,则仍然是从过去的诸领域内部生长出来的专题。

卢特是目前国际叙事学、现代小说等领域最活跃的学者之一。2009年,他作为特邀专家出席了在重庆召开的"第二届叙事学国际会议暨第四届全国叙事学研讨会",并作了题为"交叉模式下的改编——康拉德的《黑暗之心》的开篇与科波拉的《现代启示录》(新版)的智能复合场景之比较"的报告,以其细致、深邃的观察与论述引起中国学者的广泛兴趣。随着《小说与电影中的叙事》等著作的译介,中国读者必将越来越熟悉和重视卢特的著述。

《小说与电影中的叙事》(*Narrative in Fiction and Film*)是卢特在跨媒介叙事方面的代表作,1994年出版挪威语,2000年英文版由牛津大学出版社出版,其后多次重印,在欧美广受好评。全书分两部分,第一部分系基础理论导论,它综合运用叙事学界的各家理论成果,但在每一基本范畴都联系到电影的相关方面,例析部分简明切当,独到见地俯拾皆是。第二部分分析了《审判》等四部根据小说改编的电影作品,原作均为20世纪现代派小说名著,通过比较,阐明小说与电影在叙事上一些同异及改编的得失,评骘允称得当并饶有创见。

二 跨媒介叙事研究

作为人类的一种文化现象,叙事与媒介的关系十分密切。历史上任何一种新传播媒介出现后,都很快就被运用到叙事行为当中,这成为叙事文化发展的一种推动性力量。对于叙事与媒介关系的探讨,至少要远溯到亚里士多德时期。但真正集中、深入的研究,则是近年的事情。结构主义叙事学家们(诸如罗兰·巴特等)都曾注意过媒介对于叙事的影响。在以民间故事、小说等文学体裁为基础的叙事学基本理论模式建立完善后,非文字媒介的各部门叙事学开始酝酿发展,直至总体叙事学、广义叙事学、文化叙事学、叙事哲学等的建构[①],(然后必将在新的理论高度返回到部门叙事学,为体裁、媒介叙事提供新的认识),学科发展的这种辩证逻辑正在被叙事学的发展历史所部分地验证。其征候之一,就是跨媒介叙事比较研究的兴起。

另一方面,电影和小说天然的密切关系,决定了从小说到电影的改编问

---

① 如赵毅衡《建立一种广义叙述学:基本理论框架与几个关键问题》,第二届叙事学国际会议暨第四届全国叙事学研讨会,2009年10月,重庆。

题之显著地位及电影研究中运用叙事学手法之可能性。在电影理论界,改编问题一直被密切关注。从中国读者所接触过的西方电影界对此问题加以探讨的代表性著述如乔治·布鲁斯东《从小说到电影》、温斯顿《作为文学的电影剧本》、多人文集《电影改编理论问题》①等即可见一斑。晚近的电影学著作不约而同地受惠于叙事学理论的贡献,几乎没有一本(篇)电影概论、影片读解类的著作不从叙事学角度来论述影片的角度、时间、空间、故事等因素。叙事学思路与手法的娴熟运用是一切像大卫·波德维尔这样的重要电影学者的基本武器②。随着视觉文化的兴起,电影已从一个普通的工业部门和艺术形式,俨然成长为当代文化中最有影响力的媒介。在这种情况下,电影叙事已不仅是电影界的关注对象,也被纳入到传统的叙事学界的视野,包括电影在内的影像叙事,正越来越引起他们的注目。在结构主义叙事学经典著作中,就有鲍里斯·艾亨鲍姆、罗兰·巴特、西摩·查特曼(其《故事与话语》副题为"小说与电影的叙事结构",为该领域的开拓性著作)、罗伯特·肖尔斯等人对电影叙事有深湛研究,其后米克·巴尔等也多所注意,深受热奈特影响的法国学者若斯特的《从文学到影片:叙事体系》和加拿大学者戈德罗的《眼睛—摄影机:影片与小说的比较》等都是叙事学家"电影转向"这一趋势的标志。但该类著作国内译介尚有限。近年译介的则有安德烈·戈德罗与弗朗索瓦·若斯特合著的《什么是电影叙事学》③。

基于以上背景,小说与电影两种媒介交界处的叙事学研究就自然成为学界热点。卢特的《小说与电影中的叙事》可谓应时而生。但与上述《从小说到电影》等著作着眼电影本位、注重编剧与导演技巧不同,也与若斯特的《电影叙事学》等著作的总体理论研究旨归不同,卢特的著作有两个特点:一是采用宏观微观结合的方式,二是着眼于阅读本位。在体例上,上编阐述基本理论,概念辨析简明扼要,在文学叙事学术语关联到电影时不见生搬硬套痕迹,尤有启发。下编以案例展开,选择卡夫卡《审判》与威尔斯的同名电影、乔伊斯《死者》与休斯顿的同名电影、康拉德的《黑暗的心》与科波拉的《现代启示录》、伍尔夫的《到灯塔去》与格雷格的同名电影为标本,细致入微地剖析,揭示原作的叙事特征与改编的顺应与变化。"阅读本位"首先是"文学本位"。作者自云:

> 尽管我既讨论了文字虚构也讨论了电影虚构,但我还是要强调,本书的基础是文学研究:它的灵感所自和讨论对象,是我们传统上称作

---

① 分别由中国电影出版社于1981、1983、1988年出版。
② 例如其《虚构电影中的叙述》、与汤普森合著《电影艺术:形式与风格》等。后者有中译本,世界文化出版公司2008年版。
③ 原名《电影叙事》,刘云舟译,商务印书馆2005年版。

"叙事小说"的文本。①

文学本位的解读意味着,严格的文学学术训练出身的本书作者,有可能在多元理论资源背景上,在文本细读和立体分析当中,突破电影理论的技术主义路线导致的局限性,而将从小说到电影的改编纳入当代文化的大视野中加以深度解读。证诸著作本身,可以说作者较为圆满地实现了这一目标。

三 多元理论资源的融通与洞见

申丹在讨论后经典叙事的特征时指出,有一类后经典叙事"以阐释具体作品的意义为主要目的。其特点是承认叙事结构的稳定性和叙事规约的有效性,采用经典叙事学的模式和概念来分析作品(有时结合分析加以修正和补充),同时注重读者和社会语境,注重跨学科研究,有意识地从其他派别吸取有益的理论概念、批评视角和分析模式,以求扩展研究范畴,克服自身的局限性。"②作为"导论"性质的著作,《小说与电影中的叙事》一书注重基本概念与术语的严格界定和恰当的例析,也注重各家理论的融通。这正体现了后经典叙事的开放与包容。不过"融通"决非各家理论名词的简单堆垒,它是对已有理论的取舍、辨析和重铸。这方面的一个指示就是:在本书第一部分中,卢特看似面面俱到论述了叙事学的很多概念,但仔细考察,他决非盲目求全地穷尽式列举;反过来说,他列出的每一个概念,在作品分析部分中或多或少地都被运用过、发挥过或大或小的作用。例如第一部分详细讨论了反讽和重复的概念,嗣后在评论《芭贝特的盛宴》《死者》《到灯塔去》时都大量地以"反讽"为切入点,在评论《死者》时则运用了意象"重复",对揭示作品的美学特征和深层含义都有不可取代的贡献,可谓切中肯綮。

卢特的叙事学研究有十分明显的跨学科特点。他认为:

> 叙事理论也就不仅与文学研究有关,也与诸如历史、宗教史、理论、社会人类学、社会学、语言学、心理学和媒介等的研究有关。由于跨越学科边缘,叙事理论发现了传统的学科疆界设立中的一个问题。因为,尽管常常需要将某个研究领域或特定问题孤立起来以求对其加以系统研究,但学科之间的疆界比我们所认为的要霸道得多。③

验之著作本身,可以说,拆除这个"霸道的疆界",似乎正是作者给自己

---

① 见本书中文版序。
② 申丹等《英美小说叙事理论研究》,北京大学出版社2005年版,第210页。
③ 见本书前言。

规定的使命。而他的利器,就是立体运用叙事学的各种理论资源。盘点卢特所用的家数,以文学与文化研究中以叙事研究为擅场的诸种理论资源的有机运用为主。其中既有亚里士多德、柏拉图、莱辛、凯塞尔这样的传统学术思想,也有自本雅明以来的现代各流派文学理论,诸如精神分析、女性主义、殖民与后殖民、解构主义(亨利·希米勒)、结构主义、修辞性叙事理论、人类学与社会学理论(哈贝马斯、布迪厄)、新批评的文本细读、接受美学等等都在书中隐现。至于电影理论,则无论是经典的爱森斯坦、巴赞,还是查特曼、波德维尔、麦茨、弗雷施曼、杰拉尔德·马斯特、德勒兹,他们的概念学说皆能信手拈来为我所用。

在指出其跨学科性所达成的后经典叙事学之学术特色的同时还必须指出,卢特并不摈弃经典叙事学的思维模式、概念与范畴,相反,他的基本理论都是首先建立在经典叙事学及相关理论流派的基本理论模式基础之上的。作者清晰地看到非结构主义倾向的危险:

> 在一些后殖民研究中存在一种把文学文本降低为意识形态立场的相对稳定的载体之倾向。但这对于叙事小说和叙事虚构电影都是一种扭曲和简化,这两者的独创性和作为文化文献的重要性均依赖于其美学形式,以及形式和内容的相互作用。尽管我们生活在一个后结构主义时代,但这并不意味着形式主义和结构主义批评家(没有他们的贡献,叙事理论就不会存在)所开启的眼光就过时而无用。……
>
> 我们也许胜过形式主义,但我们也全靠形式主义才得以理解:文学文本富含深意不仅是因为其"内容"而且是因为其语言表现的总和。①

可以认为,第二章"叙事交流"具有全书"总纲"的性质,其中由雅各布逊的话语交流模式所衍生出的叙事交流模式图,正是全书基本的阐释依据。结构主义叙事学的一系列基本概念,在作者笔下既是不可或缺的分析利器,又每有辨析和增益、发明。就其理论整合中的增值性贡献,可以略举两端。一是上文提到的反讽(irony),作者首先指出哲学层面的反讽和修辞学层面的反讽,在哲学层面上它是"对外在现实世界和人对它的理解能力之间距离的一种存在性的体验——包括对'语言(我们赖其能够思考和理解)不能抵达超出其自身之外'这一事实的体验"。在修辞学层面上,除了沿用布斯的"稳定反讽"和"不稳定反讽"之外,还区分出了"言语反讽"(verbal irony)和"戏剧性反讽"(dramatic irony),并分别用于《傲慢与偏见》《马洛纳之死》等相关作品的论述,令人耳目一新②。二是在讨论"预叙"概念时,卢特借《黑暗

---

① 见本书前言。
② 见本书第二章。

的心》《罪与罚》的有关例证,指出了一种"后来变得特别有意义的一个或几个词语可能获得预叙的性质"这样一种预叙的类型。《罪与罚》的例子出现于作品开头,第三人称全知叙述者评述拉斯柯尼科夫有一种令人困窘的恐惧感,在关于他思想的概述中我们读到:"'我想去干一桩怎样恐怖的事啊,同时却害怕起这样的小事来!'他想,脸上露出一副奇怪的笑容。"卢特指出"思想概述和叙述评论的这一结合是整个小说方向的指示。'恐怖的事'我们可以读作对拉斯柯尼科夫稍后(但相对而言仍是早的)要实施的行为——对女房东和丽莎维塔的双双谋杀——的预叙","这一点所导致的一个问题,与我们确信能从文本中辨认出的预叙的数量与我们对文本了解到何种程度有关。这个问题例示了叙事呈现和阅读之间关系的一个侧面。如果重读像康拉德的《黑暗的心》和陀思妥耶夫斯基的《罪与罚》这样的文本,我们可能比第一次读时发现更多的预叙。原因之一是,在阅读过程中'唤醒'一个较晚的事件(我们可能已知的)和以预先方式'提及'它之间的过渡很容易被模糊。"① 应该说,这是一个十分有见地的发现,它有效开拓了叙事时间方面的论域。不过赞赏之余我也要顺便指出:卢特把此类现象纳入到"预叙"范畴中加以论述,这与"预叙"的常规概念有所偏差,既导致了"预叙"概念的混杂,又未免降低了这一发现本来应该有的学术价值。笔者认为,"预叙"是叙事时间中一个含义比较稳定的概念,对此,经典叙事学理论著作已有清晰界定,兹摘引几个公认解说:

里蒙—凯南认为"预叙(prolepsis)是指在提及先发生的事件之前叙述一个故事事件;可以说,叙述提前进入了故事的未来。"② 杰拉尔德·普林斯则说:"当叙述者在本来的时间之前叙述一件或一系列事件,我们就有了预叙(anticipation)的例子。"③ 他举出的例子是:"约翰十分愤怒。十年以后,他会为此后悔。现在,他还想不到那后果,就开始歇斯底里地吼叫。"而在《叙事学词典》中,普林斯为 prolepsis 和 anticipation 各立词条并互为参见,解释也大同小异,而以 prolepsis 为详,其释义为:"一种错时类型,提前进入相对于'现在'时刻的未来;唤起将会在'现在'(或一个事件序列的顺时讲述被打断以让位于预叙的那一时刻)之后出现的一个或多个事件;预言(anticipation)闪进(flashforward),瞻望(prospection)。"(举例同前,略)

由以上对于"预叙"的权威和公认解释反观卢特所举出的例子,可见他将第三人称贴近主人公视角的心理活动叙述混同于预叙,显然于理有乖。

---

① 见本书第三章。
② 里蒙-凯南《叙事虚构作品》,生活·读书·新知三联书店1989年版,第83—88页。
③ *Narratology:the Form and Functioning of Narrative*, p.49.

在我看来，预叙首先应当是叙述者的行为，其次必须明确提及未来事件的发生。准此，则不仅人物心理的"预兆"展示不能属之，而且连暗示、铺垫等（即便是出自叙述人的行为）也不能属之。但这一点商榷不能掩盖卢特上述发现本身的重要价值，倒恰是他的这一重要发现，启迪我们思考该怎样找到一个更合适的概念来概括它，以完善我们对相关叙事现象的认识。

四 独具慧眼的个案遴选与体贴入微的文本评骘

"如果非理论的阐释不值得阅读，那么未经检验的理论宣言也不值得相信。"[①]因为抱有这样的信念，就有了《小说与电影中的叙事》的一个重要特点：理论与分析的密切结合。

小说方面，除书中第二部分作为个案加以具体阐释的四部作品外，在第一部分不同地方作为案例探讨过的小说超过30部，涵盖从古典、现实主义到现代主义各主要类型；电影方面重点剖析过的则有12部影片。纵观这些个案的选择，看出有几个方面的倾向。

首先是基于个人学术积累。例如卡夫卡、乔伊斯、康拉德、伍尔夫以及挪威作家汉姆生、比昂逊以及丹麦作家布里克森，都是卢特倾心研究多年的艺术家。作为专家，他对他们的理解可以说是最为深刻的，对照卢特其他学术著作，我们会发现他的阐释中相当多地融汇了他长期以来的学术见解，由此卢特有资格成为一个"可靠阐释者"。

其次是对现代主义作品青睐有加。以通常眼光看来，现代派作品似乎并不适合改编成为电影，至少不是最适合的。对此作者却敏锐地注意到：

> 尽管人们普遍认同这两种媒介之间有着巨大差异，但批评家们仍倾向于认为现代派的文学与电影之间的联系，比其他类型的文学与电影之间的联系更为紧密。对该种联系的注意是有道理的：如果说现代派文学的一个关键特征就在于极端的叙事实验，那么电影——它作为一种艺术媒介，几乎恰好出现于文学现代主义开始之时——迅速发展了一套创新性和实验性的技术，这些技术像在文学中一样，离不开其所创造和传达的复杂的主题。[②]

现代主义作品中普遍较强的文学性盖过历史意义，以及较弱的可改编

---

① 詹姆斯·费伦、彼得·J.拉比诺维茨语，本书第二章引。
② Jakob Lothe, "Narrative Beginnings: Modernist Literature and the Mediun of Film" In *Modernism*, Edited by Astradur and Vivian Liska, John Benjamins Publishing Company,2007. 由笔者译出的中译文《叙事的开赡》刊于《江西社会科学》2011年第2期。

潜力,给阐释带来了挑战。而"既复杂又富于批评挑战"①的案例,正是卢特的刻意选择。他试图通过叙事学与其他多元理论的立体运用,阐释出同样丰富的意识形态(及其他)含义。相对于以故事性较强的传统文本为案例,这对于叙事学生命力当然是更有效的考量。

在对这四个案例加以重点研究时,卢特并不遵循某个单一模式,而是根据文本实际各有侧重、各具亮点。其中,关于《审判》侧重揭示寓言性小说改编之可能性;关于《死者》侧重一个意象(雪)的重复与象征手法,一个场景(餐会演说)的重要作用,改编对原作的悉心尊重之外的些微增饰之艺术匠心及其效果判断;关于《黑暗的心》与《现代启示录》侧重小说中作为叙述距离的第一人称叙述者、旅游文学圆形结构、与史诗的互文以及"交叉"模式下改编的分析;关于《到灯塔去》侧重伍尔夫原作(也是多数意识流小说中)叙事手法对人物塑造的效果分析、以战争游戏为重点、以"男性幻想"为核心,对拉姆齐先生内心世界的精神分析,格雷格的改编在叙事时间与角度方面所作的改造及其增值性效果。美学评判无不建立在客观可靠的结构描述基础之上,因而评论能够中肯,既不居高临下、求全责备,也不盲从迷信、一味叫好,通篇贯穿扎实细密的分析,步步深入地揭示原作的文学文化价值和改编的用意、效果与得失。例如对于亚斯里《芭贝特的盛宴》改编本的"忠实",他有这样的评论:

> 有些电影批评家这样说《芭贝特的盛宴》:作为改编的它强于作为电影的它。他们发现,《芭贝特的盛宴》"作为电影"相对来说传统而谨慎,而以电影方式来说,亚斯里被他对文学原著的忠实所牵制。这种批评不是完全没有道理。但由于改编也是电影,脱离改编与其所依据的原著的关系而孤立评判电影手段和策略,那是没有意义的。正如选出的这些评论所显示的,这一关系就是尊重和精确。②

分寸恰到好处,表现出难能可贵的批评风范。艺术批评难在"会心",批评者的艺术感悟力和对创作心理的还原能力不足,这是很多批评或隔靴搔痒、或郢书燕说的根源。从这个方面说,卢特对他的研究对象可谓体贴入微,堪称"解人"与"知音"。

---

① 见本书前言。
② 见本书第四章。

与完美主义者的因缘
——译后记

关于本书及其作者，前文《多维视野中的理论融通》已有详尽评述，不复赘言。兹略记翻译工作始末，以为纪念。

2006年我第一次接触到《小说与电影中的叙事》，直觉这是跨媒介叙事领域一本眼光独到、学风朴实、有分量、有价值的著作。

2007年开始，在先后为本科生和研究生讲授的叙事理论课程中，都把本书列为研读文献，并把一些章节作为课堂讨论材料；还曾鼓励一些英语基础较好的同学，以其中若干片断的翻译作为学期作业提交。

2008年夏天开始，断续试译全书。10月，和卢特教授取得联系，翻译工作得到他本人的支持和指导。

2009年5月，"新叙事理论译丛"主编、中国叙事学会会长、北京大学英语系教授申丹老师决定将此书收入"新叙事理论译丛"，并允亲自担任校订。

2009年暑期，全书初稿译毕。10月，参加在重庆召开的"第二届叙事学国际会议暨第四届全国叙事学研讨会"，携带书稿赴会，面聆申丹老师指点，并和以大会特邀专家身份赴会的雅各布·卢特教授交换意见（其大会报告《交叉模式下的改编》正是以本书第七章论述为基础）。返校后开始细致校订、打磨，并逐章寄交申丹老师校订。

2010年暑期，全书校订结束。作后期处理毕，10月最后定稿交付出版社。

兹编在握，日夕摩挲，匆匆已历两载。以我学中文出身的背景，居然译成此书，几乎是做了一件不可能的事。又想从学生时期就陆续试译各类文字若干，真正付梓行世者，偏以此为首部。偶然抑或必然？人世嚣攘，书海茫茫，一个人和一本书的因缘际会，讵可料哉？

犹记2009年在重庆和雅各布·卢特教授那次相见。行前我从本书第四章所讨论的丹麦作家布里克森的小说《芭贝特的盛宴》中抄出一段话，写成一幅行草长卷装裱送给他。那是作者借女主人公芭贝特之口发出的心声，最后几句是：

> 一个艺术家以他第二好的东西而获得掌声，那是太可怕了。全世界的艺术家从心底里发出一声长长的喊叫：请让我，请给我机会来奉献我最好的东西！（用林桦、周鹄飞先生中译文）

这掷地有声的话语，不啻是一个"完美主义"艺术家的宣言。又岂止艺术家如是？一个真正倾心学术的学者，不也应该是这样的完美主义者，并时时从心底发出这样的呼声吗？

在一定意义上，卢特教授就是这样一个完美主义者，从他著作的字里行间，从书信往还的细密切磋,从待人处事的周全体贴,我都深切地体察到这一点。为了让我全面了解他的学术研究,他赠我多种相关专著和论文抽印本。直到翻译告竣之后,他还特意驰书告知英文版新发现的几处误植,嘱我订正。他的那份认真,使本来就敬畏文字的我,更不敢有丝毫轻忽。对叙事学的共同旨趣和对"文章千古事"的共同虔敬,使我和远在亚欧大陆另一端、斯堪的纳维亚半岛上的这位长者缔结下珍贵的学术因缘。相信这因缘对我的影响是持久而深刻的。

经卢特教授申请,本书出版得到了其所在的奥斯陆大学的一笔资助,谨此致谢。

看申丹教授为清理、规范叙事学术语(甚至"叙事""叙述"这样的基本概念,参见本书第5页译注)而写下的那些重要的辩驳、辨析文章,就知道她同样是对学问一丝不苟的完美主义者。

感谢申老师对本书翻译的支持、帮助和对译者的鼓励、提携。校订该书耗费了她大量的精力。在这段不算短暂的时间里,在她繁忙的工作日程和行踪不定的旅次中,这部译稿都曾是她的行箧中物。我粗疏的初稿上,几乎每一页都留下了她的各色笔迹,写满了她的修改、商榷、提醒,偶有清通得当之处,则必加热情鼓励。想来一个最负责任的导师对于及门弟子的习作,也不过如此而已。她还亲自撰写了多条译注,有一些术语,我的初译稿都遵循国内已有译法,申老师则根据她的研究辨析统一改定。她对这门学问的深湛研究,为我的"妄译"不致过分走偏提供了基本保障;而她对学术的敬业、严谨、高效带给我的惊异与感动,是我这段工作过程中值得永久珍藏的记忆。

任何一个中国学人,哪一个不受惠于那些经典的翻译大家?作为外国文学的阅读者和翻译领域的学步者,我要向他们致敬。我曾尽力搜罗书中提及的小说作品和理论著作加以研阅,在处理引文时,也曾反复比堪不同译本,尽量择善(适)而从。而恰恰是这个过程,予我以细读名作并领略各译家风采的机会,对他们的敬意又平添几分。

我要特别提及陈登颐先生。书中好几部作品的中译片段都采用了他在《世界小说一百篇》中的译文。此前我曾一般性地翻阅过该集中的某些篇章(这次细读使我如入宝山,击节连连)。当试图了解译家详情时,却发现对他的译品早有好评如潮,但关于译家本人的信息,却因其身处偏僻之地(柴达木盆地),终身处境维艰,所知甚少。在好奇心驱使下,2007年有段时间我曾多方寻访关于他的消息。承青海省前广电厅厅长、作家王贵如先生等热情寄赠有关资料(王先生的报告文学《奇人陈登颐》几乎是之前仅见的一篇公开文献),并苦心搜集陈先生译作,我大致了解了这位译坛奇人的曲折经历与非凡文章。当年这位只有

与完美主义者的因缘——译后记

中等学历的年轻人,结婚三年后因右派言论被从繁华大都市上海发配到青藏高原,抛妻别子孤身在大柴旦镇中学任全科教师长达26年。在孤寂中,他以一人之力译出皇皇160万言的《世界小说一百篇》。我按捺不住钦敬与感慨,写下一篇小文在网上发布,并整理了个人所见陈先生译著目录。令我高兴的是,这篇网文引起诸多同好的注意,网上多处转载,还有当地朋友随即探访陈先生,并跟帖发布近况。2008年以来,关于陈的报道和研究集中出现,今年早些时候,黄少政先生的《中国译界的"睡谷传奇"》一文在《青海作家》和《青海日报》先后刊出(这无疑是目前关于陈先生翻译贡献的最佳叙述与研究),并附了一份比我开列的书单更全的目录。在这些文章中,时见"字字珠玑"、"活色生香"、"译姿俊逸"、"庖丁解牛"等语,并称其耸起了一座"严谨、谦逊、执著和沉静无言的丰碑"。这些,不都是对"完美"境界的另一种诠释吗?我庆幸于自己没有错过这几臻"完美"的译家译品,更欣慰于陈先生的道德文章终于渐为人知。在译本书第六章时,案头一直放着《死者》的译文,陈先生优雅传神的译笔每每使我沉浸到小说那沉郁的意境中去,感觉是在和遥远的达格达坂山下那位纯洁而博学的隐士神交。

陈先生这座丰碑让我时时感觉到翻译是神圣、庄严的事业,绝不可等闲视之。有幸走近这座丰碑并有所体知、感悟,这是因本书而获赐的又一个因缘。也许我永不会去打扰陈先生,但我会持续关注他,或许有一天会研究他,研究他不平凡的人生经历和学术贡献,让更多的人认识这座丰碑。祝愿老先生健康长寿。

本书所引用的文艺作品或理论著作中译本,涉及译家数十位,均一一具名注出。谨向他们致以虔诚的谢意。

特别感谢我学术道路上的先后两位导师——刘世剑教授、刘雨教授。刘世剑教授始终垂注我的工作进程和生活状况,还以望七之年审阅了前几章译稿,并写下详细意见,以至于后面的部分我不忍心再呈阅。刘雨教授与我朝夕盘桓、探讨频仍,我从他那里收益良多。近二年为了包括此书在内的三部译稿(另两部待刊),我耽误了不少正业,成果出得少。在领受老师的宽容的同时,心下并不坦然。我明白老师的期许所在,也知道如何才不辜负这份期许。

近几年先后承担了三个与叙事学或小说理论有关的课题,除一个是教育部人文社会科学青年基金项目之外,另两个分别由东北师范大学社会科学青年基金、文学院"民族思维与中国文学"大项目平台立项。本书的迻译,也是这几个课题工作的一部分。感谢刘建军教授、王确教授及各位评审委员。

为了个别北欧地名的译法,我曾请教翻译家、外交家林桦先生的夫人袁青侠女士。袁女士并给我介绍了翻译家周龄飞先生(已故的林先生是直接由丹麦文译出中文版安徒生全集的第一人,并因此获得丹麦国旗骑士勋章;周先生则是他译布里克森作品集的合作者)。二位老人给我以详尽的答复。文学翻译家、厦门大学外文学院刘凯芳教授是拉什迪《午夜的孩子》一书中文版的译者(该书因故迄未出版),他提供了该书译文,并惠允本书引用其中片断。南京大学西班牙语系李静教授热情帮助解决了有关西班牙语文学资料的引文。叙事学界著名学者傅修延教授、龙迪勇研究员主持、主编《江西社会科学》的"叙事学研究"栏目,近年在学界引人瞩目。承蒙不弃,我讨论卢特的文章《跨媒介叙事研究的范例》及所译卢特的长篇论文《叙事的开端》都曾在该刊发表。《广州日报》国际部的吕云和人民文学出版社外国文学编辑室的欧阳韬,分别是我的中学与大学时代的同窗。作为经验丰富的外语通人和翻译专家,二位帮我解决了不少疑难问题。法国戴高乐大学电影学博士、我的同事李洋兄在我观摩影片方面提供了极大帮助,并在个别电影术语的译法上提出过宝贵意见。我的师姐、中国海洋大学徐妍教授以及远在大洋彼岸的师妹姜子华博士给我很多鼓励和帮助。美国哥伦比亚大学博士、台湾师范大学英语学系冯和平教授曾有以指教。美国密苏里大学博士候选人刘洪斌贤弟为我购寄相关参考图书。以古文字为志业的同事程鹏万博士也是我的知交,他见证了此书出世的过程,并常有提点。年来为东北师范大学外国语学院翻译硕士(MTI)班授中文写作课程,与廿余同学诸君融融泄泄,并与学位点董成教授、庞秀成教授时相过从,受益匪浅。我指导的文艺学专业研究生杜渐同学为本书索引做过繁重的技术处理。在此一并表示深挚的感谢。

北京大学出版社外语编辑室张冰主任和责任编辑梁雪老师为本书付出了大量劳动。感谢她们。

感谢她们。在笔者阅完校样、补订本篇后记之时,社方正积极组织本书申报更高层次资助项目的工作。感谢北大出版社的厚爱。

需要特别说明并致谢的是:东北师范大学外国语学院黄英老师参加了一部分翻译工作——第八章初译稿出自她的手笔。

亲人的关爱和支持是我的动力源泉,感谢你们,我的父母、姐妹、妻儿和亲友们。特别感谢徐莫迟小朋友——她是家里的完美主义者,也是本书的见证者和督促者,几乎每天都过问我"作业"的进展。这份"作业"开篇时她还在学前班,终卷时她已是东北师范大学第二附属小学的二年级学生了……

我深知这份稚拙的翻译"作业"离完美还有太大的距离。我期待着读者的批评指正——那将让我离我们共同追求的"完美"更进一步。谢谢你们!

徐 强
2010年11月8日
初雪的长春
2011年3月修订于济南